梁衡文存

叁

行遍
万水千山

梁衡

著

中国青年出版社

（京）新登字 083 号

图书在版编目 (CIP) 数据

万水千山行遍 / 梁衡著. —北京：中国青年出版社，2016.1
（梁衡文存）
ISBN 978-7-5153-4012-8

Ⅰ.①万… Ⅱ.①梁… Ⅲ.①游记－作品集－中国－当代②散文集－中国－当代 Ⅳ.① I267

中国版本图书馆 CIP 数据核字 (2015) 第 302345 号

万水千山行遍

梁 衡 著

策　　划：李钊平
责任编辑：李钊平　彭慧芝
装帧设计：今亮后声
出版发行：中国青年出版社
社　　址：北京东四十二条 21 号
邮政编码：100708
网　　址：www.cyp.com.cn
编辑中心：010-57350366
营销中心：010-57350370
印　　装：三河市君旺印务有限公司
经　　销：新华书店
规　　格：710×1000mm 1/16
印　　张：25
字　　数：360 千字
版　　次：2016 年 3 月北京第 1 版
印　　次：2021 年 9 月河北第 2 次印刷
印　　数：12001-15000 册
定　　价：49.00 元

如有印装质量问题，请凭购书发票与质检部联系调换 联系电话：010-57350337

目 录

壹 ───────────

贰 ───────────

肆 ————————●

伍 ————————●

陆 —————— ·

柒 —————— ·

捌 ————————·

静夜时分的梁衡

一次见面握手后，梁衡悄声说："晓声，给我即将出版的新书写序吧！"——说得那么认真。

我不禁愕然，疑惑地看他，一时竟有点儿不知该作何种表示。

他又说："过几天我嘱出版社把校样寄给你。"

我赶紧推谢："不行，不行，我怎么好给你的书写序呢？"

"写吧，写吧，出版社一提出希望有人写序，我当即就回答请你写，他们已经同意了。最近在忙些什么？"

他把话岔开了。似乎关于写序的事，我们一言为定了。

梁衡每出一本书都赠我，我却只回赠过他一本自己的书。我们谈不上过从甚密，但开某些会的时候，倘他不是以官员身份坐在台上，我们便往往坐在一起。我们都姓梁，一般的会"二梁"照例不分开。某次座谈会，未摆桌签，给他留了一个主座。他到场后，见我身边空着一个座位，就习惯地径直朝我走来坐下。我心里明白，他一直当我是朋友。

梁衡很谦虚，待人很诚恳。在文学这个"界"里，梁衡一点儿文化官员的架子也没有。不，是没有文化官员自觉高人一等的意识，他始终视自己为中国散文作家中的普通一员。若因文化官员的身份而被另眼相看，他内心反而大不自在，甚至暗觉沮丧。有次他跟我谈到过这一点，我能理解。虽身在中国官员的序列中，但他天性有一颗亲近文学和普通百姓的心，这与他长期在基层当记者有关。我确信他是这样一个人，也喜欢他这一点。是的，我喜欢他的谦虚、诚恳和做人低调。

梁衡作为中国当代优秀散文作家的地位已获读者和评家广泛认可，他却不止一次对我说："还应该写得更好一点儿，就要求那一点儿进步，竟成可望而不可即的标准……"是的，梁衡现在的散文成就，远未使他自己满足过。

我喜欢梁衡散文，一如尊敬他的为人。仅就散文而言，他的作品给我不少营养。他的那些名篇，如《这思考的窑洞》《红毛线，蓝毛线》《大无大有周恩来》《特利尔的幽灵》《把栏杆拍遍》，我几年前就拜读过。当年转载率很高，也曾听别人当面向我称道。

有的评家将他这些散文概括为"政治散文"，散文之文本而载政治之内容，政治的抒情遂成特色。抒情是一种自然而然的人性表现，是心灵活动自然而然的外溢。政治每演绎出人类的大事件，它所蕴含的正反两方面的思想元素，倘经散文家客观揭示，诉诸抒情性文笔，对读者毫无疑问极有认识价值。比如，毛泽东的《为人民服务》《纪念白求恩》《愚公移山》，我都视为经典"政治散文"。又比如在法庭上曾以律师身份援引"天赋人权"学说、语惊四座的帕特里克·亨利的《不自由，毋宁死》演说，乔治·华盛顿的总统就职演说和告别演说，拉尔夫·爱默生的《一个普通美国人的伟大之处》，罗斯福的《勤奋的生活》，马丁·路德·金的《我有一个梦想》，雨果的《巴黎的自由之树》等，我也都是当作优秀散文读的。

"政治散文"在改革开放前的中国是难以想象的。有过，也很难称其为散文。故这一文本，后来差不多成了中国文苑的一处荒圃。梁衡的"政治散文"，使那荒圃有了粲然绽放的花朵。梁衡这些散文中的思考、议论、抒情是真挚的，又是谨慎而有分寸的。他的抒情欲言又止，偏于低沉凝重。今天看来，甚而使人有不够酣畅之憾，但在当时已属难能可贵，已是"政治散文"的幸事和欣慰。即使在这些凝重含蓄的散文中，字里行间也时见其睿智，比如"在中国，有两种窑洞，一种是给人住的，一种是给神住的"，"窑洞在给神住以前，首先是给人住的"（《这思考的窑洞》）；"马克思是一个伟大的思想家，而我们却硬要把他降低为一个行动家。共产主义既是一个'幽灵'，就幽深莫测，它是一种思想而不是一个方案。可是我们急于对号入座，急于过渡，硬要马克思给我们说个长短，强捉住幽灵要显灵"（《特利尔的幽灵》）。梁衡毕竟是中国意识形态领域级别较高的行政官员，即使思想到了三分深，有时也仅言及一二分，我以为未尝不可。

我确信，作为一个很有思想的作家，梁衡对历史的反思肯定比他写出来的更深邃、更全面。他后来创作的《最后一位戴罪的功臣》《觅渡，觅渡，渡何处》《把栏杆拍遍》，证明了这一点。他的思想一游到更远的历史中去，一与那些历史人物敞开心扉对话，就变得火花四溅，文字也时而激昂，时而慨叹，时而叩问，时而调侃，恣肆张扬起来……而《觅渡》等还入选中小学教材，堪称文章典范。

　　总而言之，梁衡的"政治抒情散文"（恕我冒昧加上"抒情"二字）是严谨、周正、抑制内敛的，是虔诚的。两种风格包裹着他的深思熟虑，如厚玻璃板底下的照片，预先定下了摆放的位置。

　　他的散文是积极向上的，这显然是他对自己"政治抒情散文"的要求。

　　我也很欣赏梁衡的另外一些散文篇什，写普通人的那些。梁衡是从农村走出来的知识分子，他对普通人长期不泯关爱之心。在一篇题为《青山不老》的散文中，他就将几十年如一日以愚公移山般的精神改造环境的植树老人，比作《三国演义》里身后抬着棺材与关羽决一死战的庞德，"死了也没什么了不起"，进而赞曰："真是一副堂堂男子汉大丈夫的气概。"该文后来也入选小学语文课本。

　　他还写到两位乡村女教师，题记云："我自惭，我遗憾。我这个记者曾写过许许多多的人们，可就是很少写她们。是因为她们实在太伟大了，却又太平凡。事情平凡得让人无从下笔，可品格又是高尚得教人心颤。我每采访一次，心里就经历一次这样的矛盾和痛苦。"梁衡的百姓心，还需要再强调吗？

"土炕，我下意识地摸摸身下这盘热烘烘的土炕。这就是憨厚的北方农民一个生存的基本支撑点，是北方民族的摇篮。"梁衡一语中的，将土炕与北方农民的关系写到了根子上。

写她们时，梁衡其实已是中国最高文化机构里的官员，可他仍以"我这个记者"来自报家门。

另一篇的题目干脆是《事业便是你的宗教》，我倒觉得不如直接改成《教学就是你的宗教》。一位注定要将一生奉献给一所中学的乡村女教师，大约已没了什么事业不事业的意识。教学之于她，已纯粹化了只是教学这一件事了吧！文中写道："阳光从窗户里斜射进来，勾出你端庄慈祥的剪影。我感觉到你脸上漾起的微笑，也伤心地发现你脑后散着几缕白发……大凡世界上的事太普通了倒反而很难，做一个纯粹的普通人难，为这样的人写篇稿也难。这种负疚之情一直折磨了我好几年，你的形象倒越磨越清晰，于是我终于动笔写下这点文字，不算什么记述，只是表达这一点敬意。"

我读梁衡以上散文的第一感觉是，与他的"政治抒情散文"（我将他那种极有分寸的议论视为抒情式议论）相比，笔调由严谨而变得异乎寻常的温暖、谦卑了。从农村走出来的梁衡，只要一见到一想到中国"纯粹的普通人"，就似乎心生一种惴惴不安的负罪感，仿佛他是官员所坐的小汽车，咄咄逼人径直开到了"纯粹的普通人"的贫困之境，却又深感无能为力，唯有"表达一点敬意"而已。更重要的是，他将这些"纯粹的普通人"，与瞿秋白、毛泽东、周恩来、邓小平、马克思、列宁、居里夫人等伟人编进一册，敬意之高深，不言自明。

我愿对于"纯粹的普通人"有这一种情愫的官员多起来，再多起来。

我愿中国爱读书的官员多起来。

故我的眼前，每每浮现出深夜持笔沉思的梁衡的身影来。

追求一个境界

谈梁衡的散文

　　最近几年，我在几篇谈散文的文章中，提出了一个看法：在中国散文坛上有两个流派。一个流派主张（或许是大声地主张），散文之妙就在一个"散"字上，信笔写来，松松散散，随随便便，用不着讲什么结构，什么布局，我姑且称此派为"松散派"。另一个正相反，他们的写作讲究谋篇布局，炼字断句，我借用杜甫的"意匠惨淡经营中"一句话，称此派为"经营派"，都是杜撰的名词。我还指出，在中国的文学史上，散文大家的传世名篇无一不是惨淡经营的结果。

　　我窃附于"经营派"。我认为，梁衡也属于"经营派"，而且他的"经营"无论思想内容还是艺术表现都非同寻常。即以他的写人物的散文来说，一般都认为，写人物能写到形似，已属不易，而能写到神似者则不啻为上乘。可是梁衡却不以神似为满足，他追求一种更高的水平，异常执着地追求。但是他追求什么呢？我想了好久，也想不出一个恰当的名词。我曾想用"境地"，觉得不够。又曾想用"意境"，也觉得不够。也曾想用"意韵"、"韵味"等等，都觉得不够。想来想去，我突然想到王国维的"境界"，自认得之矣。"境界说"是王国维论词的新发明，《人间词话》有很多地方讲到"境界"：

词以境界为最上。有境界则自成高格，自有名句。

境非独谓景物也，喜怒哀乐亦人心中之一境界。故能写真景物、真感情者谓之有境界，否则为之谓无境界。

"境界"，同"性灵"、"神韵"等一些文艺理论名词一样，是有一定的模糊性的，颇难以严格界定其含义，但是统而观之，我们是能够理解的。这是一个富有启迪性、暗示性、涵盖性的名词，上举《人间词话》最后几句话可以给我们一些启迪。现在从梁衡散文中举出一个例子来，他的名作《觅渡，觅渡，渡何处》是写瞿秋白的。瞿秋白这个人才华横溢，性格中和行动中有不少矛盾，梁衡想写这样一个人，构思了六年，三访瞿秋白纪念馆，迟迟不敢下笔。他忽然抓住了"觅渡"这个概念，于是境界立出，运笔如风，写成了这篇名作。

梁衡是一位肯动脑、肯刻苦，又满怀忧国之情的人。他到我这里来聊天，无论谈历史、谈现实，最后都离不开对国家、民族的忧心。难得他总能将这一种政治抱负，化作美好的文学意境。在并世散文家中，能追求、肯追求这样一种境界的人，除梁衡以外，尚无第二人。

在欧洲看教堂

外国人说在中国旅游是"白天看庙，晚上睡觉"，中国人在欧洲旅游则是"白天看教堂，晚上中餐馆"。这是两种文化的差异，反映出相互的陌生与不理解。我在初接触教堂时总有一种怪异、神秘的感觉，不愿多看，也不愿细想。但是在欧洲，几乎一抬头就见教堂，主人一安排参观名胜就是教堂，就像我们出门见绿树、做客必饮茶一样平常，你想摆脱也摆不掉。这次到意大利访问又勾起了许多关于教堂的联想。

基督教的起源在公元 1 世纪。那时，现在的意大利一带连年征战，百姓生活苦不堪言，于是就有救苦救难的基督出现，这也算顺乎民心，是小民幻想和憧憬的表现。算到现在已有两千年，比当今世界上大多数国家和民族的历史还要老。什么东西都怕老，一老就有了资格，有了说法，有了附会、寄托和蕴藉。比如一棵老树，虬枝拂云，浓荫蔽日，有风吹鸟衔的种子落在糙皮枝缝间，又生出些杂花绿草，甚而树上再长出一棵树。这树枝上噪暮鸦，枯洞里宿野狐，有好事者就来附会鬼仙，寄托精神，披红献祭，焚香顶礼，它就成了一棵既有物质又有精神的树。但这必须是老树，越老、越枯、越怪就越好，亭亭小树是没有这个资格的。我把欧洲的教堂就比作这样一棵树，你总能从它身上读出许多树以外的东西。

　　树的主干是政治，是哲学，是世界观。本来一种宗教就是一种对世界的看法，又是依此对现实世界的做法。当我在梵蒂冈参观时，立即感到它对世界的影响和干预。那天正赶上一个月末的星期日，每月只有这一天梵蒂冈宫才对外开放。我们去得早，圣彼得教堂外广场上还没有什么人。环顾四周，我隐隐感到一种王气、霸气。这里虽是宗教建筑，但绝没有五台山、峨眉山上绿树映古寺的世外之感，也没有灵隐寺里青烟绕红烛的世俗之情。教堂的正面八根大理石柱巍然矗立，就差没有盘龙在上了，而宽敞的台阶，深幽的门厅，简直就是一座君临天下的皇宫大殿。殿的左右两侧伸出两个弧形的石柱长廊做环抱状，揽着一个广场，有囊括宇内、怀抱四海之势。这种建筑构思哪里是消极出世的宗教，简直就是积极入世的帝王。事实上在欧洲，在地中海沿岸，从古代起教皇和世皇就在斗，争夺治民之权，斗得难分难解，教会干预政治从来就没有停止过。公元 756 年，法兰克国王丕平为酬谢罗马教皇助他登上王位，将新夺得的意大利中部大片土地赠给教皇，史称"丕平赠土"。从此，只统治精神世界的教皇也有了土地、臣民、军队、赋税，有滋有味地做起了既有精神又有物质的真皇帝，历史上也多了一个新名词：教皇国。欧洲的政治纠纷、军事争夺、王室更替，甚至科学、思想领域它都要干预，直到为新国王行加冕礼，其权势到 13 世纪达到顶峰。1870 年意大利下决心收复了罗马城四周的教皇领土，教皇避居城西北角的梵蒂冈。直到 1929 年，墨索里尼才和教廷正式签订了条约，承认这个独立的梵蒂冈城国。梵蒂冈的正式居民只有一千人，但有自己的军队、报纸，还发行邮票。它在政治思想方面的影响却远远超出它这个只有零点四四平方公里的国界，世界上几乎凡有基督教的地方都有它的影子。

　　我们从梵蒂冈宫出来时，正是教皇难得的一次出来与教民见面，据说是在哪一个阳台上。白云仙鹤，幽幽邈邈，不见其人，只听见麦克风里隐隐嗡嗡的声音，而我们来时空旷的广场上已是一片黑压压静悄悄的人群。后来我们进去看圣彼得教堂，教堂内富丽堂皇，游人如织，自是一番景象。

在这热闹之中还有数处恬静，就是立于墙脚的几个忏悔室，每个室前默默地排着一行人，最前面的一位已经跪伏在窗下，听着布帘后不识其面的神父为自己做心理解剖。看着这巍峨如皇宫的教堂，这教堂内外虔诚的大众，你不得不承认宗教是一种力量，一种政治和思想的势力。

马克思说："宗教是人民的鸦片。"吉本所著的《罗马帝国衰亡史》中有一段妙论："盛行于罗马世界的各式各样的崇拜，都被人民看作同等的正确，哲学家则把它们看作同等的荒谬，而地方行政官则把它们看作同等的有用。"宗教和政治从来是联姻的，见不得又离不得的，互相利用的。佛教在中国也曾走过同样的路，一时被皇帝利用，封什么护国禅寺、国师，拨给土地、佃户，一时又灭佛烧庙。同是一个唐朝，宪宗时耗资动众，修塔建庙，大迎佛骨，甚至误导百姓倾囊捐银，断臂焦指，以表虔诚。韩愈就因上书反对此事，"一封朝奏九重天，夕贬潮阳路八千"。到武宗时就来一个全国灭佛运动，庙宇统统烧光，弄得我们现在考古，研究唐以前的古建筑都很难。幸亏有一座藏在五台山下的佛光寺，因路径偏僻，未被烧掉，20世纪30年代为梁思成考证发现，算是孑遗的孤宝。这种忽而捧之，忽而摧之，全是利益之争，权术之用。宗教也就忽明忽暗，成了一个难以

梵蒂冈圣彼得广场

捉摸的幽灵。我在梵蒂冈城里散步，时而觉得梵蒂冈宫和圣彼得教堂有一种君临天下的辉煌，时而又觉得它向隅而泣在咀嚼历史的凄凉。你看教堂阴沉的身影，墙壁、穹顶上那被风雨冲刷的斑痕，它倒像一个历经宦海沉浮的政客。它顽强地坚持自己的立场，狡猾而又宽容地笼络民众，拼死地和政敌搏斗，所以才这样伤痕累累，面色冷峻。

二

宗教为了控制信徒首先要制造理论，要建立体系，要培养和训练神职人员，因此就要垄断文化，学文化必须进神学院、修道院。现在，亚洲有些地方还是小孩子学文化必须进庙。但是人一有了文化，就会表现出自己的个性，所以有一种看似奇怪但又不无道理的现象：教会总是在培养自己的叛逆者。正如马克思所说，"资产阶级在培养自己的掘墓人"。——教堂成了诞生新科学、新思想的大棚。英国的培根是神学博士，第一次提出光是由七色组成，大地是个圆球。教会恨得牙根痒，判他终身监禁。波兰的哥白尼到罗马学神学，并任教长，却在神学院研究出一个"日心说"，被恩格斯称为把上帝的宇宙颠倒了过来。意大利的布鲁诺，十五岁进修道院，二十五岁当牧师，却坚信哥白尼的"日心说"，并勇敢宣传，最后被教会烧死。奥地利的孟德尔在修道院里工作了八年，发现了生物遗传规律。就是我们中国唐朝也有个叫一行的和尚，在庙里研究天文，并在世界上第一次实测子午线，到 1977 年国际天文界还以他的名字命名了一颗小行星，但是恩恩怨怨纠缠最深的要数伽利略与罗马教会了。

中学读物理时就知道了伽利略和他做实验的比萨斜塔。老实说，这次到意大利，最想看的就是这个斜塔，但是万没想到它也是一座教堂建筑。大约在 10 世纪时，比萨小国在与邻邦作战时得胜抢掠了大量财富，为炫耀胜利，便要建一个圣迹广场。广场上当然少不了一个宗教建筑，就设计了一座教堂、一个大礼拜堂和一座塔。大约是建塔的钱来得不干净，塔建到三层时就发现向南倾斜，只好停工。又过了九十四年，比萨人不死心，又接着往上盖，并且把每层倾斜一方的柱子加长一点，约到 1268 年终于建成，但仍然是个斜塔。于是这塔就再也没有别的名字，而以"斜塔"显于世、名于世了。当时意大利各城国正在纷纷进行建筑比赛，名作高手，群星灿烂，以至于现在我们仍将这个半岛视为建筑博物馆。但无论是以后的达·芬奇还是米开朗琪罗，无论是现在仍占据世界第一的圣彼得教堂，还是占据第二的圣母大教堂，任何高手也没有这样的绝笔，因为谁也不敢与之比"斜"，现在塔顶仍比中轴线偏斜四点八九米。它就这样巍巍然一直矗立了八百年，真是蚌病成珠，牛黄成宝，世上的事常歪打正着，斜塔反而名声远播，到现在每天来瞻仰的游客十万人众，为它的子孙赚着大把大把的银子。

前面说过，在斜塔建成前后，其他教堂里已经出现过培根、哥白尼、布鲁诺等这些上帝的叛逆。到这塔建成三百年时，一天，塔下走来一个年轻人，这就是比萨大学的教授伽利略。他手里握着大小两只铁球，他要借这举世闻名的斜塔，揭穿一个曾被视为万古不变的真理。过去人们总认为物体从空中落下来时是重物比轻物快，伽利略则认为不管对错，只能靠实践验证。只见他双手撒开抛下大小两个铁球，不一会儿，"嘭"的一声两球同时落地，就这一声敲开了近代物理学的大门。我们有了一个新概念：

加速度。我们开始了对运动的研
究，有了以后的火车汽车，登月飞
船，而曾亲睹这光辉的一刹那的，
现在还存在于地球上的，就只有这
座斜塔了。伽利略做完实验从斜
塔上缓缓地走下来，伽利略的学生
欢呼着，拥戴着他。他满面春风，
东望佛罗伦萨、罗马、威尼斯，他
的目光穿过教堂的丛林，他怀疑上
帝设计的这个世界。

伽利略画像

　　当时的比萨属于佛罗伦萨国，
伽利略自从斜塔实验之后春风得
意，却被公爵算计丢了比萨大学的
教授，只好到威尼斯去教书。那
时威尼斯被教会摒弃，宗教裁判所
也不去管它，因此意大利不少学
者都逃到这里来治学。他在这里
又发明了天文望远镜，在那本是一
片深沉静美的夜空中发现了转动的
新星、远方月亮上的山脉，他一下
子把上帝完美的世界给捅了个大窟
窿。教会给了他第一次警告，不
许他再说话。他这样憋了九年，
直到老教皇死了，伽利略又忍不住
写了一本《关于托勒密和哥白尼两
大世界体系的对话》，大胆宣传哥
白尼学说，又道出了一个从未听说
过的新原理——运动和静止是相对

比萨斜塔

的，这就是有名的伽利略相对性原理。这一下子又把上帝纸糊的世界捅了个更大的窟窿，从根本上动摇了地球是静止的，是宇宙的中心，并且这还成为后来爱因斯坦相对论的基础。这次教会再也不能容忍这个叛逆，便把他抓到了罗马，审讯了三个月，昼夜不息，施以酷刑。他最后只得申明："我从此不以任何方法、语言或著作，去支持、维护或宣扬地动的邪说。"伽利略当时是屈服于教会的淫威，他没有像布鲁诺那样勇敢地去接受火刑，他签字了。据说他伏在地上签字时，又悄悄地自言自语：但是地球确实在转动。一个科学家的良心在受煎熬。伽利略是曾经想和教会搞好关系的，他说：我是上帝忠实的孩子。他曾寄幻想于他的几个主教朋友，但是，愚昧容不得科学，他还是没有逃脱审判。这年是 1632 年，是斜塔建成后的三百六十四年。

宗教裁判所判他终身监禁。当年轻潇洒的伽利略做完实验，迎着欢呼从斜塔上走下来，一条真理——自由落体定理也随他从斜塔上走下来。现在他已入垂暮之年，更多的真理从他的口里说出来，宗教裁判所的黑牢却一口将他吞进去。一个科学原理在发现之初总是不为人注意。当年法拉第刚发现磁交电，进行表演时，有绅士问："可这又有什么用呢？"法拉第说："先生，不久这玩意儿就会为您交税的。"现在全世界因电而创造的税收已经数不清了。伽利略被终身监禁在一个幽深的教堂里，可外面的世界却在一步步按他揭示的规律演变，就连那些神父、主教，也都坐上了汽车、火车、飞机，去做相对运动，他们看着卫星传播的电视，终于他们不得不承认地球确实在动，在绕太阳转。实践是检验真理的唯一标准，当天体运行和身边的运动都无数次地证明伽利略是正确的时候，主教、教皇们的良心也在无数次地被谴责，终于他们实在脸红心跳得坐不住了，到 1980 年才为伽利略平反。但教会与伽利略的这段公案，却拖了三百四十八年。

一条真理被承认要付出这么长的时间，现在这段历史的见证物只有两件了。一是那斜塔。那天，在暮色苍茫时，我在塔下久久凭吊，那塔拔地而起，一出就斜。旁边就是笔直冷峻的教堂，但是它背过脸，不理它，只是向大地俯吻下去，好一个叛逆。还有一件是佛罗伦萨的主教堂，这在意大利也算一景，其规模就是在全世界的教堂群中也是数得着的。教堂内有一个特点，就是埋葬着教会承认的名人，并都配有大理石雕像。没想到进门后第一个人就是伽利略，他端坐于上，长须齐胸，明眸远眺，右手中捏着大小两个铁球，左手持一个单筒望远镜，象征着他对物理世界和天文世界的重大发现——实际上就是对上帝世界的挑战。教堂大厅的尽头，主教正在布道，蜡烛在昏暗中闪着幽幽的光，虔诚的教徒跪在一排排的长凳前，游客在厅里自由走动。伽利略就这样静观着世事变化，他生前恐怕也想不到，到死也不给他平反的教会，却又把他请到这里，给一把交椅，终日与唱经布道的主教们为伴。

<h1 style="text-align:center">三</h1>

教堂虽然是基督的大旗，是他的讲坛、他的行营，但教堂首先又是它自己，是由砖石构造，建成某种形状，又配以某种装饰的房子。它是盛着精神的物质，是相对内容而存在的形式。而形式这种东西又常常可以偷偷地离开内容，或假借内容来实现自己的价值。正如不管是皇帝还是农夫都要穿衣，裁缝就只管他们的形式，只在这一点上实现自己的手艺。中国诗赋的格律，就是离开内容而独立存在的声韵和节奏的美。当主教大人们决心到处修造恢宏的教堂来宣扬圣道时，艺术家也就找到了一种表达自己艺术才能的借口和形式。所以今天我们看教堂，就是对宗教没有一点的兴趣，也可以把它当作艺术来欣赏。就如欣赏汉墓出土的金缕玉衣，并不必追究这衣服是穿在什么人身上的。

教会垄断了文化也垄断了艺术，垄断了建筑，因为它有势，有钱，能调动最好的材料、最好的艺术家来修教堂。与教会平行的是皇宫，那也是有钱有势的主，你看哪一家不金碧辉煌？因此罗马和欧洲大地上的著名教堂，实际上成了那些伟大艺术家的个人纪念碑。我猜想教会与艺术家之间是心照不宣互为利用的：我花钱雇你来修教堂，你的才能越发挥得淋漓尽

西斯廷教堂内景

致，教堂就修得越好，就越证明我教的伟大；我被你雇来修教堂，你花的钱越多，教堂修得越大，就越能发挥我的才能，证明我的存在。这种暗中的相互利用，倒给我们留下了一件件艺术精品。

借教堂成名的艺术家当首推米开朗琪罗。米开朗琪罗 1475 年诞生在佛罗伦萨，他的奶娘是位石匠的妻子。也许就是这段缘分，他一生也没有离开石雕艺术，后来他风趣地说："我是吃铁锤和凿子的奶长大的。"他二十九岁时便完成了成名作《大卫》。至今，这件作品被全世界美术院校的学子奉为入门教材。梵蒂冈宫的西斯廷可以毫不夸张地说就是米开朗琪罗纪念馆。这位文艺复兴的先驱，以他人文主义的思想是反对神权的。但是他被迫两次来梵蒂冈的西斯廷作画，第一次来是 1508 年，画了四年；第二次来是 1535 年，这次画了八年。现在西斯廷成了游人难得一进的艺术圣地，那天我们去瞻仰时，教堂内密密麻麻地站满人，大家慢慢地挪动脚

步，都仰起头看着这四百多年前的珍品。米开朗琪罗的这些画全部用裸体人物来表达，他是以人的尊严来对抗神的统治。

他第一次受聘是来画这个大厅的拱顶。开始他请了几位当时也很有名的高手画家帮忙，几天后他发现不合自己的标准，然后就一个人来完成这项艰巨的工程。在这块八百平方米的天花板下，他站在脚手架上，仰着脸，要是晚上手里还举着一盏灯，就这样一直画了四年，到1512年完成。不用说别的，就是我们现在仰脸看画，一会儿就脖颈酸疼，他是以怎样的毅力来创造艺术的啊！他第二次被召来时是为了在祭坛后的山墙上画一幅《末日的审判》。作品高十米，宽九米，二百多个人物，足足画了八年，还是全用裸体。当作品快完成时，教皇的一位官员来视察说："这么神圣的地方，怎么能画这种画儿？这画儿不如挂在澡堂子里。"米开朗琪罗非常恼火，此人一去，他就将他的形象画成一个阴间的法官，脚上盘着长蛇，现在这个人还在画儿上受罪。他的透视技巧十分高超，作品上每个人物都像随时要走下来。这幅作品当时就轰动了世界。

我挤在人群中，屏住呼吸和大家一起感受这种艺术的魅力。我只感到四周全是米开朗琪罗的化身，这些人物从两侧的墙壁上，从天花板上，一起拥来，穿越五百年的时空，带着画家的呼喊，向我们诉说人的复兴、文艺的复兴。在教会死寂的殿堂里竟有了这样一个活泼泼的人的世界，这和我们在寺庙和石窟所看到的冰冷、一个模样的佛祖、罗汉大不一样。大约上帝也承认了内心深处的寂寞，从而暗自屈从了这位艺术家，让他在神殿上打开一扇通向人世的窗户，而实际上也就在众神间为米开朗琪罗留了一把交椅。米开朗琪罗的创作态度是极其认真的，创作《大卫》时，他用一道屏风挡起来，作品未完成前，不许任何人看一眼。一次他正修改一件作品，有朋友来访，刚扫了作品一眼，他就装作失手把灯掉在地上，屋里一片黑暗。凡是自己眼睛通不过的作品，绝不肯示人，凡是没有新意的作品他决不留存。一次，他为雕一个人像，竟一连做了十二个稿样。正是这种执着，这种残酷的追求，使我们在五百多年后还是觉得他是一个不可企及的高峰。

罗马和欧洲的著名教堂，大多是经数代名家设计和监督施工而成。世界第一大的圣彼得教堂是公元 349 年始建，以后历次重修，到 16 世纪更有拉斐尔、米开朗琪罗这样的大师加入，到 1612 年才完成现在这个规模，前后一千二百多年。世界第四大教堂的佛罗伦萨大教堂 1296 年开工，到 1461 年完成，前后一百六十六年。大圣玛丽亚教堂是公元 352 年始建，一直建到 18 世纪，前后一千四百多年。一座建筑的修建动辄上百年，上千年，只有宗教的信仰才能维系这样的工程。这在东方也不例外。中国的云冈佛窟修了五十年，乐山大佛修了九十年，大足佛刻前后七百年。因为朝代可以更替，信仰却没有更换，并且又只有这种宗教迷信式的信仰才能驱使人们将自己的精力、财力去做无限的倾注，并代代相续。一个教堂越是这样一代代地往下传，就越显得珍贵，好像一个十世单传的婴儿，这是欧洲人最爱向客人显示的骄傲。正是在这种传承中，教堂成了一棵独特的艺术大树。如果你细心一点，还会发现这棵大树仍在不断地抽着新芽，现代艺术家就是设计教堂也要张扬自己创造的个性，他们已突破传统教堂尖顶厚墙的冷面孔而更富有人性，这也许是为了适应旅游业的需要。最典型的是芬兰的岩石教堂，建于 1969 年，由蒂莫和图奥莫兄弟两人合作设计。它完全是在一座岩石山顶上挖的一个深坑，搭上玻璃、钢和铜材的大顶棚，十足的现代味道，但仍不失教堂本色。

正像前面吉本论宗教一样，我说，教堂对教会来说是布道的场所；对教徒来说，是寻找安慰洗刷心灵的地方；对艺术家来说，那是他手中的一块石料或者是一块画布。

1998 年 11 月

佩莱斯王宫记

我曾暗发宏愿，如可能要遍访世界上现存的王宫，因为王是一国权力的最高象征，王宫自然集中了这个国家最好的东西，包括自然风景、建筑艺术、历史文化等。所以当罗马尼亚主人邀请我们访问佩莱斯王宫时，我窃喜正中下怀。

车子从布加勒斯特出发，向北驶去，一望无际的平原上刚翻过的土地袒开褐色的胸膛，天边或路旁不时出现一片茂密的森林，我顿然感到大自然的辽阔，和这异国风光的美丽。路边靠着公路很近的地方常有农民的住房，这极普通的建筑却令我在车里激动得无法坐稳，欠着身子，贴着车窗贪婪地向外看。我的第一感觉是：这房子不是给人住的，而是给人看的。大凡给人住的房子，总是面积求大，结构简单，用料用工求省，所以现代民居，要是平房就是一个火柴盒子，要是楼房就是一个大集装箱。而这些房子却绝不肯四面整齐划一，房子的一面或凸或凹，呈折线或弧线的美。我的视线紧紧捕捉着一套扑过来又急急闪过的房子，它的门厅有意不开在正中，而是于房角挖掉一块，像一个熟鸭蛋被切了四分之一，露出蛋黄剖面，颜色和方位都十分雅致。路边所有的房顶都不像中国的房子一样，成一面坡或两面坡，那房收顶时才是建筑师大露一手之际，屋顶伸出许多尖

佩莱斯王宫外景

的、圆的、多棱形的高柱，如魔盒子里探出的手。我想这房主人都是些大公无私、为他人着想的人，要是只为实用，大可不必这样复杂，他却花钱花工，给来往的行人制造了一件工艺品，免费参观，提供美的享受，使许多如我这样的外乡人大饱眼福。这是参观王宫前的一个铺垫，我的情绪先有了一个适应异域的空间转换。

车子甩脱平原渐入山区，远处是白雪皑皑的山峰，公路沿着一条山谷穿行，谷下有河，名佩莱斯河，此地就因河得名。河隐藏在浓密的松树、白桦、冷杉深处，水流潺潺，只闻其声。树是特别的高大，一般要二人合抱，密密地插在山坡上。积雪压着落叶，铺满树下，雪静树更绿，空山不见人，有一种莫名的幽邃。我忽然想起曾看过的一部电影，是讲述罗马尼亚古代社会的。公元前，这片土地上生活着达契亚人，这是罗马尼亚人的

电影《达契亚人》海报

祖先，公元 2 世纪罗马人侵入这里，达契亚人开始了与罗马人的长期征战、融合。那片子的外景大约就在这沟里拍的，也是这树、这水，和沟里尖顶的草房。武士们用笨重的铜剑格斗，声震山谷，尸横遍野。印象最深的一幕是：一支军队因败阵归来要执行军纪，处死一半，于是站成一列，一、三、五，单数点名，点到的人出列，俯首到前面的木墩子上，引颈等着巨斧劈下，遵命如流，视死如归。那曾经是一个多么野蛮又多么壮丽的时代。当时我坐在影院，被震慑得如痴如呆，忘乎所在，想不到今天能溯访此地。我停车路边，向深深的谷底、密密的林中眺望，希望那里能走出一两个腰围兽皮、握剑持盾的勇士。山风吹过，树森然不动，只抖下一些纷纷扬扬的雪。

王宫坐落在山湾子里，公路在这里随山的走向回了一个圈，水好像也

铠甲骑兵

藏书室

油画作品

小剧场

是在这里发源的。东面是一面斜伸上去的大雪山，凄迷的雪雾一直漫到天外，古树在雪线以下排着奇幻的方阵，忽出沟底，忽涌波上，森森然，如黛如墨，有时消失在远处的雪光中又如烟如织。王宫在山坡上临谷面南而立，这是一座石木结构的民族式宫殿，它本身就是一座巍然的小山，宫以厚重的花岗石起墙，越往上越层叠错落，挑出许多的尖顶，用橡木镶拼成各种图案的门窗，衬着皑皑的白雪，掩映在常青松杉和还留着些红叶子的枫树林中，完全是一个童话世界。这王宫的第一位主人是1866年从德国来的卡罗尔国王。卡罗尔是中国宋徽宗、李后主式的人物，身为国王却酷爱艺术，这王宫是他亲自参与设计督造的，里面结结实实地收藏着各种艺术品。王宫 1875 年开始建造，1883 年基本建成，到 1914 年全部完工时，卡罗尔也已去世了。

王宫共三层，一百六十间房。门向西开，进门就是一个通高约三十多米的天井，中央是客厅，墙上垂下 18 世纪的壁毯，厅内全套意大利硬木家具。上二楼，左边一武器库收藏着 5 至 19 世纪的武器，有阿拉伯的剑、中国的弓，还有一把关公刀，一副连人带马的骑兵铠甲，据说是全罗马尼亚唯一的了。右边是国王的办公室，室内桌椅的侧面、腿脚处、扶手上全是浮雕，椅子扶手的造型是四个坐着的小人，还都跷着一条腿；桌上的烛台分两层，上下层间有三个顽皮的小儿，做头顶重物状，神色颇惹人爱。天花板是三寸厚的木浮雕花饰图案，另有一写字台，侧面浮雕一老人头像，他勇往向前，长发被风吹向后面，如呼啸的火车头，台角的废纸篓也是皮革精制，上面刺着花纹，墙上有伦勃朗的名画。再往前是天井式的藏书室，二层楼，橡木书柜，有旋梯可上下取书；桌上有信札箱，是皇后手绘的箱面。王宫里紧邻办公之地就有藏书室，这大概是欧洲皇帝的习惯。沙皇冬宫里的藏书室也与这差不多，只是更大些。我在中国故宫没有见到这种设施，也许我们的皇帝不如他们爱读书，或者我们现在搞旅游的人不着意展示这些。藏书室后又有一小办公室，小办公室右拐，便开始出现了一大串的客厅。这客厅很类似我们人民大会堂以各省命名的大厅，不过它是以艺术类别或国家、地区命名，而分别收集各地艺术品。

第一个是音乐文学厅，国王在这里接见作家、艺术家。全套桌椅是印度国王送的，黑色硬木，镂空浮雕，据说用了三代人工才完成。还有日本的瓷器，一对中国的大双龙洗，直径约有半米。最可看的是墙上的四幅油画，全以一个少女为题，据说是王后的构思。第一幅代表春天，少女从花丛中走出，和煦的阳光照着她幸福的脸庞；第二幅代表夏天，阳光从浓荫中射下，她的纱裙飘动着幻化出一种热烈的向往；第三幅，色调转深，那女子低着头，一种秋的悲凉；第四幅，少女半裸着伏在一片雪地上，一片圣洁。这王后是国王上任后三年娶过来的，她也酷爱艺术，是一个作家、诗人，夫妻算是珠联璧合。可以想见，他们每天在王宫里就是以这艺术的切磋来打发时日。没有听说过宋徽宗有什么擅画的妃子做伴，李后主的周后只是天生的美貌，他后来又纳了周后之妹，一个更美的美人，为她写了那首著名的"手提金缕鞋"词，却也未见二周与之有什么唱和，看来他们还是不如卡罗尔幸福。

音乐文学厅后是意大利厅，两侧立着米开朗琪罗的三个铜雕，墙上是六幅意大利名画；再前，威尼斯厅，两件拉斐尔复制伦勃朗的圣母像，原件已经失传，此复制件也就成绝响了；再前，阿拉伯厅，满是地毯、挂毯，最有趣的是那几个长枕头，一枕可共十人眠；再前，土耳其厅，然后右折是长廊，长廊尽头再右折是小剧院。到此已绕王宫一周，再下又是武器库了。1910年后这剧院又改成电影厅，舞台上刻有国王的一句话："一切艺术我都喜欢。"国王常在这里观摩演出，有时兴之所至还登台朗诵。这大概又类似我们的唐玄宗了，他亲自谱写《霓裳羽衣曲》，又做导演，又与宫人共舞。卡罗尔虽喜欢艺术，治国方面却也没有出什么大错，这一点比宋徽宗、李后主、唐玄宗都强。

从王宫出来，我又在周围的山坡林间徜徉了一会儿。除这座王宫外，旁边还有稍小一点儿的七八处宫殿，现在都做了旅游饭店，有一处就是我们昨晚睡的，内部设施极豪华。但最美的还是周围的白雪、绿树和沟里潺潺的流水，昨晚夜半醒来，皎月在天，雪光映窗，偶有一两声狗吠，或"咔嚓"一声雪压树枝的断裂声。要不是碍着外宾的身份，我真想半夜出户做一回秉烛夜游了。现在再看这景虽没有昨夜梦幻式的朦胧，但还是一样的静，一样的美。我佩服卡罗尔国王，他用艺术家的眼光选中了这块上帝创造的王土内最美的地方，又用王的权力集中人力在这里创造了一座艺术宫殿。他的后辈尊重这创造，所以他一死，第二代国王就立即重建新宫，把旧宫做了艺术博物馆，直到今天。国王是有至高无上的权力，但权力再大也将随生命而止。可是当他趁有权之时，选择干一件国家民族永远记住的事，这权力便变成了永久的荣誉。卡罗尔选择了艺术，他知道艺术之河长流，艺术之树常绿，就如这佩莱斯的山和水。

1992年1月

迈索尔土王邦寻旧

在印度旅行，一件有趣的事不可少，就是寻找那些土王的旧踪，在历史的烟尘里发现一点自己的头脑中还没有存入的人和事。

南印度的班加罗尔本就美得让新来者整日兴奋不已，而当你赞美当地的景致时，陪同却故意不以为然地说："明天到迈索尔去，那才真叫美呢！"从班加罗尔出发，西南行一百五十公里，便是过去的迈索尔土邦国，现在是一个小城。从公路上看开去，两边全是密密的椰林、油绿葱茂的波罗蜜树和垂着黄鸭蛋似的芒果树，而车子则是在一条大榕树搭成的绿胡同里钻行，不时这浓绿的凉阴中又会闪出一团热辣辣的火焰，耀眼光明，教你在绿的沉醉中猛一惊醒。那是通体火红、不见绿叶的木棉树或火把树，行行重重，曲径通幽，更增加人的向往之情。

迈索尔到了，这是一片神秘的化外之地，土是一色的红壤，像一块无边的红地毯，而空阔中却玉立着一株一株的棕榈树，树下净无根草，树干通体洁白，拔地而起，到半空再展开它宽薄的枝叶。路边的房子，也都是红白两色，蓝天下绿树中如木偶小屋。这时一座洁白耀眼的城堡出现在天际，我一阵兴奋，驱车上前。原来这里还不是王宫，而是当年的英国总督府，现在做了旅游宾馆。这是一座两层楼的全大理石建筑，内外通体洁

迈索尔王宫外景

白，厚重雄浑。楼梯的扶手，宽得足可以躺下一个人。昔日的舞厅现在是大餐厅，玉栏雕栋，金碧辉煌。主人揭开一方地板，露出里面的弹簧机关，说装了这些东西，跳舞时，随着乐声的急缓、舞步的快慢，地板就砰砰然地颤抖，真是享受的极致了。当年总督夫人的房间如今已是客房，每晚收费四千卢比。房间大约二百平方米，一英寸厚的地毯满铺过去，叠花压锦，吊灯是大理石的，真不知怎样雕成。澡盆也是老式样，一个长瓷盆，三边围着花玻璃屏风，马桶的踏脚和坐处有毛织厚垫。电话是瘦高细挑扁担式的老样子，通体镏金。总督的房间亦然，只是已改装过。我在楼上楼下走了一趟，恍如那些当年的英国贵族就在眼前，他们着燕尾服，打黑领结，如企鹅般挺胸腆肚。贵妇则袒胸露肩，长裙扫地，一会儿楼梯上飘上飘下，一会儿舞厅里吻手打躬。我才相信，果然有这样豪华的场所来装下那些电影中常见的镜头。一楼大厅有一幅迈索尔二十四代土邦王画像，拄杖披衣大如真人，目光炯炯，透出一种英明聪慧之气，除了那一堆包头布外，倒也没有多少土味。

迈索尔王宫内景

　　离总督府约五公里，才是土王的王宫。总督府讲究大理石的纯白、线条的简洁，这里则追求金银的奢华、装饰的繁缛。王宫正面是一个前敞的二层大厅，约有排球场大，供商议大事、发布诏令和举行仪式之用。中间是王座，两边是大臣的席位，再两边墙上有窗格，是供王妃等女眷们躲在墙后窥看仪式之用，那时印度的妇女是不能随便露面的。厅下是广场，如现代大型体育场之广，是一般民众聚集之地，广场右侧有一寺，各种石雕神像叠床架屋地堆砌在墙头屋顶。厅的二层右侧是土王的起居室，内有意大利穿衣镜、比利时的银椅、捷克斯洛伐克的吊灯，而天花板则是缅甸柚木制成。右侧是土王与亲信大臣议事的小议事厅，正中是银大门，浮雕着许多宗教神像故事，唯王可以出入。与门相对是一个二百八十公斤的纯金宝座，厅侧之门为象牙硬木嵌镶，象牙拼镶之处如随手描画般自如。硬木的深红与象牙的纯白相映相照，热烈与娴静共处一平面之中。这两扇门

1934年曾送至美国芝加哥参加世界艺术博览会，颇为轰动。正像中国古代艺术中，如秦始皇兵马俑、云冈石雕佛像、甘肃铜雕马踏飞燕、魏碑书法等许多艺术品一样，已成美的典范却不知其作者姓名。我在这两扇门前伫立良久，怅然肃然，向那不知名的艺术家默默致敬。环视厅内，那银门金座画有价，怎敌这无名艺人无价心，同时我也惊叹这一小土邦之王，辖地居民也不过我们国内一县之大，却有如此气派的王宫，真令人咋舌。

王宫最可看的是后宫，中有一天井式大厅，高如欧洲的圆顶教堂，数十根厅柱，全用生铁铸成。此宫始建于1800年，1887年毁于大火，后又从英国请工程师花了四百万卢比重建，虽是封建式样，建筑材料却吸收了资本主义工业社会的文明。环中央大厅有一壁画长廊，共二十六幅壁画，每幅约高两米，长三米，幅幅相连，画的是土王在宗教节日里举行游行的宏大场面。土王坐在一个由八十公斤黄金制成的御辇内，这金辇又放在象背上，象背装饰得彩披拂地，流苏摇缀，两只雪白的牙上还箍了两对宽大的金圈，驾象人坐于辇前象颈上，土王在辇中英姿勃发，前后仪仗逶迤，万众山呼。前几天我在斋浦尔参观另一土王宫遗址时见过真正的象群，昔日王宫仪仗队的象现在正执行着驮游客上山的新使命。在1947年独立前，印度全国有五百个土邦王。英国人统治时期还承认这些土王的权力，到独立后政府便取消了他们的割据，赎买了他们的财产。迈索尔小邦国的土王共传了二十五代，最后一位王叫马哈拉加，到1974年才去世，他的儿子现在还是这个邦的议员。

中央厅的右侧辟有一个小陈列室，展览着这位末代土王的收藏物。最多的是兵器，各种各样的刀剑，有一把两百年前的古剑，薄而细长，可做缠腰之柔。一种中国兵刃中没有的匕首，形如《西游记》中二郎神的三尖两刃刀，但手把上又有小机关，刺中人后机关一开，两旁又炸出四个小刃，作用如现代子弹中的"炸子"。有一四指钢爪，套在手心里，不防捏人一把，能致骨碎，属暗器一类。兵器室里面又有一室是王的猎物标本，看来这个末代土王在气数将尽之前纵情游猎，行踪遍及欧亚非各地，每有猎获就将其中硕大者制为标本，其意大约是记功扬威。封建君王巩固统治的主要手段便是一个字：杀。不杀人时就杀兽，总之要杀气常存。在中国史书中每朝都有皇帝行猎的记载，如有亲射得重大猎物者必恭录时、日、地点，以明圣上英武，现在沈阳故宫中还存有努尔哈赤某年亲猎得一头大熊的标本。我在这个土王的猎物室中漫步，如置身于天然森林，突然你眼前冲出一头猛虎，双爪前探，血口盆张。一转身，一头黑熊又人立而起，双掌正要搭在你肩上。眼前独角犀兽弓背疾驰，远处梅花鹿耸耳静立。我一仰头墙上伸出一头牦牛，两只大角如壮士双臂环抱，眼如铜铃。后退时不小心碰在一个齐人高的灯柱上，用手一摸，原来是一根象鼻，脚旁供人坐的一个圆凳却是一只象脚。

　　在迈索尔的二十五代土王中最令人印象深刻的是第二十四代王，刚才看到的英总督府门庭里那张画像就是他。二十四代王即位时邦内土地贫瘠，旱灾频频，他励精图治，兴修水利，筑成一座历史上闻名的水坝。下午返回时，我们曾驱车到坝上凭吊。坝高不可测，长约四五公里，坝外是一汪湖水，碧波浩渺，坝内绿树如烟，田连阡陌。我真不明白这小土王怎能有如此大的魄力，几乎是在平地上筑起这样长的大坝。车在坝上行驶约十五分钟，我在国内还未见过这样的工程。一般建库造坝，尽量取河口狭窄之处，而这条坝则平地卧龙，一虹南北。坝取弓形结构，弓背向水，可加倍受力，十分科学。我们到坝下泄洪口处，激流喷涌而出，浪头常突然跃上渠岸，袭人一身清凉。渠首坝身上有花岗石碑，上刻明此坝是1929年到1937年修建，十多位工程师的名字都了然其上，并注明他们在此工作的日期，虽有的仅数月，亦不漏掉。比起创作那扇象牙门的艺人，工程师的待遇要好得多，可见第二十四代王的开明。坝旁的数顷土地已开辟成灯光花园，引水环绕其间，花圃成方成格。我们从渠首下来时，已是日暮时分，一会儿灯光齐明，坝上灯柱成一条长龙，花园中的音乐喷泉随乐声节奏的快慢或如礼花冲天，或如彩绸漫舞，且五颜六色变幻无穷。路边花中都因势因地置有多色灯光，园中心一条人工瀑布两叠而下，浩浩中流波光闪闪。虽是夜间，游客慕名而至，摩肩接踵，影影绰绰。夜风吹笑语花香，不辨天上人间。土王当年只知兴水利、修农田，未料今日又得旅游之利。灯光花园已成了印度招徕游客的一主要项目，坝头就有一座高级旅游饭店，难怪人们最不肯忘记这位二十四世土王呢。

许多旧迹往往是这样，不管当初修建者的目的如何，最终还是传给后人，作为国家、民族和全人类的财富，如我们现在游金字塔、长城、颐和园。一个人，不管自觉不自觉，只要他为世界留下一份有价值的文化遗产，便可永恒。

1990 年 4 月 21 日

特利尔的幽灵

《共产党宣言》的第一句话就是："一个幽灵，共产主义的幽灵，在欧洲游荡。"我不知道德文的原意，中文翻译时为什么用了"幽灵"这个词。中国人的习惯，幽灵者，幽远神秘，缥缈不定，威力无穷，看不见，摸不着，似有似无，信又不信，几分敬重里掺着几分恐惧，冥冥中看不清底细，却又摆不脱对它的依赖。大概这就是幽灵。

或许就是这幽灵的魅力，我一到德国就急着去看马克思的故居。马克思出生在德国西南部的特利尔小城。那天匆匆赶到时已近黄昏，我们在一条小巷里找到了一座灰色的小楼，在清静的街道上，在鳞次栉比的住宅区，这是一处很不引人注意的房舍，落日的余晖正为它洒上一层淡淡的金黄。我推门进去，正面一个小小的柜台，陈列着说明书、纪念品，门庭很小，窗明几净，散发出一种家庭式的温馨。最引人注目的是墙上的一张马克思像，不是照片，也不是绘画，是一幅用《共产党宣言》的文字组成的肖像。连绵不断的英文字母排成长长的线，勾勒出马克思的形象，我们所熟悉的大胡子、宽额头和那深邃的目光。我在这张特殊的肖像前默站了好大一会儿。一个人能用自己驰名世界的著作来标志和勾勒自己的形象，这真是难得的殊荣。

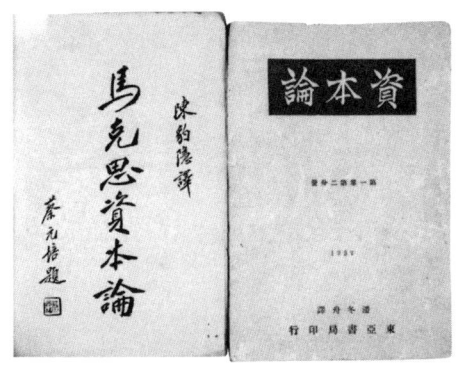

中国最早的《共产党宣言》和《资本论》，分别由陈望道和陈豹隐翻译

故居的小楼共分三层，环形，中间有一个小小的天井。一层原是马克思父亲从事律师职业时的办公室，现在做了参观的接待室；二层是马克思出生的地方，现在陈列着各种资料，介绍马克思的生活情况和当时国际共运的背景；三层陈列马克思的著作。其实，马克思出生后在这里只住了一年半，他父亲1818年4月租下这座房子，5月5日马克思出生，第二年10月全家便搬走了。马克思于此地可以说毫无记忆，他以后也许再没有来过，但是后人记住了它。1904年，这座房子被特利尔一位社会民主党人确认为马克思的出生地，党组织多次想买下它，限于财力，未能如愿，1928年才用十万金马克从私人手中买下并进行修复，计划在1931年5月5日开放。但接着政治形势恶化，希特勒上台，1933年5月，房子被没收，并做了法西斯地方组织的党部。直至第二次世界大战结束，社会民主党才重新收回了这座房子，1947年5月5日终于第一次开放。

世事沧桑，从马克思1818年在这座房子里出生到现在已过了一百七十多年，这期间世界变化之大，超过了这之前的一千八百年，但是世界仍然在马克思的脑海里运行。陈列馆里有一张当年马克思投身工人运动和为研究学问四处奔波的路线图，一条条细线在欧洲大地来回穿梭，织成一张密网。马克思从一开始就把整个地球，把地球上的经济形态、生产关系、科学技术、人的思维及这个世界上的哲学等，全部做了他的研究对象。他要为世界究出个道理，理出个头绪。他是如阿基米德或中国的老子那样的哲人，他看到了工人阶级的贫困，但他绝不只是想改变一时一地工人的境况。他不是像欧文那样去搞一个具体的慈善实验，就是巴黎公社，他一开始也不同意。他是要从根本上给这个乱糟糟的世界求一个解法。

　　这座楼里保存最多的资料是马克思的各种手稿和著作的版本，我们最熟悉的当然是《共产党宣言》和《资本论》了。这里有最珍贵的《共产党宣言》第一版。在这之前还没有哪一本书能这样明确地告诉人们换一种活法，能在全世界范围内掀起一场持续百年而不衰的运动。我们只要看一看这橱窗里所陈列的从 1848 年首次出版以来，各地层出不穷的《共产党宣言》版本，就知道它的生命力。它怎样为世界所接受，又怎样推动着世界。据统计，《共产党宣言》共出版过七十多种文字的一千多种版本。它传到中国是 1920 年，由陈望道先生译出第一个中文本。从此，起起落落经历了两千年农民起义的神州大地卷起了一股崭新的风暴——共产主义的风暴。那些在油灯下捧读了麻纸本《共产党宣言》的泥腿子，他们再不准备打倒皇帝做皇帝，而是头戴斗笠，肩扛梭镖，高喊着"全世界无产者联合起来"，呼啸着冲过山林原野。三楼的第二十二展室是专门收藏和展出《资本论》的，最珍贵的版本是《资本论》第一卷的平装本。《资本论》是一本最彻底地教人认识社会的巨著，全书一百六十万字，马克思为它耗费了四十年的心血，为了写作，前后研究书籍一千五百种。在这之前，谁也没有像他这样讲清资本和劳动的关系。恩格斯在马克思的墓前说，马克思一生有两大发现：一是发现物质生产是精神活动的基础，二是发现了资本主义的生产规律。这本书不只是教人认清剥削，消灭剥削，它还教人认识生产力和生产关系，组织经济，发展经济。它的光焰甚至逼得资本家也不得不学《资本论》，不得不承认劳资对立，设法缓和矛盾。《资本论》是一个海，人类社会的全部知识，经过了在历史河床上的长途奔流，又经过了在各种学科山林间的吸收过滤，最后都汇到了马克思的脑海里来，汇到了这本大书里来。我看着这些发黄的卷了边的著作和各种文字的密密麻麻的手稿，看着墙上大段的书摘，还有规格大小不一、出版时间地点不同的

马克思和恩格斯（摄影）

各种版本，一种神圣的感觉爬上心头。我仿佛是从大海里游上来，长途跋涉，溯流而上来到青藏高原，来到了长江、黄河的源头，这时水流不多，一条条亮晶晶的水线划过亘古高原，清流漫淌，纯净透明，整个世界静悄悄的，头上是举手可触的蓝天白云。夕阳从天井里折射进来，给室内镀上了一层灿烂的金黄。

　　一百五十年前马克思宣布了"共产主义幽灵"的出现，欧洲一切反动势力真是茫茫然，吓得手忙脚乱。一百五十年后，当我站在特利尔这座小房子里时，西方人已经不怕马克思了，这窗户外面就是资本主义世界。这个世界完整地保存了这座房子，还在它的旁边并辟了马克思纪念图书馆。在对马克思主义的幽灵经过了那个"神圣的围剿"后，现在已不得不承认它的存在，并认真地从中汲取着养分。1983年马克思逝世一百周年时，当时的联邦德国曾专门发行八百三十二万枚铸有马克思头像的硬币，其中三十五万枚专供收藏。而在此前，联邦德国马克上只铸历届总统的头像。联邦政府国务秘书就此事在议会答辩说："马克思的政治观点在西方虽有争论，但他无疑是一位重要的学者，应该受到人民的尊敬。"牛津大学希腊文教授休·劳力埃德琼斯说："现有的大量文献，包括一部分很有价值的，都是在马克思主义的基础上产生的。不仅在历史、政治、经济和社会各门学科中，而且在美学和文学批评领域中，马克思主义都是每个有常识的读者必须与之打交道的一种学说。"他们就像一位输在对方剑下的武士，恭手垂剑，平心静气地讨教技艺。

从留言簿上看，来这里参观最多的是中国人。马克思主义于中国有太多太多的悲欢。这个幽灵在中国一登陆，旧中国的一切反动势力立即学着欧洲的样子对它进行了"神圣的围剿"。就是共产党内，在经历了"十月革命"一声炮响送来马克思主义的一刹兴奋之后，接着便有无穷的磨难。这个幽灵一入国门，围绕着怎样接纳它，运用它，便开始了痛苦的争论。幽灵是万灵之药，是看不见的，是来自遥远欧洲的提示，是冥冥中的规定，是马克思的在天之灵。中国这个封建文化深厚、崇神拜上、习惯一统的国度，总是喜欢有一个权威来简化行动的程序，省却思考的痛苦。中国历次农民起义总要先托出一个神来，陈胜吴广起义托狐仙传话，刘邦起义假斩蛇树威，直到洪秀全创拜上帝会自称上帝的代言人。总之，要从幽冥之处借来一个威严的声音，才好统一行动。于是传播共产主义幽灵的书一到中国，便立即有了革命的"本本主义"，这种借天上的声音来指导地上的革命所造成的悲剧，择其大者有两次。一次是土地革命战争时期，王明的"左"倾路线，导致根据地和红军损失殆尽。是毛泽东摈弃了洋本本，包括摒弃了共产国际派来的那个马克思的老乡——军事指挥官李德，而只用其神，只用其魂。他不要德国的、欧洲的外壳，他用中国语言，甚至还带点湖南味道大声说："打得赢就打，打不赢就走，农村包围城市。"一下就讲清了中国革命的战略问题，幽灵才真的显灵了，革命重又"六盘山上高峰，红旗漫卷西风"。第二次是新中国成立后，对生产关系的错误估计导致了"大跃进"、公社化对生产力的破坏，直至全面崩溃的"文化大革命"。是邓小平再次摈弃了洋本本,他再一次甩开强加给共产主义幽灵的沉重的外壳,用中国语言,甚至还有点四川味道说了一声"不管白猫黑猫,抓住老鼠就是好猫",并大胆问了一句:"什么是社会主义?"一下子就使中国这个老大社会主义跳出了共产主义的狂想,跳出了红色纯正的封闭。当我们这几年逐渐追上了发展着的世界时,回头一看,不禁一身冷汗,一阵后怕。马克思当年批评大清帝国说,一个人口几乎占人类三分之一的大帝国,不顾时势,安于现状,人为地隔绝于世,并因此竭力以天朝尽善尽美的幻想自欺。这样一个帝国注定要在一场殊死的决斗中被打垮,如果我们还是那样封闭下去,将要重蹈大清帝国的覆辙。

读了几十年马克思的书,走了几十年曲曲折折的路,难得有缘,来到马克思最初降临人间的地方,观看这些最早出现在人世的福音珍本。但这时我已不像当年在课堂里捧读时那样,面前一片空白,心中的思考有如眼前这些藏书一样的沉重。我注视着墙上用《共产党宣言》文字组成的马克思肖像,他像佛光中的佛祖一样,忽然清晰,又忽然模糊,一会儿浮现出来的是马克思的形象,他的宽额头大胡子,一会儿人不见了,只是一行行的字母,字里行间是百年工运的洪流和席卷全球的商业大潮。我想,我们还是不了解马克思,许多年来我们对他若即若离,似懂非懂。这几年,我们也曾急切地追问:资本主义为什么腐而不朽,打而不倒呢?这个幽灵为什么不灵了呢?但是就在这个房间里,打开这尘封色褪的书稿,马克思老人早在1859年就指出:无论哪一个社会形态,在它所容纳的全部生产力发挥出来以前,是绝不会灭亡的。而新的更高的生产关系,在它的物质存在条件在旧社会的胞胎里成熟以前,是绝不会出现的。过去我们也曾认真地对照马克思的书,计算过雇几个工人就算是资本主义,数过农民家养几只鸡,就算是资本主义。但是我们又忽略了,仍然在这些书稿里,马克思面对人们急切地询问他社会主义的步骤时说:"现在提出这个问题是虚无缥缈的。"恩格斯说得更明白:"我们不打算把什么最终规律强加给人类。关于未来社会组织方面的详细情况和预定看法吗?您在我这里连它们的影子也找不到。"马克思是一个伟大的思想家,而我们却硬要把他降低为一个行动家。共产主义既然是一个"幽灵",就幽深莫测,它是一种思想而不是一个方案。可是我们急于对号入座，急于过渡，硬要马克思给我们说个长短，强捉住幽灵要显灵。现在回想我们的心急和天真实在让人脸红，这就像一个刚会走路说话的毛孩子嚷嚷着说："我要成家娶媳妇！"马克思老人慈祥地摸着他的头说："孩子，你先得吃饭，先得长大。"到一个半世纪后，中国共产党在北京召开"十五大"，认真地总结20世纪以来的经验教训，指出党绝不能提什么超越现阶段的任务和政策。社会主义初级阶段的历史进程至少需要一百年。这就是历史唯物主义。中国俗话讲：日久见人心。心者，思想也。常人之心，年月可观；哲人之心，世纪方知。马克思实在是太高深博大了，在过去的岁月里，无论是东方的还是西方的学者，无论是资本主义的还是社会主义的实践者，其实都才刚刚从皮毛上理解了他的一小部分，便立即或好或恶地注入感情，生吞活剥地付之行动。他们经过许多跌跌撞撞、磕磕碰碰之后，再又来到他的肖像前，他的故居，他的墓旁，从他的著作里重新认识马克思。

从故居出来，天已擦黑。特利尔很小，只有十万人口，却是德国一个古老的城市。街上灯火辉煌，我们找了一家很有现代味道的旅馆，便匆匆住下了。如今我从东半球飞到西半球，就像唐僧非得要到释迦牟尼的老家去一趟不可，跋涉万里，终于还了这个愿。我带着圣地给我的兴奋和沉思慢慢进入梦乡。第二天早晨一醒来，满屋阳光，推开窗户，惊奇地发现街对面竟是一座古罗马的城堡，一座完整的城门和向两边少许延展的残墙，距今已两千四百年。城堡全由桌子大小的石块砌成，石面已长满绿苔，石缝间也已长出了手臂粗的小树。就像一位已经石化了的罗马老人，好一派幽远的苍凉，我感觉到了历史的灵魂。而越过城堡的垛口向南望去，还有一座尖顶的古教堂，据说也已经一千四百年。沉重的红墙，窄窄的窗口，里面安置着主的灵魂。城堡和教堂只隔几条街，历史却跋涉了一千年，咫尺方寸地，岁月两千年啊。我注视着这个宁静的历史的港湾，不禁想到，凡先驱者的思想，总是要留给我们一段长时间的理解和等待。就在离特利尔不远的乌尔姆还诞生了德国的另一位大哲人爱因斯坦，他的相对论发表之初，据说全欧洲只有八个人懂，到四十年后第一颗原子弹爆炸，人们才信服了他。而就是现在，许多人对其奥义也还是似懂非懂。我又想起一件事，也是马克思的老乡，天文学家开普勒经过十六年的呕心沥血，终于发现了行星运行规律。他欣喜若狂，在实验笔记上大书道：大事告成，书已写出，可能当代就有人读它，也可能后世才有人读它，甚至可能要等一个世纪才有读者，就像上帝等了六千年才有信奉者一样，这我就管不着了。

思想家只管想，具体该怎么做，是我们这些后人的事。既然是灵魂，它就该有不同的躯壳，它就会有永远的生命。

1997 年 10 月 18 日《光明日报》

奉献给死者的艺术

上飞机前还有一小时的机动时间，我坚持要去看看莫斯科的公墓，看看那个特殊的文化角落。

去得匆匆，竟连大门口是什么样子也未及细看，只记得是一条很宽的街，高大的门，门对面好大一片树林，绿涛翻滚着，无闹市的喧嚣，有郊野的清风，气氛是一种淡淡的寂静。一进门，甬道两旁分列着一排排的常青松柏，松柏下是死者整整齐齐的眠床。这里没有中国公墓常见的土堆，也无供骨灰的灵堂，只有绿树护着青石，青石衬着鲜花，猛一看像一个清净的公园或谁家的庭院。

我向一个靠近路边的墓葬走去。墓盖是一面极光洁的花岗石板，石板中央伸出两只大手，也是花岗石雕成，粗壮的腕部，有力的骨节，立时叫人起一种坚实的联想。这两只手轻轻地合拢着，捧着一块三角形的大红宝石。我一时不解了。这组颇具匠心的雕塑，就算是墓碑吗？那么这下面安息着一个怎样特殊的人呢？我在墓前肃立良久，细细揣度着，那双手从石中冲出时的强劲与合拢时的轻柔，那花岗石的纯黑与宝石的鲜红，幻化成一种多层复合的美，将人引向一个深邃的意境。向导过来告诉我，这里安眠着的是一位著名的心脏外科专家，他一生用自己灵巧而有力的手拯救过

莫斯科新圣女公墓外景

无数人的生命。噢，我一下明白了，一个人死后，后人用这种含蓄的手法来表达他的生平与事业，表达生者对死者的纪念。最哀切的事情却用最艺术的手法来表达，这是一种多么平静、超脱而又理智的举动啊。我们说长歌当哭，他们却更祭以艺术。

我慢慢地往里去，一股强劲的艺术魅力如磁石般吸引着我。这哪是什么墓地，简直是画廊，所不同的是这里每一件艺术品下还有一个曾是活泼泼的人，那是这件艺术品的根，是它的主题。墓碑全部是清一色的黑花岗石，打磨得极光亮，熠熠照人如一面银镜。有的只简单地在这石面上刻出死者的头像，轻轻的又淡淡的如一幅随意素描。说是清淡，那不过是艺术的质感，这石与锤造就的作品自然是风雨不去，历久如新的。有的凿成浮雕，死者的形象微微突起在石板、石块或石柱上，若隐若现，好像在天国那边透过云雾回望人间，更多的则是半身胸像和各种含义深刻的组合雕塑。但这偌大的墓地无两块相同式样的墓碑，生者不肯抹杀死者的个性，也决计要表现出自己的匠心。一位叫依留申的飞机设计师，他的墓碑是一个圆柱形与凹面的组合，圆柱上雕有他的胸像，胸前有三个醒目的大勋章。

那块凹面石块立衬在石柱后面，表示无垠的天穹，天穹上还有些飞机的航行轨迹。看着这一组近在咫尺、盈缩如许的石雕，我顿然如驰骋蓝天，并感到一种凌云的壮志。有一位海军将领，他的墓盖上只有一只大铁锚，黑锚金链，屹然挺立，风打浪涌，不动丝纹。有一组更特殊的墓碑，石柱上横着一个大箭头，上面浮雕着六个人的头像，这只箭头正穿云过雾急急飞行。原来这六个人是一个派到国外的救援小组，不幸同机遇难。

松柏中有一组男女雕像吸引了我。不用说这是一个合葬墓了，令人吃惊的是，两人全是裸体。男子略向前俯身，依在一石上，右臂弯回，手中握着一柄铁锤；女子偎在他的身后，手执一条轻纱，款款地飘在身后。两人都目视前方，但我切实地感到他们的心是那样相连相通，是一个不可分的整体。最纯真大方的爱是用不着一点遮掩的，原来这对夫妻，男的是雕刻家，女的是一位芭蕾舞演员，都是搞艺术的。我想这组作为墓碑的石雕一定是他们生前设计好，嘱后人这样创作的。试想以我们的传统观念谁愿在自己的墓前留一个裸体像呢？又有谁敢将自己的亲友雕成一个裸体立于墓上呢？但艺术家自有艺术家的思考。世间虽有山水的磅礴，花草的艳丽，但哪一种美能比得上人体蕴藏的灵感呢？而这种人类的共性之美，并不是随便哪一个形象都可以表达的，只有那些个别的极富外美条件的人体才可充分表现这种内蕴的美感。这两位艺术家，一个人是终生为人们塑造这种能表达内蕴之美的外形，另一个则所幸天地钟秀其身，就矢志以自己美的外形去表现人类美的灵魂。总之，他们一生都沉浸在对人体美的追求、创造中。正当他们的事业处于顶峰之时，突然上帝要召他们而去，这是多大的遗憾啊。我好像听见他们弥留之际请求上帝答应他们再给世上留下点东西，上帝说只许一件，这就是墓碑。于是，他们就将自己的一生浓缩在这块石头上。他们要将自己美丽的躯体展示在这里，用这力、这柔、这情，留给后人永恒的美。什么才能久而不朽呢？石头。什么才能跨越生命的"代沟"，无言地表达感情与思想呢？艺术。于是这石头的艺术便成了死者与生者在墓前吻别的信物。

他们长眠于新圣女公墓，墓碑的主人从上至下依次为：斯大林的第二任妻子阿利卢耶娃、乌兰诺娃、赫鲁晓夫、奥斯特洛夫斯基、叶利钦、契诃夫

当匆匆的一小时参观行将结束的时候，我没忘记这普通公墓里还有一位不普通的人物——赫鲁晓夫。他的墓在公墓前后大院之间的甬道旁，占地不大。我没想到这样一个曾为超级大国一号领袖的人物，死后却屈身路旁。当他和光明一别之时，就来这里与民同乐了。他的墓碑从艺术角度说也真有个性。那是由三个黑白方格相扣而成的石雕，在最上一格中放着赫鲁晓夫的人头雕像。赫在位时的一件惊世之举就是将斯大林遗体迁出列宁墓，而他现在却被置于公墓堆中。历史人物的功过且由历史学家去评说，但艺术家自有自己的见解。据说，这个墓碑的设计者曾受过赫鲁晓夫的批评，但他并不是从个人好恶出发，客观地认为赫这个人是功过参半，所以就用黑白两色夹一人头，他的家属也接受了这个方案。我站在那里好一会儿，端详着这件艺术家送给政治家的礼物。

在回去的车上，我自然联想到国内的墓葬风气。一次在南方旅行，老远就见到青山上一片片的白，像长了秃疮一样。那是新修的水泥墓。像这样铲去青松翠柏，铺上冰冷的水泥，且不说破坏水土，于死者又有何益呢？建筑向来标志着当时当地的社会文化。我想起一位建筑师朋友说的话：世界上的建筑可以分为三类——给人住的，给神住的，给鬼住的。那么通过神鬼之居的庙堂、陵墓，同样可以窥见社会文明的一斑。封建帝王可以独占金字塔或十三陵那样大的地下宫殿，而刚才参观的这个苏联公墓，无论贵贱，每人交一笔租金，占地一方，限期十四年。这几年我们国内不少人富了，人住的房子非常现代化，却又按最陈旧的规矩去盖庙修墓安抚鬼神。看来有了钱，没有文化、没有新观念还是难超越自我。能懂得向死者献上一件富有审美价值的雕塑，生者与死者之间能以艺术方式倾心交流思想、交流感情，这个民族的文化素养就不会很低了。

1989 年 5 月 14 日

被缓解稀释和冲淡了的环境

在德国旅行我真嫉妒这里的环境。在北京拥挤的自行车、汽车和人的洪流里钻惯了，一在法兰克福降落，就如春天里突然脱了棉袄一样的轻松。宽阔的莱茵河当城静静地流过，草坪、樱花、梧桐，还有古老肃穆的教堂，构成一幅有色无声的图画。我们像回到了遥远的中世纪或者到了一个僻静的小镇，心也静得像掉进了一把玉壶里。

在几个大城市间的旅行，是自己开车走的。这种野外的长途跋涉，却总像是在一个人工牧场里，或者谁家的私人园林里散步。公路像飘带一样上下左右起伏地摆动，路边一会儿是缓缓的绿地，一会儿是望不尽的森林。隔不远，高速公路的栏杆上就画着一个可爱的小鹿，那是提醒司机，不要撞着野生动物。这时你会真切地感到你终于回到了大自然，在与自然对话，在自然的怀抱里旅行。我努力瞪大眼睛，想看清楚那绿色起伏的坡地上是牧草还是麦苗。主人说不用看了，那全是牧场。这样的地在中国早已开成农田，怎么能让它长草呢？可是一路上也没看到一头牛，说明这草地的负担很轻，大约也是过几天来几头牛，有一搭没一搭地啃几口。它只不过顶了一个牧场的名，其实是自由自在的草原，是蓝天下一层吸收阳光水分、释放着氧气的绿色的欢乐的生命，是一块托举着我们的绿毯。当森林在绿毯的远处冒出时，它是一块整齐的蛋糕，或者是一块被孩子们遗忘的积木。初年才盖好，至今也没有停止过加工养护，我们去时于"山"缝间还挂着许多脚手架。至于一般的私家住房，就像小孩子过家家一样必定要摆弄出个新样子。德国人常常买一块地，邀几个朋友，自己动手盖房子。他们在充分地咀嚼生活。

　　和树多房美相对应的是人少。车在公路上行驶时两边看不到人，就是在城里也很少看见人。有几次我有意地目测一下人数，放眼街面，数不到几个人。这是如中国的长安街、东西单一样的街道啊。一次在市中心广场停车，要向路边的收费机里喂几块硬币，兜里没有，想找人换，等了半天才从街角转出三个散步的老妇人。一次开车从高高的停车场上下来，到出口处自动栏杆挡着，不喂硬币它不弹起。我踩住刹车，旁边会德语的同志就赶快去找人换钱。这是车库门口，不能总挡人家的路。但是大概有十分钟，任我们怎么着急，就像在一个幽静的山坡下，怎么也唤不出一个人影。那条挡板无言地伸着它的长臂。我抱着方向盘，透过车窗，眼前闪出了当年朱自清写的游欧洲的情景：火车爬到半山，一头牛挡住路，车只好就停下来，等着它慢悠悠地走开。欧洲人竟是这样的舒服啊，就像在牧场上不见牛羊，只见绿绿的草；在城里不见人，只见空空的街。生存的空间是这样大，感到心里很宽，身上很轻。人越少，就服务得越周到。在汉堡，大约六七十米就有一个人行过街路口，我们乘坐的庞然钢铁大物不时谦让地住脚给行人让路。有的路口电杆上画一个手掌印，你要过路时按它一下，红灯就会亮起挡住车流，人过后红灯自灭。虽然车行如海，但人在车海里是这样的从容，如同受到自然恩惠，人受到社会完好的关照。反过来如同对自然的保护，人也十分遵守社会秩序，表现出自觉的纪律性。纪律是社会共同的利益。在国内早听说过，德国人就是半夜过路口，附近无一车一人也要等红灯。这次真是亲身体验。汽车也是这样礼貌，尤其是如执行弯道让直行、辅道让主道之类的规则时，经常谦让得让你发急。而在北京街头汽车常常要挤着自行车，拨着人的屁股抢路走。是环境的从容养成人性的谦让，当他谦让时不是对哪一个人，是对整个生态环境的满意和尊重。

在德国科隆

　　总之，在德国无论是在乡间，在城里，都感受到一种被缓解被稀释和被冲淡了的环境。我们为什么愿意到草原、到海边去旅游，就是因为那宽松的环境，那里空间极大，大到可以尽力去望，没有什么东西会阻挡你的视线。你可以尽力去听，没有什么人为的声音会来干扰你的听觉，只有天籁之音。这时你才感到人的存在，人的主宰。人们为什么要寻找山水就是为了释放那些在市井中被压缩许久的视力、听力和胸中的浊气，所以当一个城市二十四小时都能给我们一汪绿色一片安宁时，这是何等的幸福啊。

1997 年 4 月 12 日

挽留自然，为了我们的生存

　　澳大利亚人过着一种田园牧歌式的生活，这大半要归功于大自然的赐予。你想，澳国有七百六十八万平方公里，国土面积只比中国小一点点，但是它的人口却只有一千九百万，还不及中国的零头。多大的生存空间啊，就像一个人睡在一张几十平方米的大床上横躺竖卧，打滚翻跟头，都任由你，那该是一种多么宽松的心境。

　　澳大利亚，与其说是一个国家不如说是一个洲，一个漂在南半球大洋上的洲。汪洋碧波隔世外，绿草如茵接天去。开国二百年，除"二战"时日本人飞来扔了几颗炸弹，难得有谁来打扰，真是寂寞得连个吵架的人都没有。它打滚撒欢，高喊大叫，也不用担心碰着何人，吵了哪个。因为漂在水上，自然就生出许多港湾，所以澳大利亚有许多著名的海港城市，如悉尼、墨尔本、黄金海岸、布里斯班等。这些地方的海水悄悄地伸向内陆，如指如爪，如带如须，这充满动感的蓝色条块，穿割着绿地、森林，簇拥着那些红顶白屋。在澳大利亚的政府办公室里，在旅游点上，常挂有大幅的国土照片。蔚蓝色的大海上，漂着一块"心"字形的翠玉。因澳国多草树，这块玉就基本呈翠绿，但北部有一片沙地，玉上就又嵌出一块橙黄。澳大利亚出产一种在全球独一无二的宝石（OPAI），中文音译正好是"澳宝"。这幅精心印制的国家地图，恰好表达出澳大利亚人自豪自得、宝其家国的心情。

在澳大利亚访问时，我们特别提出一定要采访一家牧场，要看看这田园牧歌的基层细胞是什么样子。那天，我们驱车二百五十多公里来到一个叫埃弗顿的小镇。镇上只有四千人，但安静整洁似一座花园。果然如人所说，只要你找到一个小镇，必然会有一座教堂、一个咖啡馆和一个中餐馆，说明这里的多元文化。这三样都是红砖砌就，托在草地上，映在绿荫中。牧场主是墨尔本大学的一位教授，他十四年前买下这个牧场，原因很简单，就是想让四个孩子远离市井喧嚣，在纯净的大自然中度过童年。其妻是中学教师，从大城市到镇上来教书，四个孩子在这里相继读完小学、中学，又都考上墨尔本的大学，现都在外工作。最令他自豪的是小女儿还被聘到英国去教英语，这是最典型的澳国人的大自然情结。现在他经营的这个牧场，养良种公牛，还有一个专供酿酒的葡萄园，而他仍在大学任教。显然，这个农场科技含量很高。他邀我们去看酿酒厂，公路像是画在绿毯上的一条飘带，澳洲特有的桉树如巨人般屹立两旁，主人骄傲地说："这个农场是当年从本州一位后来成为总理的人手里买来的。"路旁仍依稀可辨古人旧居。

车子在一带山坡前停下，平地上露天立着六十个大钢罐，还有一些管线，几台运输叉车，一个垛满橡木桶的酒库。厂长是个四十多岁的汉子，他说这个厂只生产以某种葡萄为原料，有专门口味，为"某特定阶层人士"所好的酒。他已五次到中国，在湖北枣阳有一个合作酒厂，主要是看中那里深山的无污染环境。我奇怪，眼前的造酒设备怎么都在露天？连个起码的用以遮盖的厂房也没有，刮风下雨，扬沙落上怎么办？厂长说："这里有风，但从来无尘，酿酒季节史是风和日丽。再说生产罐全部是密封的，下点雨也不怕。"我环顾四周，视线之内真的见不到一点土。这个小酒厂被绿草拥上山坡，就快要送到树林的怀里了。机器的使用和技术的进步，使我们接受一个新概念——人机工程，讲人和机器协调一体。而现在我又想到一个新概念——人与自然工程，人与天一体。科学和技术绕了一圈，又带领人类回到大自然的怀抱里。

澳大利亚建国至今不过二百多年。因为是英国殖民者新拓的海外疆土，开始也曾经历了"饿狗见肥肉"阶段以及拼命开发的过程。在首都堪培拉湖边公园的历史陈列室里，有当年开荒破土、挖矿砍树、草场沙化的老照片。但是他们觉悟得早，20 世纪 70 年代初就开始对全民普及环保教育，现在已在环保技术、环保教育和环保成绩等方面处于全球的领先地位。

澳大利亚是一个资源大国，西部出矿砂、钻石和珍珠。珍珠颜色有黑、粉、紫，皆玲珑剔透，形态各异，几乎不需加工就可出口。南部出产"澳宝"，这种宝石在世界上独一无二，没有竞争。沿岸的海里盛产鱼类，本地人不养水产，全取自天然。餐馆里的大师傅做鱼时，常会在鱼嘴里摘出一个鱼钩，鱼都是从海里轻而易举钓来的，厨房里待用的海贝上还长着海草。除了宝石、矿砂、珍珠，还有羊毛、沙地和森林之外，全是牧场。澳大利亚人真是一不小心跌进了大自然的福窝里，它不必像美国、日本那样去拼命争当军事大国、经济大国，它只要做一个环保国家，保住大自然特予的恩赐，就够吃够喝，够得上一个大户人家了。

在澳大利亚，时时处处都能感受到澳大利亚当局这种以自然优势立国并尽力保住这种优势的国策。2000 年刚结束的悉尼奥运会是它向全世界展示这种国策的机会，主会场周围有二十七个大探照灯，不用电，全用太阳能。奥林匹克公园的两座山头绿草如茵，但谁能想到原来这里是一片臭水滩、垃圾场，他们经过整治将垃圾埋到九米深的地下。而在澳大利亚的任何城市、乡镇和高速公路旁你找不到一点裸土，草坪之外、树根下或其他的地方都用人工粉碎的木屑覆盖起来，真是珍爱尊崇如若神明。但是，不论男女老少，都喜欢尽量裸身地在自然中跑步、逛街、游泳，一句话，在自然中打滚。我戏说这里是"地无裸土，人喜裸身"，真是新的自然组合。

当然，澳大利亚人并不承认自己只吃上帝给的饭。他们想努力改变"羊毛大国"、"矿砂大国"的形象，而给人以科技立国的印象，这体现在他们的"科技移民"上，凡申请移民者必须有某种科技专长。其意还在控制人口膨胀，提高人口质量，让上帝独给他们的这份资源，不至于尽快消耗完。

　　挽留自然，是为了我们更好地生存。

《当代贵州》2007 年第 22 期

古城平遥记

听说山西平遥将被定为历史文化名城，我特意去采访。

平遥，北魏时即设县治，名曰平陶，后避魏太武帝拓跋焘讳，改为平遥，至今已一千四百多年。其为文化古城，理由有三：一是至今还有一座保存完好的古代城墙，二是城内还有许多古香古色的店铺和一些古老的手工业工艺，三是近郊有一座艺术价值极高的古寺。在 20 世纪 80 年代的今天，还有这么一个古代细胞，确属不易。

先说那城，铁钉大门，锯形女墙，长长的护城河，一如我们从古画上看到的那样。县志载，周宣王时，大将尹吉甫北伐猃狁，在这里驻兵，首筑此城。待做了县治后，历代又不断增修，现存城池是明洪武三年扩建后留下的，城墙高三丈二，宽一丈五，周长约十二里，还基本完好。这是全国两千多个县中罕见的一例。城墙上共修有七十二个戍楼。我从那喧嚣的大都市走来，弃车登城，一下子就像回到了古代社会。戍楼上仿佛军旗猎猎，刁斗声声。极目城郊，平畴绿野，阡陌相连。俯视城内，高脊瓦房鳞次栉比，店铺纵横，摊贩沿街，似闻叫卖之声。闭锁性是封建社会的特点，你沿城墙而行，就会发现这城严实得像一个铁桶。过去一般县城只有四门，而这平遥城却有六门。这是因为，当年这里商业已很发达，南来北往的商人，进城出城的农民，终日络绎不绝，因此东西城墙又各增开一门。当地人说这城是一只乌龟。你看，南门是头，北门是尾，东西四门是四条腿。说也巧，南门外又恰有一条柳根河擦城而过，从上往下看，这整座城确实像一个正在吸水的乌龟。奇怪的是，每座城门瓮城的内外门本应是垂直一线的，而唯东北一门却偏偏斜了。门外有条路，蜿蜒如蛇状。当地人说，路去十五里，近处有一寺，寺内有一塔，名麓台塔。那实则是一根木桩，龟的一条腿是系在这桩上的，所以这城门是斜的。不然这龟早就跑到河里去了。我们听着都笑了，倒也有点道理。

下得城墙，细游市井，更见古味。街极窄，仅容一马车，两旁一律为店铺。我随便走进一家布店，这里没有现代商店的玻璃柜台，全是红木柜面，已磨得油光。缘墙小格货架，室内光线稍欠亮些，却浮着一种异样的味道，正是"古香"。店铺外的每根橼头上，原本是一律雕有龙头的，"文化大革命"中大都作为"四旧"破除了，幸有少数还在，看那雕工是极精细的。县委的同志说，不久将全部修复。街上许多行业的店铺都以"古陶"命名，更见古色。这些房子中还有一种可看的，就是"票号"旧址。票号便是今日的银行。据说中国最早的票号是发源于平遥和邻近的太谷县，平遥人过去在外经商的极多，赚了钱，要往家里送，很不安全，还要雇保镖，于是便生出这票号，专管兑取银钱。我看了一处叫"日升昌"的票号旧址，五进深院层层有门，俨然金库重地。如今是县里一处机关在此办公，不久将腾出来，好专供人考察游览。

平遥还有两样够得上古的名产：一是牛肉。我在孩童时便知这是极稀有的珍肴，曾偶得试尝，几十年来常常回味。据说其牛在杀前先灌饱花椒水，牛肉先用当地产的一种硝盐生腌七天，然后再煮，并不加任何作料。多少年来，人们用现代的手段分析，易地易法试制，终不得其味，因此至今还是一绝。另一种是漆器，其历史可追溯到唐代，现在还可找到明代的原作。它一律选上好的椴木制成，猪血砖灰抹缝，再涂以中国老漆，共四遍。每遍涂后都要用细砂纸蘸水，细细打磨，最后一遍则要用手掌蘸麻油用力推磨，所以叫"平遥推光漆"，制成后平光如镜。更绝的是，这种家

平遥古城墙

具不避水火，一壶开水浇上去不起皮，火红的烟头放上不留痕。据说，某次国外捞得一古代沉船，船上其他物件早已被海水浸泡得面目全非，唯有一个小炕桌，拭去泥沙，光彩照人。翻过桌底，却有"平遥"二字。漆器设计师薛生金同志十六岁拜师学艺，现在已是这种绝技的专家，他领我看了漆器厂的产品陈列室。这里有桌、柜、几、凳、屏，凡生活中各式家具应有尽有。妙的是，这些家具虽千姿百态，却总不脱一种统一的韵味——"古色"。比如这电视柜，本是现代有了电视机之后才设计的，但它色调深沉，腿脚处又微现出弧度，再饰以云纹，谁说不古？更奇的是描金彩绘，有花、草、鸟、兽和全套古典小说人物。这画是一种特别的入漆颜料，既有油画的明暗调子，又有国画的精确线条，别是一种艺术。平遥推光漆已名扬海外，出口是不须检验的。

出城去，近郊还有宋、金、元、明、清古迹共七十六处，而以佛寺最多。我国历史上崇尚佛教的北魏政权曾在山西建都，留下了以云冈石窟为首的一大批佛教艺术。在平遥郊外也有一座名寺叫"双林"，建于北魏，重修于明，取释迦牟尼圆寂之地各有双木之意。寺内建筑倒也平平，却保存了大量极有艺术价值的悬塑、彩塑。整套的佛祖故事都是用泥塑出来，

平遥古城内票号之
"日升昌"旧址

探出墙壁，悬在空中。所以有人说，连环画应是我国首创。被专家们评为艺术价值最高的是十八尊泥塑罗汉。这些佛国里的神，竟与地上的人是相通的。有一尊名哑罗汉，有口不能言，目眦裂，脸通红，一副急迫之状。其余的笑罗汉，面如春风；醉罗汉，两眼惺忪；病罗汉，形容枯槁。人创造了神，看来神还是脱不了人。宗教是内容，艺术是手段，那内容现在对多数人来讲，已晦涩难懂，而这手段自身倒让人探究无穷。这里中外游人日益增多，内有不少是专为艺术而来的。

晚上宿在县委招待所里，这招待所竟也是一件古董，当年大概是一家有钱人的深宅。正房一溜五孔大窑洞，窑上有楼。两侧厢也是五窑五房，成三合大院。东西北角有雕栏玉阶曲折上下，上面大约原是小姐的绣楼。据说这样的古宅在城中还所存甚多。晚饭后，我在院中散步，两旁中国式的高屋脊在苍茫暮色中庞然耸立，使我觉得正处在一座幽谷之中。这时明月东升，又将这一片古色罩上了一层朦胧。四周极静，远近隐隐传来三两声火车的笛鸣，叫人知道这不是魏晋。

1984年6月

晋祠

出太原西南行五十里，有一座山名悬瓮。山上原有巨石，如瓮倒悬。山脚有泉水涌出，就是有名的晋水。在这山下水旁，参天古木中林立着百余座殿、堂、楼、阁，亭、台、桥、榭。绿水碧波绕回廊而鸣奏，红墙黄瓦随树影而闪烁，悠久的历史文物与优美的自然风景，浑然一体，这就是古晋名胜晋祠。

西周时，年幼的成王姬诵即位，一日与其弟姬虞在院中玩耍，随手拾起一片落地的桐叶，剪成玉圭形，说："把这个圭给你，封你为唐国诸侯。"天子无戏言，于是其弟长大后便来到当时的唐国，即现在的山西做了诸侯。《史记》称此为"剪桐封弟"。姬虞后来兴修水利，唐国人民安居乐业。后其子继位，因境内有晋水，便改唐国为晋国。人们缅怀姬虞的功绩，便在这悬瓮山下修一所祠堂来祀奉他，后人称为晋祠。

晋祠之美，在山美、树美、水美。

这里的山，巍巍的如一道屏障，长长的又如伸开的两臂，将这处秀丽的古迹拥在怀中。春日黄花满山，径幽而香远；秋来草木郁郁，天高而水清。无论何时拾级登山，探古洞，访亭阁，都情悦神爽。古祠设在这绵绵

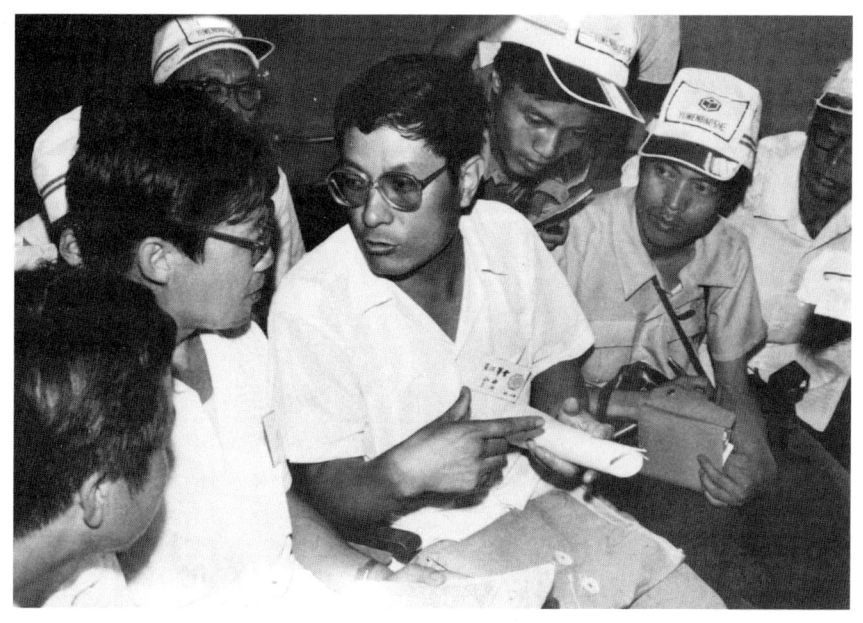

1983 年，《晋祠》收入中学语文课本，应邀与师生交流

的苍山中，恰如淑女半遮琵琶，娇羞迷人。

这里的树，以古老苍劲见长。有两棵老树，一曰周柏，一曰唐槐。那周柏，树干劲直，树皮皱裂，冠顶挑着几根青青的疏枝，偃卧于石阶旁，宛如老者说古；那唐槐，腰粗三围，苍枝屈虬，老干上却发出一簇簇柔条，绿叶如盖，微风拂动，一派鹤发童颜的仙人风度。其余水边殿外的松、柏、槐、柳，无不显出沧桑几经的风骨，人游其间，总有一种缅古思昔的肃然之情。也有造型奇特的，如圣母殿前的左扭柏，拔地而起，直冲云霄，它的树皮却一齐向左边拧去，一圈一圈，丝纹不乱，像地下旋起了一股烟，又似天上垂下了一根绳。其余有的偃如老妪负水，有的挺如壮士托天，不一而足。晋祠在古木的荫护下，显得分外幽静、典雅。

这里的水，多、清、静、柔。在园内信步，那里一泓深潭，这里一条小渠。桥下有河，亭中有井，路边有溪，石间有细流脉脉，如线如缕；林中有碧波闪闪，如锦如缎。这么多的水，又不知是从哪里冒出的，叮叮咚咚，只闻佩环齐鸣，却找不到一处泉眼，原来不是藏在殿下，就是隐于亭后。更可爱的是水清得让人叫绝。无论多深的渠、潭、井，只要光线好，游鱼、碎石，丝纹可见。而水势又不大，清清的波，将长长的草蔓拉成一缕缕的丝，铺在河底，挂在岸边，合着那些金鱼、青苔、玉栏倒影，织成了一条条的大飘带，穿亭绕榭，冉冉不绝。当年李白至此，曾赞叹道："晋祠流水如碧玉，百尺清潭泻翠娥。"你沿着水去赏那亭台楼阁，时常会发出这样的自问：怕这几百间建筑都是在水上漂着的吧！

然而，最美的还是祖先留给我们的文化遗产。这里保存着我国古建筑的"三绝"。

一是圣母殿。这是全祠的主殿，是为虞侯的母亲邑姜所修的，建于宋天圣年间，重修于宋崇宁元年（1102 年），距今已有八百八十年。殿外有一周围廊，是我国古建筑中现在能找到的最早实例。殿内宽七间、深六间，极宽敞，却无一根柱子，原来屋架全靠墙外回廊上的木柱支撑。廊柱略向内倾，四角高挑，形成飞檐。屋顶黄绿琉璃瓦相扣，远看飞阁流丹，气势雄伟。殿堂内宋代泥塑的圣母及四十二尊侍女，是我国现存宋塑中的珍品。她们或梳妆、洒扫，或奏乐、歌舞，形态各异。人物形体丰满俊俏，面貌清秀圆润，眼神专注，衣纹流畅，匠心之巧，绝非一般。

二是殿前柱上的木雕盘龙。这是我国现存最早的盘龙殿柱，雕于宋元祐二年（1087 年）。八条龙各抱定一根大柱，怒目利爪，周身风从云生，一派生气。距今虽近千年，仍鳞片层层，须髯根根，不能不叫人叹服木质之好与工艺之精。

三是殿前的鱼沼飞梁。这是一个方形的荷花鱼沼，却在沼上架了一个十字形的飞梁，下由三十四根八角形的石柱支撑，桥面东西宽阔，南北翼如。桥边栏杆、望柱都形制奇特，人行桥上，随意左右，如泛舟水面，再加上鱼跃清波，荷红映日，真乐而忘归。这种突破一字桥形的十字飞梁，在我国现存的古建筑中是仅有的一例。

以圣母殿为主的建筑群还包括献殿、牌坊、钟鼓楼、金人台、水镜台等，都造型古朴优美，用工精巧。全祠除这组建筑之外，还有朝阳洞、三台阁、关帝庙、文昌宫、胜瀛楼、景清门等，都依山傍水，因势砌屋，或架于碧波之上，或藏于浓荫之中，糅造化与人工一体。就是园中的许多小品，也极具匠心。比如这假山上本有一挂细泉垂下，而山下却立了一个汉白玉的石雕小和尚，光光的脑门，笑眯眯的眼神，双手齐肩，托着一个石碗，那水正注在碗中，又溅到脚下的潭里，却总不能满碗。和尚就这样，一天一天，傻呵呵地站着。还有清清的小溪旁，突然跑来一只石雕大虎，两只前爪抓着水边的石块，引颈探腰，嘴唇刚好埋入水面，那气势好像要一吸百川。你顺着山脚，傍着水滨去寻吧。真让你访不胜访，虽几游而不能尽兴。历代文人墨客都看中了这个好地方，至今山径石壁、廊前石碑上，还留着不少名人题咏。有些词工句丽，书法精湛，更为湖光山色平添了许多风韵。

这晋祠从周唐叔虞到任立国后自然又演过许多典故。当年李世民就从这里起兵反隋，得了天下。宋太宗赵光义，曾于太平兴国四年（979年）在这里消灭了北汉政权，从而结束了中国历史上五代十国的分裂局面。1959年陈毅同志游晋祠时兴叹道："周柏唐槐宋献殿，金元明清题咏遍。世民立碑颂统一，光义于此灭北汉。"

晋祠就是这样，以她优美的身躯来护着这些珍贵的历史文化。她，真不愧为我国锦绣河山中一颗璀璨的明珠。

1982 年 4 月

清凉世界五台山

盛夏 7 月，我驾车来到山西的东北部，前往仰慕已久的佛教圣地——五台山。

五台山，许久以来在我心里有着一种神秘的色彩。常听说在五台山拜佛求愿是十分灵验的，也时不时听说某位朋友又去五台山还愿去了，似乎大家对到五台山求愿灵验后要去还愿是有共识的。我虽不是佛教信徒，但也常怀一颗常人崇拜圣灵之心，无缘之中似乎欠着五台山一点未了之情。如今，我终于来到了五台山的中心——台怀镇。

五台山为太行山的支脉，由东西南北中五大主峰环抱而成，五座高峰耸立，峰顶平坦宽阔，如垒似台，故称五台。五座山峰以台定名，东台望海峰，西台挂月峰，南台锦绣峰，北台叶斗峰，中台翠岩峰。五台中最高的是北台叶斗峰，海拔 3061.1 米，是我国华北地区最高的山峰，有"华北屋脊"之称。五台山顶气温很低，甚至炎夏飞雪，故又名清凉山。五台山的自然风光固然奇丽，然而它之所以名播海内外，是因为它一直被奉为中国四大佛教名山（另三座是峨眉山、九华山、普陀山）之首。

五台山五峰之外称台外，五台之内称台内，台内以台怀镇为中心。小小的台怀镇上，到处都是游人和香客，当然也到处都是宾馆饭店。走在镇上，名山灵气扑面而来。这里四面环山，满山青松翠柏，数不清的寺庙依山分布在台怀镇周围，一座大白塔在蓝天白云的沐浴下显得格外雄伟壮观，那就是塔院寺的大白塔，塔高五十余米。时见僧人正在庙宇之间一步一叩，我方知除了藏传佛教的藏区以外，这里也一样有五体投地苦行僧式的朝拜。

五台山建庙历史很久远，据记载：寺院始于汉明帝，盛于唐，清朝尤为鼎盛。原有寺院三百六十座，现存一百二十四处；而唐以来的各代寺庙尚存四十七座，堪称世界古建艺术宝库。1257 年，西藏名僧八思巴到五台山朝礼，喇嘛教开始传入五台山，形成汉传佛教与藏传佛教并存、"青庙"与"黄庙"同兴的盛况。五台山名刹古寺依山而建，相对集中，高低有序，鳞次栉比，佛教文化、古建筑与自然环境融为一体，成为研究中国宗教文化艺术的一块宝地，称五台山为中国佛教四大名山之首，名副其实。

五台山地区现存的一百二十四座寺庙分布在方圆百公里的范围内，如果只是粗略游完现有寺庙至少需要两个月的时间，若"大朝台"，即所谓五台登顶，则困难更大。从朝拜的僧人那儿了解到，能走遍全部寺庙并登上五座台顶的人很有限，一般人是很难全部走遍的，只有少数极其虔诚、持之以恒的僧人才能做到。相传，乾隆皇帝每次来五台山都想亲至台顶进香拜佛，均被风雪阻拦。乾隆四十六年（1781 年）春，他向曾在中台演教寺住过二十年的黛螺顶的青云和尚询问登台事宜，青云和尚将台顶变化多端的气候如实禀告乾隆。台顶气候异常恶劣，五台之一的中台，一年有八个月降雪。而华北制高峰海拔 3061.1 米的北台更甚，这里 8 月见雪，5 月解冻。据气象资料记载，五台台顶气温年平均为 -2℃，极端最高气温只有 20℃，最低气温达 -44.8℃。7 月份最热，平均气温为 9.5℃；1 月份最冷，月平均气温为 -19℃。

据说乾隆知道难以登台顶后，便给青云和尚出了道难题：五年后再来时，既不登台顶，又要朝拜五台文殊。青云和尚在弟子的帮助下，将东台顶的聪明文殊、西台顶的狮子吼文殊、南台顶的智慧文殊、北台顶的无垢文殊、中台顶的孺童文殊，合塑于五文殊殿内。乾隆五十一年（1786 年）三月，乾隆来此殿进香，朝拜五台文殊，大喜，遂亲笔题诗一首，刻制在黛螺顶碑记的背后。现在黛螺顶寺院山门前有牌楼一座，石狮一对，内有乾隆帝御制黛螺顶碑记一幢。黛螺顶风景幽雅，高瞻远瞩，整个台怀镇寺庙群尽收眼底。正是五台文殊像在黛螺顶的建成，使得人们不用转遍五台也可以朝拜五台文殊，因此这里被叫作"小朝台"，成为游人香客的必到之处。

徜徉在一所所历史久远的寺庙之中，遥望着一座座金碧辉煌的殿宇，凝视那阳光在绿荫中留下的点点光斑，聆听暮鼓晨钟木鱼经声，仿佛置身于冥冥之境，体会着时光恍然，神龙盘旋，唯愿大慈大悲，平安祝福，一切仿佛又是昨天。

时间有限，根据资料上的推荐，我重点游览了黛螺顶、显通寺、塔院寺、龙泉寺、镇海寺、南山寺、殊像寺、五爷庙、观音洞等有代表性的寺院，还驾车登上了最高的北台顶——叶斗峰，完成了我至少登上一台顶的心愿。去往北台顶的一路之上，山路盘旋惊险，一侧是绝壁深渊，一侧是绿树青松，溪水淙淙。山顶的云，青青淡淡，如梦如烟；山间的树，挺拔修丽，青翠欲滴；山中的水，清流生凉，幽雅并生。盛夏登上北台顶，虽然阳光直射，还是顿生寒意。放眼望去，真个是千嶂尽去，万里无碍，天造地化，一览无遗。置身这佛教圣山之巅，心灵如洗，堪为这天人合一的自然和谐所征服。

走遍五台山，细细品味五台山的历史文化，似有时光倒流、返璞归真之感。历史之厚重、人文之精华、佛教文化之精髓，这一切，怎不叫人赞叹江山之锦绣、文化之璀璨、天地之和谐？

在离开五台山之际，似已如释重负，心中也坦然了许多。回首望去，高耸的白塔、气势磅礴的寺庙建筑群、漫山遍野的苍松翠柏已浑然一体，好似一幅壮丽的山水长卷。我向渐渐模糊的圣地再一次深情地挥挥手：再见，佛教圣地五台山！再见，夏日的清凉世界。

1984 年 1 月

恒山悬空寺

我国有五岳名山。北岳恒山因交通不便，不及泰山、华山那样为人所知。然而，偏是深山藏宝。随着交通开发、旅游业的兴起，这一地区的恒山风光、云冈石窟、应县木塔等灿烂的文化明珠都光彩熠熠地展现在世人面前。其中尤以恒山十八景之一的悬空寺，以其悬空结楼的惊绝艺术，使人既增长历史知识，又享受到独特的旅游情趣。

南出浑源县城八里，就是恒山。山之西有翠屏山。两山对峙，中隔峡谷千丈，洪流奔突。翠屏山一侧是万丈绝壁，就在半壁岩上悬着一座古寺。我们来到山下，仰首一望，只见一个建筑群红绿相映，玲珑剔透，像是一幅彩画贴在石壁上，又像无形的线把几座小房系在半空。正如当地民谣所说："悬空寺，半天高，三根马尾空中吊。"陪同说："请登寺吧。"只见一线小路曲曲弯弯向空中升去，飞鸟在山腰翱翔。过一会儿我们就要进入这个空中楼阁了，我的心倒是先提了起来。

这寺按山的走势院门南向，四十间大小殿宇台阁，紧贴岩壁一字排开，南北长如蟠龙，东西窄如衣带。进得寺门，穿过小院便登楼。楼梯既陡且窄，仅容一人。我们紧跟向导，手扶冰冷的岩石，忽上忽下，忽而又折回，像在石回路转的山洞中慢慢探行。若无人导引，断不知所向，就是到了眼前的殿宇，也无路可近。大家攀梯绕廊，在半空中迂回，兴致盎然。先看三宫殿。这是道教的天地，几座泥塑像都是乌眉黑须，衣袖带风，有一种飘尘出世的无为之感。继而是三圣殿。这里则是佛家的世界。看那佛像，丰臂润面，端坐莲席，目光微启，雷鸣电闪也不能惊动他的一丝禅心。最后是三教殿，集中国封建文化之大成。中间是佛祖释迦牟尼，右边是圣人孔子，左边是道教祖宗老子；他们神态各异，竭力表现出所主宗教的雍容大度。当然，沿途的神龛、小殿里，还有许多阿难、护法、韦驮、关公、四大天王等栩栩如生的造像。我聚精会神地欣赏着，一回头，见外面白云缭绕，雾气已乘人不备，潜入殿门，托住众神，好一个仙境神界。妙的是寺院依山砌屋并无后墙，塑像与山石浑然一体；有的借岩石的突悬，如隐山洞；有的背靠坚壁，更显得端庄大度。还有那衣带、云彩，随风舒展，极为精巧。我奇怪它们是用什么材料塑成的，竟与山石共千古而又毫未破损。凑到跟前细看，已有好事者剥开一点"伤口"，像泥、像沙、像灰、像石。向导说，这是特选的泥土、细沙，再加上棉花、麻纸，按一定配方调制而成，这可真是我们祖先最早的"钢筋水泥"了。

我们一个殿一个殿地看完后已走到尽头，回头一望，这才看清寺的全貌。原来这条窄窄的衣带，却打了三个结，即全寺精细地分成三个建筑群，每组都有上下左右的殿宇，成为三足鼎立之势，虽是水磨青砖，琉璃彩瓦，但并不落入俗套。同中有异，虚实相生，错落而不零乱，庄严而又精致，布局甚是巧妙。第一组与第二组以小院相通，第二组与第三组则靠一条仅容一人的栈道相接。就在这条悬空栈道上，依石又筑着一个重檐式的二层阁。游人到此，提心吊胆，缘壁而行，如履薄冰。如果大着胆子向下望，但见流云飞鸟，真是身悬半空了。我们退回身来，贴着石壁向上看，这才发现在山下看来像刀切一样的石壁，原来微呈弧形，整座寺就躲在这个弧凹里。向导说，要是遇到下雨，任你头上飞瀑直泻，屋瓦却滴水不沾，所有楼台殿阁都被遮在水帘中。那时遥望恒山，更是云遮雾罩，山色有无了。

寺之名悬空，并不是夸大的命名。整座建筑是在半壁上凿石为基，但这地基又只有一条石坎，并不能承担全部殿堂。这么多危楼耸立，只在岩基上挂了一个边。如人之登山，攀藤附葛，一只脚踏住岩石，一只脚却悬空着。原来修寺时先在石壁上横向凿洞，打入一排木桩做"地基"，再在木地基上铺石为面，砌墙造屋，偌大的一座寺院就这样悬空而起了。为减轻殿宇对横木桩的压力，寺下安了几根木柱支撑。但这木柱只有一握之粗却有丈把之长，支于崖上的缝隙中，既无础石，也无钉楔，远看就如几根小棍挑着一个木偶戏台，游人见此，无不惊绝。不但殿基下的木柱如此，就是殿内的木柱也同样纤细修长。原来那横梁也是插入石壁的，木柱只不过是个样子。怪不得民间传说，悬空寺的柱子是假的，用手一推就可以来回摆动。

这寺始建于北魏后期，经金、明、清三代重修，至今已有一千四百多年，还是这样结结实实。聪明的祖先，力学规律在他们手中已运用自如了。

当年这里是晋、冀二省相通的要道，至今半山腰上还残存着栈道的痕迹，那时人来人往，香火不绝。虔诚的善男信女远道来烧香许愿，在半空中求神拜佛。过往的诗人墨客也多有题咏，就是"诗仙"李白也在这里留下了"壮观"两个大字。现在石壁上还有这样一首明人的题诗：

> 石壁何年结梵宫，悬崖细路小溪通。
> 山川缭绕苍冥外，殿宇参差碧落中。
> 残月淡烟窥色相，疏风幽籁动禅空。
> 停车欲向山僧问，安得山僧是远公。

人要成佛升天，当然不可能。但人为地创造这样的悬空佛地，却大可以加强宣传气氛。你看，"梵宫"、"苍冥"、"碧落"、"残月淡烟"、"疏风幽籁"……总之，你踩着"悬崖细路"到此一游，或再烧上三炷高香，不就觉得已飘尘出世、顿悟佛法了吗？这大概是悬空寺所以这样建造、这样命名的用意吧。

我继续寻访石上的题咏，在一个亭子里发现了一块清同治年间的重修寺碑。碑文详述了这寺到清咸丰九年已多处坍塌，绅士们计议重修，但苦不得其法。这时，有一个叫刘山玉的木匠自告奋勇，说可以扎架整修，但还未实施就突然病故。直到同治三年春，又有一个木匠张庭秀，毛遂自荐。他更有绝招，并不扎架，而在悬崖上结绳为圈，腰缠脚踩，次第更换松木。现在我们看到的寺院，就是经这位大师润色后的杰作。

千百年来，不管佛也好，道也好，总是在追求空中的天堂。但事实证明，神并不能给人以天堂，倒是人们靠自己勤劳智慧的双手创造了神话般的伟大文明。我抚着碑文临窗远眺，对面恒山蔽空，背后翠屏接日，谷底一线流水绕山而去。这时阳光给古寺的琉璃瓦上镀了一层镏金，整座建筑，在这深山幽谷中放着异彩。

悬空寺，你这颗空中明珠，光照祖国河山，历阅人间沧桑，和众多的星汉一起发出灿烂的光芒。

《旅游天地》1980年第6期

娘子关上看飞泉

娘子关，雄踞太行山东侧，正当晋、冀两省的交界。史载唐太宗之妹平阳公主曾奉命驻兵于此，创建城关，故而得名。盛夏7月，我们一行数人出平定县城，驱车九十里前来造访。这里山高谷深，草茂树稀，迎着山风还有几丝寒意。山上现存新旧两关，旧关只剩两楼和一些阶梯残石，共二十七级，极陡，人登时需俯身弯腰，手脚并用。新关尚完整，有一条小道直通山下，关门仅能过一车一马，可谓"一夫当关，万夫莫开"。城墙顺山势起伏，蜿蜒而去，谷底风回水响，声若雷鸣，使人不由得生吊古之幽情。汉初，韩信曾在这里攻打赵国，背水一仗，大获全胜。如今这山畔、沟下，已星散着不少工厂、机关、居民和驻军，给这荒僻的山野增添了一些生机。再加上这里以泉水著称，潺潺泉流灌溉着山凹崖后的绿柳青田，北国的原野颇有一点江南的景象。

我们先去看玉龙泉，泉下已修一电厂，用此水来发电。过去喷水的玉龙头已不复见，只见一处很大的泉口，上有石盖，盖的东西两侧各留六个大孔。水从泉眼内向上喷出，直冲石盖，然后向两边穿孔而出，汇入一个大池中。我们站在石盖上，脚下膨膨然如立鼓面。水池中建有石舫，舫边另有一个石条砌就的大游泳池。难得的是这急喷横流的大水却无一泥一

上水石盆景

沙，一池碧波清若空无，这时一群顽童正在池里嬉水，他们一丝不挂，来去翕忽，宛若游鱼。

　　娘子关的泉眼有一百多处，最壮观的当数水帘洞泉。我们转过一个山崖，只见对面山嘴上一挂飞泉飘然而下。这时人恰好与飞泉的半腰相齐，隔岸平视，看个正好。那泉后的山石在流水的浸润下满是苔藓、葛藤，一层叠一层，厚重、滑腻，像一幅墨绿的挂毯。那飞泉白光一闪，当空划破厚重的浓绿，散成一挂珠帘，轻轻贴着石壁垂下来；又像是一轴素绢，靠着绿壁，浴着艳阳，时舒时卷，楚楚有情，就专等谁来作画题诗了。我看着看着，忽而心里不知足起来，就攀藤附葛，向谷底探去。同伴们直喊使不得，但我哪顾这些。谷底多巨石，光滑、圆润、洁白，是上游洪水冲下来的，其状如卧牛、奔象、群羊、飞马……而深谷两峰的石壁却另是一种奇观：石形或凸或凹，石面若松针杂陈，若蜂窝相叠，石色又似白似黄，不能确指，一起构成这面千奇百怪的大浮雕。这时谷底细雾蒙蒙，仰观山岩、飞泉，如面纱相遮。我想，抽象派的艺术家，要是站在这里指石壁而言，说这是人、是兽、是车、是马、是田园村舍，你是不能完全否认的。原来这也是一种钟乳石，不过桂林的钟乳石经大水浸蚀，成柱、成林；这里的经湿雾浸润，成线、成丝。那好比是一座园林，这却如一个盆景，各得其妙。当地群众叫这种石头为上水石。石多孔，取一块置浅水盘中，水可徐徐升到石巅，若再撒些豆、麦、花籽于上，则可发芽抽绿，移青山绿水于案几之上，使室内春意盎然。

到谷底观飞泉，不仅能默察其细微，还可领略其声威，仰望蓝天一线，两山壁立，谷中激流湍急，虎啸雷鸣。水帘后深草茂树，不知其底。传说那里面有个神仙住过的老君洞。我突然记起县志上的一首明人题咏："娘子关头水拍天，老君洞口亦霞悬。惊雷激浪三千丈，洞里仙人不得眠。"稍近帘底，水烟雾气，缠臂绕腿。我大着胆子靠前几步，大珠小珠，立时劈面盖顶。这时仰观水帘，真是银河泻地，云翻水怒。苏东坡观庐山是"横看成岭侧成峰"，我看这娘子关飞泉堪称"远似淑女近如虎"。我喜滋滋地淋了一身水，退坐在远处的一块大石头上。我细品着这水，她是泉，但又不是一般的涓涓细流；是瀑布，但又不是泥沙俱下的洪水。她从山顶进石而出，又飘飘落下。黄河滚滚没有她这样妩媚，长江浩浩没有她这般激越，那排空的海浪又没有她这样俊美。她豪爽、多情、开朗、大方，把大把的珍珠悬空撒下，摔得粉碎，然后又在谷底，掬拢成一泓清潭，再转山绕石，悠然而去。空谷独坐，我吸着湿润润的雾，听着水在石上弹奏的歌，看着水珠在阳光中幻成五彩的霓，任清泉在我心头静静地淌。山顶上伙伴们已招手催行了，我却一片痴情，好像对这水还有许多未说完的话。

回来的路上，我问一位水利工作者，才知道这方圆几百里都是石灰岩山区。石间缝隙甚多，地面水全渗到了地下深处。太行东来，到这关前骤然下降，地层错动，于是那些经石间千过万滤的清清流水，便一起被挤出地面。这关上关下到处是大泉小水，有的老乡在家里搬起一块石板便可汲水，这大概就是"蓄之既久，其发必速"的道理吧。

1981 年 7 月

麻田有座彭德怀峰

太行山孕育了八路军，孕育了彭德怀这样的英雄。英雄替天行道，天地就来为英雄造像扬名。

彭德怀元帅生前不喜照相，一生留下的照片不多，但有一幅特别经典。那是他指挥百团大战时，身先士卒，在距敌只有五百米的交通壕里，双手举着望远镜瞭望敌情，神清气定，巍然如山。我每每翻阅有关彭总的书籍、资料时，总能遇到这幅照片。但是，当我在天地之间，在群山峻岭中又发现这幅杰作时，一时更惊得目瞪口呆。

去年秋，我有事去山西，办完正事，想了却一个心愿，就到左权县参观八路军总部旧址。抗战八年，八路军总部共转移驻地八十次，但驻扎时间最长的是在左权县麻田镇，前后两次共四年，一千四百五十七天。彭德怀作为前线最高首长，在这里指挥了最艰苦阶段的抗战。这是一块群山怀抱的小平原，中间有清漳河水流过，可种麦、种稻，还可养鱼、栽藕。这在北方的太行山深处，真是天赐福地。那天我们是上午进山的，一路上脑子里总是想着电影里、书上见过的那些艰难岁月。车子刚拐过一个山口，突然迎面扑来了一座山峰，主人指着说："快看！"看到了什么？一个巨大的身影，一整座山峰就是一个人。这时车子也停了，我们立即跳下车，"天啊！这不是彭总吗？"这整座山就是彭德怀那张经典照的剪影，惟妙惟肖，出神入化。

参观完总部旧址，我们还从原路返回，不由在彭总峰前又停了下来，留恋再三，不忍离去。刚才参观时陈列室里将彭总的真人照与这张山影照叠放在一起，两两相似，几乎是原图放大，看者无不叫绝。彭德怀死后无碑、无坟，甚至骨灰都不许用真名，不许存放北京。但在这太行深处，在八路军总部旧址附近却悄悄地长出一座彭德怀峰，难道这是天意？

抗日战争已经胜利七十年了，当年的战场现在已是荷花连连，藕香鱼肥。当年的一颗种子也已长成了参天大树，当年的孩子都成了古稀老人，但彭总却还是一点没有变。你看他紧锁着眉头，似有所思；微弯的肩背，永在负重；一双粗壮的手臂，举着望远镜，像是架起了整个天空。他栉风沐雨，柱天立地，整个身子与大山已经化为一体。彭总，你还在瞭望什么，思索什么？

他在望着山的那边，硝烟从他的眼前慢慢飘过，他在企求和平，盼望安宁。彭总鞍马一生，凡中国革命最苦、最危险的时刻都有他的身影。土地革命时，王明路线的错误使根据地损失殆尽。他气得大骂："崽卖爷田不心痛。"长征进入陕北，敌骑兵尾追不舍，他在吴起镇布阵，一刀砍掉了这个尾巴。这有点像张飞一声喝断当阳桥。毛泽东兴奋地送诗给他："山高路险沟深，骑兵任你纵横，谁敢横枪勒马，唯我彭大将军。"抗战八年他一直在八路军总部工作。1940敌疯狂"扫荡"，华北根据地缩小，最困难时只剩下平顺和偏关两个县城。他毅然发起"百团大战"，一战消灭日伪三万余，收复并巩固县城二十六座。毛泽东高兴地来电："百团大战真是令人兴奋，像这样的战斗，是否还可组织一两次？"解放战争，转战陕北，彭率两万五千人与胡宗南的二十四万大军周旋，敌我军力十比一。半年中四战四捷歼敌过半，活捉了五个师、旅长。你看他指挥大战时何等镇定，副手习仲勋事后在《彭总在西北战场》中有这样一段回忆：

蟠龙镇战斗之前，敌人主力部队排成长宽几十里的方阵，铺天盖地向北扑去，而我军指挥机关就驻扎在这"方阵"中的一个小山沟里。我们头顶四面八方都有狂呼乱叫的敌人，大家都很紧张，人人都持枪在手。侦察员和参谋们不断送来十万火急报告，我焦灼地在窑洞里来回走动，而彭总却若无其事地躺在我身边的炕上，聚精会神地思考马上要发起的战斗怎么打。敌人刚从头顶上过去，他立刻跳下炕，喊一声：蟠龙！就率领全军直扑蟠龙镇……

新中国成立后，别人都解甲归田了，他又挂帅出征打了一场朝鲜战争。在彭总的大半生里，眼前总是过不尽的硝烟。就在他临去世前的几年，中国大地上又起"文革"之乱，而这时他却成了"革命"的对象，成了造反派手中的"战俘"。他在铁窗中愤怒地以头撞墙，无奈地望着外面打、砸、抢的硝烟，听着大喇叭里的狂喊，郁郁地离开了人世。

他在望着远处的村庄，白云从眼前飘过，脚下是一望无际的藕田。他还在关心民生，不知现在老百姓的日子过得怎么样？彭德怀穷苦出身，十三岁下窑挖煤，十五岁当堤工挑泥，十八岁吃粮当兵。他一生总是念着百姓的苦。八路军总部驻麻田四年，正是中国抗战史上黎明前的黑暗。军队浴血奋战，百姓苦苦支撑。为什么发动百团大战，彭自述，一个重要的原因是敌步步压迫，根据地已缩小成来回拉锯的游击区，百姓要负担敌我两头的供应，已经无法生存。他奋起一战痛歼日伪，根据地重见明朗的天，老百姓又过上正常的日子。1942年北方大旱，紧邻的国统区河南饿殍遍野，山西根据地却无一人饿死。彭令机关每人每天节约二两粮，救济灾民。军队开荒种地，任务到人，就连军马也要下地。警卫员不忍心用他的马去拉犁，他说："我都要下地，我的马还能搞特殊？"春荒难熬，他命令部队不得与民争食，附近山上的野菜一苗不许动，部队度荒只可捋树叶、扒树皮。他带领战士筑坝引渠，为百姓浇地，又垒石架桥，方便百姓出行。1979年，"文革"刚结束不久，麻田村的一位老房东到北京看望当年曾住麻田的一个老干部，一见面就说："你还没死呀？"这位同志以为是说他"文革"大难不死，便答："活得好呢。"不想老房东大怒："我以为你们都死光了呢！"对方问："什么意思？"房东说："没有死光？老彭挨整时，你们怎么没有一个人出来说话！"

麻田人没有忘记彭总，中国的老百姓没有忘记彭总。是他在1959年的庐山会议上说出了"大跃进"带来的经济危机，说出了人民公社让百姓饿肚子，才被打成反党分子，从此就再也没有翻身。夫人说："你是国防部长，这些经济上的事哪用你来管？"他说："我是政治局委员，不能不管百姓死活。"他一个军队的元帅，到基层视察却总要到百姓家里掀掀缸盖，摸摸炕席，问问吃穿。1958年回家乡调查，听说有亩产万斤高产田，他不信，连夜打着手电到地里数秧苗。去看公共食堂，他用勺子在大锅里搅了一圈，一锅青菜汤，他说这食堂散了吧。就这样，他为民请命，丢掉了政治生命直至肉体生命。

秋凉如水，残阳如血。他颤抖的手臂好像就要托不动这个沉重的望远镜了。太行山和湘江相隔万里，他在遥望家乡，想亲人何时能团圆，也愿天下家庭都幸福。彭德怀政治上不顺，生活中也是一个苦命人，父母早亡，两个弟弟是最近的亲人。但是，1940年10月，就他正举镜望敌，指挥百团大战时，国民党发动二次反共高潮，血洗了他在湘潭的家，枪杀了他的两个弟弟，弟媳重伤，侄子们逃亡在外。他的结发妻子成了"匪属"，亡命他乡，后只好嫁人。1938年彭德怀与浦安修结婚，这对患难夫妻在炮火中不知几过生死关。1942年5月的大扫荡是最危险的一次，麻田撤退，我后方机关被打散，损失惨重，左权副参谋长牺牲。浦安修死里逃生，彭在事后集合队伍，清点人数时才意外地发现她还活着。但就是这样的患难夫妻在1959年后的"反右倾"政治高压下，妻子提出离婚，彭一人在孤苦中走完挨批斗、坐牢和病痛折磨的最后历程。彭无子女，格外爱怜两个弟弟留下的遗孤。1949年，他一进城就把六个衣食无着的孩子全接到北京上学。6月他在北京饭店开会，利用一个周末，把他们接来，这是他和侄儿们的第一次见面。警卫员要去订个房间，他说不要增加国家负担，就和孩子们在地毯上打地铺，一晚上他看着这六个苦水里泡大的孩子，一会儿摸摸这个的脑袋，一会儿又给那个掖掖被子。十年后，他庐山受难，为不使亲人受牵连，他断然不许孩子们再来看他。但侄儿们还是未能免祸，被下放、批斗、围攻，赶出北京。他那两任早已离异的妻子，也被无数次地批斗。他在吴家花园被软禁的日子，不但亲人被隔绝，就连老战友也不能再见面，一位老部下知道他每天要出来散步，便守在进出的路上，希望能远远看上一眼。为免株连，他发现后立即转身。"文革"前安排他到成都工作，他意外地知道老部下、志愿军副司令员邓华住在成都，便乘夜色去访，但走到楼下，犹豫再三，又折返回来。他不愿因自己再牵连任何人。他是一个最重亲朋感情的人，但在他身上，这种天赋之爱却被一而再、再而三地剥夺一空。

抗日战争的胜利是近代史上中华民族第一次洗却屈辱，扬眉吐气。国家民族摆脱了屈辱，作为八路军副总司令的彭德怀却在无尽的屈辱中忍受折磨。在"文革"蒙难的国家领导人中，彭德怀是最冤最苦的一个。虽然他像张闻天一样，同被打成反党分子，死后又都不许用真名，但张在晚年被发配外地，远离政治漩涡，还算平静；虽然他像刘少奇一样被百般折磨而死，但刘身后还有子女为其争公平；虽然他像周总理一样没有子女，但周还有一个坚强的妻子陪伴终生。十帅之中，他是经历战争、战役、战斗最多的一个，也是挨自己人的批判、斗争和拳打脚踢最多的一个。生前他被比作海瑞来批判，其实他只有在耿直这一点上像海瑞，他更像岳飞、于谦、袁崇焕，是中国历史上功劳最大却下场最惨的一类功臣。

秋风夕阳中我静静地伫望着这座彭德怀峰。中国大地上有无数的名山，名山里有无数象形的山峰，但怎么正好就在彭总冒着炮火手举望远镜指挥战斗的地方，长出了这样一座举镜远望的彭德怀峰？太行山孕育了八路军，孕育了彭德怀这样的英雄。英雄替天行道，天地就来为英雄造像扬名。

彭总不死，他在望世界，望后人，他还在望穿秋水，求索人生。

《国家人文历史》2015 年第 13 期

杏花村访酒

　　一般的可游之处，大约有两类。一是风景特殊的好，悦目赏心，怡人情怀；二是古迹名胜，可惊可叹，长人见识。当我去过我国著名的汾酒的产地山西杏花村后，真不知道该怎样来将它归类。

　　说是村，并名以"杏花"，其实现在这里只是一个普通的酒厂。历史上这里确曾杏林千亩，繁花如云，现在已荡然无存。可是凡来晋之人，无不尽力设法去游一次。这魅力，实在是因为它那骄傲的产品——汾酒。游人之意并不在山水之间，而在酒。

　　来参观的人，一般安排两个节目，一是喝酒，二是看酒。先品其味，再看它的由来。餐厅是蛮别致的，墙上挂着名人字画，最醒目的是郭沫若手书的那首"杏花村里酒如泉"诗。墙角有一个酒柜，内有两个坛子，分别装着"汾酒"和"竹叶青"。服务员按照一般酒馆的做法，打开柜盖，将酒灌入瓶，再由瓶斟入杯。当液面停止了波动，你看杯中的汾酒，纯净透明，就像刚才并没有注入什么。竹叶青呢? 则呈一点淡淡的黄色，令人想起春天里新柳的鹅黄，不觉间，一阵清香，已渐渐地像一层看不见的薄雾漫过桌面，扑入你的胸怀，钻进你的衣袖。人们这时并不要靠眼鼻，而是全身无处不感觉到它的美了。主人举杯，我试酌一口，唇初沾而馨绵，口将咽又生甜，味柔和隽远。客人都笑了，脸上泛出甜甜的酒窝。但人们并没有大声赞美，只是微笑着颔首，仿佛怕喧声破坏了这酒的恬静。原来我国的名酒有四个香型，即：浓、酱、清、复合。这汾酒是清香型的代表，它不求那浓、那烈，只要这纯、这真。其他酒如艳丽少妇，浓妆重抹。这汾酒呢，则如窈窕淑女，淡梳轻妆。大约正是因为这纯，才使它成为名酒之祖。贵州的"茅台"，是清康熙年间，一个山西盐商传去的。陕西的"西凤"，是"山西客户迁入，始创西凤酒"。至今我国不少地方的酒名中，仍带有"汾"字，如"湘汾"、"溪汾"、"佳汾"，可见其渊源。

看酒的制作，是很有趣的。先将高粱等原料粉碎，拌上曲，压入一个个大瓮里，这瓮又要深埋入土中。这些原料及工艺看似很粗糙，甚至还有点不卫生之嫌。发酵之后，便放在一个大甑中蒸，一会儿便蒸馏出一股清澈的细泉，流入筒中，淙淙有声，这便是酒。酒泉接着汇入"酒海"，那是一个双层大厦的酒库，内放着一万三千多只半人高的大缸。酒在这里一直要静静地待上二至四年才能出厂，这叫"熟化"。这套工艺大约在酿酒之初，就如此。每参观至此，客人们都会问，那粗瓷大瓮难道不可以换成水泥池或搪瓷罐吗？那丑陋的大甑不可以换成工业蒸馏塔吗？换是可以的，也确曾换过，但那汾酒也便不是汾酒了。这些粗则粗点、丑亦够丑的瓮甑，已有一千四百多年的历史，其间有什么奥秘，人们一时还难得仔细。另外，更神秘者还有二，一是这地下的水，二是这杏花村上空的空气。这里经年制酒，空气中生出一种特别的微生物来，于汾酒的发酵特别有利。开始人们不知此道，有的老师傅退休后，身怀绝技，受聘他乡，但使出浑身的解数，那酒终不姓"汾"。技艺可传，水与气难移。主人每向游人讲到此处，脸上总要漾出一种微笑，神秘、自豪、得意。这汾酒1915年获巴拿马万国博览会的金奖，一解放又被列为我国的八大名酒。以后其他名酒虽各有交替，它却稳坐交椅。

当你走完全部生产线，在包装车间里对着透明胶管中那一股股急喷出来的、晶莹的酒泉，看着它迅速注满了一个个透明的玻璃瓶时，你又一次惊异于这酒的纯了，纯得像山泉。这泉不知来自多么深的地层，经过了多少砂石、岩层的过滤，终于溢出地面，在杂花野树与茂林修竹的覆蔽下静静地流淌。这实在是它的魅力，它的奥秘。

喝过酒，也看过了酒，我们被让到招待所里小憩。这招待所也别致，是一所中国式的四合大院，取名曰"醉仙居"。院心有古井，有假山，山下有水，有草。草地上有一条泥塑的黄牛从山脚处转来，牛背上牧童横笛，牛后山石上有碑，题着杜牧那首"借问酒家何处有，牧童遥指杏花村"的名诗。环院，南北为客房，东侧为碑廊，记录着南北朝以来汾酒的历史。西侧为陈列室，内也有许多关于汾酒的名人题赠。这时，虽主人已在房中泡好热茶，连声招呼客人休息，但大家却总在院中流连。不错，人们是为访酒而来，但要是这里没有这些酒外之物，那酒何处没有？人们之所以固执地要到杏花村来，实在是要来品味、依恋与凭吊一会儿这酒中所凝聚的民族文化，就像在八达岭的长城上远眺，在故宫大殿前的柱础旁沉思。

杏花村，实在是一个特殊的去处。来游的人，其意并不在山水，但也不全在酒。

1983 年 7 月 16 日

芦芽山记

　　山西多山，太行、吕梁纵贯南北，分卧东西，全省境内几无平地。其间较著名者有历代皇帝封禅祭扫的北岳恒山，有伯夷、叔齐不食周粟而死的首阳山，有介子推不受晋文公之封而焚身的介休绵山，但因这些地方历史掌故的名声太大，倒常常使游人忘记了山水本身的美。所以，若是真游山，还是无名的好。于是，在山西，我们便选中了吕梁山北梢芦芽山自然保护区的主峰——芦芽山。

　　11日晨，天微阴。我们备足干粮、水，东南出五寨县城，乘车行十多分钟，便投入大峡谷中。谷底乱石如斗，两侧峰崖急扑而下，遮天蔽日。车上下颠簸似浪中行舟，又紧贴山根爬行，缓缓如一豆甲虫。离市井才十数里，便顿如隔世。瞩目窗外，那山有的整石以为峰，拔地而起，节节如笋；有的斜卧如虎豹，周身斑驳有纹，更有其大如房的卵石，以一尖足立于山巅，石上又石，成累卵之危，仿佛一推即可滚落。山少树，石青黑，多水痕。可以想见，史前时期，这里曾是洪水汤汤，这些巨石被飘举如树叶，山谷被切割如豆腐。后来骤然水退，寂寂石存，山高谷深，悄然至今。

芦芽山悬空村

　　再走，山坡多灌草，郁蔽如棕毡，间有松树散立其间。以后树渐渐增多，松、杉直立如筷，密密匝匝，不得深视。这山正如其名，峰多峭拔如出土芦芽，这时一律为绿树所覆，你前我后，纷沓相叠，正是旧县志上说的"芦芽叠翠"。举目越过层峦望开去，满山满野的林子，近处墨绿，稍远深绿，再远浅绿，层层次次，最后只剩下一层朦胧的绿意融入天穹。车子像一叶扁舟，在这片绿海的波峰浪谷中穿行。

　　约九时半，我们来到主峰下，这时云已阴得沉沉欲坠了。山脚几个看林人说，怕有雨，今天是万不可登山了。远远而来的我们，岂肯悻悻地回去，大家每人折了一根枯树枝，便一头扎进黑林子里。头上云来云往，林中忽明忽暗，落叶积地盈尺，一踏一个虚坑。这里本少人迹，今天又飘着细雨，四周淅淅沥沥，唯闻雨打松枝与风弄树叶之声，越发静得怕人。脚下不时横着倒地的枯木，庞然身躯，用杖一捅就是一个窟窿。两边立着被雷劈死的大树，或中心炸裂，或齐肩削去，皆断躯残股，一副惨苦悲怒之状。朽黑的树身上又生出寸厚的绿苔，奇奇怪怪地立于空林间，如虎狼鬼魅，抬头时常给人一身冷汗。领路的老杨说，他上这山已有十一次了，倒有九次走错了路，但愿今天不再犯第十次错误。

爬了约一小时，我们跃上一面斜坡，眼前骤然大亮，两山峰之间现出一片开阔地，虚云轻雾贴着两边的山，笼着坡上的树，在阔地的远处小心地拱合成一个大圆圈。而这个圆形的阔地上却无一根树木，清一色的阔叶绿草，托着大朵的黄花，微雨中灿若群星，又娇如美人出浴，四周绿树白云都是她们的陪伴。大家心情为之一振，高歌狂呼一阵，便东折而上攀小径向顶峰冲去。这时山更陡，峰更峭，景亦更奇。我们攀行在石磴上，雾入衣袖，云拂脚面。俯视脚下则山川无形，天地不分，唯白云一片，滚滚如大海波涛，风振林梢，又隐隐传来千军万马之声。间或脚下右路正过两山谷口时，则浓云团团缕缕嘶涌而出，急喷狂走之状，若山下正有大军鏖战，硝烟冲天却又寒气逼人，不敢稍留。将凌绝顶时要过一短峡，仅容一人单行，曰"束身峡"；要过一梯，横棍九节，梯担两峰间，曰"九杠梯"，下临无底。这是全峰最险之处，过去当地人说，凡不做亏心事者才敢过梯。现在两边更加了栏杆，但仍然令人目眩。过木梯便是芦芽绝顶了。这是一块巨大的孤石，下细上大，状如蘑菇，探伸在半空之中。石上有小庙一座，曰太子殿，是过去求雨人表示虔诚所到的终点。这时云蒸雾裹，已不辨天上人间。殿宇的檐角时隐时现，云中探出几株古松，我确信自己还未离地而去。

雨还在下，我们拄杖下山了，当钻出密林时衣服早已湿透，鞋帮上满是星星点点的野花瓣子，早已成绣鞋一双。看林人笑道，还从未见过你们这般有兴致的人，忙招呼我们回屋烤火。这时我们心头贮满了愉快，哪管什么鞋湿衣凉，连忙辞谢，驱车下山。山下雨小。回看林间已挂上了无数条细亮细亮的瀑布，轻柔柔的，从水绿的林梢垂下来，跃在石上汇入谷底。谷底的水比来时已很大了，只是不见半点泥沙，还是原来的清。

在别人不愿出门的时候，去游人迹少至的地方，我们的心中泛起一丝莫名的骄傲。

1987 年 4 月

冬日香山

要不是有公务，谁会在这天寒地冻的时节来香山呢？可话又说回来，要不是恰在这时来，香山性格的那一面，我又哪能知道呢？

开三天会，就住在公园内的别墅里。偌大个公园为我们独享，也是一种满足。早晨一爬起来我便去逛山。这里，我春天时来过，是花的世界；夏天时来过，是浓荫的世界；秋天时来过，是红叶的世界。而这三季都游客满山，说到底是人的世界。形形色色的服装，南腔北调的话音，随处抛撒的果皮、罐头盒，手提录音机里的迪斯科音乐，这一切将山路林间都塞满了。现在可好，无花，无叶，无红，无绿，更没有人，好一座空落落的香山，好一个清净的世界。

过去来时，路边是夹道的丁香，厚绿的圆形叶片，白的或紫色的小花；现在只剩下灰褐色的劲枝，头挑着些已弹去种子的空壳。过去来时，林间树下是厚厚的绿草，茸茸地由山脚铺到山顶，现在它们或枯萎在石缝间，或被风扫卷着聚缠在树根下。过去来时，山坡上是些层层片片的灌木，扑闪着已经霜红的叶片，如一团团的火苗，在秋风中翻腾；现在远望灰蒙蒙的一片，其身其形和石和土几乎融在一起，很难觅到它的音容。如果说秋是水落石出，冬则是草木去而山石显了。在山下一望山顶的鬼见愁，黑森森的石崖，蜿蜒的石路，历历在目。连路边的巨石也都像是突然奔来眼前，过去从未相见似的。可以想见，当秋气初收、冬雪欲降之时，这山感到三季的重负将去，便迎着寒风将阔肩一抖，抖掉那些攀附在身的柔枝软叶。又将山门一闭，推出那些没完没了的闲客。然后正襟危坐，巍巍然俯视大千，静静地享受安宁。我现在就正步入这个虚静世界。苏轼在夜深人静时去游承天寺，感觉到寺之明静如处积水之中，我今于冬日游香山，神清气朗如在真空。

　　与春夏相比，这山上不变的是松柏。一出别墅的后门，就有十几株两抱之粗的苍松直通天穹。树干粗粗壮壮，溜光挺直，直到树梢尽头才伸出几根遒劲的枝，枝上挂着束束松针，该怎样绿还是怎样绿。树皮在寒风中呈紫红色，像壮汉的脸。这时太阳从东方冉冉升起，走到松枝间却寂然不动了。我徘徊于树下又斜倚在石上，看着这红日绿松，心中澄静安闲如在涅槃，觉得胸若虚谷，头悬明镜，人山一体。此时我只感到山的巍峨与松的伟岸，冬日香山就只剩下这两样了。苍松之外，还有一些幼松，栽在路旁，冒出油绿的针叶，好像全然不知外面的季节。与松做伴的还有柏树与翠竹。柏树或矗立路旁；或伸出于石岩，森森然，与松呼应。翠竹则在房檐下山脚旁，挺着秀气的枝，伸出绿绿的叶，远远地做一些铺垫。你看它们身下那些形容萎缩的衰草败枝，你看它们头上的红日蓝天，你看那被山风打扫得干干净净的石板路，你就会明白松树的骄傲。它不因风寒而筒袖缩脖，不因人少而自卑自惭。我奇怪人们的好奇心那么强，可怎么没有想到在秋敛冬凝之后再来香山看看松柏的形象。

　　当我登上山顶时回望远处，烟霭茫茫，亭台隐隐，脚下山石奔突，松柏连理，无花无草，一色灰褐，好一幅天然焦墨山水图。焦墨笔法者舍色而用墨，不要掩饰只留本质。你看这山，它借着季节相助舍掉了丁香的香味，芳草的倩影，枫树的火红，还有游客的捧场。只留下这长青的松柏来做自己的山魂。山路寂寂，阒然无人。我边走边想，比较着几次来香山的收获。春天来时我看它的妩媚，夏天来时我看它的丰腴，秋天来时我看它

香山松柏剪影

的绰约，冬天来时却有幸窥见它的骨气。它在回顾与思考之后，毅然收起了那些过眼繁花，只留下这铮铮硬骨与浩浩正气。靠着这骨这气，它会争得来年更好的花，更好的叶，和永远的香气。

香山，这个神清气朗的冬日。

1988 年 12 月

草原八月末

朋友们总说，草原上最好的季节是七八月。一望无际的碧草如毡如毯，上面盛开着数不清的五彩缤纷的花朵，如繁星在天，如落英在水，风过时草浪轻翻，花光闪烁，那景色是何等迷人。但是不巧，我总赶不上这个季节，今年上草原时，又是八月之末了。

在城里办完事，主人说："怕这时坝上已经转冷，没有多少看头了。"我想总不能枉来一次，还是驱车上了草原。车子从围场县出发，翻过山，穿过茫茫林海，过一界河，便从河北进入内蒙古境内。刚才在山下沟谷中所感受的峰回路转和在林海里感觉到的绿浪滔天，一下都被甩到另一个世界上，天地顿然开阔得好像连自己的五脏六腑也不复存在。两边也有山，但都变成缓缓的土坡，随着地形的起伏，草场一会儿是一个浅碗，一会儿是一个大盘。草色已经转黄了，在阳光下泛着金光。由于地形的变换和车子的移动，那金色的光带在草面上掠来飘去，像水面闪闪的亮波，又像一匹大绸缎上的反光。草并不深，刚可没脚脖子，但难得的平整，就如一只无形的大手用推剪剪过一般。这时除了将它比作一块大地毯，我再也找不到准确的说法了。但这地毯实在太大，除了天，就剩下一个它。除了天的蓝，就是它的绿。除了天上的云朵，就剩下这地毯上的牛羊。这时我们平常看惯了的房屋街道、车马行人还有山水阡陌，已都成前世的依稀记忆。看着这无垠的草原和无穷的蓝天，你突然会感到自己身体的四壁已豁然散开，所有的烦恼连同所有的雄心、理想都一下逸散得无影无踪。你已经被融化在这透明的天地间。

车子在缓缓地滑行，除了车轮与草的摩擦声，便什么也听不到了。我们像闯入了一个外星世界，这里只有颜色没有声音。草一丝不动，因此你也无法联想到风的运动。停车下地，我又疑是回到了中世纪。这是桃花源吗？该有武陵人的问答声。是蓬莱岛吗？该有浪涛的拍岸声。放眼尽量地望，细细地寻，不见一个人，于是那牛羊群也不像是人世之物了。我努力想用眼睛找出一点声音。牛羊在缓缓地移动，它们不时抬起头看我们几眼，或甩一下尾，像是无声电影里的物，玻璃缸里的鱼，或阳光下的影。仿佛连空气也没有了，周围的世界竟是这样空明。

这偌大的草原又难得的干净，干净得连杂色都没有。这草本是一色的翠绿，说黄就一色的黄，像是冥冥中有谁在统一发号施令。除了草便是山坡上的树。树是成片的林子，却整齐得像一块刚切割过的蛋糕，摆或方或长的几何图形。一色桦木，雪白的树干，上面覆着黛绿的树冠。远望一片林子就如黄呢毯上的一道三色麻将牌，或几块积木，偶有几株单生的树，插在那里，像白袜绿裙的少女，亭亭玉立。蓝天之下干净得就剩下了黄绿、雪白、黛绿这三种层次。我奇怪这树与草场之间竟没有一丝的过渡，不见丛生的灌木、蓬蒿，连矮一些的小树也没有，冒出草毯的就是如墙如堵的树，而且整齐得像公园里常修剪的柏树墙。大自然中向来是以驳杂多彩的色和参差不齐的形为其变幻之美的。眼前这种异样的整齐美、装饰美，倒使我怀疑不在自然中。这草场不像内蒙古东部那样风吹草低见牛羊，不像西部草场那样时不时露出些沙土石砾，也不像新疆、四川那样，有皑皑的雪山、郁郁的原始森林作背景。它像什么？像谁家的一个庭院，"庭院深深深几许"。这样干净，这样整齐，这样养护得一丝不乱，却又这样大得出奇。本来，人总是在相似中寻找美。我们的祖先创造了苏州园林那样的与自然相似的人工园林，获得了奇巧的艺术美。现在轮到上帝向人

草原的秋

工学习，创造了这样一幅天然的装饰画，便有了一种神秘的梦幻美，使人想起宗教画里的天使浴着圣光，或郎世宁画里骏马腾啸嬉戏在林间，美得让人分不清真假，分不清是在天上还是人间。

在这个大浅盘的最低处是一片水，当地叫泡子，其实就是一个小湖。当年康熙帝的舅父曾带兵在此与阴谋勾结沙俄叛国的噶尔丹部决一死战，并为国捐躯，因此这地名就叫将军泡子。水极清，也像凝固了一样，连倒影的云朵也纹丝不动。对岸有石山，鲜红色，说是将士的血凝成。历史的活剧已成隔世渺茫的传说。我遥望对岸的红山，水中的白云，觉得这泡子是一块凝入了历史影子的透明琥珀，或一块凝有三叶虫的化石。往昔岁月的深沉和眼前大自然的纯真使我陶醉。历史只有在静思默想中才能感悟，有谁会在车水马龙的街市发思古之幽情？但是在古柏簇拥的天坛，在荒草掩映的圆明废园，只会有一些具体的可确指的联想。而这空旷，静谧，水草连天，蓝天无垠的草原，让人真想长啸一声念天地之悠悠，想大呼一声魂兮归来。让人灵犀一点想到光阴的飞逝，想到天地人间的长久。

我们将返回时，主人还在惋惜未能见到草原上千姿百态的花。我说，看花易，看这草原的纯真难。感谢上帝的安排，阴差阳错，我们在花已尽、雪未落，草原这位小姐换装的一刹那见到了她不遮不掩的真美。正如观众在剧场里欣赏舞台上浓妆长袖的美人是一种美，画家在画室里欣赏裸立于窗前晨曦中的模特又是一种美。两种都是艺术美，但后者是一种更纯更深的展示着灵性的美。这种美不可多得也无法搬上舞台，它不但要有上帝特造的极少数的标准的模特，还要有特定的环境和时刻，更重要的还要有能生美感共鸣的欣赏者。这几者一刹那的交汇，才可能迸发出如电光石火般震颤人心的美。大凡看景只看人为的热闹，是初级；抛开人的热闹看自然之景，是中级；又能抛开浮在自然景上的迷眼繁华而看出个味和理来，如读小说分开故事读里面的美学、哲学，这才是高级。这时自然美的韵律便与你的心律共振，你就可与自然对话交流了。

呜呼！草原八月末。大矣！净矣！静矣！真矣！山水原来也和人一样会一见钟情，如诗一样耐人寻味。我一步三回头地离开那块神秘的草地，将要翻过山口时又停下来伫立良久，像曹植对洛神一样"背下陵高，足往神留。遗情想象，顾望怀愁"。明年这时还能再来吗？我的草原！

1991 年 9 月

乌梁素海，带伤的美丽

　　如让你欣赏一位带伤流血的美人，那是一种怎样的尴尬。四十年后，当我重回内蒙古乌梁素海时，遇到的就是这种难堪。

　　乌梁素海在内蒙古河套地区东边的乌拉山下，四十年前我大学刚毕业时曾在这里当记者。叫"海"，实际上是一个湖，当地人称湖为海子，乌梁素海是"红柳海"的意思。红柳是当地的一种耐沙、耐碱的野生灌木，单听这名字，就有几分原生态的味道。而且这"海"确实很大，历史上最大时有一千二百多平方公里，是地球上同纬度的最大淡水湖。每当船行湖上时，我最喜欢看深不可测的碧绿碧绿的水面，看船尾激起的雪白浪花，还有贴着船帮游戏的鲤鱼。而黄昏降临，远处的乌拉山就会勾出一条暗黑色的曲线，如油画上见过的奔突的海岸，当时我真觉得这就是大海了。

　　那时，"文革"还未结束，市场上物质供应还比较匮乏，城里人一年也尝不到几次鱼，但这海子边的人吃鱼就如吃米饭一样平常。赶上冬天凿开冰洞捕鱼，鱼闻声而来，密聚不散，插进一根木杆都不会倒。那时，每当外地人一来到河套，主人就说："去看看我们的乌梁素海！"眼里放着亮光，脸上掩饰不住的骄傲。

这次我们真的又来看乌梁素海了，但不是为看海的美丽，而是来参加会诊的，来看它的伤口。

7月的阳光一片灿烂，我们乘一条小船驶入湖面，为了能更有效地翻动历史的篇章，主人还请了一些已退休的老"海民"，与我们同游同忆。船中间的小桌上摆着河套西瓜、葵花子，还有油炸的小鱼，只有寸许来长。主人说，实在对不起，现在海子里最大的鱼，也不过如此了。我顿觉心情沉重。坐在我对面的原乌梁素海渔场的工会主席说："那时打鱼，是用麻绳结的大眼网。三斤以下的都不要，开着七十吨的三桅大帆船进海子，一网十万斤，最多时年产五百万吨。打上鱼就用这湖水直接煮，那才叫鲜呢。现在，这水你喝一口准拉肚子。"当年的兵团知青、退休干部于秉义说："20世纪70年代时，这里随便打一处井，七米深，就自动往上喷水。"水务公司的秦董事长在一旁补充："到90年代，已是三十米深才能见水；到2007年，要一百二十米才见水，十五年水位下降了九十米，年均六米。"

海上泛轻舟，本来是轻松惬意的事，可是今天我们却无论如何也轻松不起来。这应了李清照的那句词："只恐双溪舴艋舟，载不动许多愁。"我们今天坐的船，真的由过去的七十吨三桅大船退化成像一只舴艋似的舴艋小舟。

河套灌区是我国三大自流灌区之一。黄河自宁夏一入内蒙古境，便开始滋润这八百里土地。经过总干、干、分干、支、斗、农、毛七级灌水渠道，流入田间，又再依次经总排干、排干等七级排水沟，将水退到乌梁素海，在这里沉淀缓冲后，再退入黄河。这海子是河套平原的"肾"，首先起储水排水的作用。同时，又是河套的"肺"，它云蒸雾霭，吐纳水汽，调节气候，所以才有八百里平原的旱涝保收，才有北面乌拉山著名的国家级森林保护区的美景。但是，近几十年来人口增加，工厂增多，农田里化肥农药增施，而进入湖中的水量却急剧减少，水质下降。你想，排进湖里的这些水是什么水啊？就是将八百里平原浇了一遍的脏水。河套农田每年施用农药一千五百万吨，化肥五十万吨，进入乌梁素海的工业及生活污水三千五百万吨，这些都要冲到湖里来啊。所以，当地人说，乌梁素海已经由河套平原的肾和肺，退化为一个"尿盆子"了。这话虽然难听，但很形象，也很警人。

在船舱里坐着，听大家叙往事，说今昔，虽清风拂面，还是拂不去心头的一怀愁绪，我便到后甲板散步。只见偌大的湖面上，用竹竿标出二三十米宽的一条水道，我们的这个"舴艋"小舟只能在两竿之间小心地穿行。原来，湖面的水深已由当年的平均四十米，降为不足一米，要行船，就只好单挖一条行船沟。我再看船尾翻起的浪，已不是雪白的浪花，而是黄中带黑，像一条刚翻起的犁沟。半腐半活的水草，如一团团乱麻在水面上荡来荡去，再也找不见往日的碧绿，更不用说什么清澈见鱼了。乌海难道真的应了它的名字，成了乌黑的海、污浊的海？只有芦苇发疯似的长，重重叠叠，吞噬着水面。主管农水的领导说，这不是好现象，典型的水质富营养化，草盛无鱼，恶性循环。

现在如果你不知内情，远眺水面，芦苇还是一样的绿，天空还是一样的蓝，水鸟还是一样的飞，猛一看好像变化无多，可有谁知道这乌梁素海内心的伤痛？她是林黛玉，两颊微红，弱不禁风，已经是一个病美人了，是在强装笑颜，强支病体迎远客。我举目望去，远处的岸边有些红绿房子，泊了些小游船，在兜揽游客。船边地摊上叫卖着油炸小鱼，船上高声放着流行歌曲。不知为什么，我一下想起那句古诗："商女不知亡国恨，隔江犹唱后庭花。"

中午饭就在岸边的招待所里吃。俗话说，无酒不成席，而在内蒙古还要加上一句"无歌不成宴"。乐声响起，第一支歌就是《美丽的乌梁素海》。歌手是一位漂亮的蒙古族姑娘，旋律婉转，琴声悠扬，只是听不清歌词。歌罢，我请歌手重新念一遍歌词，她顿时有几分不自然。有人出来解围说："不好意思，这还是当年的旧歌词，和现在的实景已经远不相符了。"我说："不怕，我们随便听听。"她就念道："乌梁素海美，美就美在乌梁素海的水。滩头芦苇密，水中鱼儿肥，点点白帆伴渔歌，水鸟空中飞。夜来泛舟苇塘荡，胜游漓江水，暖风吹绿一湖水，船入迷津人忘归。"

刚才人们还沉浸在美丽的旋律中，她这一念倒像戳破了一层华丽的包装：现在水何绿？鱼何肥？帆何见？怎比漓江水？顿时满场陷入片刻的沉默与尴尬，主客皆停箸歇杯，一时无言。客中只有我一人是当年从这里走出去的，四十年后重返旧地，算是亦客亦主，便连忙打破沉默说："是有点找不到这歌词里的影子了。这次回来我发现，四十年来在这块土地上已消失了不少东西。老李、老秦你们还记得三白瓜吗？白籽、白皮、白瓤，吃一口，上下唇就让蜜糊住了；还有冬瓜，有枕头大，专门放到冬天等过年时吃，用手轻轻一拍，都能听到里面蜜汁的流动；糜子米，当年河套人的主食米，煮粥一层油，香飘口水流。现在都一去不回了。"我这几句解嘲的话，又引来主人一阵唏嘘。他们说，都是化肥、农药、人多惹的祸。

乌梁素海啊，过去多么绰约多姿、健康美丽，而现在这样的苍老，这样的伤痕累累。但就是这样的病体，它还在承担着难以想象的重负：每年要给黄河补充一点三亿立方米的下游水，给天空补充三点六亿立方米的气候调节水，给大地补充六千万立方米的地下水。可是它自己补进来的只有四亿立方米溶进了化肥、农药、盐碱的排灌水。入不敷出，强它所难啊！它得的是综合疲劳征，是在以疲弱之躯勉强地支撑危局，为人们尽最后的一丝气力。市长说，如不紧急施救，它将在数十年内如罗布泊那样彻底干涸。现在在设想的办法是，在黄河上引一专用水开渠，于春天凌汛期水有多余时，给它补水输血。大家听得频频点头，都忘了吃饭。正说着，主人忽觉不妥，忙说："不要这样沉重，办法总会有的，饭还是要吃，歌还是要唱的。"于是，乐声又轻轻响起，歌声中又见青山、绿水、帆白、鱼肥。

受伤的乌梁素海，我们祈祷着你快一点康复，快一点找回昨日的美丽。

2010 年 8 月 18 日《人民日报》

三十年的草原 四十年的歌

内蒙古歌手在民族宫大剧院演出了一场"蒙古族长调歌曲演唱会"，主题是保护草原，遏制沙化。大幕未启，节目单发下来，上面赫然印着一位老歌手的名字：哈扎布。我心中猛然一惊，真的他还在世！

我没有见过哈扎布，也没有听过他的歌。记住这个名字，是因为叶圣陶老的一首诗《听蒙古族歌手哈扎布歌唱》。1968 年我大学毕业分配到内蒙古工作，一到当地先搜集资料，有一本名人游内蒙古的诗文集，其中有叶老这首诗，开头两句就印象极深，至今仍能背出："他的歌韵味醇厚，/ 像新茶，像陈酒。/ 他的歌节奏自然，/ 像松风，像溪流。"这三十多年间再未听说过哈扎布的名字，更没有想到今天还能听到他的歌。

老歌手是最后上台的，主持人说他今年整八十岁。他着一件红底暗花蒙古袍，腰束宽带，满脸沧桑，一身凝重，年轻歌手们一字排开拱列两旁。他唱的歌名叫《苍老的大雁》，嗓音略带喑哑，是典型的蒙古族长调。闭上眼睛，一种地老天荒、苍苍茫茫的情绪袭上我心。过去内蒙古闻名海内外，是因它美丽的草原，美丽的歌声。我三十年前在那里当记者，曾在草原上驰过马，躺在草窝里仰望蓝天白云，静听那远处飘来的，不是为了演唱而唱的歌。当时一些传唱全国的著名歌词现在还能记得："鞭儿击碎了晨雾，羊儿低吻着草香。"那时无论如何也不会想到，这种美丽几十年后就要消失。近几年沙尘暴频起草原，直捣北京。去年，北京一家大报曾发表了一整版今昔对比的照片，并配通栏大标题："昔日风吹草低见牛羊，今天老鼠跑过见脊梁。"今晚，我闭目听歌，不觉泪涌眼眶。新茶陈酒味不再，松涛无声水不流。当年叶老因歌而起的意境已不复存在，剧场一片清寂。我仿佛看见一只苍老的大雁，在蓝天下黄沙上一圈圈地盘旋，在追忆着什么，寻找着什么。坐在我身后的是一位至今仍在草原上当记者的同志，他悄悄地说了一句："心里堵得慌。"

晚会后回到家里深夜难眠，我起身找到三十多年前的笔记本，叶老的诗还赫然其上：

> 他的歌韵味醇厚，
>
> 像新茶，像陈酒。
>
> 他的歌节奏自然，
>
> 像松风，像溪流。
>
> 每个字都落在人心坎上，
>
> 叫人默默领首，
>
> 高一点低一点就不成，
>
> 快一点慢一点也不就，
>
> 唯有他那样恰好刚够，
>
> 才叫人心醉神怡，尽情享受。
>
> 语言不通又有什么关系，
>
> 但听歌声就能知情会意。
>
> 无边的草原在歌声中涌现，
>
> 草嫩花鲜，仿佛嗅到芳春气息，
>
> 静静的牧群这儿是，那儿也是，
>
> 共进美餐，昂头舔舌心欢喜。

跨马的健儿在歌声中飞跑，

独坐的姑娘在歌声中支颐，

健儿姑娘虽然远别离，

你心我心情如一，

海枯石烂毋相忘，

誓愿在天鸟比翼，在地枝连理。

这些个永远新鲜的歌啊，

真够你回肠荡气。

他的歌韵味醇厚，

像新茶，像陈酒。

他的歌节奏自然，

像松风，像溪流。

莫说绕梁，简直绕心头。

更何有我，我让歌占有。

弦停歌歇绒幕垂，

竟没想到为他拍手。

当年叶老虽听不懂蒙古语，但他真切地听到了其中的草嫩花鲜、静静的牧群，还有回肠荡气的爱情。我查了一下叶老写诗的日期：1961 年 9 月，距今正好四十年，我抄这诗也过了三十年。三十年、四十年来，当我们惊喜地看着城市里的水泥森林疯长时，却没想到草原正在被剥去绿色的衣裳，无冬无夏，羞辱地裸露在寒风与烈日中。

没有绿色哪有生命？没有生命哪有爱情？没有爱情哪有歌声？若叶老在世，再听一遍哈扎布的歌，又会为我们写一首怎样深沉的诗？归来吧，我心中的草原，还有叶老心中的那一首歌。

2001 年 3 月 15 日

河套忆

　　白居易忆江南，最忆的是红花、绿水、桂子、芙蓉。我却常想起西北的河套，想那里的大漠、黄河、沙枣、蜜瓜。

　　1968年底，我从首都的大学毕业后被分配到内蒙古西部的一个小县里。迎接我的是狂风飞沙，几乎整日天地混沌，嘴、鼻子、耳朵里沙土不绝。风刮过来时，路上的人得转过身子，逆风倒行。那风也有停歇的时候。一天，我们几个人便趁这个难得的机会，走出招待所，穿过那些"文化大革命"留下的残墙断壁，到城外去散心。只见冰冷的阳光下起伏的沙丘如瀚海茫茫，一直黄到天边。没有树，没有草，没有绿，甚至没有声音。在这里，好像一切都骤然停止。我们都不说话，默默地站着，耳边还响着上午分配办公室负责人的训话："你们这些知识分子在这里自食其力，好好改造吧。"知识就是力量。我们这几个人是有力量的，各有自己的专业，有天文、化学、历史、建筑知识，可是到哪里去自食其力呢？眼前只有这一片沙漠，心头没有一点绿荫。

　　春天到了，我和民工一起被派到黄河边去防汛。开河前的天气是阴沉低闷的，铅灰色的天空，像一口大锅扣在头上，不肯露出一丝蓝天。长长

1969 年 8 月，在内蒙古河套地区

的大堤裹满枯草蓬蒿，在风中冷得颤抖。那茫茫大河本是西来，北上，东折，在这里绕了一个弯子又浩浩南去的。如今，却静悄悄的，裹了一身银甲，像一条沉睡的巨龙。而河的南岸便是茫茫的伊克昭沙漠，连天接地，一片灰黄。我一个人巡视着五六里长的一段堤，每天就在这苍天与莽野间机械地移动，像大风中滚动着的一粒石子。我的心也像石头一样的沉，我只盼着快点开河，好离开这忧郁的天地。

一天下午，当我又在河堤上来回走动时，眼前突然一亮，半天上云开一线，太阳像一团白热的火团挤开云缝，火团旁那铅块似的厚云受不了这炽热，渐渐由厚变薄，被熔化，被蒸发。云缝越来越宽，阳光急泻而下，在半空中洒开一个金色的大扇面。这时远处好似传来隐隐的雷鸣，我的心激动了，侧过耳朵静静地听着，声音却好像是从脚下发出的。啊，老河工说过，春气是先从地下泛动的。忽然我又发现不知何时，黄河那身银色的铠甲裂开了一线金丝，在渐渐地扩宽。那是被禁锢了一冬的河水啊，正在阳光下欢快地闪出软软的金波。不一会儿，偌大的冰河就破碎了，浮动了。黄河伸伸懒腰苏醒了，宽阔的水面漂着巨大的冰块，顺流直下，浩浩荡荡，像一支要出海的舰队。那冰块相撞着发出巨大的响声，有时前面的冰块流得稍慢一些，后面的便斜翘着，一块赶一块地压了上来，瞬时就形成一道冰坝，平静的河面陡然水涨潮涌。北国的春天啊，等不得那柳梢青绿，墙头杏红，竟来得这样勇猛。

不知何时，堤外的河滩里跑来一群觅草的马。它们狂奔着，嘶鸣着，一会儿吻吻地下的春泥，一会儿又仰天甩着长鬃。我被感染了，不禁动了那在心头关锁了许久的诗情，轻声咏道：

俯饮千里水，仰嘶万里云。

鬃红风吹火，蹄轻翻细尘。

我的心解冻了。

春天过后，我们被分配到一个生产队去当农民，每天担土拉车，自食其力。生活是单调的,但倒也新鲜。书全都锁进了箱子,我从头学着怎样锄草、间苗、打圪垃。我已学会用一根叫"担杖"的棍子担土,学会不怕膻味吃羊肉汤泡糕,还知道酸菜烩猪肉时最好用铜锅,那菜就越煮越泛出鲜绿。高兴时也去和放马的后生们一起骑上马在草地上狂奔,只是不敢备鞍,怕摔下来挂了镫。晚上也到光棍房里去听古,有时也能凑上去开几句粗野的玩笑。一次,我从牧人处得到了一个黑亮的野黄羊角,竟用心地雕起烟嘴来。渐渐,我们的饭量大了,胳膊腿儿粗了,只是不怎么用脑了,对箱子里的书也渐渐淡忘。只有偶尔开会夜归,抬头望天,学天文的就指给大家,哪个是"牛郎",哪个是"织女"。抱把柴火蒸馒头时,学化学的就挽起袖子来兑碱,算是我们还有一点知识。

夏初的一夜,经过一天的劳累,我在泥壁草顶的小屋里酣卧。一觉醒来,月照中天,寰宇一片空明,窗外的院子白得像落了一层薄霜。不知为什么,我不觉动了对北京的思念。这时的北海,当是碧水涟涟,繁花似锦了。铁狮子胡同我们那个古老的校园——那里曾是鲁迅先生不能忘却的刘和珍君牺牲的地方——这时,那一树树的木槿该又用它硕密的花朵去遮掩那明净的教室。图书馆的楼下一定又泛起了一阵阵的清香,那满园的丁香也该已开放。和着月色,我忆起宋人的诗句,"暗香浮动月黄昏"。这样不知过了多时,便又在一种浮动的暗香中蒙眬睡去。

翌日,我起来扫院子,鼻间总有一种若有若无的清香。我怀疑还是昨夜的梦,但这香又总不肯退去。原来,沙枣花已悄悄绽开。我扶着扫把伫立着。房东大爷看见了说:"后生,想家了吧。春过了,你们也该走了。"我说:"大爷,我们不走了,就在这里当一辈子农民。"不料,他胡子一抖,脸上闪过一丝不快,连说:"那还行?那还行?"

一年后,我们自然是分配了,工作了,自食其力了。去年夏天,我们这一伙河套人在北京的一个朋友家里小聚。主人说要给大家吃一件稀罕物,说着便捧出一个金黄如碗大的东西。众人一见,不觉齐声惊呼:"河套蜜瓜!"在北京见到这种东西,真如他乡遇故人,席间气氛顿时活跃。

瓜切开了，那瓤像玉，且清且白，味却极甜，似糖似蜜，立时香溢满室。老朋友们尽情畅谈，经过那场沧桑之变，各人终于又走上了自己的路。大家诉说着，互相安慰、祝贺、勉励。当然，也少不了忆旧，重又陶醉河套平原那迷人的夏夜、火红的深秋，最后自然又谈到桌上的蜜瓜。那样苦的地方，怎么能产出这样好的瓜呢？我们这些在那块土地上生活过的人自然知道，是因为经了那风沙、干旱和早晚极悬殊的温差，这瓜里的蜜才酿炼得这样甜、这样浓。事物本是相反才能相成的。

河套，我永不会忘记那个我刚开始学步的地方。

1983 年 5 月

那青海湖边的蘑菇香

　　小时长在农村，食不为味只求饱。后来在城市生活，又看得书报，才知道有"美食家"这个词。而很长时间以来，我一直怀疑这个词不能成立。我们常说科学家、作家、画家、音乐家等，那是有两个含义：其一，这首先是一份职业、一个专业，以此为工作目标，孜孜以求；其二，这工作必有能看得见的结果，还可转化为社会财富，献之他人，为世人所共享。而美食家呢？难道一个人一生以"吃"为专业？而他的吃又与别人何干？所以我对"美食"是从不关心、绝不留意的。

　　十年前，我到青海采访。青海地域辽阔，出门必坐车，一走一天。那里又是民歌"花儿"的故乡，天高路远，车上无事就唱歌。中共青海省委宣传部的曹部长是位女同志，和我们记者站的马站长一递一首地唱，独唱，对唱，为我倾囊展示他们的"花儿"。这也就是西北人才有的豪爽，我走遍全国各地未见哪个省委的宣传部部长肯这样给客人唱歌的，当然这也是一种自我享受。但这种情况在号称文化发达的南方无论如何是碰不到的。一天我们唱得兴起，曹部长就建议我们到金银滩去，到那个曾经产生了名曲《在那遥远的地方》的地方去采访，她在那里工作过，人熟。到达的当天下午我们就去草滩上采风，骑马，在草地上打滚，看蓝天白云，听“花儿”和藏族民歌。曹部长的继任者桑书记是一位藏族同志，土生土长，是比老曹还“原生态”的干部。

晚上下了一场小雨。第二天早饭后，桑书记领我们去牧民家串门儿，遍野湿漉漉的，草地更绿，像一块刚洗过的大绒毯，而红的、白的、黄的各色小花星布其上，真是一个名副其实的金银滩。和昨天不一样，草丛里又钻出了许多雪白的蘑菇，亭亭玉立，昂昂其首，小的如乒乓球，大的如小馒头，只要你一低头，随意俯拾，要多少有多少。这小东西捧在手里绵软湿滑，我们生怕擦破它的嫩肤，或碰断它的玉茎。我这时的心情，就是人们常说的“天上掉馅饼”，喜不自禁。连着走了几户人家，看他们怎样自制黄油子，用小木碗吃糌粑，喝马奶酒，拉家常。老桑从小在这里长大，草场上这些牧马、放羊的汉子，不少就是他光屁股时候的伙伴。蒙蒙细雨中，他不停地用藏语与他们热情地问候，开着玩笑，又一边介绍着我们这些客人。而印象最深的是，每当我们踩着一条黄泥小路走向一户人家时，一不小心就会踢飞几个蘑菇。每户人家的门口都已矗立着几个半人高的口袋，里面全是新采的蘑菇。

老桑掀开门帘，走进一户人家。青海湖畔高寒，虽是 8 月天气，可一到雨天家里还是要生火的。屋里有一盘土炕，地上还有一个铁火炉。这炉子也怪，炉面特别大，像一个吃饭的方桌，油光黑亮。这是为了增加散热，方便就餐时热饭、温酒。雨天围炉话家常，好一种久违了的温馨。我被让到炕头上，刚要掏采访本，老桑说：“别急，咱们今天上午不工作，只说吃。——娃子！到门口抓几个菌子来。”一个八九岁的红脸娃就蹿出门外，在草丛里三下两下弯腰采了十几个雪白的蘑菇，用衣襟捧着，并水珠儿一起抖落在炕沿上。我突然想起古人说的十步之内必有芳草，这娃迈出门外也不过五六步，就得此美物。城里人吃的鲜菇也至少得取自百里之外吧，至于架子上的干货更不知是几年以上的枯物了。老桑挽了挽袖子说：“看我的，拿黄油来。”他用那双粗大的黑手，捏起一个小白菇，两个指头灵巧

2001 年，在青海牧区采访

地一捻，去掉菇柄，翻转菇帽，仰面朝上。又轻撮三指，向菇帽里撒进些黄油和盐，那动作倒像在包三鲜馄饨。然后将蘑菇仰放在热炉面上，齐齐地排成一行，像年夜包的饺子。不一会儿，炉子上发出咝咝的响声，黄油无声地融进菇瓢的皱褶里，那鲜嫩的菇头就由雪白而嫩黄，渐渐缩成一个绒球状，而不知不觉间，莫名的香味已经弥漫左右，进而充盈整个屋子了，真有"暗香浮动月黄昏"的意境。也不要什么筷子、刀叉，我们每个人伸出两指，捏着一个蘑菇球放入口中。——初吃如嫩肉，却绝无肉的腻味；细嚼有乳香，又比奶味更悠长。像是豆芽、菠菜那一类的清香里又掺进了一丝烤肉的味道，或者像油画高手在幽冷的底色上又点了一笔暖色，提出了一点亮光。总之是从未遇见过的美味。

从草原返回的路上，我还在兴奋地说着那铁炉烤香菇，司机小伙子却回头插了一句嘴："这还不算最好的，我们小时候在野地里，三块砖头支一个石板，下面烧牛粪，上面烤蘑菇，比这个味道还要香。"大家轰的一阵笑，又引发了许多议论，纷纷回忆一生中遇到的最好的美味。但结论是，再也吃不到从前那样的好东西了。这时老马想起了一首"花儿"，便唱道："上去高山（着）还有个山，平川里一朵好牡丹。下了高山（着）折牡丹，心乏（着）折了个马莲莲。"曹部长就对了一首："山丹丹花开刺刺儿长，马莲花开到（个）路上。我这里牵来你那里想，热身子挨不到（个）一打上。"啊，最好的美味只能是梦中的情人。

回到北京后，我十分得意地向人推荐这种蘑菇新吃法。超市里有鲜菇，家里有烤箱，做起来很方便，凡试了的，都说极好。但是我心里明白，却无论如何也比不上草原上、雨天里、热炕边、铁炉上，那个土黄油烤鲜菇的味道，更不用说那道"牛粪石板菇"了。人的一生不能两次蹚过同一条河流，世界上最好的东西只能是记忆中的一瞬。物理学上曾有一个著名的"测不准原理"，两个大物理学家爱因斯坦和玻尔为此争论不休。爱氏说能测准，玻氏反驳说不可能，比如你用温度去量海水，你读到的已不是海水的温度。我又想起胡适的话，他说真正的文学史要到民间去找，到在口头上流传的作品中去找，一上书就变味了。确实，时下文学又有了"手机段子"这个新品种，它常让你捧腹大笑或拍案叫绝，但却永远上不了书。你要体验那个味道只有打开手机。

看来，城里的美食家是永远也享受不到"牛粪石板菇"这道美味了。

2012 年 6 月 7 日《北京日报》

石河子秋色

国庆节在石河子度过。假日无事，到街上去散步。虽近晚秋，秋阳却暖融融的，赛过春日。人皆以为边塞苦寒，其实这里与北京气候无异。连日预告，日最高气温都在23℃摄氏度。街上菊花开得正盛，金色与红色居多。花瓣一层一层，组成一个小团，茸茸的，算是一朵，又千朵万朵，织成一条条带状的花圃，绕着楼，沿着路，静静地闪耀着它们的光彩。还有许多的荷兰菊，叶小，状如铜钱，是专等天气凉时才开的。现在也正是它们的节日，一起簇拥着，仰起小脸笑着，蜜蜂和蝴蝶便专去吻它们的脸。

花圃中心常有大片的美人蕉。一来新疆，我就奇怪，不论是花，是草，是瓜，是菜，同样一个品种，到这里就长得特别大。那美人蕉有半人高，茎粗得像小树，叶子肥厚宽大，足有二尺长。她不是纤纤女子，该是属于丰满型的美人。花极红，红得像一团迎风的火。花瓣是鸭蛋形，又像一张少女羞红的脸。而衬着那花的宽厚的绿叶，使人想起小伙子结实的胸膛。这美人蕉，美得多情，美得健壮。这时，她们挺立在节日的街心，拉着手，比着肩，像是要歌，要说，要掏出心中的喜悦。有一首歌里唱道："姑娘好像花一样，小伙儿心胸多宽广。"这正是她们的意境。

1997 年，在南疆采访

　　石河子，是一块铺在黄沙上的绿绸。仅城东西两侧的护城林带就各有一百五十米宽，而城区又用树行画成极工整的棋盘格，格间有工厂、商店、楼房、剧院，在这些建筑间又都填满了绿色，那是成片的树林。红楼幢幢，青枝摇曳；明窗闪闪，绿叶婆娑。人们已分不清，这城到底是在树林中辟地盖的房、修的路，还是在房与路间又见缝插针栽的树。全城从市心推开去，东西南北各纵横着十多条大路，路旁全有白杨与白蜡树遮护。杨树都是新疆毛白杨，树干粗而壮，树皮白而光，树冠紧束，枝向上，叶黑亮。一株一株，高高地挤成一堵接天的绿墙，直远远地伸开去，令人想起绵延的长城，有那气势与魄力。而在这堵岸立的绿墙下又是白蜡，这是一种较矮的树，它耐旱耐寒，个子不高，还不及白杨的一半，树冠也不那样紧束，圆散着，披拂着。最妙是它的树叶，在秋日中泛着金黄，而又黄得不同深浅，微风一来就金光闪烁，炫人眼目。这样，白杨树与白蜡树便给这城中的每条路都镶上了双色的边，而且还分出高低两个层次。这个大棋盘上竟有这样精致的格子线，而那格子线的交叉处又都有一个挤满美人蕉与金菊的大花盘，算是一个棋子。

　　我在石河子的街上走着，以新奇的目光打量着它，打量着这个棋盘式的花园城。这时夕阳斜照着街旁的小树林，林中有三五只羊在捡食着落叶。放学的孩子背着书包绕树嬉戏。落日铺金，一片恬静。这里有城市的气质，又有田园的姿色，美得完善。它完全是按照人们的意志描绘而成的一幅彩画，我想这彩画的第一笔，应是1950年7月28日。这天，刚进军新疆不久的王震将军带着部队策马来到这里，举目四野，荆棘丛生，芦苇茫茫，一条遍布卵石的河滩，穿过沙窝，在脚下蜿蜒而去。将军马鞭一指："我们就在这里开基始祖，建一座新城留给后世。"三十多年过去了，这座城现在已出落得这般秀气。在我们这块古老的国土上，勤劳的祖先不知为后世留下了多少祖业。他们在万里丛山间垒砖为城，在千里平原上挖土成河。现在我们这一代，继往开来，又用绿树与鲜花在皑皑雪山下与千里戈壁滩上打扮出了一座城，要将它传给子孙。他们将在这里享用这无数个金色的秋季。

1983年11月12日

西北三绿

古曲有《阳关三叠》，如怨如诉，叙西北之荒凉，写旅人之悲怆。今天，当我也做西北之行时，却感到别有一番生机，即兴所记，而成《西北三绿》。

刘家峡绿波

当我乘交通艇，一进入黄河上游的刘家峡水库时，便立即倾倒于它的绿了。这里的景色和我此时的心情，是在西北各处和黄河中下游各段从来没有过的。

一条大坝拦腰一截，黄河便膨胀了，宽了，深了，而且性格也变得沉静了。那本是夹泥带沙，色灰且黄的河水；那本是在山间湍流，或在垣上漫溢的河床，这时却突然变成了一汪百多平方公里的碧波。我立即想起朱自清写梅雨潭的那篇《绿》来。他说："那醉人的绿呀，仿佛一张极大极大的荷叶铺着……"我真没有想到，这以"黄"而闻名于世的大河，也会变成一张绿荷叶的。水面是极广的，向前，看不到它的源头，向后，望不尽它的去处。我挺身船头，真不知该做怎样的遐想。朱自清说，西湖的绿波太明，秦淮河的绿波太暗，梅雨潭的特点是它的鲜润。而这刘家峡呢？我说它绿得深沉，绿得固执。沉沉的，看不到河底，而且几尺深以下就都看不进去，反正下面都是绿。我们平时看惯了纸上、墙上的绿色，那是薄薄的一层，只有一笔或一刷的功底；我们看惯了树木的绿色，那也只不过是一叶、一片或一团的绿意。而这是深深的一库啊，这偌多的绿，可供多少笔来蘸抹呢？它飞化开来，不知会把世界打扮成什么样子。大湖是极静的，整个水面只有些微的波，像一面正在晃动的镜子，又像一块正在抖动的绿绸，没有浪的花，涛的声。船头上那白色的浪点刚被激起，便又倏地落入水中，融进绿波；船尾那条深深的水沟，刚被犁开，随即又悄然拢合，平滑无痕。好固执的绿啊，我疑这水确是与别处不同的，好像更稠些，分子结构更紧些，要不怎会有这样的性格？

这个大湖是长的，约有六十五公里，但却不算宽，一般处只有二三公里吧，总还不脱河的原貌。一路走着，我俯身在船舷，平视着这如镜的湖面，看着湖中山的倒影，一种美的享受涌上心头。山是拔水而出的，更确切点，是水漫到半山的。因此，那些石山，像柱，像笋，像屏，插列两岸，有的地方陡立的石壁则是竖在水中的一堵高墙。因为水的深绿，那倒影也不像在别处那样单薄与轻飘，而是一线庄重的轮廓，使人想起夕阳中的古城。在这样的地方，这样的时刻，即使游人也不敢像在一般风景区那样轻慢，那样嬉戏，那样喊叫。人们站在舷边，伫望两岸或凝视湖面。这新奇的绿景，最易惹人在享受之外的思考。我知道，这水面的高度竟是海拔一千七百多米。李白诗云"黄河之水天上来"，那么，这个库就是一个在半空中接住天水而造的湖，也就是说，我们现时正半空水上游呢。我国幅员辽阔，人工的库、湖何止万千，刘家峡水库无论从高度、从规模，都是首屈一指的。当年郭沫若游此曾赋词叹道："成绩辉煌，叹人力真伟大。回忆处，新安鸭绿，都成次亚。"那黄河本是在西北高原上横行惯了的，它从天上飞来，一下子被锁在这里。它只有等待，在等待中渐渐驯顺，它沉落了身上的泥沙，积蓄着力量，磨炼着性格，增加着修养，而贮就了这汪沉沉的绿。它是河，但是被人们锁起来的河；它是海，但是人工的海。它再没有河流那样的轻俏，也没有大海那样的放荡。它已是人化了的水泊，满贮着人的意志，寄托着人们改造自然的理想。它已不是一般的山洼中的绿水，而是一池生命的乳浆，所以才这样固执，这样深沉，才有这样的性格。

船在库内航行，不时见两边的山坡上伸下一根根的粗管子，像巨龙吸水，头一直埋在湖里，那是正修着的扬水工程。不久，这绿水将越过高山，去灌溉戈壁，去滋润沙漠。当我弃舟登岸，立身坝顶时，库外却是另一种景象。一排有九层楼高的电厂厂房，倚着大坝横骑在水头上。那本是静如处子的绿水，从厂房里出来后，瞬即成为一股急喷狂涌的雪浪，冲着、撞着向山下奔去，它被解放了，它完成任务了，它刚才在那厂房里已将自己内涵的力转化为电。大坝外，铁塔上的高压线正向山那边穿去，像一齐射出的箭。它带着热能，东至关中平原，西到青海高原，北至腾格里沙漠，南到陇南。这里的工作人员说，他们每年要发五十六亿度电，只往天水方向就要送去十六亿度，相当于节煤一百二十万吨呢。我环视四周，发现大坝两岸山上的新树已经吐出一层茸茸的绿意，无数喷水龙头正在左右旋转着将水雾洒向它们。是水发出了电，电又提起水来滋润这些绿色生命。这沉沉的绿水啊，在半空中做着长久的聚积，原来是为了孕育这一瞬的转化，是为了获得这爆发的力。现在刘家峡的上游又要建十一个这样大的水库了，将要再出现十一层绿色的阶梯。黄河啊，你快绿了，你将会"碧波绿水从天来，奔流到海不复回"。刘家峡啊，你这一湖绿色会染绿西北，染绿全国的。我默默地祝福着你。

天池绿雪

雪，自然不会是绿的，但是它却能幻化出无穷的绿。我一到天池，便得了这个诗意。

在新疆广袤的大地上旅行，随处可以看见终年积雪的天山高峰。到天池去，便向着那个白色的极顶。车子溯沟而上，未见池，先发现池中流下来的水，成一条河。因山极高，又峰回沟转，这河早成了一条绵延不绝的白练，纷纷扬扬，时而垂下绝壁，时而绕过绿树。山是石山，沟里无半点泥沙，水落下来摔在石板上跌得粉碎，河床又不平，水流过七棱八角的尖石，激起团团的沫，所以河里常是一团白雾，千堆白雪。我知道这水从雪山上来，先在上面贮成一池绿水，又飞流而下。雪水到底是雪水，它有自己的性格、姿态和魅力。当它飞动起来时，便要还原成雪的原貌。它在回忆自己的童年，它在留恋自己的本性。它本来是这样白，这样纯，这样柔，这样飘飘扬扬的。它那飞着的沫，向上溅着，射着，飘着，好像当初从天上下来时舒舒慢慢的样子。它急慌慌地将自己撞碎，成星星点点，成烟，成雾，是为了再乘风飘去。我还未到天池边，就想，这就是天池里的水吗？

等到上了山，天池是在群山环抱之中的。一汪绿水，却是一种冷绿，绿得发青、发蓝。雪峰倒映在其中，更增加了它的静寒。水面不似一般湖水那样柔和，而别含着一种细密、坚实的美感，我疑它会随时变成一面大冰。一只游艇从水面划过，也没有翻起多少浪波，轻快得像冰上驶过一驾爬犁。我想要是用一小块石片贴水漂去，也许会一直漂滑到对岸。刘家峡的绿水是一种能量的积聚，而这天池呢，则是一种能量的凝固。它将白雪化为水，汇入池中，又将绿色做了最大的压缩，压成青蓝色，存在群山的怀中。

池周的山上满是树，松、杉、柏，全是常青的针叶，近看一株一株，如塔如矗，远望则是一海墨绿。绿树，我当然已不知见过多少，但还从未见过能绿成这个样子的。首先是它的浓，每一根针叶，不像是绿色所染，倒像是绿汁所凝。一座山，郁郁的，绿得气势，绿得风云。再就是它的纯，别处的山林在这个季节，也许会夹着些五色的花、萎黄的叶，而在这里却一根一根，叶子像刚刚抽发出来，一树一树，像用水刚刚洗过，空气也好像经过了过滤。你站在池边，天蓝，水绿，山碧，连自身也觉通体透明。我知道，这全因了山上下来的雪水。只有纯白的雪，才能滋润出纯绿的树。雪纯得白上加白，这树也就浓得绿上加绿了。

我在池边走着，想着，看着那池中的雪山倒影，我突然明白了，那绿色的生命原来都冷凝在这晶莹的躯体里。是天池将它揽在怀中，慢慢地融化、复苏，送下山去，送给干渴的戈壁。好一个绿色的怀抱雪山的天池啊，这正是你的伟大、你的美丽。

丰收岭绿岛

从戈壁新城石河子出发，汽车像在海船上一样颠簸了三个小时后，我登上了一个叫丰收岭的地方。这已经到了有名的通古特大沙漠的边缘。举目望去，沙丘一个接着一个，黄浪滚滚，一直涌向天边。没有一点绿色，没有一点声音，不见一个生命。我想起瑞典著名探险家斯文·赫定在我国新疆沙漠里说过的一句话："这里只差一块墓碑了。"好一个死寂的海。再往前跨一步，大约就要进入另一个世界。一刹那，我突然感到生命的宝贵，感到我们这个世界的可爱。

我不由得回过身来。只见沙枣、杨、榆、柳，筑起莽莽的林带，透过绿墙的缝隙，后面是方格的农田，红的高粱，黄的玉米，白的棉花，正扬着笑脸准备登场，这大概就是丰收岭名字的由来。起风了，风从沙漠那边来，那苍劲的沙枣树，挺起古铜色的躯干，挥动厚重的叶片；那伟岸的白杨，拔地而起，在云空里傲视着远处的尘烟；那繁茂的榆、柳拥在白杨身下，提起它们的裙裾，笑迎着扑面的风沙。绿浪澎湃，涛声滚滚，绿色就在我的身后，我不觉胆壮起来。绿色在原始森林里叫人恐怖；在无边的大海上，让人寂寞；在茫茫的草原上，使人孤独。而现在，沙海边的这一点绿色啊，使人振奋，给人安慰，给人勇气，只有在此时此地，我才真正懂得，绿色就是生命。现在，这许多的绿树，连同它们的根须所紧抱着的泥沙，泥沙上覆盖着的荆棘、小草，已勇敢地深入到沙海中来，形成一个尖圆形的半岛。我沿半岛的边缘走着，想到最前面去看看那绿色和黄沙的搏斗。前面杨、榆、柳那类将帅之木已经没有，只派着些与风沙勇敢肉搏着的尖兵。它们是红柳、梭梭树、沙拐枣、沙打旺等灌木，一簇簇，一行行。要论容貌，它们并不秀气，也不水灵，干发红，叶发灰，而且稀疏的枝叶也不能尽遮脚下的黄沙。但这是一个伟大的群体,我抬头望去方圆上千亩,一片朦胧的新绿,正是"沙间绿意薄如雾,树色遥看近却无"。这绿雾虽是那样的淡,那样的薄,那样的柔,但却是一张神奇的网,它罩住了发狂的沙浪,冲破了这沉沉的死寂。我沿着人工栽植的灌木林走着,只见一排排的沙土已经跪伏在它们的脚下,看来这些沙子已被俘获多时,沙粒已经开始黏结,上面也有了稀疏的草,有了鸟和兔子的粪,已有了生命的踪迹。治沙站的同志告诉我,前两三年这脚下还是流动的沙丘,引进这些沙生植物后,沙也就驯服多了。梭梭林前涌起的沙梁,虽将头身探起老高,像一匹嘶鸣的烈马,但还是跃不过树丛。那树踩着它的身子往上长,将绿的枝抽它的背,用绿的叶去遮它的眼,连小草也敢"草假树威",到它的头上去落籽生根。它终于认输了,气馁了,浑身被染绿了。治沙站的同志又转过身子,指着远处那些高大的防风绿墙说:"七八年前,连那些地方也是流沙肆虐之地。"我停下脚来重新打量着这个绿岛,它由南而北,尖尖地伸进沙漠中来,像一支绿色的箭,带着生命世界的信息,带着人们征服荒原的意志,来向这块土地下战表了。漠风吹过来,这个绿岛上涛声滚滚,潮起潮落,像一股冲进荒漠里的绿浪,正浸润着黄沙,慢慢地向内渗移。我联想到,千百年来流水剥去了大地的绿衣,黄河毁了多少田园,挟带着泥沙冲进碧波滔滔的大海。黄色在入海口渐渐蔓延,渐渐推移,于是我们的海域内竟出现了一片黄海。这是大自然的创造。而现在,人们却让沙海中出现了一座绿岛,这是人的创造。

我在这座人工绿岛上散步,细想着,这里的绿不同于黄河上碧绿的水库,也不同于天山上冷绿的天池,那些绿的水,是生命的乳汁,是生命的抽象,是未来的理想;而这里的绿,就是生命自己,是生命力的胜利,是伟大的现实。

丰收岭的绿岛啊,就从这里出发,我们去收获整个世界。

我从西北回来顺手摘了这三片绿叶。亲爱的读者,你看,西北还荒凉吗?我可以骄傲地宣布,我们的西北将会出现历史上最美丽的时期。

1984 年 10 月

榆林红石峡记

每个城市都有自己的名片，如巴黎之大铁塔、北京之天安门、上海之黄浦江，在榆林则是红石峡。峡在城北三里，正大漠北来，浩浩乎平沙无垠，忽巨峡断野，黄绿两分，奇景突现。

峡之奇有三。一是沙中见河，曰榆溪河。此大漠之地，人常以为黄沙漫漫，旱象连连，殊不见却有一河无首无尾涌出沙中，绿波映天，穿峡而过。二是山色全红。大漠有峡已自为奇，而石又赤红，每当晨曦晚照之时，两岸峭壁危岩，就团团火焰，接地映天。三是峡中遍布石刻，刀凿斧痕，题刻满山。这是它的迷人之处。

自秦汉以来，榆林即为北疆要塞，红石峡天险其北，镇北台雄视其上，历代征战以此为烈。古诗云："屯兵红石峡，斩将黑山城。血染芹河赤，氛收榆塞清。"想当年，鼙鼓震天，马嘶镝鸣。将军战罢归来，弹剑呼酒，分麾下炙，长烟落日，悲笳声声，于是便削石为纸，振河为墨，铁钩银划，直抒胸臆。个中人物，最著名者有二。一是清代名臣左宗棠。清朝后期，列强瓜分中国，英、俄染指西北，左于同治五年（1866年）受命陕甘总督。其时，朝中正起"海防"、"塞防"之争。投降派谓塞外不毛之地，不值经营，更欲放弃新疆，任其存亡。左力排谬说，以陕督之职筹粮备饷，又领钦差之命，提兵西进，一举收复新疆，固我中华万世之基业。其用兵之时更植树千里左公柳，春风直度玉门关。他的老部下刘厚基时任榆绥总兵，就向他为红石峡求字，他即大书"榆溪胜地"。左宗棠在陕甘经营十多年，雄图大略，边情难舍。这四字虽赞榆溪，却更赞西北。观其书法，用笔沉着，结字险劲，雄踞壁上，隐隐肱股之臣，浩浩大将之风。还有一位，是抗日名将马占山。马曾任东北边防军师长，黑河警备司令。1931 年率部在黑龙江打响抗日第一枪，后受排挤，移驻西北，一腔热血，报国无门。他 1941 年来游此地，眼见祖国河山破碎，愤而连刻两石"还我河山"。其字笔捺沉重，深陷石中，说不尽的臣子恨、亡国痛。石峡中这类慷慨激昂文字还有许多，如"巩固山河"、"威震九边"、"力挽狂澜"等，皆横竖如枪戟，点撇响惊雷，今日读来仍虎震幽谷，风卷残云。

中国之大，何处无峡，峡多刻石，何处无字？然红石峡正当中原大漠之分，蒙汉农牧之界。北望牛羊轻牧而白云落地，南眺稻粱初熟又绿浪接天。地老天荒，沉沉一线，地分绥陕，史接秦汉。呜呼，收南北而融古今，唯此一峡。其全长三百米，南北走向，东西两岸，一川文字，满河经典。除上述边关豪情，还有写风光之秀，如"蓬莱仙岛"、"塞北江南"；写地势之险，如"天限南北"、"雄吞边际"；有感念地方官吏的治民之德，如"功在名山"、"恩衍宗嗣"；有表达民族团结之情，如"中外一统"、"蒙汉一家"等，各种汉、满文字题刻凡二百余幅。好一部刻在石壁上的地方志，一枚盖在大漠上的中国印。正是：

赤壁青史，铁铸文章。大漠之魂，中华脊梁。

2009 年 9 月 25 日

壶口瀑布

壶口在晋、陕两省边境上，我曾两次到过那里。

第一次是雨季，临出发时有人告诫："这个时节看壶口最危险，千万不要到河滩里去，赶巧上游下雨，一个洪峰下来，根本来不及上岸。"果然，车还在半山腰就听见涛声隐隐如雷，河谷里雾气弥漫，我们大着胆子下到滩里，那河就像一锅正沸着的水。壶口瀑布不是从高处落下让人们仰观垂空的水幕，而是由平地向更低的沟里跃去，人们只能俯视被急急吸去的水流。其时，正是雨季，那沟已被灌得浪沫横溢，但上面的水还是一股劲地冲进去，冲进去……我在雾中想寻找想象中的飞瀑，但水浸沟岸，雾罩乱石，除了扑面而来的水汽，震耳欲聋的涛声，什么也看不见，什么也听不见，只有一个可怕的警觉：突然就要出现一个洪峰将我们吞没。于是，急慌慌地扫了几眼，我便匆匆逃离，到了岸上回望那团白烟，心还在不住地跳……

第二次我专选了个枯水季节。春寒刚过，山还未青，谷底显得异常开阔。我们从从容容地下到沟底，这时的黄河像是一张极大的石床，上面铺了一层软软的细沙，踏上去坚实而又松软。我一直走到河心，原来河心还有一条河，是突然凹下去的一条深沟，当地人叫"龙槽"，槽头入水处深不可测，这便是"壶口"。我依在一块大石头上向上游看去，这龙槽顶着宽宽的河面，正好形成一个丁字。河水从五百米宽的河道上排排涌来，其势如千军万马，互相挤着、撞着，推推搡搡，前呼后拥，撞向石壁，排排黄浪霎时碎成堆堆白雪。山是清冷的灰，天是寂寂的蓝，宇宙间仿佛只有这水的存在。当河水正这般畅畅快快地驰骋着时，突然脚下出现一条四十多米宽的深沟，它们还来不及想一下，便一齐跌了进去，更涌、更挤、更急。沟底飞转着一个个漩涡，当地人说，曾有一头黑猪掉进去，再漂上来时，浑身的毛竟被拔得一根不剩。我听了不觉打了个寒噤。

黄河在这里由宽而窄，由高到低，只见那平坦如席的大水像是被一个无形的大洞吸着，顿然拢成一束，向龙槽里隆隆冲去，先跌在石上，翻个身再跌下去，三跌、四跌，一川大水硬是这样被跌得粉碎，碎成点，碎成雾。从沟底升起一道彩虹，横跨龙槽，穿过雾霭，消失在远山青色的背景中。当然这么窄的壶口一时容不下这么多的水，于是洪流便向两边涌去，沿着龙槽的边沿轰然而下，平平的，大大的，浑厚庄重如一卷飞毯从空抖落。不，简直如一卷钢板出轧，的确有那种凝重，那种猛烈。尽管这样，壶口还是不能尽收这一川黄浪，于是又有一些各自夺路而走的，乘隙而进的，折返迂回的。它们在龙槽两边的滩壁上散开来，或钻石觅缝，汩汩如泉；或淌过石板，潺潺成溪；或被夹在石间，哀哀打漩。还有那顺壁挂下的，亮晶晶的如丝如缕……而这一切都隐在湿漉漉的水雾中，罩在七色彩虹中，像一曲交响乐，一幅写意画。我突然陷入沉思，眼前这个小小的壶口，怎么一下子集纳了海、河、瀑、泉、雾，所有水的形态？兼容了喜、怒、哀、怨、愁，人的各种情感？造物者难道是要在这壶口中浓缩一个世界吗？

看罢水，我再细观脚下的石。这些如钢似铁的顽物竟被水凿得窟窟窍窍，如蜂窝杂陈，更有一些地方被旋出一个个光溜溜的大坑，而整个龙槽就是这样被水齐齐地切下去，切出一道深沟。人常以柔情比水，但至柔至软的水一旦被压迫竟会这样怒不可遏。原来这柔和之中只有宽厚绝无软弱，当它忍耐到一定程度时就会以力相较，奋力抗争。据《徐霞客游记》所载，当年壶口的位置还在这下游一千五百米处。你看日夜不止，这柔和的水硬将铁硬的石寸寸地剁去。

黄河博大宽厚，柔中有刚；挟而不服，压而不弯；不平则呼，遇强则抗；死地必生，勇往直前。像一个人，经了许多磨难便有了自己的个性，黄河被两岸的山，地下的石，逼得忽上忽下、忽左忽右时，也就铸成了自己伟大的性格。这伟大只在冲过壶口的一刹那才闪现出来被我们看见。

1993 年 8 月 23 日《人民日报》

附：壶口瀑布记

凡世间能容、能藏、能变之物唯有水。其亦硬亦软，或傲或嗔，载舟覆舟，润物毁物，全在一瞬之间。时桃花流水而阴柔，又裂岸拍天而狂放。凡河川能伸能屈，能收能藏，唯我黄河。其高峡为镜，平原飘带，奔川浸谷，挟雷裹电，即因时势而变。时滔天接地而狂呼，又拥地抱天而低言。

我曾徘徊于黄河上游的刘家峡水库，惊异于它如泊如镜的沉静；曾生活于河套平原，陶醉于它如虹如带的飘逸；也曾上溯龙门，感奋于它如狮如虎的豪壮。但当我沿河上下求索而见壶口时，便如痴如狂。

壶口在山西吉县境内，是黄河上唯一的瀑布，因状如壶口而得名。水流至此急冲沟下，人观瀑布由上俯下，只见烟水迷漫，船行至此得拖出河岸，绕过壶口，即古书上所载"河里冒烟，旱地行船"。原来黄河在这里，先因山逼而势急，后依滩泻而狂放，排山倒海，万马奔腾，喧声蔽天。却正当它得意扬眉之时，突以数里之阔跌入百尺之峡，如水入壶，腾荡急旋。于是飞沫起虹，溅珠落盘，成瀑成漱，如挂如帘。裂坚石而炸雷，飞

壹口瀑布

轻雾而吐烟，虎吼震川，隆隆千里，龙腾搅谷，巍巍地颤。波起涛落，切层岩如豆腐，照徐霞客所记，三百年来竟剟石开沟上剎三百余米；激流飞湍，锉顽石如木铁。据民间所言，有黑猪落水，眨眼之间，褪毫拔毛，竟成雪白之豕。黄河于斯，聚九天雷霆，凝江海之威，水借裂石之力，轰然辟开大道坦途；沙借波旋之势，细细磨出深沟浅穴。放眼两岸，鬼斧神工，脚下这数里之阔的磐石，经黄河涛头这么轻轻一钻一旋，就路从地下出，水从天上来。它顺势一跃，排山推岳，挟一川豪情，裹两岸清风，潇洒而去，又再现它的沉静，它的温柔，它的悲壮，它的大度，去路千里缓缓入海。

　　呜呼，蕴伟力而静持，遇强阻而必摧，绕山岳而顺柔，坦荡荡而存天地。美哉，壮哉，我的黄河。

1993 年 8 月 23 日

永远的桂林

桂林山水实在是一个老而又老的题目，人们却总在不停地谈论，又可见它的美丽不减，魅力无穷。因为人们还看不够，还没有把它弄明白，就要来欣赏，来探寻，并在探寻中获得美的享受。每年大约有一千万左右的人从世界各地到桂林来，就是为了看这里的山，这里的水，这里的石头。这几样东西哪里没有？但这里就是与别处不一样，美得让人吃惊，美得让人心醉。文人墨客艺术化了的溢美之词且不去说，陈毅的题词倒是一句大实话："愿做桂林人，不愿做神仙。"一个外国元首看罢桂林后说："上帝用第一个七天造了亚当、夏娃，用第二个七天造了桂林，下一个七天真不知还要造什么。"外国人信上帝，中国人信神。神也好，上帝也好，反正说不清的事情就先交给它。桂林确实是美得说不清。

新年刚过有桂林之游。我们先是乘船，顺漓江由桂林到阳朔。水面清浅，浅得让你不敢相信，坐在船上能看见水里的石头。因为水浅，不起波，水面就平得像一面镜子。这么浅的水，却能漂得动这条百十米人的船，也亏了这水的平静，船是平底用不着多吃水，就像一块木片似的，稳稳地漂。这首先就让你感到很亲切，既不野，也不险。据说从桂林到阳朔八十公里，落差才只有三十八米。江面上偶然漂过几个竹筏，是七根竹子扎成，筏上总有一位渔翁，横一根竹篙，携两只鱼鹰，远看去绿波埋脚，人好像直接踩在水面上，神话里的八仙过海、观音出水大概就是学的这个样子。这时两岸的山就在水边稀稀疏疏地排开来，山头没有北方那样尖的峰或顶，总成一个柔和的弧，从平地突然钻出，像圆圆的馒头，像立起的田螺，虽在冬季还是披满草树。山，隔不远就一个，临水而立，随着水的弯弯千媚百态。这山并不高，一般也就四五十米，所以在船上什么都可以看个清楚。看山间的树，树间偶尔露出的红叶，看石头，石上的纹路，还有那些不知何时留下的摩崖题字。就像在城里的马路上闲走，看两边的高楼，谁家的阳台上晾着一件好看的衣服，谁家新漆了一扇窗户。江水贴着山根轻轻地转，说轻是轻到不知是流还是不流，没有浪，没有波，甚至没有涟漪。其实这水是专来为山做镜子的，你看水里的倒影，一丝不差，是几何学上标准的对称体。

船过杨家坪，有山名羊角，那水里也就真的浸着一只大羊角。随着水的左曲右折，每一个山头就可以一个一个前后左右地看，还可以镜外看了镜里看。山水向来是叫人豪迈，叫人昂扬洒脱的，今天却像一件工艺品直跳到你的手上，叫你赏，叫你玩。梳妆江畔立，顾影明镜里，为君来不易，叫您恣意看。辛弃疾词："我见青山多妩媚，料青山见我应如是。"这里山也不阳刚，水却更阴柔，秀得很，也嫩得很。在这里你是无论如何也吼不得一声，喊不得一句的。

过杨家坪不久，有半边渡。那是因为山一时向河边走得太近，将脚泡到了水里，人贴岸行走便断了路，还要搭几步船。说是渡船却又不来对岸，渡了半天却还在那一边继续走路。这时正有一帮小学生放学，像群羊羔撒欢，直颠得河中的树影乱颤。正当野渡无人舟自横，四五个小不点飞身上筏，一个稍大一点的就自觉殿后，竹篙一点，呼哨一声，红领巾便迎风燃起五六团火苗，眨眼就飘到了路那一端。河这岸有几个女子在浅水处的石头上捶衣，孩子在草窝里嬉戏，背后稍远处有农夫在耕地。因是冬末，没有常见的漓江烟雨，平林漠漠，景色清明。岸边不时闪过一丛丛的凤尾竹，竹后是农家袅袅的炊烟。往前方眺望，群峰起伏，如一队行进的骆驼，隐约驼铃在耳。回首来处，水天迷茫，山峰相连相叠，如长城的垛口，回环不绝。

　　站在船上，我不时冒出这样的念头，这是真山真水吗？在北方，人行山里几天几夜出不去，不知道要钻多少一线天、扁担峡；车行山里，跃上峰巅，倒海翻江，而这山水却奇巧如盆景，美丽如童话。说是盆景，却是真的山水、树木；说是童话，我们又真真切切地置身其内。事物每当真假难分时，就像水墨画洇润出一种迷蒙的美，像无题诗传达着一种说不清的意，像舞台上反串后的角色透出一种新鲜与活泼。这是我初读桂林的印象。

　　上岸之后我们乘车从旱路往回返，这时没有了水光掩映，却又多了满野的绿风。路边的小山一个个兀立平野，近看像一座座圆头碉堡，像一个个麦垛。山不高，满头都披着茸茸的草树，恨不能停车伸手去摸摸它，或者一头扎到草堆，重做一场儿时的美梦。同车的一位青年朋友说："原来世上真有这样的山。小时候认识了象形的'山'字，总也找不到想象中的山，今天才算解了这个谜。"大家都哈哈大笑。这些麦垛大大小小地交错着，淡出淡入，绿枝蒙蒙，像一团团春风刚梳妆过的杨柳，远到天边就只剩下一痕痕绿色的曲线。我们是专门驱车去看月亮洞的，那实际上是远处的一座山峰，中穿一洞，这洞又被前面的山所遮掩。车子前行就渐渐看到一眉弯月，月亮由亏到圆，灿若小姑娘的笑脸，再行又渐为轻云所遮，如月食之变。那年美国总统尼克松来游，大声叫绝，非要上山去探个究竟。这本是苏州园林中惯用的"移步换景法"，不想大自然却早有创造在这里等着。

　　第二天我们又在城里看了一天山。城里看山，这本身就是一个新鲜话题，都市里怎么能有山？有也只能是公园里的假山。那年我在昆明登龙门，看到城近郊有那样的真山已是大吃一惊，不想这桂林却有几十个大大小小的山头直跑到城里的马路边，钻到机关的院子里，蹲到人家楼前的窗户下，或者就拦在十字路口看人来人往。孤山、穿山、象山、叠彩山、骆驼山、独秀峰就这样真真切切地和人厮混在一起，桂林人每天上班下班，车水马龙绕山走，假日里则摩肩接踵，在山坡上滚，山肚子里钻，相处久了连山也都有了灵气。最有名的是象鼻山，城边水旁一个四脚稳立的大象，长长的鼻子直伸到水里，水下又有一个同样的象。骆驼峰，就是一峰蹒跚西行的长毛驼，连背上的两个驼峰，前伸的鼻子和旅途劳顿的神态都惟妙惟肖。人说这是世界上最大的骆驼。这些山大都被改造成公园，真山真水，当然比景山、颐和园要好看得多。桂林的山中皆有洞，洞大不可言。我只上到穿山的一个洞里，传说这是伏波将军一箭射穿的。洞内可坐数百人，有石桌石凳，夏天退了休的老人就在这里下棋、打牌做神仙。这洞的上面又还有同样的一层。除了上山看洞，还可入地看洞。资格最老的当然是芦笛岩，在这个地下龙宫里，竟都是些石笋、石柱，石的瓜、果、桃、李，石的狮、虎、猴、龟。有的奇石任怎样高明的大师也雕绘不出这样惊天地的杰作。我奇怪这里大至山，小至石，怎么都如此逼近生命，凝聚着活力？桂林这块地方真是从山水到草木，从天上到地下，让灵气窜了个遍，浸了个透。人杰者，百代出一；地灵者，万里难觅。今独此地，除了上帝的垂青，鬼斧神工，又能作何解呢？

不知为什么，在桂林我总要想起苏州。它们分别是从自然和人工的两头去逼近美，都是想把这两头拉过来挽成一朵美丽的花。人不但爱美食、美衣，还讲究择美而居。一种办法是选一块极富自然美的地方安营扎寨，这就是桂林。另一个办法是把自己居住的地方尽量打扮得靠近自然，这就是苏州。人类本来开始像小鸟恋窝一样依偎着自然，向往自然。古代有多少僧道隐者为享松竹之乐而逃离都市，但是随着人力的强大，人类又开始排斥自然，他们建起了现代的都市，用钢筋、水泥、玻璃、铝合金重垒了一个新窝，但同时也就开始接受应有的惩罚。而我们在桂林却找到了一个答案，像桂林山水一样珍贵的是桂林人与自然相契合的精神，像桂林山水一样令人羡慕的是桂林人的生存环境，他们在尽情实现人的价值的同时，既不是如僧看庙般地俯就自然，也不是如上海、广州那样赶走自然，而是在自然的怀抱里把现代文明发挥得恰到好处，把自然的美留到极限，让人对自然永存一分纯真，一分童心，人与自然相亲相融。我才理解到陈毅所说，愿做桂林人，不愿做神仙。神仙虽好，没有烟火。桂林是一个有烟火的仙境，一个真山真水的盆景，一个成年人的童心梦。

1995 年 8 月

苏州园林

　　我到苏州，是特地为她的园林而来的。在一条很小的弄里，我找见了网师园。这是苏州最小的园子，占地只有八亩。园子入口处很窄，四周有山、水、石、桥、花、木。园中心处有一屋，名"竹外一枝轩"，这个名字初读来令人不解，细想才知是据苏东坡诗意："江头千树春欲暗，竹外一枝斜更好。"果然，轩面一池水，水边有斜依的松柏，袅袅的垂柳，而穿过柳荫在波光水色中闪现出亭台、桥榭。景是错落的，甚至斜乱的，但这正是整齐美之外的更深一层的美，造园者与诗人的心是相通的，他们用人力来提炼自然美的精华，这是艺术。和网师园相比，拙政园算是苏州最大的园子了，据说是《红楼梦》大观园的原型，但它并没有因为大而失去精。园中有楼曰"见山楼"，但对面只是很宽阔的水，隔岸又是若许亭、轩、阁，一起埋在绿树丛中，哪里有什么山？可是当你再凭栏品味时，会突然想起陆游的诗："疏沟分北涧，蓊木见南山。"谁敢说剪掉林木之后，那边没有山呢？想见的山比看见的更好看、更有味，这真是含蓄的极致了。其余还有许多亭、堂，如"看松读画轩"、"风到月来亭"、"留听阁"等，都画龙点睛，景外有意，让你身在其中，又不得不神思其外，城中的园林不比大自然中的山水，它只有在有限的条件下，向精美、凝练、含蓄中去求艺术，像一首律诗。这样"园"有尽而意无穷，而在这里艺术的表现手段又不像诗一样靠字、词，却是靠山石、花木、砖瓦。难得的是这些无声之物，竟有神有韵地构成了一个美的境界。当你在这些园子里悠游时，那实际上是在翻一部唐诗，或一本宋词了。

如果说在网师园、拙政园里得到的是诗情，那么在留园得到的便是画意了。这个园子多回廊，亭堂又多窗，匠心之意是让你尽量透过廊、窗取景，抬眼时便是一幅画图。窗外常是粉墙，窗与墙之间或植竹数竿，或插梅一枝，墙为纸，物为墨，随风摇曳，影布墙上，且天生的艳红翠绿，这是任何丹青高手所不能企及的。这还不止，窗户又都是各种图案的花格子，透过窗子看景时别有一种隐约的效果与气氛，是朦胧的美。还有一奇趣，当游人在廊中走动时，从不同的角度望去，又会是一幅不同的画面，叫"移步换景"。真可谓将我们视觉的潜力挖绝了。

园中除画之外，还有雕塑，这便要说到石了。有一块"鹰石"突兀耸立，浑身高高低低，洞洞眼眼，石顶部极似一只老鹰腾空，长颈内弯，两爪伸张，双目炯炯，大约发现了地上有一只雏鸡，正鼓翅欲下。我站在石旁注视良久，越看越像，越想越像，觉得那鹰神从石出，气从石来，活了！但我岂不知，这是太湖里随便捞上来的一块石头。苏州园林的艺术正在不以墨为图，不以斧凿去雕塑，尽量利用自然之美，专取似与不似之间，匠心之意只是撩拨起你的遐想，引而不发，藏而不露。中国画中本有写意的一派，那是比工笔更含蓄，更有味的。

留园中还有两块石头叫人难忘。一曰"冠云峰"，高六点五米，重五吨，是宋时运"花石纲"落入太湖中，清朝官僚刘蓉峰造园时又捞得的，这是苏州园林中最大的一块了。其旁又还有一块石"岫云峰"，傍有一些紫藤出地，分为两股，穿石间小孔而上，到石巅后又绞作一团，浓荫蔽覆。藤遒劲而叶蒙缀，至少已逾百年。在苏州园林中，空间自不必说了，就连时间这个因素也被纳入造林艺术之中了。有人工制造的错落的美，有历史铸就的古邈幽远的美。我们平时谈画，那是些平面的颜色，我们游历山水，那是些自然的原形。而现在，我们看到的却是窗框里的翠竹，水池中的山石，这是自然物与纸上画的过渡，是自然美与艺术美的融合，别有一种角度，另是一番享受。

别于宅地花园的是沧浪亭。园中有山，环山有河，水面开阔。这本是宋庆历年间，诗人苏舜钦为官失意后隐居之所。他在这里造了亭，还写了《记》，歌咏其自在之情："觞而浩歌，踞而仰啸，野老不至，鱼鸟共乐。"亭上有楹联："清风明月本无价，近水远山皆有情。"登亭而望，绿荫之外空水茫茫，尘嚣不闻，市井不见，闲矣，静矣。这里不比城里那几处园子，那里是主人正官运亨通之时闲玩游赏之地，这里是文人失意官场后抒发悲凉、宣泄积愤的所在。其意境是李白的《春夜宴桃李园序》，是王维的《山中与裴秀才迪书》，是陶渊明的《桃花源记》，游这种园子，得到的是一种恬淡闲逸的美。这就不只是诗与画的陶醉，而是在冷静地披览历史了。它使人不由得忆想起我们民族悠久的文化和历史上曾相继登场的各种思想与人物。

在苏州看园林，实在是在读一本立体的书。本来通过建筑这面镜子，我们一样可窥见当时社会的政治、经济与文化，不过这种窥视与探讨却是充满了艺术的乐趣。这在国外已经专门兴起了一门"艺术社会学"。苏州的园林建筑艺术则完全称得起这门学科的一个分支，我想现在我们继承自己民族的文化遗产，不仅要去钻图书馆、考察文物、看古装戏，还应该到这样的城市里来走一走、想一想。建筑是凝固的音乐，在这些秀美的园林里随时都飘荡着几世纪前的音符，一碰到我们的心弦，便会响起历史的鸣奏，在我们心灵的空谷中久久回荡。我又想，我们现在欣赏这浸透了古典文化艺术之汁的苏州城，还不应该忘记，怎样去为我们的后代创造一座同样饱储着当代文化艺术的城市。

1985 年 3 月

武夷山：我的读后感

名山也已登过不少，但当我有缘做武夷之游时，却惊奇地发现这次却不劳攀援之苦，只要躺在竹筏上默读两岸的群山就行。这一点就足够迷人了。

山村码头，长虹卧波的石桥下一条碧绿的溪水缓缓飘来，两岸群山将自己突兀的峰岩或郁葱的披发投入清澈的溪中。我们跳上一条竹筏，船工长篙一点，悠悠然滑向平如镜面的河心。河并不宽，一般也就三五十米，两旁山上的草木与崖上的石刻全看得清；水并不深，大都一篙见底，清得连水草石砾都看得分明；流也不急，长十四公里，落差才十五米，可任筏子自己随便去漂。只是湾子很多，可谓九曲十八弯。但这正是它的妙处，在有限的空间里增加了许多的容量，溪流围着山前山后地转，两岸的层峦叠嶂就争着显示自己的妩媚。

我半躺在筏上的竹椅里，微醉似的看两边的景色，听筏下汩汩的水声。耳边是船工喃喃的解说，这石、那峰、天王、玉女，还有河边的"神龟出水"，山坡上的"童子观音"。山水毕竟是无言之物，一般人耐不得这种寂寞，总要附会出一些故事来说，我却静静地读着这幅大水墨。

这两边的山美得自在，当它不披绿裳时，硬是赤裸得一丝不挂，本是红色的岩石经多年的氧化镀上了一层铁黑，水冲过后又留下许多白痕，再湿了它当初隆起时的皱褶，自然得可爱，或蹲或立，你会联想到静卧的雄狮、将飞的雄鹰，或纯真的顽童、憨厚的老农，全无一点尘俗的浸染。但大多数山还是茂林修竹，藤垂草掩，又显出另一番神韵。筏子拐过一两道弯，河就渐行渐窄，山也更逼近水面，氤氲葱郁，山顶的竹子青竿秀枝，成一座绿色的天门阵，直排上云天，而半山上的松杉又密密匝匝地挤下来。偶有一枝斜伸到水面，那便是姜子牙无声的垂竿。浓密的草窝里会突然冒出一树芭蕉，阔大的叶片拥着一束明艳的鲜花，仿佛遗世独立的空谷佳人。河没有浪，山没有声，只有夹岸迷蒙的绿雾轻轻地涌着。水中起伏不尽的山影早已让细密的水波谱成一首清亮的渔歌，和着微风在竹篙的轻拨慢拢中飘动。这时山的形已不复存在，你的耳目也已不起作用，如朱自清在《荷塘月色》中仿佛听到了"梵婀铃上奏着的名曲"，我这时也只凭感觉来捕捉这山的旋律了。

　　这条曲曲弯弯的溪水美得纯真，是上游五十平方公里的群山中，滴滴雨露轻落在叶上草上，渗入根下土中，然后，沙滤石挤，再溢出涓涓细流，又由无数细流汇成这能漂筏行船的大河，所以这水就轻软得可爱。没有凶险的水涡，没有震山的吼声，只是悄悄地流，静静地淌，逢山转身回秋眸，遇滩蹑足曳翠裙。每当筏子转过一个急弯时，迎面就会扑来一股爽人的绿风，这时我就将身子压得更低些，顺着河谷看出去，追视这幅无尽的流锦，一时如离尘出世，不知何往。在这种人仙参半的境界中，我细品着溪水的清、凉、静、柔，几时享受过这样的温存与妩媚呢？回想与水的相交相识，那南海的狂涛，那天池的冰冷，黄河壶口的"虎啸"，长江三峡的"龙吟"，今天我才找到水之初的原质原貌，原来它"最是那一低头的温柔，恰似一朵水莲花，不胜凉风的娇羞"。在世间一切自然美的形式中，怕只有山才这样的磅礴逶迤，怕只有水才这样的尽情尽性，怕也只有武夷山水才会这样的相间相错，相环相绕，相厮相守地美在一起，美得难解难分，让你难以名状，难以着墨。我才信山水也是如情人，如名曲，可以让

九曲溪崖刻

人销魂蚀骨的。一处美的山水就是一个暂栖身心的港湾，王维有他的辋川山庄，苏东坡有他的大江赤壁，朱自清有他的月下荷塘，夏丏尊有他的白马湖，今天我也找到了自己的武夷九溪。

筏过五曲溪时，崖上有"五曲幼溪津"几个大字，那幼字的"力"故意写得不出头。原来这幼溪是一个明代人，名陈省，字幼溪，在朝里做官出不了头，便归隐此地来研究《易经》，石上还刻有他发牢骚的诗。细看两岸石壁，又有许许多多的古人题刻，我也渐渐在这幅山水画中读出了许多人物。那个曾带义兵归南宋，"而今识尽愁滋味，欲说还休"的词人辛弃疾，那个"但悲不见九州同"的诗人陆游，那个理学大师朱熹，都曾长期赋闲于此，并留下笔墨。还有那个一代名将戚继光，石壁上也留着他的铮铮诗句："一剑横空星斗寒，甫随平北复征蛮。他年觅取封侯印，愿向君王换此山。"这是些什么样的人啊，他们是从刀光剑影中杀出来的英雄，是从书山墨海中走过来的哲人，他们每个人的胸中都有一座起伏的山，都有一片激荡的海，可是当他们带着人世的激动，风尘仆仆地走来时，面对这高邈恬静的武夷，便立即神宁气平，束手恭立了。

人在世上待久了，难免有这样那样的烦恼和重负。为解脱这一切，历来的办法有二：一是皈依宗教，向内心去求平衡；二是到自然中去寻找回归。苏东坡是最通此道的，所以他既当居士，又寻山访水。但是能如消磁除尘那样，使人立即净化，霎时回归的山水又有几许？苏子月下的赤壁，毕竟是月色朦胧又加了几分醉意，何如眼前这朗朗晴空下，山清水幽，渔歌筏影，实实在在的仙境呢？如果一处山水能以自己的神韵净化人的灵魂，安定人的心绪，启示人生的哲理，使人升华，教人回归，能纯得使人起宗教式的向往，又美得叫人生热恋似的追求，这山就有足够的魅力了，就是人间的天国仙境。我登泰山时，曾感到山水对人的激励，登峨眉时，曾感到山水给人的欢娱，而今我在武夷的怀抱里，立即感到一种伟大的安详，朴素的平静，如桑拿浴后的轻松，如静坐禅后的空灵。这种感觉怕只有印度教徒在恒河里洗澡、佛教徒在五台山朝拜时才会有的。我没有宗教的体验，却真正接受了一次自然对人的洗礼。武夷一小游，退却十年愁。对青山明镜，你会由衷地默念：什么都抛掉，重新生活一回吧。难怪这山上专有一处名"换骨岩"呢。

我正庆幸自己在默读中悟出了一点道理，突然眼前一亮，竹筏已漂出九曲溪，水面顿宽，一汪碧绿。回头一望，亭亭玉女峰正在晚照中梳妆，船工还在继续着他那说不完的故事。

1990 年 11 月

山还是那座山

也许是因为我的姓氏里有一个木字，或者我命中本来就缺木，反正我是发疯地爱树。只要听说哪里有一棵奇一点的树，就千方百计地去看，去摸，去抱。十年前南下到宁波出差，返回时在机场听说当地有一棵特大的树，树身中空，人民公社时生产队在里面养了两头牛，惜未能谋面。过了两年我终于找到一个机会再到宁波，一下飞机不进城，就直去拜树。虽然又过了几十年，树洞里淤了不少土，但依然老干如铁，青枝绿叶。村民在树洞里摆了一张八仙桌，大大方方地请我们喝了一壶茶。去年北上到内蒙古出差，见宾馆院里有一棵不知名的树，枝头吊着指肚大小的菱形果实，甚奇。问之，曰丝棉树，秋后，果实会炸开，垂下丝绦万千条，属卫矛科。就不顾体面，用房间里的水果刀，十指并用，"偷挖"了两棵，惹得一路同行的人和机场的安检、空姐不断地拷问。苍天不负有心人，这两棵他乡客居然生根发芽在京城，单等来年此情绵绵寄相思了。

我这样爱树，是因为曾经很少见到树。我大学一毕业就分配到内蒙古，守着乌兰布和沙漠，吃不尽的黄土，看不完的黄沙。外出采访，要是走路，得帽檐朝后；要是坐车，风沙起时得停车让过风头。这时车子就像掉进黄汤海里，人像坐在潜艇里，透过车窗看黄浪从两边滚滚涌过。那时最想看到的是一点绿，一棵树。我坐火车过河西走廊，一个白天，一个晚上，又一个白天，还是没有一棵树。我在河套的黄河湾子里护过林，那是什么"林"啊，只有拇指粗，每年春天绿，冬天死。晋西北倒是有大片的杨树林，那是永远长不大的"老头树"。不但野外缺树，城里也少树。近二十年城市建设提速，房挤树，路挤树，人挤树。一次我走在昆明街上，因为扩路砍光了树，主人还说："我们这里山好水好，四季如春。"我不顾礼貌，脱口而出："山好水好，就是官不好，为什么不栽树？"回来后我在《人民日报》发了一篇短文《好山好水更求好官》。什么样的官才算好官？起码有一条，要栽树。

因为爱树，就关心和同情栽树的人。最让我激动的一次采访是在雁北，一位八十一岁的老人带着棺材进山，十五年绿了几座山，真有点《三国演义》里庞德抬着棺材战关羽，或者左宗棠抬着棺材去收复新疆的味道。最得意也最伤心的一次采访是写一个劳模，那稿子还得了全国新闻奖。但几年后他儿子来找我，说父亲进了班房，原因是他栽了很多树，只用了几棵树就犯法。这是什么法？难怪没有人栽树。有人说按统计数字，我们栽的树已经绕地球几圈了，但还是不见树。

终于在2006年春天，我望见了一大片新绿。不是在山上，也不是在平原，说来好笑，是在报社夜班平台上的电稿堆里。福建记者蔡小伟来稿说，那里全省都已把山分给了农民，老百姓种树积极性大增。我如获至宝，或者说是终于找到一根救命的稻草。莫谓书生空议论，稻草也能当金箍棒用。我要借这篇文章浇我胸中的块垒，立即制了一个大标题《山定权，树定根，人定心，福建全省推行林权制度改革》，立发头条。我又想到马克思的一句话："人们为之奋斗的一切，都同他们的利益有关。"就把这话拉来当大旗，配了一篇评论：《栽者有其权，百姓得其利》。签发完稿子，我重重地吐了一口气，一口压了几十年的气。半个月后福建省林业厅厅长黄建兴来京开会，他一住下就来报社，要请我吃饭。这之前我们并不认识，我问他怎么这样热心林权改革。他讲了一个故事。2001年，福建有七万农民因建水库失地闹事，他时任省政府秘书长，到一线去处置此事，却发现有一个村子很平静，没有一人参与闹事，便问何故，支书说："我们前几年就分了山林，每人每年收入四千元，还会闹吗？"福建八山一水一分田，山稳民就稳。他当即说，如果我当林业厅厅长，就先给农民分山。不想，天遂人愿，三个月后他被任为省林业厅厅长。他农民出身，当过生产队队长，深知农民对土地的感情，一朝权在手，便把令来行。他在全省积极实验林改，福建成了全国林改第一省，也是森林覆盖率最高的省。他林改有方，从厅长任上下来后又被任命为国家林业局林改领导小组副组长。林改就是土改，是一场藏于绿叶下的红色革命。

可能还是命中脱不去与树的缘分，我退出新闻一线后又被安排到农委工作，就急切地想去看一下当年曾经纸上谈兵的林改如何。今年正月十五刚过，年味还在，我就踏上去福建的路。

如果说福建是全国林改第一省，永安就是全国林改第一县（县级市）。这里动手早，出经验多，是国家和省两级林改试验点，八年来已接待参观者两万六千人。我发现凡成一件大事，其中必有一些中坚和先锋，黄建兴是一个，江兴禄也是一个。江兴禄在永安县委书记任上已经十五年，参与了林改的全过程，还编了一本亟有实践兼学术价值的书。这天，他陪我走访了中国林改第一村洪田村，其地位类似于中国承包第一村的安徽小岗村，但村里的建设比小岗村气派多了，村民全住进了两家一楼的别墅，幼儿园、小学、热闹的街道、店面，让人仿佛进了县城。走进展览馆，迎面是一座群体雕塑，几个胼手胝足的汉子正拧眉锁眼，在灯下议论着什么，说明牌上只有一句话："今晚不议出个名堂，谁也不许回家！"说的是 1998 年 5 月 27 日那晚，全村开会讨论山林到底是分还是不分。已是后半夜了还没有个结果，村支书邓文山就拍着桌子喊出了这句话，然后从笔记本上撕下一页纸，裁成二十六条，同意还是不同意，每家立字为证。这很悲壮，像当年小岗村干部为分地按红手印准备去坐牢，我脑海里一下闪过了水泊梁山、绿林、赤眉。我找到邓文山，想不到却是个文静的汉子，看来事逼人为，不到绝路不破釜。这一逼倒逼出一条新路。墙上贴着一张 1997 至 2009 年全村经济发展统计表：村财政由十五万三千万元增至六十三万元，人均林业收入由三百一十三元增至三千九百三十一元，电话由二十五部增至六百六十二部，机动车从无到有三百几十五台，电脑从无到有八十一台……这些财富都是农民在分到手的山上种出来的。

从洪田出来，江兴禄带我们去看一座竹山。春雨绵绵，千竹滴翠。竹子这东西实在是人见人爱，且不说它的用途，你看一眼都舒服。它年年发笋，当年成林，一劳永逸。新竹碧绿如玉，每拔一节就留一条白线，微风吹过，林子就白绿相间，翩翩起舞，好一幅水墨写意。老江招呼人去找这片山的主人，一会儿竹林子里就钻出一个汉子，眼大身瘦，戴斗笠，系腰带，蹬雨靴，肩扛一把细嘴镢头，仿佛是封神榜上的人物。他叫杨国松，名下分得一百二十六亩竹林，已经营十多年。斜风细雨里我和他算起这几年的收入。竹子在文人眼里是清供之物，在农民眼里可是摇钱树。他说，冬挖冬笋，春挖春笋，林间还有药材。冬笋贵，每斤五至八元，春笋五毛，一亩地可产三四千斤竹笋。每亩竹子二百八十根，每根卖三十元。林改前他家年收入五万元，去年已增至二十万元，家里还供着两个大学生。我们说着走着，江书记脚下一软，说声"有货"，便去摘老杨肩上的镢头，原来他踩着一棵冬笋。多年的媳妇熬成婆，他这个多年的书记熬成"农"，对这山里的一草一木都有情。只见他蹲下身子，用镢头拨开落叶，围着笋尖小心清土，就像考古队员发现一件宝物，最后一把拉起一棵大冬笋，足有一斤半。大家就提着这笋照相，说中午有好菜吃了，就像抓到一条大鱼。

我们说着走着，转过一面坡，眼前一亮。竹林下的红土地上仰躺着一座大青石碑，足有十多米宽，上书三行大字"山定权，树定根，人定心"，落款是甲申年春月。碑多直立，像这样大的碑仰躺于地还不多见。这是乡民为纪念林权改革而立，他们说这样设计，上可对天，下可对地，民心可鉴。我问老江，林改前后永安的集休林地每亩增值了多少，他答：从三百元已增至现在的五千到六千元，长了二十倍。又问老黄全省如何，他说："从三百元增至三千多元，十倍。福建有集体林一亿亩，全国二十七亿亩，你算一算，这一项改革增加了多少财富，富了多少农民？这还不说生态效

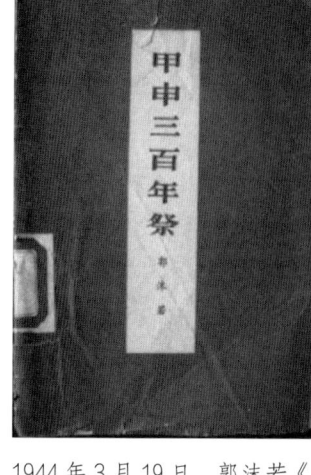

1944年3月19日，郭沫若《甲申三百年祭》出版，深刻反思明末农民战争

应和民心效应。"

　　我久久地注视着那块石碑，党中央机关报的头条标题变成碑文立在竹林里，这就是党心民意。又觉得"甲申"这个字好眼熟，噢，想起了，上一个甲申年郭沫若曾写了一篇《甲申三百年祭》，毛泽东很推崇的，那是反思明末一场农民运动的失败。从那时到如今，又过了六个甲子——三百六十年，中国农民经过了太平天国革命、辛亥革命、两次土地革命，改革开放以后的土地承包、林改，终于真正成了土地的主人。

　　百年岁月，万里河山，山还是那座山，只是换了人间。

2011年3月9日《中国绿色时报》

雨中明月山

江西西部有明月山，藏于湘赣之间，不为人识。当地政府恨世人不识璧中之玉，闺中之秀，便邀海内外作家记者团做考察之游。

头一日，游人工栈道，乘缆车登顶，云绕脚下，雾入衣襟，游者不为所动；第二日，看大庙，殿宇巍峨，新瓦照人，更不为动。当晚，人走一半。

第三日，微雨，主人再邀所余之人做半日之游。无车无马，徒步爬山。一入山门，立见毛竹数竿，有两握之粗。青绿滚圆的竹面上泛出一层细蒙蒙的白雾，竹节处的笋叶还未褪净，一看就是当年的新竹。但其拔地接天，已有干云捉月之势。众人精神为之一振，纷纷冲上去照相，然后开始爬山。

路沿峭壁而修，左山右河。山几不见土石，全为翠竹所盖；河却无岸无边难见其貌，其实就是两山间一谷。谷随山的走势成之字形，忽左忽右，渐行渐高。谷间只有四样东西：竹、树、石、水。水流漱石，雪浪横飞，竹木相杂，堆绿染红，好一幅深山秋景图。石头一色青黑，大者如楼，小者如房，横空出世，杂布两岸。有那顺洪水而流落谷底者，无论大小皆平滑圆滚，俯仰各态。雨，似下非下，濛濛茸茸，湿衣润肤。正行间，路边有一石探向谷中，四围藤树横绕围成天然扶栏，我说好个"一石观景处"，凭"栏"望去，只见竹浪层层，满川满山，一直向天上翻滚而去。近处偶有一枝，探向林外，正是苏东坡诗意"竹外一枝斜更好"。竹子这东西无论四季，总是一样的青绿，永葆青春朝气。大家就说起苏东坡，宁肯食无肉，不可居无竹，又说到城里菜市场上卖的竹笋。主人见我们对竹感兴趣，突然说："你们知道不知道，这竹子是分公、母的？"我们一下子静了下来，都说不知。他说："你看，从离地处起往上数，找见第一片叶子，单叶为公，双叶为母。"众人大奇，拨开竹子一找，果然单双有别。我自诩爱竹，却还不知这个秘密。大家又问，这有何用？"采笋子呀！山里都人知道，只有母竹根下才能挖到笋子。"原来，这山不只是为了人看的。

等到又爬了几里地，过了一座吊桥，再折上一段石板路，半天里忽一堵石壁矗立面前，壁上有瀑布垂下，约有几十层楼房那么高。石壁的背后和四周都簇拥着绿树藤萝，如一幅镶了边的岩画，而画面就是直立起来的江河奔流图。它不像我们在长江或黄河边，看大浪东去，浩浩千里，而是银河泻地，雪浪盖顶。我自然无法接近水边，只试着往前探了一点身子，便有湿云浓雾猛扑过来，要裹挟我们上天而去。我赶紧转身向后，这时再回望来路，只见云雾倏忽，群山奇峰飘忽其上，古庙苍松隐约其间。近处谷底绿竹拍岸，流水奏琴，偶有一束红叶，伏于石间，如夜间火光之一闪。

这时，主人在下面半山腰的一间石室前招手，待我们款款下来，他已设好茶桌。茶备两种：一为当地的黄豆、橙皮、姜丝所制，驱寒暖胃，咸辣香绵，慢慢入心；而另一种则为山上采的野茶，清清淡淡，似有似无，就如这窗外的湿雾。我们都不再说什么，只是端着杯子，静静地望着远处。许久，不知谁喊了一声："天不早了，该下山了。"我说："不走了，就这样坐着，等到来年春天吃笋子。"

2009 年 11 月记于宜春，2010 年 1 月 4 日写就

天星桥：桥那边有一个美丽的地方

　　全国的山水也不知道去了多少处，竟没有想到还有这么美丽的地方。确实，全国知道天星桥的人很少，它在贵州黄果树瀑布旁八公里处，许多年来黄果树的名声太大，很少有人注意到它。

　　天星桥的美就美在你突然发现世界上的风景还有这样一种美，只要你一走进这个景区，就一步一吃惊，一步一回头，你总要问："这是真的吗？"一般的"真像"、"真美"之类的词在这里已经苍白无力，因为这景你从没见过，从没想过，就是在小说中、在电影上、在幻想时、在睡梦里也没有出现过。现在，突然从你的心灵深处抓出一种美，摆在你眼前。你心跳，你眼热，你奇怪自己心里什么时候还藏有这样的美。

　　天星桥景区不算很大，方圆五点七平方公里，三个半小时就可逛完，基本上是走平地，也不会让你很累。你可以从从容容地看，慢慢悠悠地品。整个景区前半部以山石之奇为主，后半部以水秀之美为主，而渗透在全过程的是绿色的树、绿色的风。所以当你从那个美梦中醒来，细细一想，其实这天星桥的美和其他地方一样，还是跑不了石美、水美、树美。但是它却硬能够化平淡为神奇，将几个最普通的音符谱成了一首天上的仙乐。

石头哪里没有？但这里的石头总要变出个样，变出别一种形、别一种神，像一个曲子的变奏，熟悉中透着新鲜，叫你有一种感觉到却说不出的激动。比如石的表面经常会隆起一簇簇的皱褶，它本是个铜头铁脑、生硬冰凉的东西，却专向柔弱多情方面取貌摄形，如裙裾之褶，如秋水之纹，如美人蹙眉，如枯荷向空。这种强烈的反差，从你心里揉搓出一种从未有的美感，你忍不住要叫、要喊，难怪国画专有一种表现法叫"皴"法。再说它的形，也实在不俗，它绝不肯媚身媚脸地去像什么，是什么。反而，它什么也不像，什么也不是，在你头脑的储存里根本就没有这样的构图。比如一座山石，大约有城里的一座高楼那么大，侧面看它却薄得像一本书，或者干脆是一张纸。硬是挺立在那里，水从脚下绕，藤在身上爬。它是什么？什么也不是，就是美。脚下的、头上的，还有那些在坡上、沟里随意抛掷的石头，都要美出个样儿；你可以伸手随意抚摸崖边一块突出的石，那就是一朵凝固的云。有时你走过一座小桥，这桥身是一块整石，但你怎么看也是一段枯了多年的树。有时路边或山根的石头连成灰蒙蒙一片，那就是一群抵角的山羊，前弓后绷，吹胡子瞪眼，跃然目前。

天星桥景区的前半部是石在水中。浅浅的水面托起无数错落的石山、石壁，又折映出婆娑多姿的影。有的山平光如洗，在水里是一面立着的镜子；有的中裂一缝，在水里就是一道飞来的剑影。而在这很多但并不太高的群峰之间则是三百六十五块踏石，游人踩着这些石头，鞋底贴着水面，在绿波上荡漾。当你看着水里的青山倒影时，也就惊奇地发现了自己什么时候也变得这样美。因为这石的数目暗合了一年的天数，所以在这里总会有一块正是你的生日，此园就名数生园。你站在生日石上可以体会一下降世以来这最美丽的一天。景区的中部是两座对峙的山峰，相距数十米之遥，他们各探出一只手臂呼唤对方。但就在相差一拳之远时，臂长莫及，徒唤奈何。这时一块巨石从天而降，上大下小，正好卡在其间，于是两手以石相连，成一座云中石桥，千年万年，苍松杂树扎根其上，枯藤野花牵挂其旁。石头能变到这等花样，也算是中外奇观。天星桥景区的名字大概就是因它而取，就像我们为一本散文集取名，就拣其中最得意的一篇。

天星桥的水是为石而生的。一入景区，脚下就是水，水里倒映着各色的山石。所以这水实际上是一面大镜子，就是为了让你正面、反面、侧面，从各个角度来看山、看石。只不过这镜子太大，你无法拿在手里，于是人就走到镜子里，踏在镜面上，镜不转人转。刚入景区，在数生园一带，水面极浅，山石也不高，清秀娴静，如庭院深深。但静中有变，水一时被众山穿插成千岛之湖，一时又被变幻成漓江秋色，忽而又错落成武夷九曲，当然都是微型美景。总之随石赋形，依山而变，曲尽其态。到过了那云中之桥，山高谷深，就渐有恢弘之气了。谷底有一座深潭，方圆数里，一泓秋水深不可测。潭为四山所合，不见源头；水从深底冒出，成两米多高的水柱，又静静滑落潭面，如夜空中的礼花。问之于当地人，说这潭就叫"冒水潭"，可见开发之迟，连名字也还没有受过文人们的"污染"。潭边有一株古榕，干粗二抱，叶繁如山。我依树临潭，遥望天桥，只恨眼前不是夜晚，否则山高月小，好一篇《后赤壁赋》。

水从冒水潭里流出之后，泻在一片石滩里，没有了先前的浅静，也没有了刚才的深沉，撞在各样石上，翻起朵朵浪花，叩响潺潺轻鸣。要知这滩绝不是一般的乱石滩，而是一根根直立的石柱、石笋，此景就名水上石林。云南的石林是看过的，那些无枝无叶的树，无言地伸向天空，让你感到生命的逝去；桂林的溶洞子也是看过的，那些湿漉漉、阴沉沉的石笋、石塔在幽暗中枯坐默守，让你感到岁月的凝固。当石头们只是同类相聚时，无论怎样地表现，也脱不出冰冷生硬，就像一场纯由男性表演的晚会。而现在绿水碧波欢快地冲入了这片石林，手之舞之，足之蹈之。绕过这片石轻翻细浪，撞上那座崖忽喧涛声，整个滩里笑语朗朗，湿雾蒙蒙，你再次体会到水就是生命。这些无生命的石头这时也都顾盼生辉，变出无穷的仙姿神态。游人从这块石跳到那块石，就在这水欢快的伴奏和伴唱中，舞蹈着穿过这片已有亿万年的生命之林。

天星桥的水不像我们过去随便看过的一条河、一个湖或者一帘瀑布，你始终无法看到它一个完整的形，不知它从哪里出来，最后又回到何处。就像我们看一座房子，要找水泥只有到那砖与砖之间的沟缝中去寻。我只知道那水的结尾处是一个叫作珍珠泉的地方。淌过数生园，钻出冒水潭，又漫过石林的水，不知道还做了哪些事，最后汇到了这里。这里名泉实则是一个大瀑布，但它不是一匹直垂下来的布而是一圈卷成漏斗状的布。平软的水波滑过整石为底的圆形沟坡，在石面上滚成一颗颗的珍珠，在阳光中幻出五颜六色。这时你的面前是一只大斗，一只不停地吸进金银珠宝的斗。围着这急吸灌的珍珠飞流，四周翻起细碎的浪花，奏起喧闹的乐声，然而这一切突然就消失在一块巨石之下。当你翻过这一道石梁时，仿佛刚才就没有见过什么水，也没有听到水声，只有垒垒的石和石缝中绿绿的树，这水是一个来无踪去无影的洛神。

天星桥的树以榕树为多，叶大荫浓，满谷绿风。这里的树常会变出许多的形。有一株名"美人树"，树身高大绰约，枝叶如裙裾飘动，女士们都争着与它合影。有一株叫"民族大家庭"，一从石中钻出即分成五十六根树干，大家就一根一根地去数。还有一株并不是树，是一株老藤，不知有多少年月，甚至也看不清它从哪里长出，只见从山坡上搭下来，也许当初是被风吹了下来，就挂在了对面的一棵高树上又绕了几匝。生命之力竟将这藤拉得笔直，数丈之长，一腕之粗，像一根空中的单杠。当我环顾四周，贪婪地饱餐这些秀色时突然发现这里除了石就是水，基本上没有土。大大小小的树，不是抓吸在石上，就是浸泡在水中。无论是在路旁，在头上，在脚下，那些奔突蜿蜒、如雕如刻的树根招惹得你总想用手去摸一摸，用身子去靠一靠，甚至想用脸去贴一贴。这些本该深埋在土层下的不见光日的精灵一下子冒了出来，排兵布阵，做了一次惊人的展示，这实在是天星桥的个性。

从数生园出来，路边有一块一楼多高的巨石，光溜溜的石壁上却顶出一株胳膊粗的小树，远看这树就如假的一般。导游小姐总喜欢考考游人，问这树根在哪里？你俯近石壁细细一看，石上蛛丝马迹，那树根粗者如筷，细者如丝，嵌缝觅隙，纵贯南北，奔走东西。我忽觉头上轰然一响，眼前的石面成了一片广袤的平原，于无声处河网如织，水流涓涓。那红色的之字形须根就像一道道闪电，生命的惊雷在天际隐隐作响。面对这株亭亭玉立的榕树和这块光溜溜的寻根壁，我一下子寻到了生命的美，生命的理。我在这里徘徊，几乎每一块巨石都立在水中，而每块石上都爬满了树根。那根贴着石面匍匐而下，纵横交错又将巨石网了个结实然后再慢慢抽紧，就像我们在码头上看到的，吊车用网绳从水里提起一件重物。那赭色的根涨满了力，像一个大木桶外条条的铜箍，像力士角斗时臂上暴突的青筋。有长得粗些的，如臂如股披挂石上，像冬天崖上的冰柱，像佛殿后守门的韦驮，凛然而不可撼，霎时我觉得天星桥全部的美都在这根与石的拥抱之中。回看刚才的水美、石美全都做了树的铺垫，这是一种多么美妙的有机结合。你看石临水巧妆，极尽其意，因水而灵；水绕石弄影，曲尽其媚，因石而秀。而这树呢，抱坚石而濯清流，展青枝而吐绿云，幻化出一团浓烈的生命。这种生命的力量和美感充盈在这条不大的山谷之中，令你流连忘返，回肠荡气。

天下的好景有的是，但有的路途遥远，一生只能做一次游；有的以险取胜，只能供一部分人做冒险的旅行。只有这天星桥，路又不远，山又不险，景却特美，你可以一来再来，细品漫游。

1996 年 1 月

平塘藏字石记

10 月里因事过贵州黔南，甫坐未定，当地领导就急切地说，我们这里出了一件奇事，平塘县有一巨石落地，中裂为二，裂面处凸现"中国共产党"五字。我说，世上哪有这等巧事？对方说，凡初听者都不信，人家还讽刺我们说，莫不是穷疯了，编此奇事诓人，因此我们特请专家进行了鉴定。

第二天，我即驱车平塘，出县城后又蜿蜒起伏疾驰六十多公里，折入一谷地，忽山清水秀，绿风荡荡，原来已进掌布河谷。沿谷地深入数里，弃车行至一村，名"桃坡村"。村口矗立一巨木，是一棵有五百年树龄的枫香树。前不久，于夜深人静时，此树轰然倒裂，现留一十多米高的树桩，三人不能合抱，桩上又发新枝。而倒地的树干压折一棵老银杏后横卧于路，如壮牛猛虎，气势逼人。树枝已被削去，粗者如腰，细者如臂，散落于路下田中竟占地一亩。未见奇石先见老树，邈邈古风，幽谷中来。

绕过古木，是石砌小路。路旁有宽深一米的水渠，水清见底，水中草蔓飘舞如带，石子莹润如玉。我自少年时代一别三晋名泉晋祠之水，就再未见过这样清澈透亮的山泉，不觉心头一紧，才意识到大自然库藏的珍品真是越来越少。沿这条清水古道缓缓而上，过一滩，名浪马滩，碧水平泻，乱石如奔马。过一泉，名长寿泉，因乡人常饮此水多高寿而名。两岸陡崖如壁，竹木披拂，藤缠草覆，绿云扑地。渐行至河谷段，隔水相望，对岸悬崖下有两棵十多米高的大树，树荫中隐隐有物，导游以手相指说那里即是藏字石。要观石，先得过一吊桥。桥迎壁飞架而去，人一过桥即与悬崖撞个满怀，我不由得举首仰望。壁立如削，峰起如剑，云行高空，风吼谷底，忽觉人之渺小。桥左有一对巨石，即为藏字石，从现场看，此石从石壁上附落而下后分为两半，相距可容两人，两石各长七米有余，高近三米，重一百余吨，右石裂面清晰可见"中国共产党"五个横排大字，字体匀称方整。每字近一尺见方，笔画直挺，突起于石面，如人工浮雕，在这行字的前后，还有一些凸出的蛛丝马迹，不成文字。我大惊大奇，实在不敢接受这个现实。天工虽巧，怎能巧到这般？虽然我们也常在石壁上发现些白云苍狗，如人如兽，如画如图，但那也只限于形象的比附。今天突然有巨石能写字，会说话，铁画银钩，颜体笔法，且言政治术语，叫人怎么能相信，怎么敢相信？

但是，面对这块一分为二、内藏五字的石头我们又不能不信。经地质专家鉴定，该石是从山体上剥落下来无疑，现离地十五米处的石壁上还有附石下落后留下的凹槽。而山体、巨石及石上的字体，主要化学成分都一致，说明它们共生共存，浑然一体，字体也没有人工雕琢、塑造、粘贴的痕迹。这字的成因则由海绵、腕足类等生物形成化石，偶然组成这五个大字。巨石附落时，受力不均，沿字的节理处剖裂开来。据测算，石之生成距今已二亿八千万年，而附落于地也已有五百年，在长年的风雨侵蚀中，化石硬度稍高，就更凸显于石面。过去于两石间长期堆秸秆树枝，石旁又有两株大树遮掩，从没有引起人的注意。2003年的春天，为推广景区风景，当地举办一摄影活动，村支书王国富在清扫此地时无意中发现这石上的五个大字，石中藏字的消息逐渐传开。

看过奇石，我又大体浏览了一下周边的风景。由奇石处上行有藤竹峡，因遍生藤竹得名。此种珍稀植物我还是第一次见到，其细如丝，其柔如藤，却属竹科，缘壁附崖，牵挂缠绕，两岸数里如金丝织就，一片灿烂。有抱石崖，崖面均匀生出圆形石卵，如鱼眼鼓突，如恐龙遗蛋，有足球之大，共三百六十六颗。当地人说此石三十年一熟，会自然拱破石壁，接续而生。其余路边景都十分可人，如光硬的石壁上会钻出无根之松，郁郁葱葱；滩里巨石上无土无沙，却杂树成林；水中的群鱼细小如豆，会逐人腿而吻，称"吻人鱼"，都为别处之少见。掌布河流域本就风景奇特，早在七年前就已辟为旅游开发区，今发现藏字石更锦上添花。自然中有奇巧之事也有科学之理，因为任何事物都可以看作无数个点的排列组合，大自然在无限的时空中总能组合出最理想的图案。著名科普作家阿西莫夫说过："如果把一只猫放在一架打字机上，只要给它足够的时间，也能打出一部莎士比亚。"而这种万年、亿年才有一遇的巧事竟幸临平塘县这个布依村寨，这是天赐旅游良机，助民致富。村民已借天成的"中国共产党"五字增设了红色旅游主题，于石旁空地立十六面石碑，简述"中共一大"至"十六大"的梗概。

　　这石两亿年前天生而成，五百年前自然坠地，其时村口一株枫香树又破土而出，而在十年前，忽一日树断枝裂，石中藏字惊出人间，这一连串巧合莫非天意？我离开村口时，我又细端古树，怅然有思。地方同志见状问有何建议，我说有两条。一者，此卧地断木是天赐史书，叫我们牢记过去。可剖光断面，展其年轮，呈于游人。并可标出哪一轮是五百年前，哪一轮是1840，是1921，是1949，直至树断字现之年的2003，当更显厚重，更有新意。二者，天降"中国共产党"五个大字，是要我们自警自策，与时俱进，当地党政部门一定更要爱民忧民，年有新政，不只让百姓感到石上"中国共产党"之奇，更要感到身边的中国共产党之亲。这才不负天之祥瑞，民之殷情。

2003 年 10 月 8 日

冬季到云南去看海

年末深冬季节，到云南腾冲考察林业，主人却说，先领你去看热海。我心里一惊，这大山深处怎么会有海，而海又怎么会是热的？

车出县城便一头扎进山肚子里。公路呈"之"字形，车子不紧不慢、一折一折地往上爬。走一程是山，再走一程还是山；一眼望去是树，再看还是树。只见一条条绿色的山脊，起起伏伏，一层一层，黛绿、深绿、浅绿，由近及远一直伸到天边。直到目光的尽头，才现出一抹蓝天，这蓝天倒成了这绿海的远岸。

走了些时候，渐渐车前车后就有了些轻轻的雾，再看对面的林子里也飘起一些淡淡的云。我说："今天真算是上得高山了。"主人笑道："正好相反，你现在是已下到热海了。"我才知道，那氤氲缥缈、穿林裹树的并不是云，也不是雾，竟是些热腾腾的水汽，我们车如船行，已是荡漾在热海之上了。

所谓热海，是一个方圆八平方公里的地热带。腾冲是一个休眠火山区，多少年前，这里曾经火山喷发，现在地面上仍留有许多旧痕，如圆形的火山口、黑色的火山石，还有奇特的"柱状节理"，那是岩浆喷出时瞬间形成的一片美丽的石柱。最奇的是地下的热海，大约火山熄灭后还是不死心，便试探着要找一个出口，地下的岩浆就悄悄地摸到这里，一直蹿到离地表还有七八公里处，用炽热的火舌不停地向上喷舔着地面。于是这八平方公里的土地就成了一台巨大的锅炉，地下水被煮得滚烫，一个名副其实的热海。

热海虽名海，但我们并不能像苏东坡那样"纵一苇之所如，凌万顷之茫然"，也不能如曹操那样"东临碣石，以观沧海"。因为这海是藏在地下的，我们只能去找几个海眼"管中窥豹"。最大的一个海眼就是著名的"大滚锅"，单听这个名字，就知道它的威力。要看这口大锅先得爬上一个高高的"锅台"。我们拾级而上，还未见锅就已听到滚滚的沸水之声，头上热气逼人。上到锅台一看，这口石砌的大锅，直径三米，深一点五米，沸腾的热浪竟有尺许之高。由于长年累月地滚煮，锅沿上已结了一层厚厚的水碱，真是一口老锅。大锅前又开出一条数米长、二尺来宽的石槽，亦是水沸有声，热气腾腾，槽上架着一排竹篮，里面蒸着土豆、鸡蛋、花生等物。这恐怕是我见过的最奇特的蒸笼了，游人可以上去随意品尝这地心之火与山泉之水的杰作，就像在城市路边的早点摊上吃小笼包子。我们看惯了日夜奔流不息的江河，可谁又见过这无年无月翻滚不止的开水大锅呢？我抬头看一眼天上的白云和锅后山崖的绿树，忽然想起张若虚的名句："江畔何人初见月，江月何年初照人？"这山上何时现滚锅，滚锅何时初见人呢？天地间悄悄地隐藏有多少秘密！

因为地处热海之上，山上山下露头的温泉就随处可见。有的潺潺而流，兀自成潭；有的点点而滴，挂垂成线；还有的间歇而喷，如城市广场上的音乐喷泉。但这泉水都脱不了一个"热"字，于是就用来做浴池，连普通的山民家也开池营业。为了能更深一层感知热海之美，我们选了一处浴室推门而入，待穿过短廊才发现并没有"入室"，而是豁然开朗，又置身在半山之上。原来这里的浴池并不是平地之池，而是一个一个挂在半壁，就如高楼上的阳台。试想，在半山之上，绿风白云，枕石漱流是什么样子？我极兴奋，不肯下水，先披衣环顾四周做一回精神上的沐浴。只见

2010 年，在香格里拉原始森林写作

偌大一个池子，犹抱琵琶，叫一株从石缝中探出的大叶榕树俯身遮去了大半，而一株老藤左伸右屈就做了这池子的栏杆。池边杂花弱草，青苔翠竹，池水清清见底，水面热气微微蒸腾。水先是从一个石龙头中注入池中，再漫过池沿，无声地贴着石壁滑向山下，于是过水的半面山岩就如一堵谁家宾馆大堂里的水幕墙，淋淋潺潺。我凭栏遥望着对面林梢上升起的轻轻的雾和脚下谷底游走的云，竟有一种将军阅兵似的自豪，然后翻身入水畅游其中，仰望蓝天白云，觉得自己就是一条天上之鱼。天下真有这样的海吗？

因为刚才池边的那棵大叶榕树，下山时我就留心起这山上的植被。我知道榕树喜热，多见于福建、广东，或者西双版纳，现在能现身于偏北的腾冲定是得了地下的热气。这么一想，果然发现这方圆远近处的树的确特别，既有许多亚热带的芭蕉、棕榈，又有本地的松、柏、杉、樟，还有远古时期留存下来的曾与恐龙为伴的黑桫椤树。有一种我从未见过，枝如杨柳，叶如榆钱，在这个隆冬季节满树还缀着些红绒绒的花朵。主人说，这属柳科，就叫红丝绿柳。啊，好浪漫的名字。现在科学家已经弄清热海的来历，是这满山的绿树饱饱地蓄足了水，然后再慢慢地渗入地下，经地火加热后又悄悄送回地面，这个过程七十五年一个周期，循环往复，湍流不息。这么说来，我们现在既是行在密林之中，又是站在历史的河岸上。这块神奇的土地，我已说不清到底该叫它热海还是绿海，抑或岁月之海。其实，它就是一个为地热所蒸腾、绿树所覆盖、岁月所打造的令人陶醉的生态之海。

2010 年 12 月 24 日《中国绿色时报》

160
x
161

武当山，人与神的杰作

　　在武当山旅行最让我震撼的是万山丛中、绝壁之上和古树深处的宫殿。宫殿本是给人住的，给有权的王或皇住的，但不可理解，在这方圆八百里的荒山之中，怎么会有这么多的红墙绿瓦、木柱石梁，甚至还有铜铸、镏金的大量宫殿。据统计，有九宫、八观、七十二庙、两万七千间房。真不知历史是怎样完成这一杰作的。

　　在武当大兴土木的第一人当数朱棣。朱是违反封建帝王的传承法则，夺了侄儿的皇位上台的。他在任期间完成了中国建筑史上的两大工程：一是北修故宫，为我们留下了一座中国最尊贵的皇权殿堂；二是南修武当，为我们留下了一处国内最庞大的神权殿堂。史载，为修武当，朱棣运用了江南九省的赋银，三十万工匠，耗时十二年。现在通行的说法是，他为了借神权来保皇位。可能还有更深一层的意思，这武当山也许是他经营的一个后方战略基地，一个政治陪都。但不管他是什么目的，总归为我们留下了一批灿烂的文化遗产。我们只要先看看山上山下的两处大殿就会明白。

　　太和宫修在海拔一千六百一十二米的山顶上，规模宏大，明代时已有山门、朝圣殿、金殿等房五百二十间，历经风雨、战火，就是现在也还存有一百五十多间。它还有一个奇怪的名字——紫禁城，和北京的故宫紫禁城同名，也有一条长长的红色宫墙，将山头最高处全部圈起来，围成一座"皇城"，上顶蓝天，下眺汉水，俯瞰着林海茫茫、白云缭绕的七十二峰。太和宫里最好看的是金殿，整座大殿由黄铜铸成，表面又镏以赤金。虽为铜铸，却是一座真正的大殿，高五十五米，宽四十四米，梁上的斗拱榫头、屋脊上的人物走兽、飞檐下的铃铛、四周的大柱围栏，各种构件应有尽有，花格镂空的门窗开合自如，殿内供设一样不少。

我轻轻推开殿门，正中是庙的主人真武大帝的坐像，高十八米。传说朱棣命画家为真武造像，画一张，不满意，杀一个画家，如是者数人。后一画家暗悟其意，就照朱的神态作画，当即通过。现在满山各庙留下的真武像都是这个模式。朱棣是个政治强人，南下金陵夺皇位，北扫大漠拓疆土，又下诏修《永乐大典》，文治武功都要占全。他生性残忍，又喜伪装。名儒方孝孺不为他起草诏书，他就以刀抉其口，灭其十族，杀八百七十三人。但在庙里，有小虫落其衣，他轻放于树说："此物虽微，皆有生理，毋伤之。"你看现在这个"真武大帝"不怒自威，静镇八方，还有几分慈祥。这是一个真真切切的人，圆头大耳，无冠，短须，丹眼，龙鼻，腰壮肩阔，以手按膝，凝视前方。更妙的是他身着一件锦袍，体态安详如春，衣纹流畅如水，却于前胸和袖口处露出金属纹的铮铮铠甲，轻衣便服，难掩杀气。这正合朱棣的身份。这尊神像无论从哪个角度讲都是一件极好的艺术品，它既无一般庙里神像的呆板，也没有帝王像居高临下的霸气，完美地表现了"神"与"皇"的结合。我真佩服这无名艺术家的构思之精和做工之巧。

真武神连同旁边的金童玉女等共五尊真人大小的铜像当时在北京铸就，经大运河运到南京，再溯长江而上，又入汉水至武当山下，再搬到这海拔一千六百多米的金顶上，可想是怎样的费工费时。现在山上还存有朱棣专为运送这批铜像下的圣旨："今命尔护送金殿船只至南京，沿途船只务要小心谨慎。遇天道晴明，风水顺利即行。船上要十分整理清洁。故敕。"后面又补了一句:"船上务要清洁,不许做饭。"你看皇帝也这样婆婆妈妈,圣旨公文也不嫌啰唆。今天,当我们读这一段君权神授的故事时,却无意中读出了政治,读出了文化。感谢那些无名的工匠、艺术家,在六百多年前为我们预留下这么多建筑、冶炼、雕塑、绘画的标本。

山顶的金殿是武当山海拔最高、施工难度最大的宫殿,以精见长;山脚下的玉虚宫则是武当山海拔最低、占地最多的宫殿,以大见长。它又名老营宫、行宫,可知这是当年全山施工的大本营,又是驻扎军队的地方,也是皇帝出行办公、休息的地方。朱棣在启动北京故宫工程后四年,开始修玉虚宫,形制全照故宫的样子,只是等比缩小,而且山门、泰山庙、御碑亭等附属建筑越修越多,高峰时达两千多间殿宇,占地八十多万平方米,后经战火、水患,楼殿、屋宇逐渐荒废坍塌。到 20 世纪 90 年代,平地淤泥已达两米之深,沧海之变,宫墙之内已成了一个庞大的果园。1994 年花费巨资,动用机械清土,这座深宫才大致露出了原貌。

我一进山门,心灵为之一震,映入眼帘的是一个荒芜的广场,而铺地的巨石每块都有桌面之大。石面油光平滑,可知这里曾经涌过多少膜拜的人流,但石缝中钻出的荒草又告诉你,它已熬过不知多少年的寂寞。广场的尽头是巍峨的宫殿轮廓和红色的残垣断壁,衬着绵绵的远山,令人想起万里长城或埃及沙漠里的金字塔。这是另一个故宫,你脚下就是午门外的广场,只是多了一分岁月的悲凉。与北京故宫不同,院里多了四座碑亭。我从来没见过这么大的碑和亭,过去所见庙里、陵前的碑亭也不过就是平地竖碑,四角立柱,搭顶遮雨而已。而眼前,先要踏上几十级台阶才能上到亭座,这时仰观亭身,墙高九米多,厚二点六米,一样的红墙绿瓦,只是顶子已经塌落,成了一个天井,越过墙头的高草矮树,露出一方蓝天白云。实际上这就是一个小的宫殿,里面端立着一扇冰冷的石碑,宛如庙里的神像。这碑也特别的巨大,重约一百多吨,只驮碑的赑屃就高过人头。每面碑上刻有一道圣旨,第一道是讲要严肃山规,"一应往来浮浪之人,并不许生事喧哗,扰其静功,妨其办道";第二道是讲这宫建成后如何灵验,"告成之日,神屡显像,祥光烛霄,山峰腾辉"。站在亭上北望,是广场、

2011 年，土家族民歌采风

金水桥、玉带栏杆和巍峨的大殿，不亚于北京故宫的排场。可以设想，皇帝出行到此，这玉虚宫内外仪仗銮驾，山呼万岁，君权神授，何等威风。但是这豪华的行宫未能等到它主人的到来，朱棣在永乐二十二年（1424年）死于北征途中。

朱棣死后，明清两代直至民国，这出人与神的双簧还在往下演。真武帝的封号越来越大，进香的人越来越多。但无论如何这造神运动也救不了它的主人。自明代以后武当虽越修越大，而中国封建王朝却越来越衰落。但这满山满沟的文化积淀却越来越深厚，到处是建筑、文学、绘画、雕刻、音乐、武术的精品。太子坡景区有一座五云楼，楼高五层，通高十五点八米，却只由一柱支撑，交叉托起十二根梁枋，建筑面积达五百四十四平方米。南岩景区，在半壁悬空为殿，殿外又横空挑出一长近三米、重达数吨的石雕龙头，祥云饰身，日光如炬，须髯生动。且不说其做工之精，如何装上去就是一个谜。那天，我去寻访一处荒废的旧宫，半路向导说，沟下有一岩洞，披荆拨草，下去一看，洞里竟刻有一幅王维的自画像并一首诗。我望着起伏的沟壑和冉冉的云雾，真不知藏龙卧虎，这里面还有多少艺术的珍宝。

就像慈禧为自己祝寿却给后人留下了一座颐和园，朱棣为自己修家庙，却留下了一座文化武当山。其实，不只是中国这样，你看金字塔、泰姬陵、希腊神庙等，那些为皇、为王，为神造的宫殿、教堂、园林，最终都逃离了它的主人，而回到了文化的怀抱。历史总是在重复这样的故事，王者借手中的权力，假神道设教，造神佑主，而忘了打扮神灵时绝离不开艺术。于是神就成了艺术的载体，而那些被奴役的工匠倒成了艺术创作的主体。历史不以英雄的意志为转移，总是按它的取舍标准，有时"买椟还珠"，舍去该舍的，留下该留的。

武当山 1994 年被联合国列为世界文化遗产。

2011 年 11 月 12 日《人民日报》

武侯祠：一千七百年的沉思

中国历史上有无数个名人，但没有谁能像诸葛亮这样引起人们长久不衰的怀念；中国大地上有无数座祠堂，但没有哪一座能像成都武侯祠这样，让人生出无限的崇敬、无尽的思考和深深的遗憾。这座带有传奇色彩的建筑，令海内外所有的崇拜者一提起它就心生一种神秘的向往。

武侯祠坐落在成都市区略偏南的闹市，两棵古榕为屏，一对石狮拱卫，当街一座朱红飞檐的庙门。你只要往门口一站，一种尘世暂离，而圣地在即的庄严肃穆之感便油然而生。进门是一庭院，满院绿树披道，杂花映目，一条五十米长的甬道直达二门，路两侧各有唐代、明代的古碑一座。这绿荫的清凉和古碑的幽远先让你有一种感情的准备，我们将去造访一位一千七百年前的哲人。进二门又一座四合庭院，约五十米深，刘备殿飞檐翘角，雄踞正中，左右两廊分别供着二十八位文臣武将。过刘备殿，下十一阶，穿过庭，又一四合院，东西南三面以回廊相通，正北是诸葛亮殿。由诸葛亮殿沿一红墙和翠竹夹道就到了祠的西部——惠陵，这是刘备的墓，夕阳抹过古冢老松，叫人想起遥远的汉魏。由诸葛亮殿向东有门通向一片偌大的园林，这些树、殿、陵都被一线红墙环绕，墙外车马喧，墙内柏森森。诸葛亮能在一千七百年后享此祀地，并前配天子庙，右依先帝陵，千百年来香火不绝，这气象也真绝无仅有了。

公元 234 年，诸葛亮在进行他一生的最后一次对魏作战时病死军中，一时国倾梁柱，民失相父，举国上下莫不痛悲。百姓请建祠庙，但朝廷以礼不合，不许建祠，于是每年清明时节，百姓就于野外对天设祭，举国痛呼魂兮归来。这样过了三十年，民心难违，朝廷才允许在诸葛亮殉职的定军山建第一座祠，不想此例一开，全国武侯祠林立。成都最早建祠是在西晋，以后多有变迁。先是武侯祠与刘备庙毗邻，武侯祠前香火旺，刘备庙前车马稀。明朝初年，帝室之胄朱椿来拜，心中很不是滋味，下令废武侯祠，只在刘备殿旁附带供诸葛亮。不想事与愿违，百姓反把整座庙称武侯祠，香火更盛。到清康熙年间，为解决这个矛盾，干脆改建为君臣合庙，刘备在前，诸葛在后，以后朝廷又多次重申，这祠的正名为昭烈庙（刘备谥号昭烈帝），并在大门上悬以巨匾。但是朝朝代代，人们总是称它为武侯祠，直到今天。"文化大革命"曾经疯狂地破坏了多少文物古迹，但武侯祠却片瓦未损，至今每年还有二百万人来拜访。这是一处供人感怀、抒情的所在，一个借古证今的地方。

我穿过一座又一座的院落，悄悄地向诸葛亮殿走去。这殿不像一般佛殿那样深暗，它为丞相治事之地，殿柱矗立，贯天地正气；殿门前敞，容万民之情。诸葛亮端坐在正中的龛台上，头戴纶巾，手持羽扇，正凝神沉思。往事越千年，历史的风尘不能掩遮他聪慧的目光，墙外车马的喧闹也不能把他从沉思中唤醒。他的左右是其子诸葛瞻，其孙诸葛尚，瞻与尚在诸葛亮死后都为蜀汉政权战死沙场。殿后有铜鼓三面，为丞相当初治军之用，已绿锈斑驳，却余威尚存。我默对良久，隐隐如闻金戈铁马声。殿的左右两壁书着他的两篇名文，左为《隆中对》，条分缕析，预知数十年后天下事；右为《出师表》，慷慨陈词，痛表一颗忧国忧民的心。我透过他深沉的目光，努力想从中发现这位东方"思想家"的过去。我看到他在国乱家丧之时，布衣粗茶，耕读山中；我看到他初出茅庐，羽扇轻轻一挥，八十万曹兵灰飞烟灭；我看到他在斩马谡时那一滴难言的混浊泪；我看到他在向后主自报家产时那一颗坦然无私的心。记得小时读《三国演义》，总希望蜀国能赢，那实在不是为了刘备，而是为了诸葛亮。这样一位才比天高、德昭宇宙的人不赢，真是天理不容。但他还是输了，上天为中国历史安排了一出最雄壮的悲剧。

假如他生在古周、大唐，他会成为周公、魏征；假如上天再给他十年时间（活到六十三岁不算老吧），他也许会再造一个盛汉；假如他少一点儿愚忠，真按刘备的遗言，将阿斗取而代之，也许会又建一个什么新朝。我胸中四海翻腾想着这许多的"假如"，抬头一看，诸葛亮还是那样安静地坐着，目光更加明净，手中的羽扇像刚刚轻挥过一下。我不觉可笑自己的胡思乱想，我知道他已这样静坐默想一千七百年，他知道天命不可违，英雄无法造一个时势。一千七百年前，诸葛亮输给了曹魏，但他却赢得了从此以后所有人的心。

我从大殿上走下，沿着回廊在院中漫步。这个天井式的院落像一个历史的隧道，我们随手可翻捡到唐宋遗物，甚至还可驻足廊下与古人、故人聊上几句。杜甫是到这祠里做客最多的，他的名句"出师未捷身先死，长使英雄泪满襟"，唱出了这个悲剧的主调。院东有一块唐碑，正面、背面、两侧或文或诗，密密麻麻，都在与杜甫做着悲壮的酬唱。唐人的碑文说："若天假之年，则继大汉之祀，成先生之志，不难矣。"元人的一首诗叹道："正统不渐传千古，莫将成败论三分。"明人的一首诗简直恨历史不能重写了："托孤未付先君望，恨入岷江昼夜流。"南面东西两廊的墙上嵌着岳飞草书的前后"出师表"，笔走龙蛇，倒海翻江，黑底白字在幽暗的廊中如长夜闪电。我默读着"临表涕泣，不知所云"，读着"汉贼不两立，王业不偏安"，看那墨痕如涕如泪，笔锋如枪如戟，我听到了这两位忠臣良将遥隔九百年的灵魂共鸣。这座天井式的祠院一千七百年来就这样始终为诸葛亮的英气所笼罩，并慢慢积聚而成为一种民族魂。我看到一个个的后来者，他们在这里扼腕叹息、仰天长呼或沉思默想。他们中有诗人、有将军、有朝廷的大臣、有封疆大吏，甚至还有割据巴蜀的草头王。但不管什么人，不管来自什么出身，负有什么使命，只要在这个天井小院里一站，就受到一种庄严的召唤。人人都为他的凛然正气所感召，都为他的忠义之举而激动，都为他的淡泊之志所净化，都为他的聪明才智所倾倒。

人有才不难，历史上如秦桧那样的大奸也有歪才；有德也不难，天下与人为善者不乏其人，难的是德才兼备，有才又肯为天下人兴利，有功又不自居、自傲。

历史早已过去，我们现在追溯旧事，也未必对"曹贼"那样仇恨，但对诸葛亮却更觉亲切。这说明诸葛亮在那场历史斗争中并不单纯是为克曹灭魏，他不过是要实现自己的治国理想，是在实践自己的做人规范，试着把聪明才智发挥到极限，蜀、魏、吴之争不过是这三种实验的一个载体。他借此实现了作为一个人，一个历史伟人的价值。史载公元347年，桓温征蜀，犹见武侯时的小吏，年百余岁。温问曰："诸葛丞相今谁与比？"答曰："诸葛在时，亦不觉异，自公没后，不见其比。"此事未必可信，但诸葛亮确实实现了超时空的存在。古往今来有两种人，一种人为现在而活，拼命享受，死而后已；一种人为理想而生，鞠躬尽瘁，死而后已。一个人不管他的官位多大，总要还原为人；不管他的寿命多长，总要寿终成鬼；而只有极少数人才有幸被百姓筛选、被历史擢拔而为神，享四时之祀，得到永恒。

我在祠中盘桓半日，临别时又在武侯像前伫立一会儿。他还是那样，目光泉水般的明净，一动也不动。

《经典美文》2009 年第 11 期

大渡河上三首歌

　　去年为纪念小平百周年事，到四川，过大渡河，遇一趣事，亦是奇事，总想写出来。

　　泸定县，因红军长征飞夺泸定桥而名扬天下，在县城边为纪念红军长征飞夺泸定桥，建一纪念公园，园内有一"四歌亭"。亭内有一四面体石碑，碑的三面各刻有一首歌，连词带谱。这三首歌说出来都是赫赫有名。第一首是《歌唱二郎山》，第二首是《英雄们战胜了大渡河》，第三首是《康定情歌》。三首歌都发祥于大渡河两边，大渡河不但因红军夺桥而有威武之名，亦因这三首歌而大有文名。四歌亭名"四歌"，实际只有"三歌"，还空一面碑虚席以待。当地负责人说，如果有谁还能写出可与这三首比肩的作品，我们就把它刻在那面空碑上。这三首歌中，《康定情歌》是民歌，其余两首都是音乐老前辈时乐濛作曲，我回京后即托人找到老先生并登门拜访。从康定雪山到京城，受了一次音乐启蒙教育。

音乐不说具体事，只表现一种情绪

——《歌唱二郎山》原本唱的是大别山

当我在北三环外的一处部队干休所见到时乐濛时，老先生偶感小疾，坐着轮椅，还是坚持接待我这个奇怪的不速之客。外面的音乐世界好热闹，流行歌、摇滚乐，歌手前面唱，美女后面跳，歌星台上站，台下的观众就举手来回摇。而曾为一个时代写下许多名曲，曾任中国音乐家协会主席的老人，却静静地坐在这个光线略显不足的旧房里，坐在这把轮椅上，有几分孤独，几分落寞。我们一起开始了对湮没往事的钩沉。

"二呀二郎山，高呀高万丈；飞鸟走兽难行走，康藏道路被它挡。"这是一首 20 世纪五六十年代非常流行的歌，但是我万没想到，一坐下来老人就说，其实这首歌原本是写大别山的，是从歌唱大别山移植过来的。原来的歌词是："大呀大别山，红军到了家。大别山，从此就是人民的家。" 1952 年 7 月要搞第一届全军文艺会演，5 月西南军区为筹备会演节目，将时乐濛从川东军区调到贺龙、邓小平领导的西南军区，任战斗文工团团长，抓创作。他发现独唱歌曲《千里跃进大别山》很受战士欢迎。二野是从大别山过来的，山东河南子弟多，由时乐濛作曲的这首歌本就用了河南梆子风格，每次到筑路工地演出都要连连谢幕。当时筑路部队正大战二郎山，歌手孙战白建议重新填词，就拿它进京参赛，于是由洛水填了现在的这个词。先是在筑路工地上传唱，进京调演又一炮打响，连谢四次幕下不了台，第二天就在北京传唱起来，贺龙高兴得不得了。很快又流行全国，家喻户晓，再后又带到朝鲜慰问志愿军，传遍朝鲜战场，朝鲜来华演出的文工团都唱这首歌。20 世纪 50 年代，我们一个文化代表团到英国演出，一位观众提出要听《歌唱二郎山》，演员大奇，一问才知道，这位英国老兵曾是朝鲜战场的战俘。他在俘虏营里学会了这首歌，而且终生难忘。

谈到这首歌由唱大别山改编为唱二郎山，时乐濛先生说，音乐不表现具体事物，只表现情绪，当工人在扛麻袋或拉纤时，就只"嘿哟，嘿哟"

比有具体的词还丰富，还鼓劲。现在二郎山隧道已经通车，过去遇有雪雨，七八天翻不过去的山，那天我们十几分钟就通过了。隧道口前立有一块红色岩石，石面上刻着这首《歌唱二郎山》。这是筑路大军的纪念碑，也是新中国音乐史上的一块丰碑。老人还不知道这件事，我将此事告诉他时，他坐在轮椅里，脸上漾出幸福的笑容。

艺术创作主要靠多方面长时间的生活积累
——《英雄们战胜了大渡河》，作者没有去过大渡河

大约在我上小学的时候就听到过这首雄壮豪迈的歌曲《英雄们战胜了大渡河》，开头的歌词至今还能记起。那天沿着大渡河驱车赶路，我忽然想起这首歌，就问地方上陪同的老郭，他一听就激动，我们就一同哼起了开头一段："万里风雪盖高原，大渡河水浪滔天。"就是有了这个契机，老郭才说，县里有一个红军飞夺泸定桥纪念公园，公园里有一个四歌亭，于是才又特意绕路去看了那个四歌亭。

《英雄们战胜了大渡河》刻在亭内四方碑的面东一侧，五线谱并词，魏风词，罗宗贤、时乐濛曲。这是一首气势很大的合唱领唱，近半个世纪在我脑海里一直乐声如潮，大浪滔天。这次读碑才发现歌词很简单，就四段："万里风雪盖高原，大渡河水浪滔天，进军的道路被它挡；当年红军爬铁索，大渡河上英雄多，坚决战胜大渡河；你看汽车千万辆，一辆一辆排成行，藏胞支援了牛皮船；同志们，加油干，快把物资搬上船。"这词反映了那个时代简明朴素的文风，也证实了时乐濛先生说的音乐主要是一种情绪，而不在具体内容。

访问中我很想知道这首歌的创作过程，不想时先生又出言惊人："我到现在也没有去过大渡河。"时老说，当时接到参加调演的任务后，我们考虑到在舞蹈方面还有几个能拿出手的，如《军民打青稞》《筑路舞》等，音乐方面却没有有分量的节目。当时全国就两件大事，一是抗美援朝，一是解放西藏。大渡河成了进军西藏的大障碍，筑路任务十分艰巨。当年红军过

大渡河是和阶级敌人斗，现在是和恶劣的自然条件斗，于是决定写一个七分钟的合唱，这在当时已是大型节目。再下去体验生活已来不及，只剩一个月了，就从生活积累中汲取。时老说，周总理说过嘛，文艺创作是长期积累，偶尔为之。我没有到过大渡河，但我随军征战，到过黄河、长江、湘江等大江河，有生活。当时部队文艺生活很活跃，战士筑路中写了许多墙报、快板、枪杆诗，这是我们创作的又一主要来源。我们很快就写好，排好。这个节目全军会演得了二等奖。

在那次全军会演上时乐濛一个人有三首曲子得奖，被授予中国人民解放军作曲家。后来又创作了大合唱《三套黄牛一套马》，一百二十人的合唱团，一直唱到"文革"开始。

一团凄美的谜

——《康定情歌》的作者是谁

泸定四歌亭里的三首歌，前两首词曲作者都明明白白刻在碑上，唯《康定情歌》没有作者。现在我们都说它是一首民歌，但记谱、整理者又是谁？应该有一个人，就像王洛宾整理新疆民歌那样。

我提出这个问题，老郭更来了精神。老郭是地委宣传部副部长，曾在报社工作过，遍采当地风土掌故。他说，这首名曲的收集者叫吴文季。

吴文季是福建泉州惠安人，抗战时期在重庆上学，学音乐，当时国民党在甘孜有一支准备出征缅甸的部队，他被调来任文化教员，主要是教歌。康定地处通往西域的咽喉地带，内地物资经此流往西藏印度，日军侵华期间曾是仅次于上海、天津的第三口岸，藏汉文化交流多，音乐积淀多。吴文季在军旅中事情不多，就常到寨子里、集市上、骡马会上收集民歌，《康定情歌》就是这样收集到的。歌中唱的跑马山，我原以为是如兴安岭、祁连山一样连绵的大山，原来就是康定城里的一个小山包，站在街上就能望见山顶，当年藏汉民在山头斜坡上跑马取乐。可以想见那时货物满街，骡马满山，藏汉杂处，山歌互答的情景。吴文季在康定的短暂服役结束后，回重庆，抗战胜利后又回南京继续学音乐。1947年南京音乐学院举办师生联欢会，他将这首歌拿出来，请江定仙老师配器，首次由武正谦老师演唱。1948年，女高音歌唱家喻宜萱，将这首歌带到巴黎，《康定情歌》开始走向世界。直到20世纪80年代，美国发射太空飞船选择地球人的文化符号到外层空间去觅知音，也带有这首歌。《康定情歌》成了人类的标志，为全球所共享。如果有一天，外星人真的听懂了这首歌，它就成了沟通宇宙间的情歌。不是"跑马溜溜的山上"，而是"银光闪闪的星空了"。不幸的是，吴文季以后的生活道路十分坎坷。解放后他调到总政文工团，任男高音领唱，曾领唱过《英雄们战胜了大渡河》。听到这个说法我很兴奋，大渡河的三首歌相互间真的有扯不断的缘分，前两者和时乐濛有关，后两首又和吴文季有关，两个人串起了三首歌。

但是好景不长，解放后肃反，吴文季因为在国民党部队的那一段历史问题被取消了领唱资格，后来又被下放到家乡泉州的文工团。"文革"中背着历史问题又遭批斗，他一直是孤身一人，最后死在惠安的一个破庙里。"文革"结束后，决定为他平反，但遍查档案，却没有一份正式处分决定。泉州文化局为他重新修墓立碑，碑上刻着"他终生为自由而歌唱"。我听后想到另一句碑文也许更合适："他终生为爱情而歌唱，却没有得到过爱。"

2005年1月20日

九华山悟佛

到九华山已是下午，我们匆匆安顿好住处便乘缆车直上天台。缆车缓缓而行，脚下是层层的山峦和覆满山坡及崖脚的松柏、云杉、桂花、苦楝，最迷人的是那一片片的翠竹，黄绿的竹叶一束一束，如凤尾轻摆，在黛绿的树海中摇曳，有时叶梢就探摸到我们的缆车，更有那些当年的新竹，竹杆露出茁壮的新绿，竹尖却还顶着土色的笋壳，光溜溜的，带着一身稚气直向我们的脚底刺来。

天台顶是一平缓的山脊，有巨石，石间有古松，当路两石相挤，中留一缝，石壁上有摩崖大字"一线天"。侧身从石缝中穿过，又豁然一平台。台对面有奇峰突起，旁贴一巨石，跃然昂首，是为九华山一名景"老鹰爬壁"。壁上则有松八九棵，抓石而生，枝叶如盖。登台俯望山下，只见松涛竹海，风起云涌，偶有杜鹃花盛开于万绿丛中如火炽燃。遥望山峰连绵弯成一弧，如长臂一伸，将这万千秀色揽在怀中。远处林海间不时闪出一座座白色的或黄色的房子，是些和尚庙或者尼姑庵。我心中默念好一湾山水，好一湾竹树。

流连些时候，我们踏着一条青石小路走下山来，这时薄暮已渐渐浸润山谷，左手是村落小街，右手是绿树深掩着的山涧，唯闻水流潺潺，不见溪在何处。山风习习，宁静可人，大家从都市走来，每个人都感觉到了一种久违了的静谧，谁也不说话，只是默默地享受。这时左边一个小院里突然走出一位老人，手持一个簸箕，着一身尼姑青衣，体形羸瘦，满脸皱纹，以手拦住我们道："善人啊，菩萨保佑你们全家平安，快请进来烧炷香。"我一抬头才发现这是一个尼姑庵，大家好奇，便折身跟了进去。老妇人高兴得嘴里不住地念道："好人啊，贵人啊，菩萨保佑你们升官发财。"

这其实是一间普通的民房，外间屋里供着一尊观音像，设一只香炉，一个蒲团。墙脚堆满一应农家用具，观音被挟持其中。我探身里屋，是一个灶房。我们向功德箱里丢了几张票子，便和老妇人聊了起来。老人六十九岁，原住山下，来这里已七年，家里现有两个儿子、两个孙子。我说："现在村里富了，你为什么不回去抱孙子？"她说："儿媳妇骂得凶，说我出来了就别想再回去。""儿子来不来看你？""不来。他让我修行，说怎么都行，就是不许剃发。"老妇人指指自己稀疏的白发，一再解释。"香火好吗？""哪有什么香火？你不请，人就不进来。"我看一眼院子，有水井、桶杖之类，可想她一人生活的艰难。同行的两位女同志唏嘘不已，我也心中悒悒。

下山时我便更留意街上的情景，整个山镇全是些大大小小的取了各种名字的庙庵、精舍、茅棚。许多还是新盖的，墙都刷成刺目的白色或黄色，门口贴副带佛味的对联，大门内供尊佛像，隐约香烟缭绕。原来这里的人世代以佛为生，人家竟以佛事相传。过一中等"精舍"，一着僧衣者立于门前与人闲话。我稍一搭讪，他便热烈地介绍开来。原来这大大小小的庙庵全山竟有七百多家，有的是正规管理的庙，而绝大部分都是起个名字就称佛，摆台香炉就迎客的"私"庙。宛如城里人，将自己临街的门窗打开，就是个小店。下山后我在招待所里谈及此事，一位当地人说："嘿！你还不知道，有的干脆就是两口子，白天男人穿上僧衣，女人穿上尼姑服，各摆一个功德箱，晚上并床睡觉，打开箱子数钱。"我一时语塞，不由得联想起刚才那老妇人一再自我表白"儿子不让我削发"，大约怕我们以之为假。

第二天一早，我们即去拜谒这山上的名刹祇园寺。一进庙，见和尚们匆匆奔走，如有军情。一队老僧身披袈裟折入大雄宝殿，几个年轻一点的跑前跑后，就像我们地方上在开什么大会或者搞什么庆典。更奇怪的是一些俗民男女也匆匆进入一个客堂，片刻后又出来，男的油发革履之间裹一件僧袍，女的则缠一袭尼衣，唯露朱唇金坠和高跟皮鞋，僧俗各众进入大雄宝殿后，前僧后俗站成数排。只见前侧一执棒老僧击木鱼数下，殿内便经声四起，嗡嗡如隐雷，那些披了僧袍尼衣的俗民便也两手合十跟着动嘴唇。大殿两侧有条凳，是专为我们这些更俗一些的旁观游客准备的。我拣条凳子坐下，同凳还有两位中年妇女。一位妇人掩不住地激动，怯生生又急慌慌地拉着那位同伴要去入列诵经，那一位却挣开她的手不去。要去的这位回望一眼佛友，又睁大眼睛扫视一下这神秘、庄严又有几分恐惧的殿堂，三宝大佛端身坐在半空，双目微睁，俯瞰人间。她终于经不住这种压力，提起宽大的尼袍，加入了那二等诵经的行列。我便挪动一下身子，乘机与留下的这位聊了起来。我说："你为什么不去？"她说："人家是为自己的先人做道场，我去给他念什么经。""这个道场要多少钱？""少说也得有几十万。这是一家新加坡的富商，为自己所有的先人做超度，念大悲咒。"我大吃一惊，做一场佛事竟能收这么多的钱！她说："便宜一点也行，出十元钱写个死者的牌位，可在殿里放七天。"她顺手指指大殿的左后角，我才发现那里有一堆牌位叠成的小山。我说："看样子你是在家的居士吧。"她说才入佛门，知之不多。问及身上的尼姑黑袍，她说是在庙上买来的，三十五元一件，凡入这个大殿的信徒，必须穿僧衣，庙上有供应。我这才明白，刚才那帮俗家弟子为什么要到客堂里去，专门来一次金蝉脱壳。这有点像学校里统一制作校服，是规矩但也是一笔可观的生意。

从祇园寺出来我们拾级而上去看山顶上的百岁宫，实际上是一个山洞。相传明代有一无暇和尚来此修行，积二十八年刺舌血写得一部华严经，活到一百二十四岁坐化，肉身三年不腐，门徒奇之，以金裹身，存之至今。因为是真身所在，这里香火更旺。我们到时这里也正大做道场，问及价目，曰每场二十万元。山顶风景无他，只是大兴土木，满地砖木沙石，碍脚碍眼。庙门前空地上几个石匠正在叮叮当当地刻功德牌。路边小店起劲地放着念经的录音带，高声叫卖木鱼、念珠之类的法物。梵音与市声齐飞，游客共香客一体。我们缓缓下山，走几步就会碰到扛着木头或担着砖瓦的山民，这些苦力不时停下来将木料拄地，擦着汗水。但是他们不肯静下来休息，而是向每一个擦身而过的游客伸出手："菩萨保佑，行个好，给个茶水钱。钱给了修庙人比买了香火还灵。"一种矛盾的心理立即攫住了我的心，见苦而不救，有违人心；鼓励乞讨，又助长歪风。这种层层的堵截使人大为扫兴，那些佛心重、心肠软者更是被弄得十分尴尬，只要给了一个就会有两个、三个上身。

我立即想起在印度访问时的情景，回国后愤而写了一篇《到处都伸出一双乞讨的手》，想不到今天在国内的圣地名山又重陷那时的窘境。但我的心还是硬不起来，就与一个扛木头的山民聊了起来，知道他们的工钱是每扛百斤可得四元三角，是够苦的，便顺手掏出一张票子，那人的脸立即笑得像一朵花，可是我并没有一丝做了善事的喜悦。下山后又接着看了地藏王殿，这是九华山的主供菩萨，主管阴间轮回之事，殿内经声嗡嗡，木鱼声声。门口有一位边吃饭边当值的小僧，我问这里可做道场，他白了我一眼说："这是地藏王亲自住的地方，他专管超度，怎么会不做？"很怪我的无知。问及价码，七百元到二十万元不等。下山时我们从九华街穿过，路过两间储蓄所，见柜上都有和尚在存钱。从背后望去，其双手举在柜上，头向前探，腰板就拔得更直，僧袍也更显得挺括岸然。

中午吃饭时我心里总是不悦。中国四大佛教名山，前三个五台、峨眉、普陀，我早已去过，唯有九华心仪已久，不想今天却得了一个铜臭味极浓的印象。钱这个东西像流水，赚钱聚财如挖渠。有人挖工业之渠，借产品赚钱；有人挖农业之渠，借菜粮赚钱；有人挖商业之渠，借流通赚钱；另有书报、娱乐、旅游、饮食，甚至赌博、色情，皆因各人所好而设专渠。这个世界上是处处挖渠，处处设坑，借高水低流之势，把你口袋里的那一点积蓄都要滴引过来，聚而敛之。但今天令我吃惊的是，向以慈悲、普度、舍身、苦行为本的佛，也自己或允许别人在这方圆百公里的九华山腹地引了这么多的渠，挖了这么大的坑。你看那山上卖香的，路边卖佛的，九华街上卖饭开店的，遍山开庙开庵的，拦路行乞的，据说还有经营墓地的。我突然感到昨天在山顶所陶醉的一湾山树，一湾翠竹，竟是一湾欲海。在薄暮时分于茂林修竹间所用心体会的淙淙细泉，原来都向着这个大海流了过来。我们仿佛不是来游山，不是来欣赏山水的美，而是被人招来送钱的，宛如河面上随波逐流的一片落叶。

午饭后我怀着怅然若失的心情下山。车到山口，闪过一湾翠竹和一棵枝叶如盖遮着半天的大树，树下露出了一座黄墙青瓦的古寺。这也是一座上了九华名刹榜的大庙，叫甘露寺，同时也是九华山佛学院。肃穆之象不由得让我驻车凭吊。正当中午，僧人午休，整座大庙寂然如灭，使人有忽入空门之感。大殿上杳无一人，唯几炷香袅袅自燃，几排坐禅的蒲团静列成行。佛祖端坐半空，目澄如水，静观大千。殿柱上挂有戒牌，上书《九华山佛学院坐禅规则》："进禅堂心平气和，万缘放下"；廊柱上有《僧伽壁训》："为僧首要老实，接物必重慈悲。"右侧为饭堂，十数排桌凳，原木原色，古拙简朴。桌上每隔二尺之远反扣两个碗，清洁照人。墙上有许多戒条都是当思·餐不易、·粒难得之语。饭厅之侧有平台，上植花木，红花绿叶。一小树干上悬一偈牌，上书："绿竹黄花即佛性，炎日皓月照禅心。"我顿觉佛无处不在。我们这样穿堂入室在大庙中随意行走，偶遇一二僧人也目不斜视，既不怕我们为偷为盗，也不把我们喜作上门的财神，心情比在山上时愉悦多了。返到大殿，我虽不信佛，还是双手合十对着佛像拜了三拜，心中说道："这才是真佛。"

从庙里出来继续下山，车子弯过一弯又一弯，峰峦叠翠，竹影绵绵。我想佛教到底是高深莫测，处处随缘，可以是立见现钱的摇钱树，也可以是一本悟不透的哲学书。你可以马上掏钱换一个安慰，换一个虔诚；也可以无限追求，以情以性去悟那四大皆空、永无止境的佛理佛心。

1995 年 8 月

泰山：人向天的倾诉

　　我曾游黄山，却未写一字，其云蒸霞蔚之态，叫我后悔自己不是一名画家。今我游泰山，又遇到这种窘态。其遍布石树间的秦汉遗迹，叫我后悔没有专攻历史。呜呼，真正的名山自有其灵，自有其魂，怎么用文字描述呢？

　　我是乘着缆车直上南天门的。天门虎踞两山之间，扼守深谷之上，石砌的城楼横空出世，门洞下十八盘的石阶曲折明灭直下沟底，那本是由每根几吨重的大石条铺成的四十里登山大道，在天门之下倒像一条单薄的软梯，被山风随便吹挂在绿树飞泉之上。门楼上有一副石刻联："门辟九霄，仰步三天胜迹；阶崇万级，俯临千嶂奇观。"我倚门回望人间，已是云海茫茫，不见尘寰。入门之后便是天街，这便是岱顶的范围了。天街这个词真不知是谁想出来的。云雾之中一条宽宽的青石路，路的右边是不见底的万丈深渊，填满了大大小小的绿松与往来涌动的白云。路的左边是依山而起的楼阁，飞檐朱门，雕梁画栋。其实都是些普通的商店饭馆，游人就踏着雾进去购物，小憩。不脱常人的生活，却颇有仙人的风姿，这些天上的街市。

　　渐走渐高，泰山已用它巨人的肩膀将我们托在凌霄之中。极顶最好的

泰山石刻之"五岳独尊"

风光自然是远眺海日，一览众山，但那要碰到极好的天气。我今天所能感受到的，只是近处的石和远处的云。我登上山顶的舍身崖，这是一块百十平方米的巨石，周围一圈石条栏杆，崖上有巨石突兀，高三米多，石旁大书"瞻鲁台"，相传孔子曾在此望鲁都曲阜。凭栏望去，远处凄迷朦胧，不知何方世界，近处对面的山或陡立如墙，伟岸英雄，或奇峰突起，逸俊超拔。四周怪石或横出山腰，或探下云海，或中裂一线，或聚成一簇。风呼呼吹过，衣不能披，人几不可立，云急急扑来，一头撞在山腰上就立即被推回山谷，被吸进石缝。头上的雨轻轻洒下，洗得石面更黑更青。我曾不止一次地在海边静观那千里狂浪怎样在壁立的石岸前撞得粉碎，今天却看到这狂啸着、似乎要淹没世界的云涛雾海，一到岱顶石前，就偃旗息鼓，落荒而去。难怪人们尊泰山为五岳之首，为东岳大帝。一般民宅前多立一块泰山石镇宅，而要表示坚固时就用稳如泰山。至少，此时此景叫我感到泰山就是天地间的支柱。这时我再回头看那些象征坚强生命的劲松，它们攀附于石缝间不过是一点绿色的苔痕。看那些象征神灵威力的佛寺道观，填缀于崖畔岩间，不过是些红黄色的积木。倒是脚下这块曾使孔子小天下的巨石，探于云海之上，迎风沐雨，向没有尽头的天空伸去。泰山，无论是森森的万物还是冥冥的神灵，一切在你的面前都是这样的卑微。

这岱顶的确是一个与天对话的好地方。各种各样的人在尘世间活久了，总想摆脱地心的吸力向天而去，于是他们便选中了这东海之滨、齐鲁平原上拔地而起的泰山。泰山之巅并不像一般山峰尖峭锐立，顶上平缓开阔，最高处为玉皇顶。玉皇顶南有宽阔的平台，再南有日观峰，峰边有探海石。这里有平台可徘徊思索，有亭可登高望日，有许多巨石可供人留字，好像上天在它的大门口专为人类准备了一个进见的丹墀，好让人们诉说自己的心愿。我看过几个国外的教堂，你置身其中仰望空阔阴森的穹顶，及顶窗上射进的几丝阳光，顿觉人的渺小，而神虽不可见却又无处不在，紧攥着你的魂灵。但你一出教堂，就觉得刚才是在人为布置好的密室里与上帝幽会。而在岱顶，你会确实感到"天接云涛连晓雾，星河欲转千帆舞"，"闻天语，殷勤问我归何处"。不是在密室，而是在天宫门口与天帝对话。同是表达人的崇拜，表现人与神的相通，但那气魄、那氛围、那效果迥然不同。前者是自卑自怯的窃窃私语，后者是坦诚大胆的直抒胸臆，不但可以说，还可以写，而天帝为你准备好的纸就是这些极大极硬的花岗石。

这里几乎无石不刻，大者洗削整面石壁，写洋洋文章；小者暗取石上缓平之处，留一字两字。山风呼啸，石林挺立，秦篆汉隶旁出左右。千百年来，各种各样的人们总是这样挥汗如雨、气喘吁吁地登上这个大舞台，在这里留诗留字，借风势山威向天倾诉自己的思想，表达自己的意志。你看，帝王来了，他们对岱岳神是那样的虔诚，穿着长长的衮服，戴着高高的皇冠，又将车轮包上蒲草，不敢伤害岱神的一草一木，下令"不欲多人"，以"保灵山清洁"。他们受命于天，自然要到这离天最近的地方，求天保佑国泰民安。玉皇顶上现存最大的一面石刻就是唐玄宗在开元十三年东封泰山时的《纪泰山铭》，高十三点三米，宽五点七米，共一千零九个字。铭曰："维天生人，立君以理，维君受命，奉为天子，代去不留，人来无已……"从赫赫高祖数起，大颂李唐王朝的功德。一面要扬皇恩以安民，一面又要借天威以佑君，帝王的这种威于民而卑于天的心理很是微妙。他们越是想守住天下，就越往山上跑得勤，汉武帝就来过七次，清乾隆就来过十一次。在中华大地的万千群山中唯有泰山享有这种让天子叩头的殊荣。除了一国之主外，凡关心中华命运的人又几乎没有不来泰山的。你看诗人来了，他们要借这山的坚毅与风的狂舞铸炼诗魂。李白登高狂呼："天门一长啸，万里清风来。"杜甫沉吟着："会当凌绝顶，一览众山小。"志士来了，他们要借苍松，借落日，借飞雪来寄托自己的抱负。一块石头上刻着这样一首诗："眼底乾坤小，胸中块垒多。峰头最高处，拔剑纵狂歌。"将军来了，徐向前刻石："登高壮观天地间。"陈毅刻石："泰岳高纵万山从。"还有许多字词石刻，如"五岳独尊"、"最高峰"、"登峰造极"、"擎天捧日"、"仰观俯察"等等。其中，"果然"二字最耐人寻味。确实，每个中国人未来泰山之前谁心里没有它的尊严、它的形象呢？一到极顶，此情此景便无复多说了。

我想，要造就一个有作为有思想的人，登高恐怕是一个没有被人注意却在一直使用的手段，凡人素质中的胸怀开阔、志向远大、感情激越的一面确实要借凭高御风、采天地之正气才可获得。历代帝王争上泰山除假神道设教的目的外，从政治家的角度，他要统领万众治国安邦也得来这里饱吸几口浩然之气。至于那些志士、仁人、将军、诗人，他们都各怀着自己的经历、感情、志向，来与这极顶的风雪相孕化，拓展视野，铸炼心剑，谱写浩歌，然后将他们的所感所悟镌刻在脚下的石上，飘然下山，去成就自己的事业。

看完极顶我们步行缓缓下山，沉在山谷之中，两边全是遮天的峰峦和翠绿的松柏。刚才泰山还把我们豪爽地托在云外，现在又温柔地揽在怀中了。泉水顺着山势随人而下，欢快地一跌再跌，形成一个瀑布，一条小溪，清亮地漫过石板，清音悦耳，水汽蒸腾，怪石也不时地或卧或立横出路旁。好水好石又少不了精美的刻字来画龙点睛。万年古山自然有千年老树，名声最大的是迎客松和秦松。前者因其状如伸手迎客而得名，后者因秦王登山避雨树下而得名。在斗母宫前有一株汉代的"卧龙槐"，一断枝横卧于地伸出十多米，只剩一片树皮了，但又暴出新枝，欣欣向上，与枝下的青石同寿。如果说刚才泰山是以拔地而起的气概来向人讲解历史的沧

泰山石刻掠影

桑，现在则以秀丽深幽的风光掩映着悠久的文明。我踏着这条文化加风景的山路一直来到此行预定的终点——经石峪。

经石峪，因刻石得名，就是石头上刻有经文的山谷。离开登山主道有一小路向更深的谷底蜿蜒而下，碎石杂陈，山树横逸，过一废亭，便听见流水潺潺。再登上几步台阶，有一亩地大的石坪豁然现于眼前。最叫人吃惊的是，坪上断断续续刻着斗大的经文。这是一部完整的《金刚经》，经岁月风蚀现存一千零六十七个字。我沿着石坪仔细地看了一圈，这是一个季节性河槽，流水长年的洗刷，使河底形成一块极好极大的书写石板。这部经刻大约成于北齐年间，历代僧人就用这种独特的方式来表达自己的信仰。我在祖国各地旅行，常常惊异于佛教信仰的力量和他们表达信仰的手段。他们将云冈、敦煌的山挖空造佛，将乐山一座石山改造成坐佛，将大足一条山沟里刻满佛，现在又在泰山的一条河沟里刻满了佛经。那些石窟是要修几百年经几代人才能完成的。这部经文呢？每字半米见方，入石三分，字体古朴苍劲。我想虽用不了几百年，可顶着烈日，挥汗如雨，在这坚硬的花岗石上一天也未必能刻出一两个字。中国的书有写在竹简上的，写在帛上、纸上的，今天我却看到一部名副其实的石头书。我在这本大书上轻轻漫步，生怕碰损它那已历经千年风雨的页面。我低头看那一横一竖，好像是一座古建筑的梁柱，又像古战场的剑戟，或者出土的青铜器。我慢慢地跪下轻轻抚摸这一点一捺，又舒展身子躺在这页大书上，仰天沉思。四周是松柏合围的山谷，头上蓝天白云如一天井，泉水从旁边滑过，水纹下映出"清音流水"四个大字。我感到一种无限的满足。一般人登泰山多是在山顶上坐等日出，大概很少有人能到这偏僻深沟里的石书上睡一会儿的。躺在书上就想起赫尔岑有一句关于书的名言："书——是这一代对下一代的精神上的遗训。"泰山就是我们的先人传给后人的一本巨书。造物者造了这样一座山，这样既雄伟又秀丽的山体，又特意在草木流水间布了许多青石。人们就在这石上填刻自己的思想，一代一代，传到现在。人与自然就这样合作完成了一件杰作。难怪泰山是民族的象征，它身上寄托着多少代人的理想、情感与思考啊。虽然有些已经过时，也许还有点陈腐，但却是这样的真实。这座石与木组成的大山对创造中华民族的文明史是有特殊贡献的，谁敢说这历代无数的登山者中，没有人在这里顿悟灵感而成其大业的呢？

天将黑了，我们又匆匆下到泰安城里看了岱宗庙。这庙和北京的故宫一个格式，只是高度低了三砖，可见皇帝对岱神的尊敬。庙中又有许多碑刻资料，塑像、壁画、古木、大殿，这些都是泰山的注脚。在中国就像只有皇帝才配有一座故宫一样，哪还有第二座山配有这样一座大庙呢？庙是供神来住的，而神从来都是人创造的。岱岳之神则是我们的祖先，点点滴滴倾注自己的信念于泰山这个载体，积数千年之功而终于成就的。它不是寺院里的观音，更不是村口庙里的土地，锅台上的灶君，是整个民族心中的文化之神，是充盈于天地之间数千年的民族之魂。我站在岱庙的城楼上，遥望夕阳中的泰山，默默地向它行着注目礼。

1990 年 1 月

在青岛看房子

　　9 月末时，在青岛开了一个全国性的会。大家一到青岛，都说这里很美，连广州、厦门等沿海名城来的人也这么说。其实青岛的美，依我看就美在它那些别有味道的房子上。青岛的旧式建筑主要是德国式的，德国人在 1897 年入侵青岛后，就作了永不离去的打算。殖民政策的目的当然是掠夺，占岛十七年间他们掠走无法计算的财富，也在青岛营造了安乐窝。大约为了缓解思乡之苦，或者出于对自己文化传统的骄傲，他们造了许多德式原版的房子。之后，其他国的殖民者也在这里造本国味道的窝，所以青岛的房子人称"万国楼"，这里有二十四个国家风格的房子，无形中形成了一个建筑博物馆。殖民者在世界上许多国家都留有这种痕迹，这就如野兽奔走觅食，无意中将沾在身上的花种草籽带到他乡一样。

　　德国人在青岛最大的建筑有三处，即提督府、提督楼和花石楼，分别是提督办公、住家和渔猎休息的地方。这三处我都仔细看过，全都是一色花岗石砌成。提督府是政权机构，楼高墙厚，风格雄浑凝重。花石楼紧邻海边，孤高如堡，颇多野趣。楼下有一片小松林，在林间听涛声起落，看潮水来去，足可忘尘脱世。最可看的还是提督楼，1903 年始建，1907 年落成。据说这楼是仿德皇宫的样子缩小而成，是一座典型的德国古堡式建筑。我参观时先环楼绕了一圈。楼高三十余米，共三层，底层和顶层都用糙石穿靴戴帽。窗户都用粗石镶边，窄而高的玻璃窗如两只深陷进去的眼，中间窗框上鼓起的石头活像德国人的高鼻梁。一层有客厅，厅内家具一如往日，橱柜上的商标证明这是皇室用品。客厅东有一花厅，全部玻璃天棚，内有喷水。客厅北通舞厅，厅中央有一花篮吊灯，挑着三十八个灯泡，环壁有各式金属壁灯。最有趣的是小舞台两侧，各有一女子脸形的壁灯，头上伸出四枝花，挑着四盏灯。那女子本有一个面如满月的脸盘和俏美的高鼻子，"文化大革命"中红卫兵看不惯她这个洋人样，就踩成了扁平。鼻子让人踏过一脚，当然就不会好受，所以至今总是愁眉不展的样子。这房子十分结实，墙厚一米，足可当碉堡来用。室内装修极豪华，室外野树杂花满坡绿风，树间还环坡散存着旧日监工护院用的废碉堡。游人不经意时，目光碰上它那只半睁着的"眼睛"，会打一个寒噤，惊忆起这是中国劳工在刺刀尖下的作品，想起这楼里碉堡护卫下的淫乐。据说盖这房的第一任提督也未能享其福，因仿德皇宫又耗资太大，他被国会弹劾，楼未住，人先去。隔着历史的风雨，这些都已经模糊，但在今日明媚的阳光下，这建筑群却渐现出它的美学价值。就如一般人游颐和园，并不经意研究慈禧太后是怎样挪用海军经费的。艺术和政治毕竟不是一回事。

在青岛小住的几天内，看房子成了我的第一兴趣。晨起我穿行小巷端详这些异国来的"老外"，去摸它花岗石的墙，去数它窗楣上的瓦。这些房子的美，首先在它的造型。它很少有如四方盒子或火车厢式的整齐划一的规格，轮廓少直线而多折线或弧线。屋顶无一平顶，或成哥特式的尖突，或成四棱四面的盔形。窗户很少开成方框，有的窄而细高，令你想起古堡的幽深；有的则鼓出一个兜肚，下圆上尖，像一滴半空中的垂露。屋顶则一色的红瓦，瓦又不是如现代建筑式的平摆或如中国宫殿式的斜铺，而是近乎垂直的立挂。建筑师在将要完成他的凝重的花岗石作品时，又用鲜亮的红瓦来做一"头饰"，将房子齐额一包，就像一位红布包头的锡克族武士挺立在海边的绿树下。有时我走得远一些，喜欢坐在海边的礁石上来回望全城。但见群楼鳞次栉比，衬着如云的绿树，像一簇簇跳动的火

青岛老房子之"基督教堂"，始建于 1908 年，是一座典型的德国古堡式建筑

苗，在蓝天碧海间又似一抹烧红的晚霞。其实，如果单说青岛的洋房就是比北京的四合院美，比水乡竹楼美，或也未必，只是骤然于我稔熟的土地上飞来异国房舍，便如一篇散体白话文中偶然出现几个对偶句，有一种移花接木的新奇之效。又难得我们这个胸怀大度能兼容并蓄的民族，将这种建筑风格的异国种子保留下来，在华夏土地上终于蔚成一城。青岛便得了一种他山之美，也就美得有了个性。有时我从饭店的高楼上推窗俯视全城，这时一座座红房顶就变成了一块块平面的投影，无数块红手帕在树的绿海上轻轻飘荡，那红手帕下面的人，绝没有想到他举着的屋盖在空中组合了这样一种美的图案，就如大型团体操的表演。我又不由得记起卞之琳的一首名诗：

> 你站在桥上看风景，
>
> 看风景的人在楼上看你。

明月装饰了你的窗子，

你装饰了别人的梦。

青岛，你和其他城市一样生产、生活、建设，不经意中却装饰了多少人的梦。

我想，一个城市的形成也如一处自然风景。我们有泰山的雄伟、黄山的浩瀚、九寨沟的神奇，也有北京皇宫的辉煌、苏州园林的精巧和青岛这些房子的绚丽多彩。凡美好事物的诞生都必经过痛苦的折磨，你看哪个名山没有经过火的熔炼和水的切割。青岛在经过历史阵痛之后而育成的这种美，我们要好好地保存它。

1991 年 10 月 21 日

圣弥爱尔大教堂

青岛是美丽的。在海边回望全城，散于山坡上的房子，五彩纷呈，形态各异。其中，最吸引我的是圣弥爱尔大教堂。它那两个高耸着的尖顶，如鹤立鸡群，那殷红的色彩，在绿树之中犹如一束明艳的火把花。我不能满足于远眺，便托熟人引见，想到里面去看个究竟。

青岛是山城，车子上坡下坡，七拐八拐，在一个巷子里停了下来。下车仰头一看，眼前的教堂如一座壁立的大山，双峰并峙，峰顶的两个十字架在蓝天中，渺渺然，撕挂着流云，刚才远眺时心中所起的轻松突然被肃穆庄重所代替。我不信教，但我不能不惊叹这建筑的艺术魅力。如中国古庙前的旗杆，如佛殿殿脊上的尖塔，这种抽象的装饰总把人引入特定的空间，让你去与某一种情绪共振。陪同的人说，今天不是星期天，一般不接待参观，他先派人去请神父，然后指着那两个半空中的十字架说："'文革'时，红卫兵把它割了下来，当时我到现场看过。别看在空中不怎么大，躺在地上长宽四点五米，有一间房子大呢，后来重修时是用直升机吊着焊上去的。"这座教堂长八十米，高六十余米，占地二千四百七十平方米，在全亚洲也是数得着的大教堂。

神父出来了，这是一位清癯老者，衬衣外面套一件干净的灰背心，头发略微谢顶，一脸和善。他领我从东侧门进入教堂，推开笨重的大门，右手石墙上镶着一个石碗，盛着半碗清水。他伸手以食指蘸水在额上略点一下，我们开始在大厅内漫步。大厅高十八米，如一个旧式大礼堂。前面有讲台，台顶拱顶上画着宗教壁画，是些圣母、教徒、小天使，色彩绚丽和谐。台上摆着些祭品之类，灯光通明，绝无佛殿道观那种阴暗之感，无论从建筑风格还是从宗教用品上说，资本主义比封建时代是进了一步。我在内蒙古看过喇嘛庙，那油黑的皮鼓、长如一人的大喇叭总有一种原始的神秘。我问这个讲台做何用处，神父说："做弥撒用，这是我们的宗教仪式，每天早晨一次，星期天三次。"我回过头，厅内是一排排的长条椅，靠前面几排的跪板上有小棉垫，看来是常来的教徒，他们都有固定的座位。厅后二层楼上一大平台。神父说："那上面是唱诗班站的地方。原有一个极大的管风琴，全世界只有四架。1956年时苏联一位音乐教师慕名专门来探访，也是我陪他参观，他弹奏之后赞叹得很。'文革'中也被红卫兵砸了。"说完他又不停地惋惜。我说："那现在用什么伴奏？""用雅马哈电子琴。"我们都不由得笑了起来。这古老的教堂总是挡不住新东西的渗入，不管它是因为什么。

有两个地方引起我的好奇。一是厅前左侧有一个与地平齐的石棺。根据我浅薄的经验，推想这里埋着这座教堂的建筑师。那一年我在国外一个教堂里就曾遇到此事。神父说不是，原来这里埋的是创建这教会的第一位主教。这教堂的前身是海边一间油纸铺顶的小屋，后改为一间瓦房，是德国入侵时的产物。1932年才动工扩建，1934年完工，就是现在这个样子。我默算了一下，1897年德国入侵青岛，1914年已被日本人赶走，这教堂怎么还能继续修建呢？神父说当时德军撤了，德国主教并没有走。我默然了，我苦难的同胞，其时国破家亡，身处水深火热，何有财力心力修此辉煌的工程呢？但确实是我中华大地上的民脂民膏，其中相当一部分还是教民牙缝里的自愿节余。我仰望这教堂灿烂的穹顶，惊叹上帝的力量，宗教的麻醉果然更胜过刺刀的镇压。日本人坚决地从青岛赶走了德国人，却又

194
x
195

圣弥爱尔大教堂外景

聪明地留下一个主教，还在两年之内就帮他修成这教堂。但是那个石棺中现在也已空空，已故主教大人，也在"文革"中被红卫兵掘出，抛尸荒野了。这真是一出历史的闹剧，挖坟鞭尸，是伍子胥的发明，帝国主义的欺骗遇上了封建式的狭隘报复。这石棺对面还有一空棺，是留作葬这教堂里的第二位圣人，还不知下回如何分解。

大厅两侧各有两个木制小橱，状如庙里的神龛。橱两侧各有一窗，窗下小木凳。原来这就是忏悔的地方，神父坐在橱内"垂帘听罪"，教徒跪在外面解剖灵魂。我还是第一次见到这种实物实地，大为新鲜。我说："教徒什么时候来忏悔？""随时都可，教堂里住有神父，我们这些人是一辈子不能结婚的。"我倒又生了疑问：神父没有家庭，他怎么能懂婚姻家庭方面的事，怎么会有情海欲火、恩恩怨怨方面的体验，怎样对症下药帮那些诸如犯了"第三者"罪的人赎罪呢？不过我问出口的是："教友肯说心里话吗？"神父笑笑："昨天陈香梅女士来参观也提这个问题。"我记起日报上登的陈香梅（美籍华人，当年美国空军飞虎队队长陈纳德的遗孀）这两天正在本市访问，看来提这种问题的人都是圈子外的人了。诚则灵，不说实话是心不诚，死后灵魂就不能升天。要灵就必诚，不怕他不自觉。我想起在峨眉山、五台山见到的香客，他们在崎岖的山路上负重苦行，在佛像前五体投地式地叩头。眼前小橱外的跪凳上似乎闪出一个哆哆嗦嗦、双肩抽搐、双手扪面的女人身影。宗教本来就是一条自设自用的苦肉计。

从教堂大厅里出来，外面阳光灿烂，我又仰望了一会儿这座通体深红、指向蓝天的双峰高塔，它的确够得上当地建筑史上的一座丰碑。我想起在国外看过的几个大教堂，莫斯科红场那个大洋葱头造型的教堂，列宁格勒（今圣彼得堡——编者注）十六根花岗石巨柱的英沙克耶夫教堂，印度九瓣莲花形大同教堂，这些都以建筑风格独特而闻名。我甚至怀疑建筑师是借题发挥，在尽情发挥自己的创作欲。

从教堂院子里出来，我开门上车，发现刚才丢在车座上的西服上衣不见了。下车时我曾动了一念是否要把车窗摇上，一想司机在车上也就算了，果然就这一念之差出了漏洞。司机也大呼上当，他们只到五步之外的门口说了两句话，可见偷者的高明，幸好衣袋内不曾装一分钱。下坡时，我又探出车窗，我想这小偷每天在这教堂外做活，肯定也得空进去看过那赎罪的小橱，不过他不信，这也是一种解脱。下山时我又探出窗外回望一下这神圣的教堂，心中不由得闪过一丝微笑。你看，建筑师假这教堂创造自己的艺术，神父在教堂内布道，教徒在跪凳上忏悔，小偷则在教堂外自由潇洒地行窃。大家都守定自己的宗旨，心诚则灵。社会就在这种复杂的关系中共生共存。

1991 年 10 月

196
x
197

长岛读海

要想知道海吗？先选一个岛子住下来，再拣一条小船探出去，你就会有无穷的感受。8 月里在烟台对面的长岛开会，招待所所长是一个很热情的人，叫林克松，与美国总统尼克松只一字之差。一天下午，他说："我给你弄一条小船，到海里漂一回怎么样？"吃过早饭，我们驱车来到了海边。船工们说风太大不敢出海，老林与他们商议了一会儿，还是请我们上了船。他说："你来了，我们没有惊动官府，要不然，你今天就享受不上这小船的味道了。"我想今天就冒上一回险。

快艇高高地昂起头在海上划出一道白色的浪沟，海水一望无际，碎波粼粼，碧绿沉沉。片刻，我们就脱离了陆地，成了汪洋中的一片树叶。这时基本上还风平浪静，大家有说有笑，一会儿就到了庙岛。这岛因地利之便是一座天然的避风港，历代都十分繁华。岛上有一座古老的海神庙，海神为女性，这里称海神娘娘，在福建一带则叫妈祖。妈祖在历史上确有其人，是福建湄洲的　林姓女了，善航海，又乐善好施，死后人们奉为海神。宋代时朝廷封林家女为顺济夫人，元时封天妃，清时封天后，神就这样一步步被造成了。这反映了不管是官府还是百姓，都祈求平安。后殿右侧是一陈列室，有各种不同时代、不同类型的船只模型，大多是船民、船商所献。室后专有一块空地，供人们祭神时燃放鞭炮之用。人们出海之前总要来这里放一挂鞭炮，是求神也是自慰。地上的炮皮已有寸许厚。我国沿海一带，直至东南亚，甚至欧美，凡靠海又有华人的地方都有妈祖庙。有人说，如果组织一个妈祖党，那将是世界上最大的政党。庙岛的海神庙依山而建，山门上书"显应宫"三个大字，据说十分灵验。山门两侧立哼、哈二将，门庭正中则供着一个当年甲午海战时致远舰上的大铁锚。这铁锚和致远舰还有舰的主人，带着一个弱国的屈辱和悲愤，以死明志一头撞进敌阵，与敌船同沉海底，半个多世纪后它又显灵于此昭示民族大义。锚重一吨，高二点五米，环大如拳，根壮如股。海风穿山门而过，呼呼有声，大锚拥链而坐，锈迹斑斑，如千年古树。我手抚大锚，远眺山门之外，水天一色，烟波浩渺，遥想当年这一带海域，炮火连天，血染碧波，沉船饮恨，英雄尽节。再回望山门以内，哼、哈二将本是佛教的守护神，因为他们有力便借来护庙。这大铁锚本是海战的遗物，因为它忠义刚烈也就入庙为神。人们是将与海有关的理想幻化为神，寄之于庙。这庙和海真是古往今来一部书，天上人间一池墨。

离开庙岛，我们向外海方向驶去。海水渐渐变得烦躁不安。这海水本是平整如镜，如田如野，走着走着我们像从平原进入了丘陵，脚下的"地"也动了起来。海像一面宽大的绿锦缎，正有一个巨人从天的那一头扯着它抖动，于是层层的大波就连绵不断地向我们推压过来。快艇更加昂起头，在这幅水缎上急速滑行。老林说开花为浪，无花为涌。我心中一惊，那年在北戴河赶上涌，军舰都没敢出海，今天却乘着小船来闯海了。离庙岛越来越远，涌也越来越大。船上的人开始还兴奋地说笑，现在却一片寂静，每个人的手都紧紧地扣着船舷。当船冲上波峰时，就像车子冲上了悬崖，船头本来就是向上昂着的，再经波峰一托，就直向天空，不见前路，连心里都是空荡荡的了。我们像一个婴儿被巨人高高地抛向天空，心中一惊，又被轻轻接住。但也有接不住的时候，船就摔在水上，炸开水花，船体一阵震颤，像要散架。大海的波涌越来越急，我们被推来搡去，像一个刚学步的小孩在犁沟里蹒跚地行走，又像是一只爬在被单上的小瓢虫，主人铺床时不经意地轻轻一抖，我们就慌得不知所措。我不知道这海有多深，下面有什么东西在鼓噪；不知道这海有多宽，尽头有谁在抻动他；不知道天有多高，上面有什么东西在抓吸着海水。我只盼望这只半个花生壳大小的小船，别让那只无形的大手捏碎。这时我才感到要想了解自然的伟大莫过于探海了。在陆地上登山，再高再陡的山也是脚踏实地，可停可歇，而且你一旦登上顶峰，就会有一种把它踩在了脚下的自豪。可是在海里呢，你始终是如来佛手心里的一只小猴子，你才感到了人的渺小，你才理解人为什么要在自然之上幻化出一个神，来弥补自己对自然的屈从。

我们就这样在海上被颠、被抖、被蒸、被煮，腾云驾雾走了约半个小时。这时海面上出现了一座小山，名龙爪山，峭壁如架如构，探出水面，岩石呈褐色，层层节节如龙爪之鳞。山上被风和水洗削得没有一棵树或一根草，唯有巨流裹着惊雷一声声地炸响在峭壁上。山脚下有石缝中裂，海水急流倒灌，雪白的浪花和阵阵水雾将山缠绕着，看不清它的本来面目。老林说这山下有一洞名隐仙洞，是八仙所居之地，天好时船可以进去，今天是看不成了。我这时才知道，在我国广泛流传的八仙过海原来发生在这里。古代的庙岛名沙门岛，是专押犯人的地方，犯人逃跑无一不葬身海底。一次有八个人浮海逃回大陆，人们疑为神仙，于是传为故事。现在我们随着起伏的海浪，看那在水雾中忽隐忽现的仙山，仿佛已处在人世的边缘。在海上航行确实最能悟出人生的味道，当风平浪静，你"纵一苇之所如，凌万顷之茫然"，觉得自己就是仙；当狂涛遮天，船翻桅摧，你就成了海底之鬼。人或鬼或仙全在这一瞬间。超乎自然之上为仙，被制于自然之下为鬼，千百年来人们就在这个夹缝里追求，你看海边和礁岛上有多少海神庙和望夫石。

离开龙爪山，我们破浪来到宝塔礁。这是一块突出于海中的礁石，有六七层楼高，酷似一座宝塔。海水将礁石冲刷出一道道的横向凹槽，石块层层相叠如人工所垒，底座微收，远看好像风都可以刮倒，近看却硬如钢浇铁铸。我看着这座水石相搏产生的杰作，直叹大自然的伟力。过去在陆地上看水与石的作品，最多的是溶洞。那钟乳石是水珠轻轻地落在石上，水中的碳酸钙慢慢凝结，每万年才长一毫米，终于在洞中长成了石笋、石树、石塔、石林。可今天，我看到水是怎样将自己柔软的身子压缩成一把锉、一把刀，日日夜夜永无休止地加工着一座石山，硬将它刻出一圈圈的凸凸凹凹，分出塔层，磨出花纹，完工后又将塔座多挖进一圈，以求其险，在塔尖之上再加一顶，以证其高，又在塔下洗削出一个平台，以供那些有幸越海而来的人凭吊。这些都做好之后还不算完，大海又将宝塔后的背景仔细调动一番。离塔百多米之远是一片壁立的山坳，像一道屏风拱卫相连，屏面云飞兽走，沙树田园。屏与塔之间，奇石散布，如谁人的私家花园。我选了一块有横断面的石头，斜卧其旁，留影一张。石上云纹横出，水流东西，风起林涛，万壑松声，若人之思绪起伏不平，难以名状。脚下一块大石斜铺水面，简直就是一块刚洗完正在晾晒的扎染布。粉红色的石底上现出隐隐的曲线，飘飘落落如春日的柳丝，柳丝间又点洒些黑碎片，画面温馨祥和，"燕子声声里，相思又一年"。这是任何一个画家都无法创作出的作品。大海作画就是与人工不同，如果我们来画一张画，是先有一个稿子，再将颜色一层一层地涂上去，而这海却是将点、线、色等，在那天崩地裂的一瞬间，统统熔铸在这个石头胚子里，然后就用这一汪海水，蘸着盐，借着风，一下一下地磨，一遍一遍地洗，这画就制成了，实际上我们现在看着的这一幅画仍在创作中。《蒙娜丽莎》挂在巴黎卢浮宫里，几百年还是原样，而我们再过十年、百年后再来看这幅石画，不知又将是什么样子。现代科技发明了高速摄像机，能将运动场上的快动作分解来看，有谁再来发明一个超低速摄像机，将这幅画的形成过程动起来，拿到美术院校的课堂上去放，那将是一门绝顶精彩的"自然艺术"课。

下午看九丈崖，这是北长山岛的一段海岸，虽名九丈实则百丈不止。从崖下走一遍可以感受海山相吻、相接、相拼、相搏的气魄。我们从南面下海，贴着山脚蹭着崖壁走了一圈。右边是水天相连的大海，海上迎风而起的白浪像草原上奔驰的马群，翻腾着，嘶鸣着，直扑身旁。左边是冰冷的石壁，犬牙交错，刀丛剑树，几无退路。那浪头仿佛正是要把人拍扁在这个砧板上，我们就在这样的夹缝中觅路而行。但是脚下何曾有什么路，只是一些散乱的踏石和在崖上凿出的石阶。行人如履薄冰地探路，一边又提心吊胆地看着侧面飞来的海浪。老林走在前面，他喊着："数一、二、三！三个浪头过后有一个小空当，快过！"我们就像穿越炮火封锁线一样，弓腰塌背，走走停停。尽管非常小心，还是会有浪头打来，淋一身咸汤。这时最好的享受就是到悬崖下，仰着脖子去接几滴从天而降的甘露。原来与海的苦涩成对比，九丈崖顶上不断飘落下甜甜的水珠。这些从石缝里渗出来的水，如断线的珍珠，逆着阳光折射出美丽的色彩。我们仰着脸，目光紧紧追定一颗五色流星，然后一口咬住，在嘴里咂出甜甜的味道。在仰望悬崖的一霎间，我又突然体会到了山的伟大。它横空出世，托云踏海，崖壁连绵曲折尽收人间风景。半山常有巨石与山体只一线相连，如危楼将倾；山下礁石则乱抛海滩，若败军之阵。唯半山腰一条数米宽的浅红色石层，依山势奔突蜿蜒，如海风吹来一条彩虹挂在山前。背后海浪从天边澎湃而来，在脚下炸出一阵阵的惊雷，山就越发伟岸，崖就越发险绝。我转身饱吸一口山海之气，顿觉生命充盈天地，物我两忘，神人不分。

1996 年 1 月

夏感

充满整个夏天的是一个紧张、热烈、急促的旋律。

好像炉子上的一锅冷水在逐渐泛泡、冒气而终于沸腾一样，山坡上的芊芊细草渐渐滋成一片密密的厚发，林带上的淡淡绿烟也凝成了一堵黛色的长墙。轻飞曼舞的蜂蝶不见了，却换来烦人的蝉儿，潜在树叶间一声声地长鸣。火红的太阳烘烤着金黄的大地，麦浪翻滚着，扑打着远处的山、天上的云，扑打着公路上的汽车，像海浪涌着一艘艘的船。金色主宰了世界上的一切，热风浮动着，飘过田野，吹送着已熟透了的麦香。那春天的灵秀之气经过半年的积蓄，这时已酿成一种磅礴之势，在田野上滚动、在天地间升腾。夏天到了。

夏天的色彩是金黄的。按绘画的观点，这大约有其中的道理。春之色为冷的绿，如碧波，如嫩竹，贮满希望之情；秋之色为热的赤，如夕阳，如红叶，标志着事物的终极。夏正当春华秋实之间，自然应了这中性的黄色。——收获之已有而希望还未尽，正是一个承前启后、生命交替的旺季。

你看，麦子刚刚割过，田间那挑着七八片绿叶的棉苗，那朝天举着喇叭筒的高粱、玉米，那在地上匍匐前进的瓜秧，无不迸发出旺盛的活力。

这时它们已不是在春风微雨中细滋慢长，而是在暑气的蒸腾下，蓬蓬勃发，向秋的终点做着最后的冲刺。

夏天的旋律是紧张的，人们的每一根神经都被绷紧。你看田间那些挥镰的农民，弯着腰，流着汗，只是想着快割，快割。麦子上场了，又想着快打，快打。他们早起晚睡已够苦了，半夜醒来还要听听窗纸，可是起了风；看看窗外，天空可是遮上了云。麦子打完了，该松一口气了，又得赶快去给秋苗追肥浇水。"田家少闲月，五月人倍忙"，他们的肩上挑着夏秋两季。

遗憾的是，历代文人不知写了多少春花秋月，却极少有夏的影子。大概春日融融，秋波澹澹，而夏呢，总是浸在苦涩的汗水里。有闲情逸致的人，自然不喜欢这种紧张的旋律，我却想大声赞美这个春与秋之间的金黄的夏季。

1984 年 6 月

秋思

10 月里有机会到吕梁山中去。一进到山的峰谷间，秋浓如酒，色艳醉人。常年生活在城市里的人，真不知道大自然原来是这样地换着时装。这山，原该是披着一件绿裳的吧，而这时，却铺上了一层花毯，那茸茸的灌木，齐齐的庄禾，蔚蔚的森林，成堆成簇，如烟如织，一起拼成了一幅五光十色的大图案。

这花毯中最耀眼的就是红色，坡坡洼洼，全都让红墨汁浸了个透。你看那殷红的橡树，干红的山楂，血红的龙柏，还有那些红枣、红辣椒、红金瓜、红柿子等，都是珍珠玛瑙似的闪着红光。最好看的是荞麦，从根到梢一色娇红，齐刷刷地立在地里，远远望去就如山腰里挂下的一方红毡。点缀这红色世界的还有黄和绿，山坡上偶有几株大杨树矗立着，像把金色的大扫帚，把蓝天扫得洁净如镜。镜中又映出那些松柏林，在这一派暄热的色彩中泛着冷绿，更衬出这酽酽的秋色。金风吹起，那红波绿浪便翻山压谷地向天边滚去。登高远望，只见紫烟漫漫，红光蒙蒙，好一个热烈、浓艳的世界。

我奇怪，这秋色为什么红得这样深浓。林业工作者告诉我，这万山一片在春之初本也是翠绿鹅黄的，一色新嫩。以后栉风沐雨，承受太阳的光热，吸吮大地的养分，就由浅而深，如黛如墨；再渐黄而红、如火如丹。就说这红枣吧，春天里繁花满枝，秋时能成果的也不过千分之二三，要经过多少场风吹雨打、蜂采蝶传，才得收获那由绿而红，一粒拇指肚大的红果，这其中浓缩了多少造物者的心血。那满山火红的枫叶则是因为它的叶绿素已经用完，显红色的花青素已经出现，这是一年来完成了任务的讯号，是骄傲与胜利的标志。

本来，四时不同，爱者各异。人们大都是用自己的心情去体贴那无言的自然。所以春花灼灼，难免林黛玉葬花之悲；秋色如水，亦有欧阳修夜读之凉。其实顺着自然之理，倒应是另一种感慨。芳草萋萋，杨柳依依，春景给人的是勃发的踊跃之情，是幻想，是憧憬，是出航时的眺望；天高云淡，万山红遍，秋色给人的是深沉的思索，是收获，是胜利，是到达彼岸后的欢乐。一个人只要是献身于一种事业，一步步地有所前进，他的感情就应该和这大自然一样的充实。我站在这秋的山巅，遥望那远处春天曾走过的小路，不觉想起保尔在晚年的那段名言："人最宝贵的是生命。生命对每个人只有一次，人的一生应该这样度过：当回忆往事的时候，他不会因为虚度年华而悔恨，也不会因为碌碌无为而羞愧；临死的时候，他能够说，我的整个生命和全部精力，都献给了世界上最壮丽的事业——为解放全人类而斗争。"我想，不管是少年、青年还是中年人，都请来这大自然的秋色中放眼一望吧。它教你思考怎样生活，怎样去创造人生。

1981 年 10 月

年感

钟声一响，已入不惑之年；爆竹声中，青春已成昨天。是谁发明了"年"这个怪东西，它像一把刀，直把我们的生命，就这样寸寸地剁去。可是人们好像还欢迎这种切剁，还张灯结彩地相庆，还美酒盈杯地相贺。我却暗暗地诅咒："你这个让我无可奈何的家伙！"

你在我生命的直尺上留下怎样的印记呢？

有许多地方是浅浅的一痕，甚至今天想来都忆不起是怎样画下的。当小学生时苦等着下课的铃声，盼着星期六的到来，盼着一个学年快快地逝去。当大学生时，正赶上"文化大革命"的年代，整日乱哄哄地集会，莫名其妙地激动，慷慨激昂地斗争，最后又都将这些一把抹去。发配边疆，白日冷对大漠的孤烟，夜里遥望西天的寒星。这许多岁月就这样在我的心中被烦恼地推开，被急切切地赶走了。年，是年年过的，可是除却画了浅浅的表示时间已过的一痕，便再没有什么。

但在有的地方，却是重重的一笔，一道深深的印记。当我学会用笔和墨工作，知道向知识的长河里吸取乳汁时，也就懂得了把时间紧紧地攥在手里。静静的阅览室里，突然下班的铃声响了，我无可奈何地合上书，抬头瞪一眼管理员。本是被拦蓄了一上午的时间，就让她这么轻轻一点，闸门大开，时间的绿波便洞然泻去，而我立时也成了一条被困在沙滩上的鱼。而当我一人伏案疾书时，我就用锋利的笔尖，将一日、几时撕成分秒，再将这分分秒秒点瓜种豆般地填到稿纸格里。我拖着时间之车的轮，求它慢一点，不要这样急。但是年，还是要过的。记得我第一本书出版时，正赶上一个年头的岁末。我怅然对着墙上的日历，久久地像望着山路上远去的情人，望着她那飘逝的裙裾。但她也没有负我，留下了手中这本还散着墨香的厚礼。这个年就这样难舍难分地过去了，生命直尺上用汗水和墨重重地画下了一笔。

想来孔夫子把四十作为"不惑"之年也真有他的道理。人生到此，正如行路爬上了山巅，登高一望，回首过去，我顿然明白，原来狡猾的岁月是悄悄地用一个个的年来换我们一程程的生命的。有那聪明的哲人，会做这个买卖，牛顿用他生命的第二十三个年头换了一个"万有引力"，而哥白尼已垂危床头，还挣扎着用生命的最后一年换了一个崭新的日心说体系。时间不可留，但却能换得做成一件事，明白一个理，而我过去多傻，做了多少赔钱的，不，赔了生命的交易啊。假若把过去那些乱哄哄的日子压成一块海绵，浸在知识的长河里能饱吸多少汁液，假使把那寒夜的苦寂变为积极的思索，又能悟出多少哲理。

时间这个冰冷却又公平的家伙，你无情，他就无意；你有求，他就给予。人生原来就这样被年、月、时，一尺、一寸、一分地度量着，人生又像一支蜡烛，每时都在做着物与光的交易，但是总有一部分蜡变成光热，另一部分变成了泪滴。年，是年年要过的，爆竹是岁岁要响的，美酒是每回都要斟满的，不过，有的人在傻呵呵地随人家过年，有的却微笑着，窃喜自己用"年"换来的果实。

这么想来，我真清楚了，真的不惑了。我不该诅咒那年，倒后悔自己的过去。人，假如三十或二十就能不惑呢？生命又该焕发出怎样的价值？

1986 年 2 月 6 日

一棵怀抱炸弹的老樟树

在这个世界上什么东西才有资格称古呢？山、河、城堡、老房子等都可以称古，但它们已没有生命。要找活着的东西唯有大树了。它用自己的年轮一圈一圈地记录着历史，与岁月俱长，与山川同在，却又常绿不衰，郁郁葱葱——

一棵茂盛的古树用它的枝桠轻轻地托着一颗未爆的炸弹，就像一个老人拉住了一个到处乱跑、莽撞闯祸的孩子。炸弹有一个老式暖水瓶那么大，高高地悬在半空，是从千多米高的天空飞落下来后被这棵树轻轻接住的。它就这样在浓密的绿叶间探出头来，瞪大眼睛审视人世，已经整整80年。眼前是江西瑞金叶坪村的一棵老樟树。

樟树在江西、福建一带是常见树种，家家门前都有种植。民间习俗，女儿出生就种一棵樟树，到出嫁时伐木制箱盛嫁妆，三五百年的老树随处可见。但这一棵却不同。一是它老得出奇，树龄已有1100多年，往上推算一下该是北宋时期了。透过历史的烟尘，我脑子里立即闪过范仲淹的"庆历改革"和他的《岳阳楼记》以及后来徽宗误国、岳飞抗金等一连串的故事。在这个世界上什么东西才有资格称古呢？山、河、城堡、老房子等都可以称古，但它们已没有生命。要找活着的东西唯有大树了。活人不能称古，兽不能，禽鱼不能，花草不能，只有树能，动辄几百上千年，称之为古树。它用自己的年轮一圈一圈地记录着历史，与岁月俱长，与山川同在，却又常绿不衰，郁郁葱葱。一棵树就是一部站立着的历史，站在我面前的这棵古樟树正在给我们静静地诉说历史。第二个不寻常处，是因为它和中国现代史上的一个伟人紧紧连在一起，这个人就是毛泽东。毛泽东也是一棵参天大树，他有八十三圈的年轮，1931年当他生命的年轮进入到第三十八圈时在这里与这棵古樟相遇。

　　那时中国大地如一锅开水，又恰似一团乱麻，两千年的封建社会已走到了尽头。地主与农民的矛盾，剥削与被剥削的矛盾，土地不均的矛盾已经到了非有个说法不可的时候。在这之前，从陈胜、吴广到洪秀全，已经闹过无数次的革命，但总是打倒皇帝做皇帝，周而复始，不能彻底。这时出现了中国共产党，要领导农民来一次彻底的土地革命。共产党的总部设在上海，它的行动又受命于远在莫斯科的共产国际，他们对中国农村和农民革命知之甚少，又乱指挥，造成失误连连。毛泽东便自己拉起一杆子队伍上了井冈山，要学绿林好汉的样劫富济贫，又参照列宁的路子搞了个"苏维埃"政权。他在六个县方圆五百里的范围内坚持了两年，后又不幸失利。1931年他率部队下山准备到福建重整旗鼓再图发展，当路过瑞金时邓小平正在这里任县委书记，就建议他在这里扎根。于是1931年11月7日苏俄"十月革命"胜利十四周年这一天，在瑞金叶坪村的一个大祠堂里召开了全国代表大会，第一个全国性的红色政权中华苏维埃共和国中央临时政府宣告成立，毛泽东当选为中央执行委员会主席。后来被中国人称呼了近半个世纪的"毛主席"，就是从这一天开始的。

　　虽是共和国的主席，毛泽东也只能借住在一户农民家里。这是一座南方常见的木结构土坯二层小楼，狭窄、阴暗、潮湿。小楼与祠堂之间是一个广场，是红军操练、阅兵的地方，广场尽头还有一座烈士纪念塔。这实在是一处革命圣地，是比延安还要老资格的圣地。共产党第一次尝试建立的中央政府就五脏俱全，有军事、财政、司法、教育、外交等九部一局，都设在那个大祠堂里。毛泽东等几个中央要人则住在广场南头的小楼上，楼后就是这棵巨大的樟树。一走近大树我就为之一震，肃然起敬。因为它实在太粗、太高、太大，我们已不能用拔地而起之类的词来形容，它简直就是火山喷出地面后突然凝固的一座石山，盘龙卧虎，遮天盖地。树干直径约有四米，树身苔痕斑驳幽黑铁青，树纹起伏奔腾如江河行地。树的一半曾遭雷劈，外皮炸裂，木质外露，如巨人向天狂呼疾喊，声若奔雷。而就在炸裂后的树身上又生出新的躯干，杆又生枝，枝再长叶，一团绿云直向蓝天铺去。好一棵不朽的老树，就这样做着生命的轮回。因地势所限，树身沿东西方向略成扁平，而墨绿的枝叶翻上天空后又如瀑布垂下，浓荫覆地，直将毛泽东住的后半座房子盖了个严实。

那天，毛泽东正在二楼上看书，空中隐隐传来飞机的轰鸣。他并不在意，把卷起身，踱步到窗前看了一眼，又回到桌前展纸濡毫准备写文章。突然一声凄厉的嘶鸣，飞机俯冲而下，铁翅几乎刮着屋顶，一颗炸弹从天而降。警卫员高喊："飞机！"冲上楼梯。毛停笔抬头，看看窗外，半天没有什么动静，飞机已经远去，轰鸣声渐渐消失。这时房后已经乱作一团，早涌来了许多干部、群众。很明显，这架飞机是冲着临时中央政府冲着毛泽东而来，只扔了一个炸弹就走了，但炸弹并没有爆炸。大家围着屋子到处寻找，地上没有，又仰头看天，突然有谁喊了一声："在树上！"只见一颗光溜溜的炸弹垂直向下卡在树缝里。好悬！没有爆炸。这时毛泽东已经走下楼来，人们早已惊出一身冷汗，齐向主席道贺，天佑神人，大难不死。毛泽东笑了笑说："是天助人民，该我新生的苏维埃政权不亡。"毛泽东戎马一生，不知几遇危难，但总是化险为夷。胡宗南进攻延安，炮声已响在窑畔上，毛还是不走，他说要看看胡宗南的兵长得什么样子。彭德怀没有办法，命令战士把他架出了窑洞。去西柏坡的途中，在城南庄又遇到一次空袭，他又不急，继续休息，是战士用被子卷起他抬进防空洞的。毛的性格坚定、沉着，又有几分固执、浪漫，从不怕死。唯此才能成领袖，成伟人，成大事业，写大文章。

历史的脚步已走过八十年，这棵老樟树依然伫立在那里，枝更密，叶

怀抱炸弹的老樟树已受到保护，那颗未爆的炸弹还静静地挂在树上

更茂，干更壮。树皮上的青苔还是那样绿，满地的树荫还是那样浓。那颗未爆的炸弹还静静地挂在树上。现在这里早已辟为旅游景点，人们都争着来到树下，仰望这定格在历史天空中的一瞬。古樟树像一个和蔼的老人正俯瞰大地，似有所言。一千年的岁月啊，它看过了改朝换代，看过了沧海桑田，看尽了滚滚红尘。远的不说，只从共产党闹革命开始它就站在这里看红军打仗，看第一个红色中央政府成立，看长征出发；又遥望北方，看延安抗日，北京建国。它的年轮里刻着一部党史，一部共和国的历史。它怀里一直轻轻地抱着那颗炸弹，这是一把现代版的"达摩克利斯之剑"，天将降大任于斯人也，必先试其定力，然后又戒其权力。它告诫我们，革命时要敢于牺牲，临危不乱；掌权后要忧心为政，如履薄冰。

2012年12月3日《人民日报》

周恩来手植腊梅赋

中国人爱松、爱菊、爱竹、爱兰，而爱梅尤甚。松耐寒而无花，竹青翠而无香，菊经霜而不受雪，兰多香而少坚。唯梅有色有味，经霜耐寒，寿比松柏，香胜幽兰。而梅中之极品犹数腊梅。

淮安周恩来少年读书处有其手植腊梅一株，现已逾百年，枝叶满院，高比屋肩。其一树六股，遒劲曲折，上下翻飞，如绳缠龙盘。每当盛夏之时，枝探墙外，四壁难禁勃勃生机；浓荫覆地，满院都是盈盈之情。晨风轻摇，碧叶向天奏有声之曲；皓月初上，疏影在墙写无声之诗。而当寒凝大地，北风过野，雪盖高原，这青瓦老宅中腊梅怒放，忽如一座金山横空出世，灿若朝阳，满树黄花无一丝杂色，方圆数里，暗香浮动，荡气回肠，此总理手植腊梅之大观也。

总理在时，此腊梅静生默长，人们亦不觉有奇。墙外风雨墙内树，落叶飘飘送华年。花开花落，无论冬夏短长。然自 1976 年总理远去，举国同悲，万家悼伤，怀念之情与日俱长。虽开国总理，这九百六十万平方公里之国土竟无一碑之立、一石之安，魂之所系不知何方，祭之所向一片空茫。今年是总理诞辰一百一十五周年，念神州大地，有何物曾与总理同生

周恩来手植腊梅   周恩来幼年读书处外景

同长，却仍在生命绽放；又有何物经总理手泽，却依然长此留香。唯此手植腊梅，玉树临风，山高水长！于是仰树怀人，对梅神伤，游人如织，默念忠良。念总理当代宰相，官居一品，却党而不私，官而不显，劳而无怨；念总理德高一品，却生而无后，死不留灰，去不留言。噫，大道无形，大德无声。其大智、大勇、大德、大才、大貌，齐化作这株一品古梅遗爱在人间。君不见这腊梅铁干铜枝，曲节回环，伤痕斑斑，曾经多少辛酸仍挺身向天；君不见这故居青砖小院，每当大雪漫天，上下皆白，一梅出墙香清益远。

呜呼，人去梅开，总理归来。叶落归根，香飘江淮。民族之魂，国之一脉。大无大有，周公恩来。

2013 年 2 月 18 日《人民日报》

这里有一座古树养老院

万物平等，物竞天择。树有生的权利，也有生存的能力。只要有土、有水、有阳光，树木就生长，就繁衍。专家说每一平方米土壤中就有上万粒植物的种子，每一棵树下能共生一百五十种植物。它们为大地所厚爱，为雨露所滋润，在阳光下成长。

但是树却常为人所抛弃。本来人类是从森林中走来，森林是人的家。遗憾的是，正如社会上有对老人的虐待，也有对老树、古树的遗弃。所幸，爱心不绝，在我对古树的探访中，竟意外地发现了一处古树养老院。园子的主人叫王相泽，是烟台市莱山区的一名企业家。他生在农村，小时家有大树，粗如圆桌，绿荫满院。那是童年最美好的记忆，也种下了永远的爱树情结。他大慈大悲，爱吾老以及树之老，企业稍有余钱便开始收养古树。

那天在园子里，我边走边听他讲救死扶伤收养古树的故事。十八年前的一天，他到外地出差，车子在公路上走，远处正在开山取石，山上隐隐有树。他就绕路来到山下，一棵从未见过的大树有合抱之粗，满树白花，灿若霜雪，屹立于石崖之畔。那粗壮的老根如老人青筋暴突的手指，正顽强地插入石缝，抓住每一处可借力存身的石块。但是脚下炮声隆隆，烟尘已经淹上树身，窒息着它的绿叶白花，眼看就要地动山摇，仆身倒地。此地名黄巢关，据传当年黄巢起义曾驻兵于此，还在树上拴过马。王相泽上去说："反正你们要开山，这棵树也存不住了，不如卖给我。"结果他花了六千元把树带回了家。后来一查，是棵毛梾树，山茱萸科，果可榨油，木质极硬，传说孔子周游列国时就用这树做车梁，所以又名车梁木。现在这棵老树就舒舒服服地挺立在园中的一个小坡上，正时交 6 月，序属初夏，满树白花笑得十分灿烂。老王收树有几条规矩：一不收山上野生的大树，二不收正常生长的树，三不收小树。反正一个原则：不干预树的正常生活。他只扶孤助老，做绿色慈善。

人总是看重现实的物质利益，而树却不同，它除了供人物质享受外还帮人记录历史、寄托精神。可惜我们目光太浅，只讲实用，对树用之则植，不用则弃。园中有一棵柿子树十分惹眼，浑身堆满大大小小的疙瘩，像一个长满老年斑的老人。它来自陕西，树上的瘤体是一种病，主人早已将它遗弃。老王收来后仔细调理，现在树头已发出三尺长的新枝，去年又重新结果，挂满了一树的红灯笼，疙瘩树身倒显得更加古拙可爱。在园子里我看到一棵刚移来的老槐，根下一抔新土，通身还缠着保湿的薄膜，但是树顶已绽出嫩绿的新枝。老王说："附近有个社区正在改造，我四年前就盯上这棵树了，十五米高，通体溜直，这在刺槐中实在少见。你看，刚到，还没挂牌呢。"这园中的每一棵树都有一块身份牌，注明树名、科属、树龄、何年何月移自何处。王相泽的爱树之心早已超出市界、省界，名声在外，常有热心人来给他通报树情。一次某司机告诉他某村有遗弃之树，他急去察访。只见一处院内有两棵三百年的老紫薇，墙颓草长，满目荒凉。一棵已经枯死，还有一棵也被垃圾埋到半腰，奄奄一息。经辨认树下废弃的井台和井石上的刻字，知道这是一处高家的旧祠堂，但现在村里已无一人姓高，高家祖上早不知迁居何处。他找到村委会，谈好三千元的价格。他人和树还未离村，就听见村主任在大喇叭上喊话："各家派人到村委会来领钱，每户十元。"这真是物有其值，所见不同。紫薇，又名百

触摸古树

日红，干粉白，叶翠绿，花朵繁密，娇红明艳，百日不谢，向为名花奇树。这棵紫薇成了老王的镇园之宝，每有客来必领至树下，奇树共欣赏，花好相与析。

　　在园中看树是一道风景，听老王讲育树经更是一种享受。他说移树最怕露根透气，所以每移之时必先将树根蘸满泥沙各半的糊浆，再小心培土。对有的树则要在外围斩根一次，如是三年，为的是刺激新根的生长。别人移大树要剃树冠，他却尽量不剃，免伤元气。他指给我看两行对比的樱花树，那剃过头的竟十年不长，愈来愈瘦，但柳树移栽时则必须剃头。那年他从福建漳州买得两棵大榕树，时已入冬，车进山东界已飘起小雪。到家后他急挖一暖窖暂埋，唯留少许枝叶透气，又放进一个电热器加热，一过年就为它建了个二十米高的保温大棚。现在这榕树气根如林，枝繁叶茂，一派南国风光。

　　我一生不知看过多少天然林、人工林、植物园，但还从未见过这样一座古树养老院。园内约有五百多棵古树，有来自河南的乌桕、安徽的黄连、山西的皂角、陕西的苦楝、山东的木瓜……每棵树都是一本大书，在诉说着不同的经历。有一棵古槐交了钱正要拉树走人，老太太追了出来，说当年孙女有病，是在这树下烧香救命的，死活不放树走。有一棵树运来时在半路上受到刁难，他去找当地领导说情，这位领导反大受教育，下令加速绿化，保护古树，老树再不得出境。凡来到这里的树，或因修路，或因城建，或因兄弟分家，或因迁坟，各有各的故事。它们虽然都是被逼无奈，远走他乡，但来时都不忘随身带了自己的身份证——年轮，这是数百年来的活记录啊，是一部中国生态史、文化史。老王爱树，但并不小气。区里要建一座三千亩的大植物园，老王说，没有古树算什么植物园，顶多是个大苗圃。他挥手就捐出了一百零八棵古树。他爱吾园以及人之园，要让树文化普及，让更多的人爱树。

　　这个园子，我头天去了一次没有看够，第二天又去了一次，用手摸，用身子抱，用脸贴。我想如果黄巢地下有知，那迁居远走的高家有知，那些分家卖树的弟兄有悟，那些扩建城区的主政者们醒来，都能到这个园子里来走一走，一定会感恩老王在遥远的地方为他们本乡本族存了绵绵一脉。我能体会到老王的爱树之心。

2013 年 6 月 26 日《人民日报》

带伤的重阳木

　　毛泽东有一首词，里面有一句："岁岁重阳，今又重阳。"今年重阳节刚过我就到湖南湘潭来看一棵树，树名重阳木。开始听到这个名字我还以为是当地人的俗称，后来一查才知道这就是它的学名，大戟科，重阳木属。产长江以南，根深树大，冠如伞盖，木质坚硬，抗风、抗污能力极强，常被乡民膜拜为树神。能以它为标志命名为一个属种，可见这是一种很正规、很典型的树。湘潭是毛泽东的家乡，也是彭德怀的家乡，我曾去过多次，而这次却是专门为了这棵树，为了这棵重阳木。

　　这棵重阳木长在湘潭县黄荆坪村外的一条河旁，河名流叶河，是从上游的隐山流下来的。隐山是湖湘学派的发源地，南宋时胡安国在这里创办"碧泉书院"，后逐渐发展成一个著名学派，出了周敦颐、王船山、曾国藩、左宗棠等不少名人，现隐山范围内还有左宗棠故居、周敦颐的濂溪书堂等文化景点。这条河从山里流出，进入平原的人烟稠密地带后，就五里一渡，八里一桥，碧浪轻轻，水波映人，而每座桥旁都会有一两棵枝繁叶茂的大树，供人歇脚纳凉。我要找的这棵重阳木就在流叶桥旁，当地人叫它"元帅树"，和彭德怀元帅的一段逸事有关。

我们到达的时候已是午后，太阳西斜，远山在天边显出一个起伏的轮廓，深秋的田野上裸露着刚收割过的稻茬，垅间的秋菜在阳光下探出嫩绿的新叶。河边有农家新盖的屋舍，远处有冉冉的炊烟，四野茫茫，寥廓江天，目光所及，唯有这棵大树，十分高大，却又有一丝的孤独。这树出地之后，在两米多高处分为两股粗壮的主干，不即不离并行着一直向天空伸去，枝叶遮住了路边的半座楼房。由于岁月的侵蚀，树皮高低不平，树纹左右扭曲，如山川起伏，河流经地。我们想量一下它的周长，三个人走上前去伸开双臂，还是不能合拢。它伟岸的身躯有一种无可撼动的气势，而柔枝绿叶又披拂着，轻轻地垂下来，像是要亲吻大地。虽是深秋，树叶仍十分茂密，在斜阳中泛着粼粼的光。五十五年前，一个人们永远不会忘记的故事就发生在这棵树下。

1958年，那是共和国历史上的特殊年份，也是彭德怀心里最纠结不解的一年。还是在上年底，彭就发现报上出现了一个新名词"大跃进"。他不以为然，说跃进是质变，就算产量增加也不能叫跃进呀。转过年，1958年的2月18日，彭为《解放军报》写祝贺春节的稿子，就把秘书拟的"大跃进"全改成了"大发展"。而事有凑巧，同天《人民日报》发表毛泽东修改过的社论却在讲"促进生产大跃进"。也许从这时起，彭的头脑里就埋下了一粒疑问的种子。3月中央下发的正式文件说："这是一个社会主义的生产大跃进和文化大跃进的运动。"接着中央在成都开会，毛泽东在会上的讲话意气风发、势如破竹，彭也被鼓舞得热血沸腾。5月北戴河会议通过《关于在农村建立人民公社的决议》，并要求各项工作"大跃进"，钢产量比上年要翻一番，彭也举手同意。会后的第二天他即到东北视察，很为沿途的跃进气氛所感动。他向部队讲话说："过去唱'起来，饥寒交迫的奴隶'，中国人民几千年饿肚子，今年解决了。今年钢产量一千零七十万吨，明年两千五百万吨，'一天等于二十年'，我是最近才相信这番话的。"10月他到甘肃视察，看到盲目搞大公社致使农民杀羊、杀驴，生产资料遭破坏，公社食堂大量浪费粮食，社员却吃不饱，又心生疑虑。回到北京，部队里有人要求成立公社，要求实行供给制。他说："这不行，部

带伤的重阳木

树根部五十五年前的伤口

队是战斗组织，怎么能搞公社？不要把过去的军事共产主义和未来'各尽所能，按需分配'的共产主义分配混为一谈。"12月中央在武汉召开八届六中全会，说当年粮食产量已超万亿斤，彭说怕没有这么多吧，被人批评保守。他就这样在痛苦与疑惑中度过了1958年。

武汉会议一结束，彭没有回京，便到湖南做调查，他想家乡人总是能给他说些真话。湖南省委书记周小舟陪同调查，他介绍说全省建起五万个土高炉，能生火的不到一半，能出铁的更少。而为了炼铁，群众家里的铁锅都被收缴，大量砍伐树木，甚至拆房子、卸门窗。彭德怀没有住招待所，住在彭家围子自己的旧房子里。当天晚上乡亲们挤满了一屋子，七嘴八舌说社情。他最关心粮食产量的真假，听说有个生产队亩产过千斤，他立即同干部打着手电步行数里到田边察看。他蹲下身子拔起一蔸稻子，仔细数秆、数粒。他说："你们看，禾蔸这么小，秆子这么瘦，能上千斤？我小时种田，一亩五百，就是好禾呢。"他听说公社铁厂炼出六百四十吨铁，就去看现场，算细账，说为了这一点铁，动用了全社的劳力，稻谷烂在地里，还砍伐了山林，这不合算。他去看公社办的学校，这里也在搞军事化，从一年级开始就全部住校。寒冬季节，门窗没有玻璃，狮子大张口，冷风飕飕直往屋里灌。孩子们住上下层的大通铺，睡稻草，尿床，满屋臭气。食堂吃不饱，学生们面有菜色。他说："小学生军事化，化不得呀！没有妈妈照顾要生病的。快开笼放雀，都让他们回去吧。"当天学生们就都回了家，高兴得如遇大赦。彭总这次回乡住了两个晚上一个白天，看了农田、铁场、学校、食堂、敬老院。他用筷子挑挑食堂的菜，没有油水。摸摸老人的床，没有褥子，他眉头皱成了一团说："这怎么行，共产主义狂热症，不顾群众的死活。"那天，他从黄荆坪出来看见一群人正围着一棵大树，熙熙攘攘，原来又是在砍树。他走上前说："这么好的树，长成这个样子不容易啊，你们舍得砍掉它？让它留下来在这桥边给过路人遮点阴凉不好吗？"这时大树的齐根处已被斧子砍进一道深沟，青色的树皮向外翻卷，木质部已被剁出一个深窝，雪白的木渣落满一地。而在桥的另一头，一棵大槐树已被放倒。他心里一阵难受，像是在战场上，看到了流血倒地的士兵，紧绷着嘴一句话也不说，便默默地上了车，接着前去韶山考察人民公社。周小舟见状，连忙吩咐干部停止砍树。这天是1958年12月17日。

这个彭老总护树的故事，我大约三年前就已听说，一直存在心里，这次才有缘到现场一看。这棵重阳木紧贴着石桥，桥边有一座房子，房主老人姓欧阳，当年他正在现场，讲述往事如在眼前。他印象最深的还是那句话：给老百姓留一点阴凉！我问那棵阻拦不及而被砍掉的古槐在什么位置，老人顺手往桥那边一指，桥外是路，路外是收割后的水田，一片空茫。我就去凭吊那座古桥，这是一座不知修于何年何月的老石桥，由于现代交通的发达，旁边早已另辟新路，它也被弃而不用，但石板仍然完好，桥正中留有 条独轮车碾出的深槽。石板经过无数脚步、车轮还有岁月的打磨，光滑得像一面镜子，在夕阳中静静地沉思着。车辙里、栏杆底下堆积着刚飘落的秋叶，这桥还在不停地收藏着新的记忆。我蹲下身去，仔细察看树上当年留下的斧痕。这是一个方圆深浅都近一尺的树洞，可知那天彭总喝退刀斧时，这可怜的老树已被砍得有多深。我们知道，树木是通过表皮来输送营养和水分的，五十五年过去了，可以清晰地看到，树皮小心地裹护着树心，相濡以沫，一点一点地涂盖着木质上的斧痕，经年累月，这个洞在一圈一圈地缩小。现在虽已看不到裸露的伤口，但还是留下了一个凹陷着的碗口大的疤痕。疤痕成一个圆窝形，这令我想起在气象预告图上常见的海上风暴旋动的窝槽，又像是一个旧社会穷人卖身时被强按的红手印，似有风雨、哭喊、雷鸣回旋其中，五十五年的岁月也未能抚平它的伤痛。就像一只受伤的老虎，躲在山崖下独自舔着自己的伤口，这棵重阳木偎在石桥旁，靠树皮组织分泌的汁液，一滴一滴地填补着这个深可及骨的伤洞。我用手轻轻抚摸着洞口一圈圈干硬的树皮，摸着这些枯涩的皱褶，侧耳静听着历史的回声。

彭德怀湘潭调查之后，又回京忙他的军务。但"大跃进"的狂热，遍地冒烟的土高炉，田野里无人收割的稻谷、棉花，公社大食堂没有油水的饭菜，一幕一幕，在他的脑子里总是挥之不去。转过年，就是1959年，彭万没有想到这竟是他人生的转折之年，也是中国共产党命运的转折之年。其时"大跃进"、人民公社造成的经济败象已逐渐显露出来，这年7月中央在庐山召开会议准备纠左，彭根据他的调查据实给毛泽东写了一封信。他不知道，毛是绝不允许别人否定他的"大跃进"、人民公社的，于是雷霆震怒，就将他并支持他意见的黄克诚、张闻天、周小舟一起打成"彭、黄、张、舟"反党集团。从此，党内高层噤若寒蝉，就再也听不到不同意见，党和毛的自我纠错能力也日弱一日，直到发生"文革"大难。彭德怀生性刚正不阿，又极认真。他罢官后被安置在北京郊外一处荒废的院子里，就自己开荒、积肥、种地，要验证那些亩产千斤、万斤的神话。1961年12月他再次向毛写信申请回乡调查，这又是一个寒冷的冬季，他回乡住了五十六天。经过1958年的大砍伐，家乡举目四望，已几乎看不到一棵树。他对陪同人员说："你看山是光秃秃的，和尚脑壳没有毛。我二十三四岁时避难回家种田，推脚子车（独轮车）沿湘河到湘潭，一路树荫，都不用戴草帽。再长成以前那样的山林，恐怕要五十年、八十年也不成。现在农民盖房想找根木料都难。"他一共写了五个调查报告，其中有一个是专门在黄荆坪集市调查木料的价格。回京后他给家乡寄来四大箱子树种，嘱咐要想尽法子多种树。他念念不忘栽树、护树，是因为这树连着百姓的命根子啊。他虽是戎马一生，在炮火硝烟中滚爬，却是爱绿如命。抗日战争中，八路军总部设在山西武乡。山里人穷，春天以榆钱（榆树花）为食。彭就在总部门口栽了一棵榆树，现在已有参天之高，老乡呼之为"彭总榆"，成了永久的纪念。1949年，他率大军进军西北，驻于陕西白水县之仓颉庙外。庙中有"二龙戏珠"古柏一株，炊事班做饭无柴就爬上树将那颗"珠子"割下来烧了火。彭严肃批评并当即亲笔书写命令一道："全体指战员均须切实保护文物古迹，严格禁止攀折树木，不得随意破坏。"现这命令还刻在树下的石头上。彭总不忘百姓，百姓也不忘彭总。他的冤案昭雪之后，这棵重阳木就被当地群众称为"元帅树"，年年祭奠，四时养护。我在树旁看到农民刚砌好的一口井，上面也刻了"元帅井"三个字。而树下还有一块石碑，辨认字迹，是1998年有一个企业来领养这棵树，国家林业局还为此正式发了文，并作了档案记录。那年的树龄是四百九十年，树高二十二米，胸径一点二米。又十五年过去了，这树已过五百大寿，更加高大壮实。彭总又回到了湘潭大地，回到了人民群众之中。

因为当年回乡调查是周小舟陪同，他在庐山上又支持彭的意见，也被罚同罪，归入反党。周也是湘潭人，他的故居离这棵重阳木只有二里地，我顺便又去拜谒。这是一座白墙黑瓦的小院，典型的湘中民居。周在这里度过了童年，后来到北方学习，参加革命，领导"一·二九"运动，极有才华。因为到延安汇报工作，被毛泽东看中，便留下当了一年的秘书。后又南下，直到任湖南省委书记。毛泽东本是十分欣赏他的，1956年曾题词说："你已经不是小舟了，你成了承载几千万人的大船。"可惜他和彭德怀一样，也是为民请命不惜命的人。庐山会议后，他一下子从省委书记贬为一个公社副书记，但他还是尽自己所能保护百姓。在那个非常时期中，他的公社是最少饿肚子的。

看过这棵重阳木的当晚，我夜宿韶山，窗外就是毛泽东塑像广场，月光如水，"共产党最好，毛主席最亲"的老歌旋律在夜空中轻轻飘荡。我清理着白天的笔记和照片，很为毛未能听取彭、周的逆耳忠言而遗憾。周曾是他的秘书，而彭从长征到抗美援朝，也是他很倚重的人，毛曾有诗"谁敢横刀立马，唯我彭大将军"，但终因政见不合，自损大将，自折手足。谁能想到三个曾经出生入死的战友、忠诚共事的同志、不出百里的老乡，在庐山上面对自己家乡的同一堆调查材料，却得出不同的结论，翻脸为仇，指为"反党"。这真是一场悲剧。周在1962年12月25日，毛生日的前夜去世，疑为自杀。而直到1965年，毛才重新启用彭，并说："也许真理在你那边。"但这一点友谊和真理的回光又很快被第二年开始的"文化大革命"的狂潮所吞灭。现在毛、彭、周三人都早已作古，"岁岁重阳，今又重阳"，人们年复一年地讲述着重阳木的故事，三个战友和老乡却再也不能重聚。这棵重阳木却不管寒来暑往，风吹雨打，还在一圈一圈地画着自己的年轮。我想，随着岁月的流逝，中国大地上如果要寻找1958、1959年那场灾难的活着的记忆，就只有这棵重阳木了，而且这记忆还在与日俱长，并随着尘埃的落定日渐清晰。它是一部活着的史书，作为自然生命的树木却能为人类书写人文记录，这真是万物有灵，天人合一。它还会超出我们生命的十倍、百倍，继续书写下去。半个多世纪后，当人们再来树下凭吊时，也许那伤口已经平复，但总还会留下一个疤痕。树木无言，无论功过是非，它总是在默默地记录历史。正是：

　　元帅一怒为古树，喝断斧钺放生路。忍看四野青烟起，农夫炼钢田禾枯。

　　谏书一封庐山去，烟云缈缈人不复。唯留正气在人间，顶天立地重阳木。

2013年11月5日记于湘潭

左公柳，西北天际的一抹绿云

　　清代的左宗棠是以平定太平天国、捻军、回民起义，收复新疆的武功而彰显于后世的。但是，他万万没有想到，自己死后被谥号为"文襄公"，而人们对他最没有争议的纪念竟是一种树，并不约而同地呼之为"左公柳"。可见和平重于战争，生态高于政治。环境第一，生存至上。

带棺西行

　　十年前我就去过一次甘肃平凉，专门去柳湖凭吊那里的柳树。平凉是当年左宗棠西征、收复新疆的跳板，他的署衙就设在柳湖。左虽是个带兵的人，但骨子里是中国传统文化中耕读修身的知识分子。未出山以前他像诸葛亮那样躬耕于湖南湘阴，潜心治兵法、农林、地理之学，后来虽半生都在带兵打仗，但所到之处总不忘讲农、治水、栽树。他驻兵平凉时，于马嘶镝鸣之中还颇有兴致地发现了一个三九不冻的暖泉，就集资修浚了这个湖，并手题"柳湖"二字，现在这遗墨仍立于水旁。那年来时，我的印象是湖水泱泱，柳丝绵绵，老柳环岸，一派古风，内心只是泛起了一点岁月的沧桑，并未深动。直到近年读了几本关于左公的书，才又引起对他的注意，去年秋天又专门重访了一次柳湖。

由西安出发西行，车子驶入甘肃境内，公路两边就是又浓又密的柳树。在北方的各种树木中，柳树是发芽最早的。当春寒寂寂之时，它总是最先透出一抹绿色，为我们报春。柳树的生命力又是最顽强的，它随遇而安，无处不长，且品种极多，形态各样。我在青藏高原的风雪中见过形似古柏、遒劲如铁的藏柳，在江南的春风细雨中见过婀娜多姿的垂柳。只我的家乡山西，就有两种截然不同的柳。北部的山坡下生长着一种树形高大，树冠浑圆的"馒头柳"，其树头的分枝修长柔韧，常用来制草原上牧民用的套马杆。而南部平原上的小河流水旁，却生长着一种矮小的成灌木状的白条柳，褪去绿皮，雪白的柳条是编制簸箕、笸箩、油篓等农家用具的绝好材料。现在我眼前的这种柳是西北高原常见的旱柳，它树身高大，树干挺直，如松如杨，而枝叶却柔密浓厚。每一棵树就像一个突然从地心涌出的绿色喷泉，茂盛的枝叶冲出地面，射向天空，然后再四散垂落，泼洒到路的两边。远远望去连绵不断，又像是两道结实的堤坝，我们的车子夹行其中，好像永远也逃不出这绿的围堵。

左宗棠是 1869 年 5 月沿着我们今天走的这条路进入甘肃的。在这之前的十一年，马克思在《鸦片贸易史》中分析中国："一个人口几乎占人类三分之一的大帝国，不顾时势，安于现状，人为地隔绝于世并因此竭力以天朝尽善尽美的幻想自欺。这样一个帝国，注定最后要在一场殊死的决斗中被打垮。"被不幸言中，十年来，大清帝国在和西方列强及国内农民起义的搏斗中已经筋疲力尽，到了垮台的边缘。虽有曾国藩、李鸿章这些晚清重臣垂死支撑，但还是每况愈下。李鸿章说，他就是一个帝国的裱糊匠。就在这时左宗棠横空出世，为日落时分的帝国又争得耀眼的一亮。

左算得上是中国官僚史上的一个奇人。按照古代中国的官制，先得读书，考中进士后先授一小官，然后一步一步地往上熬。他三考不中便无心再去读枯涩的经书，便在乡下边种地边研究农桑、水利等实用之学，后因太平天国乱起，就随曾国藩办湘军。1866 年甘肃出现回民起义时，左正在福建办船政，建海军，对付东南的外敌。朝中无人，同治皇帝只好拆东墙补西墙，急召他赴西北平叛。但这时的政局已千疮百孔，哪里只是一个回民起义。甘肃之西，新疆外来的阿古柏政权已形成割据，而甘肃之东继太平军之后兴起的东、西捻军，纵横陕西、河南、山东，如入无人之境。左受命时皇太后问西事几年可定？他答：五年。并提出一个战略构想：欲平回先平捻，先稳甘再收疆，一开口就擘画出半个中国的未来形势图，其雄心和目光超过当年诸葛亮的隆中对。而这时清政府捉襟见肘，哪有这个实力。朝中以李鸿章为代表的主流派干脆主张放弃新疆这块荒远之地，左宗棠力排众议终于说动朝廷用兵西北。

左宗棠受命之后，先驻汉口指挥平捻，到1869年11月才进驻平凉，这年他已五十八岁。如果历史可以回放的话，这是一个十分悲壮的镜头：一队从遥远的湖南长途跋涉而来的士兵，穿着南国的衣服，说着北方人听不懂的"南蛮"语，艰难地行进在黄风、沙尘之中。队伍前面的高头大马上坐着一位目光炯炯、须发皆白的老者，他就是左宗棠。最奇的是，他的身后十多个士兵抬着一具漆黑发亮的棺材，在刀枪、军旗的辉映下十分醒目。左宗棠发誓，不收复新疆、平定西北，绝不回京。人们熟知"力拔山兮气盖世"的项羽破釜沉舟的故事，可有多少人知道这个手无缚鸡之力的南国老翁，带棺出征过天山呢？

绿染戈壁

左宗棠在西北的政治、军事建树历史自有公论，我们这里要说的是他怎样首创西北的绿化和生态建设。左到西北后发现这里的危机不只是政治腐败，军事瘫痪，还有生态的恶劣和耕作习惯的落后。大军所过之处全是不毛的荒山、无垠的黄沙、裸露的戈壁、洪水冲刷过后的沟壑，这与江南的青山绿水、稻丰鱼肥形成强烈的反差。左宗棠隐居乡间时曾躬耕农亩，他是抱着儒家"穷则独善其身"的思想，准备种田教书，终老乡下的。但是命运却把他推向西北，让他"达则兼济天下"，兼顾西北，而且除让他施展胸中的兵学、地学外，还要挖掘他腹中的农林、水利之学。

　　面对赤地千里，他干的第一件事就是栽树，这当然是结合战争的需要。（古往今来西北不知几多战事，而栽树将军又有几人？）用兵西北先要修路，左宗棠修的路宽三到十丈，东起陕西的潼关，横穿甘肃的河西走廊，旁出宁夏、青海，到新疆哈密，再分别延至南疆北疆，穿戈壁，翻天山，全长三四千里，后人尊称为"左公大道"。1871年2月左下令栽树，有路必有树，路旁最少栽一行，多至四五行。这是为巩固路基，"限戎马之足"，为路人提供阴凉。左对种树是真有兴趣，真去研究，躬身参与，强力推行。他先选树种，认为西北植树应以杨、榆、柳为主。河西天寒，多种杨；陇东温和，多种柳，凡军队扎营之处都要栽树。他还把种树的好处编印成册，广为宣传，又颁布各种规章保护树木。史载左宗棠"严令以种树为急务"，"相檄各防军夹道植树，意为居民取材，用庇行人，以复承平景象"。我特别想找到这个"檄"和"令"，即他下达的栽树命令的原文，史海茫茫，文牍泱泱，可惜没有找到。好在其他奏稿、文告、书信中常有涉及，他的《楚军营制》（楚军即湘军）规定："长夫人等（后勤人员）不得在外砍柴。但（只要是）屋边、庙边、祠堂边、坟边、园风竹林及果树，概不准砍。""马夫宜看守马匹，切不可践食百姓生芽。如践食百姓生芽，无论何营人见，即将马匹牵至该营禀报，该营营官即将马夫口粮钱拿出四百立赏送马之人，再查明践食若干，值钱若干，亦拿马夫之钱赔偿。如下次再犯将马夫重责二百，加倍处罚。"你看，他实行的是严格的责任制。左每到一地必视察营旁是否种树。在他的带领下，各营军官竞先种树，一时成为风气。现在平凉仍存有一块《威武军各营频年种树记》碑，详细记录了当时各营种树的情景。

　　由于这样顽强地坚持，左宗棠在取得西北战事胜利的同时，生态建设也卓有成效。左1866年9月奉调陕甘总督，1867年6月入陕，到1880年12月奉旨离开，在西北干了十多年。他刚到西北时的情景是"土地芜废，人民稀少，弥望黄沙白骨，不似人间光景"。到他离开时，中国这片最干旱、贫瘠的土地上奇迹般地出现了一条绿色长廊。他在奏折中向皇上报告返京途中所见，"道旁所种榆柳业已成林，自嘉峪关至省，除碱地沙碛外，拱把之树接续不断"，"兰州东路所种之树，密如木城，行列整齐"。这对夕阳中的大清帝国来说真是难得的欣慰。要知朝中的主流派原是要放弃这块疆土的啊，左宗棠力挽狂澜，一人带样出关，又排除种种刁难，自筹军费，自募新兵，不但收回了这片失地，而且在向朝廷奉上时还将它绿化打扮一番。曾经的焦土、荒漠，现在绿风荡漾，树城连绵，怎么能不让人高兴呢？左宗棠在西北到底种了多少树，很难有确切的数字。他在光绪六年（1880 年）的奏折中称：只"自陕西长武到甘肃会宁县东门六百里……种活树二十六万四千多棵"。其中柳湖有一千二百多棵，再加上甘肃其余各州约有四十万棵，还有在河西走廊和新疆种的树，总数在一二百万棵之多。当时左指挥的部队大约是十二万人，合每人种树十多棵。中国西北自秦之后至清代共有三条著名的大道，一是秦始皇统一中国后修的驰道；二是唐代的丝绸之路（巧合，丝绸之路在宋元后已经衰落，它的重新发现并命名是 1877 年德国地理学家希霍芬在其新著《中国——亲身旅行的成果和以之为依据的研究》首次提出，其时左宗棠正埋头在这条古道遗址上修路栽树）；三就是左宗棠开辟的这条"左公绿柳之路"，民国时期和解放后的西北公路建设基本上是沿用这个路基。三千里大道，百万棵绿柳，这在荒凉的西北是何等壮观的景色，它注定要成为西北开发史上的丰碑。

左宗棠的绿色情结也还远不只是沿路栽树。他不但要三千里路绿一线，还要让万里河山绿一片。至少还有两点值得一说。

一是种桑养蚕，引进南方的先进耕作。他自言："家世寒素，耕读相承，少小从事农亩，于北农南农诸书性喜研求，躬验而有得。"他考证，西北历史上即有养蚕，《诗经》采桑之咏，说的就是陕西邠州和甘肃泾州的事。他大声疾呼改变当地保守、懒惰的恶习，要养蚕植棉，不要"坐失美利，甘为冻鬼"。又从浙江引来桑苗并工匠六十人，还亲自在酒泉驿地栽了几百株桑示范。蚕桑随之在西北逐渐推广，"向之衣不蔽体者亦免号寒之苦"。他又严禁烧荒，保护植被，"况冬令严寒，虫类蜷伏，任意焚烧，生机尽矣，是仁人君子所宜为？"左宗棠的远景目标是就地取材，靠养羊、纺毛、种桑、种棉，解决西北的穿衣问题。

二是美化城镇，改善环境。虽战事紧张，左每收复或进驻一地，都要对环境美化，倡导文明生活。他驻兰州后开凿了饮和池、挹清池两个市民饮水工程。听说国外有"公园"，左就将总督府的后花园修治整理，定期向社会开放。光绪五年（1879 年）他第二次驻节肃州时，捐出俸银二百两，将酒泉疏浚成湖，湖心筑三岛，建楼阁，环湖种花树。左在给友人的信中高兴地说："白波万叠，沙鸟水禽飞翔游泳水边，亭子上有层楼，下有扁舟。时闻笛声，悠扬断续。""近城士女及远近数十里间父老幼稚，挈伴载酒往来堤干，恣其游览，连日络绎。"这在荒凉的西北简直就是仙境下凡，可以想见祖辈居住在这里的人们是怎样的惊喜。以至于左怕人们因此忘掉正事，"肆志游冶，或致废业"，不得不将酒泉湖限期开放。左宗棠是在西北建设城市公园的第一人。

兵者，杀气也。向来手握兵权的人多以杀人为功、毁城为乐，项羽烧阿房宫，黄巢烧长安，前朝文明尽毁于一旦。他们能掀起造反的万丈狂澜，却迈不过政权建设这道门槛。只有少数有远见的政治家才会在战火弥漫的同时就播撒建设的种子，随着硝烟的退去便显出生命的绿色。

春风玉门

在清代以前古人写西北的诗词中最常见的句子是：大漠孤烟、平沙无垠、白骨在野、春风不度等。左宗棠和他的湘军改写了西北风物志，也改写了西北文学史。三千里大道，数百万棵左公柳及陌上桑、沙中湖、江南景的出现为西北灰黄的天际抹上一笔重重的新绿，也给沉闷枯寂的西北诗坛带来了生机。一时以左公柳为题材的诗歌传唱不休，最流行的一首是一个叫杨昌俊的左宗棠的部下感叹："大将筹边尚未还，湖湘子弟满天山。新栽杨柳三千里，引得春风度玉关。"杨并不是诗人，也未见再有其他的诗作行世，但只这一首便足以让他跻身诗坛，流芳百世。自左宗棠之后，在文学作品中，春风终于度过了玉门关。

文学反映现实，生活造就文学，这真是颠扑不破的真理。清代之后，左公柳成了开发西北的标志，也成了历代文人竞相唱和的主题。就是解放后一段时间，史家对左宗棠或贬或缄之时，文人和民间对左公柳的歌颂也从未间断。如果以杨昌俊的诗打头，顺流而下足可以编出一部蔚为壮观的《左公柳诗文集》，这里面不乏名家之作。

1934 年春小说家张恨水游西北，是年正遇大旱，无奈之下百姓以柳树皮充饥。张有感写了一首《竹枝词》："大旱要谢左宗棠，种下垂柳绿两行。剥下树皮和草煮，又充饭菜又充汤。"1935 年 7 月名记者范长江到西北采访，左公柳也写入了他的《中国的西北角》："庄浪河东西两岸的冲积平原上杨柳相望，水渠交通……道旁尚间有左宗棠征新疆时所植柳树，古老苍劲，令人对左氏雄才大略不胜其企慕之思。"民国期间，教育部长、诗人罗家伦出国途经西北，见左公柳大为感动，写词一首，经赵元任作曲成为传唱一时的校园歌曲："左公柳拂玉门晓，塞上春光好，天山融雪灌田畴，大漠习沙旋落照。沙中水草堆，好似仙人岛。过瓜田，碧玉葱葱；望马群，白浪滔滔，想乘槎张骞，定远班超，汉唐先烈经营早。当年是匈奴右臂，将来是欧亚孔道。经营趁早，经营趁早，莫让碧眼儿射西域盘雕。"

至于民间传说和一般文人笔下的诗画就更见真情，西北一直有左宗棠杀驴护树的传说。左最恨毁树，严令不许牲口啃食。一次，左军务罢从新疆返回酒泉，发现柳树皮被剥，便微服私访，见农民进城都将驴拴于树上。左大怒，立将驴带回衙门杀掉，并出告示，若有再犯，格杀勿论，甚至还有"斩侄护树"的传说。左去世后不久，当时很有名的《点石斋画报》曾发表一幅《甘棠遗泽》图，再现左公大道的真实情景：山川逶迤，大道向天，绿柳浓荫中行人正在赶路。画上题字曰："种树十余年来，浓荫蔽日，翠幄连云，六月徂暑者，荫赐于下，无不感文襄公（左宗棠身后谥文襄公）之德。""手泽在途，口碑载道，千年遗爱。"

一个人和他栽的一棵树能经得起民间一百多年的传唱不衰，其中必有道理。文学形象所意象化了的春风实际上就是左公精神。春风何能度玉门，为有振臂呼风人。左是在政治腐败、国危民穷、环境恶劣的大背景下去西北的。按说他只有平乱之命，并无建设之责，但儒家的担当精神和胸中的才学让他觉得应该为整顿、开发西北尽一点力。左宗棠挟军事胜利之威，掀起了一股新政的狂飙，扫荡着那经年累世的污泥浊水。西北严酷的现实与一个南国饱学的儒生，砥砺出一串精神的火花，闪耀在中国古代史的最后一章之上，绽放出一丝回暖的春意。

左宗棠在西北开创的政治新风有这样四个特点。一是强化国家主权，力主新疆建省。他痛斥朝中那些放弃西北的谬论，"周、秦、汉、唐之盛，奄有西北。及其衰也先捐西北，以保东南，国势浸弱，以底灭亡"。捐出西北，最后必定是国家的灭亡。从汉至清，新疆只设军事机构而无行省郡县。左前后五次上书吁请建省，终得批准，从此西北版图归一统。二是反贪倡廉。清晚期的政治已成糜烂之局，何况西北，鞭长莫及，地方官为所欲为，贪腐成性。他严查了几个地方和军队贪污、吃空饷的典型，严立新规。而他自己高风亮节，以身作则，陕甘军费，每年过手一千二百四十万两白银，无一毫不清。西北十年，没有安排一个亲朋。有家乡远来投靠者都自费招待，又贴路费送回。光绪五年，儿子带四五人从湖南到西北来看他，他训示："不可沾染官场习气、少爷排场，一切简约为主。署中大厨房，只准改两灶，一煮饭，一熬菜。厨子一、打杂一、水火夫一，此外不宜多用人。尔宜三、八日作诗文，不准在外应酬。"你看，不但戒奢，还要像小学生一样留作业，教子、束亲之严，令我们想起建国初中南海里毛、周的家风。欲要忠先要孝，欲肃政风先严家风。不管哪朝哪代，哪个阶级，一切有为的政治家无不如此。三是惩治不作为。他一针见血地指出"甘肃官场恶习，惟以徇庇弥缝，见好属吏为事，不复以国家民事为念"，"官场控案只讲和息事"，对贪污、失职、营私等事官官相护。里面已经腐烂，外面还在抹稀泥，维护表面的稳定。他最恨那些身居要位却怕事、躲事、不干事的懒官庸官，常驳回其文，令其重办，"如有一字含糊，定惟该道是问！"其严厉作风无人不怕。四是亲民恤下。战乱之后十室九空，左细心安排移民，村庄选址、沿途护送无不想到，又计算到牲畜、种子、口粮。光绪三年大旱，一亩地只值三百文，一个面饼换一个女人。他命在西安开粥厂，路人都可来喝，多时一天七万人。他身为钦差、总督，又年过六旬，带兵时仍住帐篷。地方官劝他住官舍，他说"斗帐虽寒，犹愈于士卒之苦也"。五是务实，不喜虚荣。他人还未到兰州，当地乡绅已为他修了一座歌功颂德的生祠，他最看不惯这种拍马屁的作风，立令拆毁，下面凡有送礼一律退回。地方官员或前方将领有写信来问安者，他说百废待举，军务、政务这么忙，哪有时间听这些空话、套话，一律不看，"一切称颂贺候套禀，概置不览，且拉杂烧之"。他又大抓文风，所有公文"毋得照绿营恶习，摭拾浮词……尽可据实直陈，如写家信，不必装点隐饰"。他又兴办实业，引进洋人的技术修桥、开渠、办厂……

中国历史上多是来自北方的入侵，造成北人南渡，无意中将先进文化带到南方。而左宗棠这次是南人北伐，收复失地，主动将先进的江南文化推广到了西北。历来的战争都是一次生态大破坏，而左宗棠这次是未打仗先栽树，硝烟中植桑棉，惊人地实现了一次与战争同步的生态大修复，恐怕史上也仅此一例。

左宗棠性格决绝，办事认真，绝不做李鸿章那样的裱糊匠，虽不能回天救世，也要救一时、一地之弊。他抬棺西进，收失地，振颓政，救民生，这在晚清的落日残照中，在西北寒冷孤寂的大漠上，真不啻为一阵东来的春风悄然度玉门，而那三千里绿柳正是他春风中飘扬的旗帜。

西学东渐，湘人北上，春风玉门，西北之幸！

柳色常青

柳树是一种易活好栽、适应性很强的树种，但也有一个缺点，不像松柏那样耐年头。我们要找千年的古柏很容易，千年的古柳几不可能，甚至百年以上的也不多见。所以对左公柳的保护、补栽，成了西北人民的一个情结，也是官方的一种责任，历代出台的保护文告接连不断。这一半是为了保护生态，一半是为了延续左公精神。我们现在能看到的最早的保护文件是晚清官府在古驿道旁贴的一张告谕："昆仑之阴，积雪皑皑，杯酒阳关，马嘶人泣，谁引春风，千里一碧。勿剪勿伐，左公所植。"可以看出，此告谕的重点不在树而在人，是保护树但更看重左公精神的传承。

进入民国时期，甘肃省政府两次行文保护左公柳。1935 年的《保护左公柳办法》规定更为详细：一、全省普查编号；二、分段保护，落实到人；三、树如枯死，亦不许伐；四、已砍伐者，按原位补齐；五、树旁不得采掘草土、引火、拴牲口等；六、违规者处以相当的罚金或工役；七、保护不力唯县长是问。现存档案也记录了多起对盗伐事件的处理。1946 年，隆德县建设科科长等人借处理枯树，伙同乡里人员盗卖柳树四百棵，县政府给予处罚后还要求"补植新苗，保护成活，以重先贤遗爱"，并就此对境内的左公柳进行了普查，还剩三千六百一十棵，都一一编号建档。我们发现在清和民国两代的政府文告中总少不了这样的词汇：左公、先贤、遗爱、遗泽等，要知道这是官方的公文啊，但是仍掩盖不住对左宗棠的尊敬。民国时还将左宗棠修缮过的兰州城门改名"宗棠门"，由省长亲笔题写。在众多研究左宗棠在西北的著作中最权威的一本是 1945 年初版于重庆，后经王震将军提议又在 1984 年重印的《左文襄公在西北》。此书从书名到内文，凡说到左宗棠时概不直呼其名，都是尊称"文襄公"，可见清和民国两代左宗棠在人们心目中的地位，只是进入当代后因极左政治影响才有了一个小的反复。但随着人们对生态的再认识，又不觉想起了这位在西北栽树的湖南人。

于是我又联想到一个著名的典故。当年左宗棠在湖南初露头角，他恃才傲物得罪了人，有人告了御状，眼看就要掉脑袋。大臣潘祖荫惜才，上书疾呼："天下不可一日无湖南，湖南不可一日无左宗棠。"这一句话救了他的一条命。假使当年左宗棠不明不白地死去，哪有新疆的收复、西北的开发？真可是中国不可一日无西北，西北不可一日无左宗棠。左宗棠一人而悬湖湘、悬陕、甘、宁、青、疆，悬大清天下。拔危救难，力挽狂澜，这样的名臣史上能有几人？不知为什么，在西北采访，我眼前总是浮现着苍凉的大漠、浩荡的队伍、一具黑色的棺材、须发皆白的左公和伸向天边的绿柳。有哪一个画家能画一张左公西行图，有哪一个导演能拍一部片子，这将是何等地动人！

　　岁月无情，从 1871 年左宗棠下令植树到现在已一百四十多年，要想拜谒一下左公亲植的柳树已经是一件很难的事了。档案记载，1935 年时的统计，平凉境内还有左公柳七千九百七十八棵，而 1998 年 8 月出版的《甘肃森林》记载，全省境内的左公柳只剩二百零二棵，其中大部分存于柳湖公园，有一百八十七棵（左当年栽了一千二百棵）。看来我十年间两到柳湖还是来对了，这里确是左公遗泽最多处。但 1998 年到如今又过了十五年啊，斗转星移，大树飘零，左公柳还在锐减。那天，我到柳湖去，想穿越时空一会左公的音容。只见湖边星星点点，隔不远处就会现出几株古柳，躯干总是昂然向上的，但树身实在是老了，表皮皲裂满是纵横的纹路，如布满山川戈壁的西北地图；齐腰处敞开黑黑的树洞，像是在撕心裂肺地呼喊；而它的根，有的悄无声息地抓地入土，吸吮着岸边的湖水，有的则青筋暴突抱定青石，如西北风霜中老人的手臂。但不管哪一棵，则一律于枝端发出翠绿的新枝，浓密如发，披拂若裙，在秋日的暖阳中绽出恬静的微笑。柳湖公园正在扩建，岸边补栽的新柳柔枝嫩叶随风摇曳，如儿孙绕膝。而在柳湖之外，已是绿满西北，绿满天涯了。我以手抚树，读着左公柳这本岁月的天书，端详着这座生命的雕塑。古往今来于战火中不忘栽树且卓有建树的将军，恐怕只有左宗棠一人了。

2013 年 10 月记于平凉，翌年 7 月写于北京

2014 年 7 月 23 日《人民日报》

长城、古寺、红柳

　　中国北方最明显的地理标志就是长城。从山海关到嘉峪关，逶迤连绵穿行在崇山峻岭之上，将秦汉到明清的文化符号一一镌刻在苍茫的大地上。如果是夕阳西下的时候，一抹红霞涂染了曲曲折折的石墙，又为烽火台、戍楼勾勒出金色的轮廓。这时，你遥望天边的归雁，听北风掠过衰草黄沙，心头不由得会泛起一种历史的苍凉。可是谁也没有注意到万里长城由东向西进入陕北府谷境内后，轻轻地拐了一个弯。这个弯子很像旧时耕地的犁，此处就叫犁辕山。这气势浩大，如大河奔流般的长城，怎么说拐就拐了呢？现在能给出的解释，只是为了一座寺和一棵树——一棵红柳树。

　　那天，我沿着长城一线走到犁辕山头，一抬眼就被这棵红柳惊呆了，心中暗叫：好一个树神。红柳是专门在沙漠或贫瘠土地上生长的一种灌木，极耐干旱、风沙、盐碱。因为生在严酷的环境下，它长不高，也长不粗。当年我曾在乌兰布和沙漠的边缘工作，常与红柳为伴。它大部分的枝条只有筷子粗细，披散着身子，匍匐在烈日黄沙中或白花花的碱滩上。为减少水分的流失，它的叶子极小，成细穗状，如不注意你都看不到它的叶片。这红柳自己活得艰苦却不忘舍身济世，它的枝叶煮水可治小儿麻疹，它的枝条鲜红艳丽，韧性极好，是农民编筐、编篱笆墙的好材料。我大约有一年多的时间，就住在红篱笆墙的院子里，每天挑着红柳筐出入。如果收工时筐里再装些黄玉米、绿西瓜，这在一色黄土的塞外真是难得一见的风景。但它最大的用途是防风固沙，防止水土流失。红柳与沙棘、柠条、骆驼刺等，都是黄土地上矮小无名的植物，最不求闻达，耐得寂寞，许多人都叫不出它的名字。但是眼前的这棵红柳却长成了一株高大的乔木，有一房之高，一抱之粗。它挺立在一座古寺旁，深红的树干，遒劲的老枝，浑身鼓着拳头大的筋结，像是铁水或者岩浆冷却后的凝聚，我知道这是烈日、严霜、风沙、干旱、九蒸九晒、千难万磨的结果。而在这些筋结旁又生出一簇簇柔嫩的新枝，开满紫色的小花，劲如钢丝，灿若朝霞。只有万里长城的秦关汉月、漠风塞雪才能孕育出这样的精灵，它高大的身躯摇曳着，扫着湛蓝的天空，覆盖着这座乡间的古寺，一幅古典的风景画。奇怪的是，这庙门上还挂着一块牌子：长城保护站。

站长姓刘，我问保护站怎么会设在这里？他说：这是佛缘。说是保护站，其实是几个志愿者自发成立的团体。老刘当过兵，在部队上曾是一个营教导员，他给战士讲课，总说军队是长城，退下来后回到了长城脚下，看着这些残破的戍楼土墙，心里说不清是什么味道，就想保护长城。府谷境内共有明代长城一百公里，上有墩台一百九十六个，这寺正好在长城的中点。他每次走到这里，就在这棵红柳树下歇歇脚，四周少林无树，就只有这一点绿色。放眼望去，茫茫高原，沟壑纵横，万里长城奔来眼底。他稍一闭眼，就听到马嘶镝鸣，隐隐杀声，可再一睁眼，只有残破的城墙和这株与他相依为命的红柳。一开始为了巡视方便，他就借住在寺里，后来身边慢慢聚集了五六个志愿者，就挂起了牌子。

人们常说"天下名山僧占尽"，可这里并不是什么名山，黄土高原，深沟大壑，山穷水枯。也可能就是那"犁辕"一弯，这里才被先民视为风水宝地。犁弯于就是粮袋子，象征着永远的丰收。在这里盖寺庙是寄托生存的希望，寺不知起于何时，几毁几修，仍香火不绝，最后一次毁于"文革"，被夷为平地。但奇怪的是，这寺无论毁了多少次，墙边的那棵红柳却顽强地生存下来，于是就成了重新起殿建寺的标记。从树的外形判断它当在千年以上，明长城距今也只有六百来年，就是说当初无论是修城的将士，还是修寺的僧人，都在仰望着这棵树工作。长城，这座我们民族抵御战争、保卫和平生活的万里长墙，在这里拐了个弯，轻轻地把这寺庙、这红柳搂在怀里。这是生命的拥抱、信仰的倾诉和文化的传递。而这棵红柳，为怕长城太孤寂，年年报得紫花开，花开香满院，又成了寺庙的灵魂。民间常有耗子成精、狐狸成精，及柳树、槐树成精的故事。红柳实现了从灌木到乔木的飞跃，算是成了精，修成了正果。它与长城、寺庙相伴，俯视人间，那密密的年轮和丝绕麻缠的筋结里不知记录了多少人世的轮回。

如果说长城是人工的智慧，红柳是自然的杰作，那么这寺庙就是人们心灵的驿站。先民日出而作，日落而息，面朝黄土背朝天，他们疲倦的魂灵也需要歇息。这寺庙不大，除了僧房就是佛堂。堂可容六七十人，地上一色黄绸跪垫，前面供着佛像并香烛、水果。可以说，这是我见过的国内最安静的佛堂。堂内窗明几净，无一尘之染。窗外是蓝天白云，人坐室内如在天上。这里既没有名刹大寺里烟火缭绕的喧闹，也无乡间小庙里求报心切的俗气。我稍留片刻便返身出来，不忍扰其安宁。

我问，这座寺庙真的灵验？老刘说屡毁屡修总是有一定的道理，反正当地人信。他还给我讲了不少故事。我不信，但教人行善总是好事。就问，怎么不见僧人？答曰，现在不是做功课的时间，都去山下栽树去了。想要香火旺，先要树木绿。也是，没有那株红柳，哪有这寺里千年不绝的香火？

保护站已成立五六年，慢慢地与寺庙成为一体。连僧带俗共十来个人，同一个院子，同一个伙房，同一本经济账。志愿者多为居士，所许的大愿便是护城修城；僧人都爱树，禅修的方式就是栽树护树。早晚寺庙里做功课时，志愿者也到佛堂里听一会儿诵经之声，静一静心；而功课之余，僧人们也会到寺下的坡上种地、浇树，巡察长城。不管是保护站还是寺上都没有专门经费，他们自食其力，自筹经费维持生活并做善事，去年共收获玉米两千斤，春天挑苦菜卖了六千元，秋里拾杏仁又收入八百元。这使我想起中国古代禅宗"一日不作，一日不食"的农禅思想，一切信仰都脱离不了现实。正说着，人们回来了，几个僧人穿着青布僧袍，志愿者中有农妇、老人、学生，还有临时加入的游客，手里都拿着锄头、镰刀、修树剪子，一个孩子快乐地举着一个大南瓜。有一个年轻人戴着眼镜，皮肤白皙，举止文雅，一看就不是本地人。我问这是谁，老刘说是山下电厂的工程师，山东人。一次他半夜推开院门，见寺外一顶小帐篷里一人正冷得打哆嗦，就邀回屋过夜，遂成朋友。工程师也成了志愿者，有时还带着老婆孩子上山做义工，这院子里的电器安装，他全包了。大山深处，长城脚下，黄土高原上的一所小寺庙里聚集着一群奇怪的人，过着这样有趣的生活。佛教讲来世的超度，但更讲现时的解脱：多做好事，立地成佛，心即是佛，佛即是我。山外的世界，正城市拥堵、恐怖袭击、食品污染、贪污腐化、种族战争等等，这里却静如桃源，如在秦汉。只有长城、古寺、志愿者和一棵红柳。无论中国的儒、佛、道还是西方的宗教都以善行世，就是现在弘扬的社会主义核心价值观，"友善"也赫然其中。我突然想起马致远的那首名曲《天净沙》，不觉在心里叹道：

长城古寺戍楼，蓝天绿野羊牛，栽树种瓜种豆。红柳树下，有缘人来聚首。

老刘说，其实单靠他们几个志愿者，是保护不了长城的，也曾当场抓获过偷城砖的、挖草药的，甚至还有公然用推土机把长城挖个口子的，但是都不了了之。对方眼睛瞪得比牛眼还大，说："你算个啥！县长都不管呢。"确实他们一不是公安，二不是警察，遇到无赖还真没有办法。但是现在可以"曲线护城"了，这就是来借助树和佛。目前虽还没有一个管用的"护城法"，却有详细的"林业法"，作恶者敢偷砖挖土，却不敢偷树砍树。保护站就沿长城根栽上树，无论人砍、牛踏、羊啃都是犯法。而同样是巡城、执法，志愿者出来管，对方也许还要争执几句，僧人双手一合十，他就立马无言。头上三尺有神明，人人心中有个佛呀。这真是妙极，人修了寺，寺护了树，树又护了长城。文物保护、治理水土、发展林业、改善生态等，无论从哪一方面来说这都是个很有意思的例子。就像那棵无人问津、由灌木变成乔木的红柳，在这个古老的犁辕弯里也有一个少为人知、亦俗亦佛，既是环保又是文保的团体。县长下乡调研，见此很受感动，随即拨了一笔专项经费给这个不在册的保护站。两年来老刘用这钱打了一眼井，栽了三百亩的树，为站里盖了几间房。寺不可无殿，城不可无楼。他还干了一件大事，率领他的僧俗大军（其实才十来个人）走遍沿长城的村子，收回了一万多块散落在民间的长城砖，在文物局指导下修复了一个长城古戍楼。

那天采访完，我在寺上吃晚饭，大块的南瓜、土豆、红薯特别香。他们说，这是自己种的，只有地里施了羊粪才能这样好，山外是吃不到的。饭后，我要下山，老刘送我到寺门口。香客走了，志愿者晚上回城去住，寺里突然冷清下来。晚风掠过大殿屋脊的琉璃瓦，吹出轻轻的哨音。归鸟在寺庙上空盘旋着，然后落到了墙外的林子里，夕阳又给长城染上一圈金色的轮廓。人去鸟归，万籁俱寂，我突然问老刘："这么多年，你一个人守着长城，守着寺庙，是不是有点孤寂？"他回头看了一眼红柳，说："有柳将军陪伴，不孤单，胆子也壮。"这时夕阳已经给红柳树镀上一层厚重的古铜色，一树紫花更加鲜艳。我说："回头，在北京找个专家来给你测一下这树的年龄。"他说："不用了，我已经知道。"我大奇："你怎么知道的？""去年秋八月的一个晚上，后半夜，月光分外明。我在房里对账，忽听外面狗叫。推开院门，在红柳树旁站着一位红盔绿甲的将军。他对我说，你不是总想知道这树的年龄吗？我告诉你，此树植于周南王十四年，到今天已两千三百二十六年。说完就消失了。"我看看他，看看那树，这一次我真的是惊呆了。

回京后，我第一件事就是去查中国历史年表，史上并没有"周南王"这个年号，但是，我不忍心告诉老刘。

2014 年 10 月 11 日《人民日报》

燕山有棵沧桑树

　　北京之北一百多公里处就是河北的兴隆县，境内有燕山的主峰雾灵山。正是秋高季节，几个好友乘兴登山，一路黄花红叶，蓝天白云，松鼠横穿于路，野雀飞旋在树，鸟鸣泉响，好不快活。正走着，忽见路边有一指路牌：沧桑树与见证桩。不觉好奇，就下路拐入荒径，攀荆附葛，爬上一高坡，顿现一树一桩。

　　树是一棵奇怪的大松树，根基部十分壮大，盘根错节与山石一体，已分不清彼此。原树已经枯死，而在侧根处又长出一棵新树，有合抱之粗，浑身的鳞片层层相叠，青枝挑着绿叶在秋阳下闪闪发光。树身成"7"字形，斜出石缝向山外探去，蜿蜒遒劲，如一条苍龙欲腾空而去。大家正说这树像龙，当地的朋友说，这树还真就与龙有关。

　　原来，历代皇帝都自比真龙天子。清朝入关后的第一位皇帝是顺治帝，他即位后就在遵化县选定了自己的龙寝之地，后人称东陵。为使陵寝安宁，东陵以北兴隆境内这两千五百平方公里的山林，就全部划作"后龙风水"禁地。原住民全部迁走，不许耕种、伐木、采药、打猎，不许闲人进入。又配备了专门的护陵队，隔不远就设一哨卡，满语称"拨"，现当地还留有不少地名："一拨子"、"二拨子"……森林郁蔽后，又清出若干防火通道，现有"北火道"等地名。一次士兵巡逻，忽然阵阵山风送来黄酒的甜香。深山禁地何来酒馆？细寻处，是深秋季节梨果落地，自然发酵，一沟酒香，于是这里就名"黄酒馆"。封建专制，普天之下莫非王土，皇帝伸手一指，这两千五百平方公里的土地一占就是二百五十四年，直到民国后的 1915 年才解禁。山之禁，树之福。这棵龙形松，四季有人护，年年有酒喝，过了二百多年平静舒心的好日子。笑看冬去春来，静听花开花落。

　　1931 年日本人侵占东北，1934 年南下占领兴隆，直逼北京，当年的这一片皇家禁地又成了敌我双方争夺的战略要地。在日本一方是南下的跳板，又是一处重要的战略物资地；在我方山高林密，正是开展游击战的好地方。一场残酷的侵略与反侵略战争在这里反复拉锯，其间数不清出了多少民族英雄。最著名的一个是孙永勤，本是一普通农民，小时曾读私塾，粗通文字，又习得一身武艺，身高两米，双手过膝，行侠仗义，人称"黑面门神"。他耻为亡国奴，便串联村里的十六位弟兄宣誓"为国为民，永无二心，抗暴杀敌，有死无降"，拉起一支"民众军"，自任军长。后接受中国共产党的领导，改称"抗日救国军"，一直发展到五千多人。孙带领部队一年半间，与敌接战两百多次，拔掉据点一百多个，成为日军的心腹大患，以至于日本人诱降国民党，与何应钦谈判签订"何梅协定"时都将灭孙作为一个筹码。1935 年 8 月，正在长征途中的党中央为抗日发表著名的"八一宣言"，将孙永勤与吉鸿昌、瞿秋白等并列，说他们"表现我民族救亡图存的伟大精神"。孙在最后一次战斗中，寡不敌众又腿部负伤，被团团包围。他对参谋长关元有说："当年我们空手起家，誓杀尽敌寇，有死无降。今天弹尽粮绝，我来吸引敌人，你带部队冲出去，以图再起。"关说："杀敌第一，愿与军长同生死。"结果孙以下七百壮士全部壮烈牺牲。这棵树目睹了一群英雄的诞生。

　　"沧桑树"下还有一截二尺多高如水桶之粗的树桩，旁立木牌，上书"见证桩"三字，这是当年日寇掠夺当地资源的见证。我俯下身去想辨认一下树桩的年轮，只是经年的风吹雨打，横截面上的本质已经朽去，用手一捏，即成碎末，但整个桩子的大形还在，短粗挺直，身带焦痕，挺立于荒草乱石之中，似有所言。当年日本人为了铲除抗日武装的群众基础，便东起山海关，西到沽源县，制造了一个千里无人区，兴隆正当其中心。日军反复扫荡、搜剿，屠杀百姓，活埋、刀挑、挖心、狗咬，惨不忍睹，全县载入史册的大惨案就有九起之多，毁掉了两千个村庄，十一万人被赶入所谓的"部落"过集中营生活，战争结束时，全县人口从十六万（1940年统计）降至十万。同时日军又大肆劫掠资源，共掠走黄金九千六百公斤，白银数万两，原煤数百万吨。压迫愈深，反抗愈烈，我抗日军民为保护资源，经常夜袭据点，烧敌仓库，破坏交通。游击队穿行于深山老林，神出鬼没。敌人气急败坏，便放火烧山，方圆两百公里火光接天，烟罩四野，五个月不灭，这块皇封禁地化为一片焦土。现在我们看到的这棵"沧桑树"就是劫后重生的火中凤凰，而那截"见证桩"则先是被砍后留下的树桩，后又过火，是日寇"三光"政策的见证。我抗日军民就在这样恶劣的环境下与敌周旋，直到最后胜利。全国抗战八年，这里是抗战十二年，现在山下的烈士陵园里还长眠着一千两百余位烈士。

看完"沧桑树"我们又重回登山主道，继续上山。秋阳如春，照在身上暖洋洋的，刚才脑子里的硝烟渐渐散去。正是果熟季节，路两边赤、橙、黄、绿，摆满销售和等待外运的核桃、柿子、苹果、山楂，排起两道长长的水果墙，农民的笑意都挂在脸上。近年来这里浅山处大力发展经济林，林果成了农民的主要收入。深山处开辟成国家森林公园，封山育林，涵养水源。来到这里才知道，北京人吃的栗子、冰糖葫芦原料多取自本地，原来兴隆是全国首屈一指的板栗大县、山楂大县。全县的高山密林间有大小径流八百条，昔日的"后龙风水"地已经成了京城的重要水源地。

随着山路上行，两边的树木愈来愈密，栎树、楸树、枫树、桦木、杉木等遮住了头上的太阳和山外的蓝天，我们在林木的隧道里穿行，约一小时后终于穿出树海爬上燕山高处的雾灵山峰。这燕山是一座历史名山，也是中国政治史的一个大舞台。其成名很早，《诗经》中即提到燕山、燕水。

李白之"燕山雪花大如席",韩愈说的"燕赵多慷慨悲歌之士"大略都是指这里,元灭宋后在这一带建都。朱元璋灭元后将他的第四子朱棣分封到这里,名为燕王,住藩北京。燕王深谋远略,在此整军备武,朱元璋死后便南下夺了帝位,将大明迁都北京,就是史上有名的永乐帝,他奠定了北京作为历史名都的规模气象。之后这里又上演了李自成进京、清军入关、日寇南侵、长城抗战、新中国成立等几场大戏。我登上燕山之巅,遥望群峰从山海关一路奔来,长城起伏其间,脚下是一片树的汪洋,胸中荡起一幅历史的长卷。这时只见远处绿波中现出一团飘动的火苗,那是刚才上山时路过的一片花楸树林。我从未见过这样的树种,大概只有这燕山深处才有吧。都说枫叶红于二月花,这花楸叶子是枫叶的三四倍大,叶面厚实。树身高大,只在悬崖深壑、人迹不到的地方生长,秋风一过它就红得像浸了血,着了火。我又想起了刚才那棵穿越战火而来的"沧桑树"和劫后余存的"见证桩"。这块土地在民国时和新中国成立初称热河省。热河,热河,好一片热土。先经过了二百五十四年的皇封冷藏,又经民国三十多年间的军阀混战、外族入侵和国共内战,终于回归于民,现已休养生息出这般模样。

山不转水转,人会老树还在。一截树桩见证了一个民族曾经的苦难,一棵树记录了这片土地上三个半世纪的沧桑。无论是朝代更替、人事变幻,还是自然界的寒来暑往、山崩地裂,都静静地收录在树的年轮里。

2014 年 12 月 10 日《人民日报》

秋风桐槐说项羽

去年十月里的一天，我在洪泽湖畔继续我的寻访古树之旅。在一家小酒店用早餐时，无意间听到百里外的项羽故里有两棵古树，下午即驱车前往。这里今属江苏省宿迁市，我原本以为故里者只是一古朴草房，或农家小院，不想竟是一座新修的旅游城，而城中真正与项羽有关的旧物也只有这两棵树了，一棵青桐和一棵古槐。

中国人知道项羽是因为司马迁的《史记》，一篇《项羽本纪》在中华民族的文明史上树起了一个英雄，从此国人心中就有了一个永远抹不去的楚霸王。斯人远去，旧物难寻，今天要想触摸一下他的"体温"，体会一下他的情感，就只有来凭吊这两棵树了。那棵青桐，树上专门挂了牌，名"项里桐"。据说，项羽出生后，家人将他的胞衣（胎盘）埋于这棵树下，这桐树就特别的茂盛，青枝绿叶，直冲云天。项羽是公元前232年出生的，算到现在已有两千二百多年了。梧桐这个树种不可能有这么长的寿命，但是，这棵"项里桐"却怪，每当将要老死之时，树根处就又生出一株小桐，这样接续不断，代代相传。现在我们看到的已是第九代了。桐树是一个大家族，常见的有青桐、泡桐、法国梧桐等，而青桐又名中国梧桐，是桐树中的美君子，其树身笔直溜圆，一年四季都苍翠青绿。如果是雨后，那树皮绿得能渗出水来，光亮得照见了人影。它的叶子大如蒲扇，交互层叠，浓荫蔽日。在中国神话中梧桐是凤凰的栖身之地，有桐有凤的人家贵不可言，项羽在此树下出生盖有天意。现在这棵九代"项里桐"正少年得志，蓬勃向上，挺拔的树身带着一团翠绿的披挂，轻扫着蓝天白云。桐树之东不远处，有一棵巨大的中国槐，说是项羽手植。槐树家族有中国槐、洋槐、紫穗槐、龙爪槐、红花槐等，而以中国槐为正宗，俗称国槐。它体型庞大，巍然如山，又寿命极长。由于此地是黄河故道，历史上黄河几次决口，像一条黄龙一样滚来滚去。这故里曾被淹没、推平，唯有这棵槐树不死。其树身已被淤没六米多深，我们现在看到的其实是它探出淤泥的树头，而这树头又已长出一房之高，翠枝披拂，二人才能合抱。岁月沧桑，英雄多难，这个从淤泥中挣扎而出的树头某年又遭雷电劈为两半，一枝向北，一枝向南，撕肝裂肺，狂呼疾喊，身上还有电火烧过的焦痕。向北的那枝，略挺起身子，斗大的树洞，怒目圆睁，青筋暴突，如霸王扛鼎；向南的一枝已朽掉了木质部分，只剩下半圆形的黑色树皮，活像霸王刚刚卸落的铠甲。但不管南枝、北枝都绿叶如云，浓荫泼地。两千年的风雨，手植槐修成了黄河槐，黄河槐又炼成了雷公槐。这摄取了天地之精、大河之灵的古槐，日修月炼，水淹不没，沙淤不死，雷劈不倒，壮哉项羽！

项羽是个失败的英雄，但中国史学有个好传统，不以成败论英雄，这是历史唯物主义。项羽的对立面是刘邦，刘项之争是中国历史上第一出争为帝王的大戏。司马迁为他们两人都写了"本纪"，而在整部《史记》里给未成帝者立"本纪"的却只有项羽一人，可见他在太史公心中的地位。项羽是个悲剧人物，他的失败缘于他人性的弱点。他学而无恒，不肯读书，学兵法又浅尝辄止；他性格残忍，动不动就坑（活埋）俘虏几十万；他优柔寡断，鸿门宴放走刘邦，铸成大错；他个人英雄，常单骑杀敌，陶醉于自己的武功。这些都是他失败的因素。但他却在最后失败的一刹那，擦出了人性的火花，成就了另一个自我。垓下受困，他毫无惧色，再发虎威，连斩数将。当他知道已不可能突围时，便对敌阵中的一个熟人喊道，你过来，拿我的头去领赏吧，说罢拔剑自刎。他轻生死，知耻辱，重人格，宁肯去见阎王，也羞于再见江东父老。他与刘邦长期争斗，看到生灵涂炭，就说百姓何罪？请与刘邦单独决斗，狡猾的刘邦当然不干。这也看出他淳朴天真的一面。项羽本是秦末农民大起义中一支普通的反秦力量，后渐成主力，成了诸侯的首领。灭秦后他封这个为王，那个为王，一口气封了近二十个，他却不称帝，而只给自己封了一个"西楚霸王"，他有心称霸扬威，却无意治国安邦，乏帝王之术。

项羽的家乡在苏北平原，两千年来不知几经战火，文物留存极少，而他的故里却一直没有被人忘记。清康熙四十年，时任县令在原地竖了一块碑，上书"项王故里"四个大字。这恐怕是第一次正式为项羽立碑，由是这里就香火不绝，直到现在有了这个旅游城。城内遍置各种与项羽有关的游乐设施，其中有一种可在架子上翻转的木牌，正面是项羽、虞姬等各种画像，翻过来就是一条条因项羽而生的成语，如破釜沉舟、取而代之、一决雌雄、所向披靡、拔山扛鼎、分我杯羹、沐猴而冠、锦衣夜行、霸王别姬……讲解员说她统计过，有一百多条。现在我们常用到的成语总共也就一千来条，一般的成语辞典收三四千条，大型辞典收到上万条，项羽一人就占到百条。要知道他才活了三十一岁呀，政治、军事生涯也只有五年。后人多欣赏他的武功，倒忽略了他的这一份文化贡献。项羽少年时不爱读书，说"书足以记姓名而已"，未想他自己倒成了一本后人读不完的书。汉代是中国文化的源头之一，司马迁写了这样一个人物，塑造了这样一个英雄，就影响了我们民族的历史两千年，而且还将影响下去。

汉之后，项羽成了中国人说不尽的话题。史家说，小说家写，戏剧家演，诗人咏，画家画，民间传。直到现在，他的故里又出现了这个旅游城、城门、大殿、雕像、车马、演出、射箭、投壶、立体电影、仿古一条街。项羽是民间筛选出来的体现了平民价值观和生活旨趣的人物，人们喜欢他的勇敢刚烈、淳朴真实，就如喜欢关羽的忠义。历史上的"两羽"一勇一忠，成了中国人的偶像。这是民间的海选，与政治无关，与成败无关，是与岳飞的精忠报国、文天祥的青史丹心并存的两个价值体系。一个是做人，一个是爱国。

项羽是个多色彩的人物，刚烈坚强又优柔寡断，雄心勃勃又谦谦君子，欲雄霸天下又留恋家乡，八尺男子却儿女情长。他少不读书，临终之时却填了一首感天动地、流传千古的好歌词："力拔山兮气盖世，时不利兮骓不逝。骓不逝兮可奈何！虞兮虞兮奈若何！"他杀人如麻，却爱得缠绵，在身陷重围、生死存亡之际还与虞姬弹剑而歌，然后两人从容自刎。他是一个性情中的人物，艺术境界中的人物，有巨大的悲剧之美。他身上有矛盾，有冲突，有故事，而其形象又壮如山，声如雷，貌如天神，是艺术创作的好原型，民间说唱的好话题，连国粹京剧都专为他设了一个脸谱。全国北至河北南到台湾，"项王祠"、"项王庙"不知有多少，百姓自觉地封他为神。南迁到福建的王姓奉霸王为自家的保护神，台湾许姓从大陆请去项羽塑像建庙供养，以保佑他们平安、幸福。这就像商人把关羽奉为财神，没有什么理由，就是信，自觉地信。

但项羽毕竟是曾活动于政治舞台上的人物，于是他又成了一面历史的镜子。可以看出来，太史公是以热情的笔触、惋惜的心情刻画了这个人物。后人也纷纷从不同角度褒贬他，评点他，抒发自己的感慨。鲁迅说，一部《红楼梦》，有的见淫，有的见"易"。一个历史人物，就如一部古典名著，能给人以充分的解读空间才够得上是个大人物。唐代诗人杜牧抱怨项羽脸皮太薄，说你怎么就不能再忍一回呢："胜败兵家事不期，包羞忍耻是男儿。江东子弟多才俊，卷土重来未可知。"宋代的李清照却推崇他的这种刚烈："生当作人杰，死亦为鬼雄。至今思项羽，不肯过江东。"毛泽东则借他来诠释政治："宜将剩勇追穷寇，不可沽名学霸王。"项羽是一面历史的多棱镜，能折射出不同的光谱，满足人们多方位的思考。而就在这个园子里，在秋风梧桐与黄河古槐的树荫下，我看见几个姑娘对着虞姬的塑像正若有所思，而一个小男孩已经爬到乌骓马的背上，做扬鞭驰骋状。

这个旅游城的设计是以游乐为主，所以强调互动，游人可以上去乘车骑马，可以与雕像拥抱照相，可以投壶射箭，可以登上城楼，出入项羽的卧房、大帐，但有两个地方不能去，那就是青桐树下和古槐树旁。两棵树周都围了齐腰的栏杆，只可远观而不可亵玩。再嬉闹的游人到了树下也立即肃穆而立，礼敬有加。他们轻手轻脚，给围栏系上一条条红色的绸带，表达对项王的敬仰并为自己祈福。于是，这两个红色的围栏便成了园子里最显眼的、在绿地上与楼阁殿宇间飘动着的方舟。秋风乍起，红色的方舟上托着两棵苍翠的古树。

站在项羽城里，我想，我们现在还能知道项羽，甚至还可以开发项羽，第一要感谢司马迁，第二要感谢这两棵青桐和古槐。环顾全城，房是新的，墙是新的，碑廊是新的，人物、车马全是新的，唯有这两棵树是古的，是与项羽关联最紧的原物。因为有了这两棵树，人们才顺藤摸瓜，慢慢地发掘、整理出其他的物什。1985年在附近出土了一个硕大的石马槽，是当年项羽用过的遗物，于是就移来园中，并于槽上拴了一匹高大的乌骓石马。青桐既是项羽埋胞衣之处，桐树后便盖起了数进深的院子，分别是项羽父母房、项羽房、客厅等，院中有项羽练功的石锁，象征力量的八吨重的大铜鼎。项宅的入口处是那块清康熙年立的石碑，而大槐树前则有陈设项羽生平的大殿及广场。一切皆因这两棵树而"再生"，而存在。梁实秋说20世纪30年代的北平，人们讥笑暴发户是"树小墙新画不古"。你有钱可以盖院子，但却不能再造一棵古树。幸亏有这青桐、古槐为项羽故里存了一脉魂，为我们存了一条汉文化的根。考古学家把地表一二米深、留有人类活动遗存的土壤叫"文化层"，扎根在"文化层"上的古树，其枝枝叶叶间都渗透着文化的汁液。一棵古树就是一种文化的标志。我以为要记录历史有三种形式：一种是文字，如《史记》；一种是文物，如长城、金字塔，也如这院子里的石马槽；第三种就是古树。林学界认为一百年以上的树为古树，五百年以上的古树就是国宝了。因为世间比人的寿命更长，又与人类长相厮守的活着的生命就只有树木了。它可以超出人十倍、二十倍地存活，它的年轮在默默地帮人类记录历史。就算它死去，埋于地下硅化为石为玉，仍然在用"碳14"等各种自然信息，为我们留存着那个时代的风云。

秋风梧桐，黄河古槐，塑造了一个触手可摸的项羽。

2014 年 10 月 14 日记，27 日写
2015 年 1 月 21 日《人民日报》

万物有缘铁锅槐

一棵上百年的老槐树长在一口铁锅里，这好像绝不可能，但确实如此。

去年 11 月底，我在河南商丘寻找人文古树，看了几棵汉柏宋槐都不理想，大家气喘吁吁地坐下来吃午饭。当地一位朋友突然一拍脑袋说："怎么忘了铁锅槐呢！"放下筷子，我们便冒着小雨赶到七十公里外的白云寺，拜访了这个锅与槐的奇妙组合。

白云寺初创于唐贞观年间，曾是与少林、白马、相国等寺齐名的中原古寺，但现在香火不旺。我们去时凄风苦雨，寺里只有几个僧人袖手看门，一个小和尚系着围裙在伙房里淘米，后院及两厢都是零乱的砖瓦木料。进门后的右手处就是我们要拜访的铁锅槐，现在已是这个寺的镇寺之宝。只见一圈石栏杆中躺着一口直径两米多的大铁锅，锅里挺立着一棵有三层楼高、两抱之粗的古槐。锅沿有三指厚，在雨水的润泽下闪闪发光，像是一个套在树根上的项圈。锅已半埋土中，树的主根早穿透锅底，深扎地下，而侧根蜿蜒屈结，满满当当，将铁锅挤满撑破后又翻出锅外垂铺在地，像一大块不规则的钟乳石，或是一摊刚冷却了的岩浆。我看着这满锅的老根，只觉得这是一锅正在慢慢烹煮着的时间。虽是深秋，这古槐仍枝叶繁茂，覆盖着半亩大的地面，而整棵树身向西边倾斜，巍巍然如一座斜塔，有一种饱经沧桑的厚重与庄严。

寺院是信众往来的宗教场所，被视作沟通神与人的桥梁。为了给众多僧人和香客备饭，寺里常有超大的铁锅。这口两米的大锅还不算最大，我见过一口更大的，洗锅时要放下一个梯子，才能将人送到锅底。大锅往往是一个寺院兴旺的标志，这白云寺在康熙时达到鼎盛，常住僧人千余人。史载1687年寺里住持佛定和尚为舍粥济贫，造铁锅两口，日煮米一石二斗。十九年后一口铁锅经长年的火烤水煮生了裂纹，就被几个小和尚抬着放到寺的一角。春去秋来，寺院盛而又衰，这口锅也渐渐被人淡忘。沙尘淤满锅底，荒草爬上了墙角，淹没了铁锅。这时一只喜鹊衔着一粒槐籽从天上飞过，它俯下身子，看到这汪嫩绿的鲜草，就落下来歇脚，槐籽落在铁锅里。想这铁锅离开灶台被弃墙角已经数十年，烈日严霜，凄风苦雨，它早已心灰意冷，奄奄待毙。忽然有一只小手轻轻地抓挠着它冰凉的身子，一丝微弱的声音响在耳旁若有似无地呼唤。原来是那粒槐籽经水浸土育，已经开始发芽生根。这口铁锅一下打了个寒噤从梦中惊醒，忙将这个幼小的生命搂在怀里。那雪白的细根穿过厚厚的积土吮吸着锅沿上的雨滴，像是在替它擦拭眼角的泪花，而嫩绿的树苗已有尺许之高，正努力探出锅外，好奇地张望着庙宇、蓝天、白云。铁锅记起了佛经上讲的万物轮回，因果有缘，众生平等。啊，行住坐卧都是禅，一花一叶皆佛性。它觉得这是佛祖托它来抚养这个从天而降的小生命的，就更加搂紧这棵小树苗。槐树一天天长大，当它已经高过院墙，可以俯视外面的世界时，才发现这个世界上的槐树全是长在土地里，只有它被小心地托着、抱着，长在一口铁锅里，不觉感动得热泪盈眶。这好比一个没有文化，不识字，甚至还身有残疾的母亲，在贫病交加中照样抚育着一个伟岸的英才。艰难困苦，玉汝于成。它怎么能不痛感身世飘零而加倍珍惜，一定要活出个样子呢？！

铁锅槐无疑是大自然的杰作，就算你有一百个聪明的头脑也想象不出这样的作品。万物有缘，槐树本是一种最普通的树种，数百年来在山地平原、房前屋后不知有槐几多，而长在铁锅里的唯此一棵；铁锅本是一种最普通的炊具，千家万户用来烧水煮饭的铁锅不知几多，但用来栽树而且长成大树的也只有这一个。再说，就算这锅与树前世有缘，那结合之后的数百年岁月，水火兵燹，雷劈电击，畜啃人砍，寺院塌毁，它们又携手逃过了多少劫难才有今天的正果？物竞天择，自然筛选，这是铁的定律。在无尽的岁月长河中，无数个偶然机缘的组合，就出现了奇迹，就诞生了天才。虽然人类愈来愈聪明，但还是逃不出自然的手心。不见我们办了多少音乐学院，却常会输给一个牧羊女或打工汉的歌喉；办了多少文学院，而大作家总是长在校园外。而皇室培养接班人，从选妃子、找奶妈开始，到定太子、配师傅，结果总是多有从草莽中杀出来的开国之主。假如现在有谁出巨资请你再复制一组铁锅槐，恐怕打死也不敢接这个活儿。

铁锅槐虽是天工之物，但它修行于古寺之中，早已融进人的智慧和佛的灵性。在悬崖之上，在大河之岸，树抱石之类的奇树不知多少，而现在这棵古槐抱着的却是一口铁锅，是一锅人间烟火。这是信念的守望，是佛与人的拥抱，是伟大的天人之合。你只要看看那锅里劲结的树根，就知道它们有多大的定力，槐树咬定铁锅，将它凿穿、撑裂、抱紧、融合；铁锅则仰着身子吃力地挺举着大树，不顾自己已经被压裂，被深深地挤进了泥土，直至最后再也分不清是锅抱槐还是槐抱锅。这是心的力量，是佛家所谓的大愿，不信世上事不成，不信有缘不结果。它们就这样晨钟暮鼓，相濡以沫，在古寺残阳中不知送走了多少寂寞。山挡不住风啊，树挡不住云，这个世界上什么也挡不住生命的降生。而一个生命一旦降生，就会本能地捍卫生的权利，坚强地活下去！

临出寺门时已暮云四合，我又回望了一下这棵铁锅槐，经秋雨打湿的树身更显出沉稳的铁青，斜伸着的身子像一支要射向云空的利箭，而根部那一圈翻卷着的闪亮的锅沿则如一把拉满弦的弓，引而待发。我忽然觉得，伫立在面前的是一个面壁的达摩，是另一个版本的罗丹雕塑《思想者》。

世人多爱盆景，喜其能于尺寸之间盈缩天地，吐纳岁月。而古今中外，到哪里去寻找铁锅槐这样一个天地所生、人神共塑、照古烁今的盆景呢？

2015 年 5 月 20 日《人民日报》

死去活来七里槐

中华民族的三千年文明史是一部英雄史也是一部苦难史。如果要找一个记录了中华民族苦难的活的物证，那就只有河南三门峡的七里古槐了。

2014年11月，我到三门峡市出差，顺便问及当地有无可看的古迹。他们说，去看"七里古槐"，我却听成"奇离古怪"。我问："怎么个怪法？"答曰："不知何年生，也不知几回死，活得死去活来。"树坐落在陕县观音堂镇的七里村，以地得名。

一

槐树在北方农村无处不有，是村民乘凉、下棋、集会和夏天吃饭的好地方，已成民俗文化的一部分。在我的记忆中，那是一把绿色的大伞，是一个温馨的摇篮。小时院门外有大小两棵槐树，爬树、掏鸟、采槐花，是我们每天的功课。每当傍晚，炊烟袅袅，小村子里弥漫起柴火香时，大人们就此一声彼一声地呼喊着孩子们回家吃饭。我们就在高高的树枝上透过浓密的树叶，大声回答："在这儿呢！"然后像猴子一样滑下树来。可以说，我的童年是在槐树上度过的。印象中槐树的树身平整光滑，不糙不凹，每爬时必得以身贴树，搂紧臂，夹紧腿，快倒脚，才不会滑落。树枝是黛绿色的，光润可爱，表皮上星布着些细小的白点，像旧时秤杆上的金星。树性柔韧，农民常取其枝，以火煨弯，制扁担钩、镰刀把、筐子提手等物件，孩子们则用来制弹弓。

可是眼前的这棵槐树怎么也不敢让我相信它还是槐，这是一个成精的幽灵。它身重如山、干硬如铁，整棵树变形、扭曲、开裂、空洞、臃肿，无论如何，再也找不到我脑海里槐树的影子。它真是一怪，"奇离古怪"。

先说这树的大。古槐坐落在长安到洛阳古驿道旁的一处高坡上，树身遮住了半个蓝天，未进村先见树。据说，当年唐开国大将尉迟恭在七里之外就见到这棵树。当你向树走去时，它如一座大山正向你慢慢压来。等到爬上土坡，靠近树下，你又觉得这不是树，而是一堵墙，一座城堡，直逼得你喘不过气来。要像小时候那样，再搂着它爬是绝对不可能了，你倒是可以踩着不平的树身攀上去。为了测量树围，我们五个男人手拉着手，才勉强将它合抱。准确地说，这树围也是无法测量的，因为它的表面起起伏伏，如瀑布泻地，如山川纵横，早已不成树形，无法合围，只能大概地比画一下。这时你仰观树冠如乌云压顶，再退后几十米看，那主干在蓝天的背景下又成龙成凤，如狮如虎，张牙舞爪，尽人想象。四五里之外就是横跨欧亚大陆的陇海铁路，每有客车过时就特别广播，请大家注意看窗外的古槐。它已成中州大地上的一个地标。

奇怪之二，这树浑身上下布满了大大小小的疙瘩和深深浅浅的空洞。古树身上有几个疙瘩和洞不足为怪，这是它的骄傲，是年迈德高的标志，如老人手臂上的青筋、脸上的皱纹，是岁月的积累，时光的磨痕。但树生疙瘩如人生肿块，毕竟不是好事，况且这树也不是只有几处凸凹，而是全身堆满了疙瘩，根本看不出原来的树纹。我想试着数一下树身上到底有多少个疙瘩，大中套小，小又压大，似断又连，此起彼伏。你盯不到半分钟就眼花缭乱，面前是一片连绵的山峰，来去的云朵。你一时又像掉进了波涛翻滚的大海，或者乱石穿空的天坑。都说卢沟桥的狮子数不清，这槐树身上的疙瘩根本就无法数，永远也没有个数。而且树身是圆形的，你边走边数，转一圈回来，已经找不到起点，扑朔迷离，我们已坠入一个"奇离古怪"的方阵，一个从未见过的时空系统。

二

这棵树所在的陕县，属中国最古老的地名。现在我们常说的陕，是指陕西省，就像豫指河南，晋指山西。其实，陕的溯源是现在河南三门峡市的陕县，古称陕塬，也就是现在这棵古槐的扎根之处。周成王登位之后，周、召二公帮他治理天下，两人分工以陕塬为界，周治陕之东，召治陕之西，并立石为界，现在陕县还存有这块"分陕石"。算来，这已是三千年前的事了。今天偌大的一个陕西省，二十万平方公里，却是因为坐落在一块小石之西而得名。陕塬之西的西安是十三朝古都，之东的洛阳是九朝古都，一部中国古代史几乎就是在这两个古都的连线上来回搬演。你看，这棵老槐一肩挑着两个古都，背靠三晋，左牵豫，右牵陕，老树聊发少年狂。它像一根定海神针，扎在了中国历史地理的关键穴位上。天下大事合久必分、分久必合，在这块古老的土地上，多少次的朝代更替，多少代的人来人去，黄河奔流东逝水，沧桑之变知几回，但是这棵老槐不死。上天把它留下来，就是要向后人叙说那些不该忘记的苦难。

老槐无言，但它自有记事的办法，这就是满身的疙瘩。古人在没有文字之前，最原始的办法是结绳记事。这棵古槐与中华民族共患难，不知经过了多少风雨，熬过了多少干旱，穿过了多少战乱。它每遭一次难就蹙一次眉、揪一下心，身上就努出一块疙瘩。

三

古槐生在唐朝，它遭的第一大难是"安史之乱"。

中国古代农民所受之苦，大致有两类。一是服兵役。不管哪个人上台，哪个朝代更替，都是用刀枪说话。"一将功成万骨枯"，一朝更替血漂杵。兵者，杀也。只要战事一起，就玉石俱焚。百姓或者被驱使杀人，或者被人杀。二是赋税徭役。统治者是靠人民供养的，农民要无偿地缴纳实物，无偿地贡献劳力。唐朝有"租庸调法"，"租"即缴粮，"庸"即缴布，"调"即服役，而战事频繁无疑加剧了赋税的征收与劳役的征召。兵役与徭役就像两扇磨盘，不停地碾磨着无辜的生命。

中国人以汉唐为自豪。唐强盛的顶点是开元之治，但接着就发生了天宝之乱，即"安史之乱"。有趣的是，这个大转折发生在同一个皇帝，即唐玄宗身上。开元、天宝都是唐玄宗的年号。他前期小心翼翼，励精图治，后期贪图安逸，纵容腐败，重用奸臣。中国封建社会两千年，是君主专权的天下，各朝由治到乱几乎都是同一个模式，祸乱先从掌权者自身开始，从他们的私事、家事甚至是婚事开始。唐玄宗鬼使神差地爱上了自己的儿媳妇杨玉环，先让她离婚、出家，然后又转内销，返娶为妃，就是史上著名的杨贵妃。玄宗与贵妃终日饮宴作乐，不理政事。白居易有诗为证："春宵苦短日高起，从此君王不早朝。承欢侍宴无闲暇，春从春游夜专夜。"这时，地方上已藩镇割据，军阀坐大，其中最有势力有野心的是安禄山，杨贵妃又认安为干儿子，里勾外连，姑息养奸。这等下伤人伦，上毁朝纲，外乱吏治的胡作非为，让在长安以东刚刚长成不久的这棵槐树不觉皱眉咋舌，当时就起了一身鸡皮疙瘩。这恐怕就是这棵古槐最初长疙瘩的缘起。后来安禄山公开扯起反旗，公元756年在洛阳称帝，国号大燕，然后就顺着这条驿道从老槐树下一直打到长安。今陕县一带是叛军和政府军反复争夺的主战场。什么叫"祸国殃民"，当政者以国事为儿戏，以私乱国，招来横祸，又祸及百姓。内战一起，驿道上、黄河边就人头落地，血流成河。只西塬一战，二十万唐军就全军覆没。而百姓，不是死于乱军中，就是被抓丁拉夫，家破人亡，痛不欲生。

诗人杜甫亲历了这场大乱。离老槐树不远，有一个石壕村，杜甫在这里过夜，正遇上抓壮丁。房东老妇人出来说，连年打仗，家里早无男丁，要抓就把我抓去吧，别的不会，可以到军营里帮你们做做饭，来人就将老妇带走了，可见战争中人口锐减，民生凋敝到何种程度。虽已千年，这石壕村现在仍然沿用旧名。那天我去时，村口迎面的大墙正书着那首《石壕吏》。杜甫夜宿的窑洞还在，只是已坍塌过半。巧合的是这个千户大村，有一半人姓杜。村外的石壕古驿道在埋没多年后，最近又被重新发现，旅游部门正在维修，准备对外开放。我们试走了一回，那坚石上磨出的车辙，足有一尺之深，可见岁月的沧桑。当年杜甫就是从洛阳出发，踏着这条驿道过新安县、陕县、潼关回长安的，沿路所见，心酸不已。他边走边吟为我们留下了著名的《三吏》（《新安吏》《石壕吏》《潼关吏》）和《三别》（《新婚别》《无家别》《垂老别》）。"客行新安道，喧呼闻点兵。""暮投石壕村，有吏夜捉人。""哀哉桃林战，百万化为鱼。"这连年的战乱，百姓何以生存！杜甫曾被叛军困在长安，战乱过后，他又目睹了这座当时世界名都的颓废荒凉："国破山河在，城春草木深。感时花溅泪，恨别鸟惊心。"

与杜甫同困在长安的还有著有《吊古战场文》的大散文家李华，他这样描写当时战争的残酷和百姓的从军之苦："万里奔走，连年暴露。""无贵无贱，同为枯骨。"唐朝经安史之乱后，就开始走下坡路。政治日渐腐败，吏治更加黑暗，社会贫富差别日益扩大。老槐之西靠近长安城，有一个阌乡县（今属灵宝市），缴不起租税的农民被关入大牢，不少人在牢中冻饿而死。白居易愤而向上写了一封《奏阌乡县禁囚状》，又写诗感叹道："朱轮车马客，红烛歌舞楼。欢酣促密坐，醉暖脱重裘……岂知阌乡狱，中有冻死囚。"面对这种腐败，这槐树俯首驿道，西望长安，只能以泪洗面了。日复一日，泪水冲刷着树身，皴裂开一道道的细缝，又侵蚀出一个个的空洞，它浑身的疙瘩高高低低又增加了不少。

唐之后，经过五代十国几个短命王朝的更替，直到公元960年赵匡胤重又统一天下，建立八宋，首都还是定在河南。这中间又乱了二百多年，再后是金人的入侵，宋、元、明、清的更替，社会激荡，兵连祸接，民不聊生，官道上，"车辚辚，马萧萧，行人弓箭各在腰。爷娘妻子走相送，尘埃不见咸阳桥"。狼烟四起，尘埃滚滚，再加上兵匪在树下勒绳拴马，

跨辺有寺廟，人道唐代栽，兵火几曾死旱涝生沉埋。挺身好泰山，皮裂成沟壑。细辨龙虎文，音容聋与哀。乙未秋写三门峡古槐 梁衡

采访手记

埋锅造饭，砍树斫枝，老槐树被折磨得喘不过气来，又不知几死几活。

四

历史进入到近代，封建王朝终于结束，迎来了民国，但这又是一个乱世。自1911年推翻皇帝到1949年建立新中国的三十八年间，外族入侵，兵连祸接，虽有一个国民政府，但全国从来没有真正统一过。河南这块中州大地，又成了逐鹿中原的战场。黄河泛滥的滩涂，成了水、旱、蝗灾肆虐的舞台，最是我民族苦海中的一个荒岛，老槐树又经历了一个最痛苦的时期。史学家李文海撰写的《中国近代十大灾荒·万里赤地》中记载，民国十八年（1929年）北方大旱以河南为最，全省一百一十八个县，受灾一百一十二个，灾民三千五百万。而河南又以这棵老槐所在的豫西为最，连续两年颗粒不收，杨、柳、椿、榆、槐等树，叶被捋光，皮被剥尽。将树叶吃完后，灾民只好去吃细土，人即滞塞而死。大灾接连瘟疫，天灾引发匪患，民不聊生，陕县一带"僵尸盈路，死亡载道"。是年，上海《申报》载《豫灾惨状之一斑》："一男子担两筐，内卧赤体小儿两个，污垢积体，不辨肤色，辗转筐内，咿呀求食。其男子见人即呼，愿以二十串钱卖此二子，言之声泪俱下。"在这场大饥荒中古槐与饥民同为乱世所扰，烈日所烤，疫气所蒸。兵匪过其下，乌鸦噪其上，尘垢裹其身。灾民无奈，再一次对老树捋叶剥皮。唐槐又一次地死去活来。

1938年，蒋介石为阻日军南侵，在花园口炸开了黄河。虽暂挫日军，但中州大地也顿成一片沙漠，年年旱灾、蝗灾不断。1942年又现史上少见之大灾，许多地方出现了"人相食"的惨状。但这并没有引起蒋介石政府对河南灾情的重视，并一味掩饰。二月初重庆《大公报》刊登了该报记者从河南灾区发回的关于大饥荒的报道，却遭到国民政府勒令停刊三天的严厉处罚。美国《时代》周刊驻华记者白修德闻讯后，即冲破阻力在当地传教士的帮助下到灾区采访。路旁、田野中一具具尸体随处可见，野狗任意啃咬。他拍了多幅照片，将这场大饥荒公布于世。这次大饥荒更甚于民国十八年，死亡人数达三百万之众！这一切都发生在老槐树的脚下。树与人同难，已被捋叶剥皮的老槐，眼看树下死尸横陈，耳听远方哀鸿遍野，再一次的痛彻骨髓，死去活来。人活脸，树活皮，树木全靠表皮输送水分养分。天大旱地无水，水分何来？人饿疯又剥其皮，它还怎得生存？于是树内慢慢朽出大大小小的空洞，而主干上也只剩下了些横七竖八的枯枝。

更可怕的是在这老树下发生的不仅是天灾，更有人祸。1937 年卢沟桥事变后，日军开始向中国腹地步步侵入，并且实行灭绝人性的"三光"政策，制造了无数惨案。近来纪念中国人民抗日战争暨世界反法西斯战争胜利七十周年，许多史料又被重新发现。1944 年春，日寇集中侵华战争以来的最大兵力，在中国战场发动了代号为"一号作战"的对中国豫湘桂正面战场的战略进攻，河南首当其冲，而这老槐树下的"灵（宝）陕（县）之战"又是河南战役中规模最大、最为残酷之战。河南文史资料载，1944 年5 月 25 日，日军截获大批逃难民众，便将河南大学、各中学女生及军队女眷五百多人，赶到卢氏县外的洛河河滩上，在光天化日之下，强剥衣裤，裸卧沙滩，恣意蹂躏，然后又割乳、剖腹，全部杀死。凄厉哭号之声，惨不忍闻，史称"卢氏惨案"。

这年夏天，日军又将中条山战役中俘虏的两千多名中国军人押到三门峡市北的会兴镇山西会馆内，取名为"豫西俘虏营"。日军不顾国际公约，肆无忌惮地折磨俘虏，每天每人只配给四两发霉的小米，强迫重体力劳动。如有伤病，就用刺刀捅死，扔进沟壑。只一次就逼迫四百名丧失劳动力的俘虏，每人挖坑一个，然后推入坑内活埋。这次战役中国军队进行了英勇抵抗，第三十六集团军总司令兼第四十七军军长李家钰、五十七军第八师副师长王剑岳将军阵亡。2014 年 9 月 1 日，民政部公布了第一批三百名著名抗日英烈名录，他们荣列其中。老槐目睹了这一幕，青筋暴突，两眼冒火，恨不能拔拳相助。可它这时也已极度衰弱，只能陪我可怜的同胞忍受这空前的民族耻辱，老泪横流，痛不欲生。

五

　　这老槐经历的最后一难是"文革"之乱。"文革"中最响的口号是"打倒刘、邓"，这两人又都与老槐有缘。

　　1938年11月，当这棵唐槐经历了千年的风雨，身心交瘁，孤守驿道时，眼前突然一亮，路上从西向东走过一个瘦高个的人，还有几个随从，都穿着过去从未见过的八路军的衣服。这人就是刘少奇，他从延安过来，要传达中共六届六中全会的精神，指导中共和八路军在河南的工作。他从树下走过，踏着这条千年古道，一直走进渑池八路军兵站，在这里召开了中共豫西特委扩大会议。更值得一提的是，他在这里写成了名著《论共产党员的修养》，并办了两期特训班，进行讲授。当年这一带属卫立煌管的一战区，作为八路军副总司令的彭德怀常来往于途，与卫共商抗日大事。《彭德怀自述》里记载，彭从西安乘车到洛阳，见了卫立煌，拜访了一些民主人士，说的正是这一段路。那时正是国共合作时期，大家同仇敌忾打鬼子，老槐树也心有所慰，精神了许多。后来盼到了新中国成立，没有想到刘少奇当了国家主席，它十分惊喜。但是好景不长，"文革"风云一起，刘少奇就被打倒、批斗，百般受辱，被永远开除党籍，最后又送回河南囚禁而死。1995年老槐又见证了王光美重访此地，含着泪在一方红布上写下了刘少奇生前的最后一句话："好在历史是人民写的。"

　　它虽然没有见过邓小平，但"文革"中批邓的鼓噪声震耳欲聋，在它浑身大大小小的树洞里嗡嗡回响，让它心烦意乱。1975年，曙光一现，邓小平复出，大抓整顿，全国气象为之一振。但不到一年又掀起了"批邓、反击右倾翻案风"，邓再次被打倒。用文艺武器来搞政治本是江青的拿手好戏，"四人帮"决定拍一部批邓电影《反击》，外景地就选在这棵老槐树下。那天，老槐见一群红男绿女，扛着些"长枪短炮"类的家伙，拿着些奇奇怪怪的道具，明明是城里的娇娃嫩女，却扮作些有皱纹的老农、举锤的工人、扛枪的战士，粉墨登场。他们围在树下，一声声地高喊批邓。村民还有过路人都围在树下看热闹，突然，咔嚓一声一根大腿粗的老枝从空断裂，扒在树上看热闹的一个外地人随之落地，口吐鲜血，不省人事。村民赶紧卸下一块门板，招呼人飞快地抬往附近医院。眼看要出人命，拍摄也就草草收场。不久"四人帮"垮台，这电影当然也没有放映。这是那天下午现场采访时，几个老人比画着，给我讲的他们亲历的老槐树发怒的故事。据村民回忆，十年"文革"，老槐总是打不起精神，奄奄一息。自从这次树呼一何怒，"文革"就很快结束，老树又焕发了生机，如一只烈火中再生的凤凰。三门峡，因黄河水流湍急、峡口水中有中流砥柱而闻名，而这棵七里古槐真不愧为我中华民族历史长河里的中流砥柱。

这树下可考的名人，除前面说到的杜甫、白居易、刘少奇、彭德怀外，还有罗章龙、冯玉祥、鲁迅。20 世纪 20 至 30 年代，观音堂镇是豫西重镇。陇海铁路只修到此为止，再往西无论人货运输，都是要换乘公路或黄河水路，人与物的滞留集散倒成就了这里的繁华。1921 年 11 月陇海铁路工人大罢工，李大钊曾派罗章龙来这里组织领导。1924 年 7 月鲁迅到西安讲学，在观音堂下车，改乘船走黄河水道，一周后才到达西安。1927 年冯玉祥治豫，发誓要扫荡黑暗，7 月曾亲临树下讲演。现在树下还存有他讲演内容的一块石碑，上面刻着五条口号："我们一定要将贪官污吏土豪劣绅打倒；我们要建设极清廉的政府；我们要为人民除水害，兴水利，修道路；我们要教育人民，使人民能读书，能写字；我们要训练为人民利益的军队。"

六

胜利使人骄傲，苦难让人清醒。无论是对一个民族还是一个人，苦难永是一剂良药。一个没有经历过苦难的民族是不成熟的民族；一个经历过苦难而又不知道保存这份记忆的民族是短视的民族；只有经历了苦难而又能时时不忘，以史为镜，知耻而勇的民族才是最有希望的。

由于地理气候的关系和人为的原因，历史上中国大陆，特别是中原地区一向多灾，水、旱、蝗、黄、兵、疫、匪，七灾俱全。人和树都生活在这块黄土地上，一次次地克服苦难，死中求生，化险为夷。可惜，人的记忆常常是选择性的，在英雄与苦难、经验与教训、胜利与牺牲、光荣与屈辱之间，常记住了前者而忘记了后者，甚而是有意地回避。幸亏在这个国土上还有古树与我们同在，树不欺人亦不自欺。它与我们扎根在同一片土地上，同呼吸共命运。天灾，灾树亦灾人；人祸，祸人也祸树。树木在默默地记录着一切，而且远比人的记忆悠长。它有自己的语言，用宽窄不同的年轮、扭曲变化的形体，或枯或润的肤色、高高低低的肿块、深深浅浅的树洞，来表达它的喜悦与愤怒，记下了它所经历过的自然和人文的变迁。以铜为镜可正衣冠，以人为镜可知得失，以树为镜可还原本然。当我们心浮气躁时，踌躇满志时，或者将要受临大任之际，请找一棵起伏不平、遒劲桀骜、伤痕累累的古树来读一读吧，面对它沉思默想一会儿，你会顿然脚踏实地，心静如水。

那天采访完后正是日暮时分，夕阳压山，红霞满天，风停云住，宿鸟归林。我终于能静下心来，以手抚树，一点一点地来研读一下这棵老槐。它五围之长，数丈之高的树干表面，展开后就是一幅巨大的历史画卷。中国传统文人的画多表现闲适题材，留下的著名长卷如写山水之美的《富春山居图》、写市井繁华的《清明上河图》、写人物飘逸的《八十七神仙卷》，还有写这个古槐所在地古代贵族生活的《虢国夫人游春图》等，无不如此。而写现实生活苦难的几乎没有，只有近代蒋兆和的一幅《流民图》。人工不逮天工补。现在好了，我们有了这幅上迄唐代下到"文革"的《老槐说难图》。这是一幅老辣的焦墨山水人物画，那凝重枯涩的线条欲断还连，欲哭无泪；这是一幅毕加索的《格尔尼卡》，那立体图形的拼接，似像非像，似有似无，诉说着被撕裂、被蹂躏后的悲惨和痛苦；这又是一幅发愤图，树身上的疙瘩如拳如脚，如枪如戟。我耳边又响起在这树下殉国的李家钰将军的誓言："男儿持剑出乡关，不灭倭寇誓不还。"这里面有历史，安史之乱、民国之乱、"文革"之乱等一个不少；有故事，战争、冤狱、天灾，应有尽有。这画中有人物，唐朝以胖为美，你看大团的线条组合与立体肿块的堆砌中，有雍容富态的杨贵妃，有风流倜傥的唐明皇，还有那个传说中体壮如山的安禄山。画中还有瘦弱多病的杜甫，才思奔涌的李华，忧国忧民的白居易，直到鲁迅、冯玉祥、刘少奇、彭德怀。在这个世界上，树和人是相通的，树中有人，人中有树。要不，毛泽东怎么在病危之际仍然要人给他读《枯树赋》呢？当读到"昔年种柳，依依汉南。今看摇落，凄怆江潭。树犹如此，人何以堪"时，他不由得泪流满面。

往事越千年，满树疙瘩记苦难。树因水土气候的关系而生疙瘩，这很自然，但是因人文社会的变化而郁结于心，鼓为疙瘩，这有没有根据？陪我去采访的报社孟总讲了一个他亲身经历的故事。当年他们村里有一棵大杨树，浑身长满了疙瘩。疙瘩何来？都是从人身上来的。那些年缺医少药，村民得了病就请本村一个半医半巫的老人来治。治法也很简单，河边揪一把草药，熬了喝下，老者守在身边口中念念有词，同时伸手在病人身上一抓，向大杨树的方向甩去。病人就"涩然汗出，霍然病已"，那大杨树就代人受病去了。年长日久，杨树就长满了一身的疙瘩。又过了些年，村里搞基建，将这树伐掉，各家分了几块木板。孟家人多，正愁无床，就拿来做了铺板，结果凡睡上的人身上都起疙瘩。孟总浑身最多时起过四十二个，最后只好将这铺板移作别用，人身上的疙瘩也就慢慢消失。

树木有灵。村边一棵杨树能为全村人担灾，这千年古驿道旁的一棵老槐当然也要为我中华民族分担苦难。

2015 年 10 月 12 日《中国绿色时报》

树殇、树香与树缘

"殇"字在字典里的解释是：还没有到成年就死了。就是说，是非正常死亡。在古代又指战死者。屈原有一篇名作就叫《国殇》，歌颂、悼念为国捐躯的战士。我这次海南之行，却意外地碰见两棵非正常死亡的珍稀树，由此引起一连串的故事。

11月底，北京寒流骤至，降下第一场冬雪，接着就是有史以来最严重的雾霾，媒体大呼测量仪"爆表"。行人出门捂口罩，白日行车要开灯。就在这样的日子里，我们恰好在海南开一个生态方面的会议，逃过了北京生态之一劫。晨起推开窗户，芭蕉叶子就伸到你的面前，有一张单人床那么大，厚绿的叶面滚动着水珠，像一面镜子，又像一面大旗。我忽然想起古人说的蕉叶题诗，这么大的叶子，何止题诗？简直可以泼墨作画了。又记起李清照的芭蕉词："窗前谁种芭蕉树？阴满中庭。阴满中庭。叶叶心心，舒卷有余情。"三亚市地处北纬18度，正是亚热带与热带之交，这里的植物无不现出能量的饱满与过剩。椰子、槟榔、枇杷通体光溜溜的，有三层楼那么高，一出土就往天上钻，直到树顶才伸出几片叶子，扫着蓝天。树上常年挂着青色的果实。我们走过树下，当地农民熟练地赤脚爬上树梢，用脚踩下几个篮球大的椰子。我喝着清凉的椰子水，想着此刻北京正被雾锁霾埋的同胞，心生惭愧，有一种不能共患难的负罪感。路边的菠萝蜜树更奇，金黄色的袋形果子不是长在叶下或细枝上，而是直接挂在粗壮的主干上，有的悬在半腰，有的离地只有几寸，像一群正在捉迷藏的孩子。北方秀气一点的人家常会养一盆名"滴水观音"的绿植，摆在客厅里引以自豪。而这里满山都是"观音"，一片叶子就有一人多高，两臂之宽。我背靠绿叶照了一张相，那才叫自豪呢——你就是一个国王，身后是高高的绿色仪仗。她在这里也不用"滴水观音"这个娇滴滴的名字，当地人就直呼为"海芋"。还有一种旅人蕉，一人多高的叶管里永是仁满了水，旅行的人随时可以取用。虽是冬季，也误不了花的怒放，仍是一个五彩的世界。红色、紫色、雪青色的三角梅在路两旁编成密密的花墙。大叶朱蕉，一身朱红，教你分不清是花朵还是叶子。三层楼高的火焰树在各种厚重浓绿的草树簇拥下，向天空喷吐着红色的火焰。

我看着这些美景激动不已，激动之余又是忌妒。我身在曹营心在汉，一花一叶都牵动我的北方神经，联想到此刻北京的雾霾，想起我那些可怜的北方同胞。这真是太不公平了，同样是人，难道北方人就该去承受寒冷、大漠、风沙、雾霾吗？我想起二十年前一个真实的故事。西北某省一个青年团干部，第一次走出家乡来到深圳（他还没有像我这样过海上岛呢），大呼南方原来是这样的啊！一跺脚，永不再回自己的家乡。我们且不要骂他背叛，生态，生态，生存之态，谁不想生存在一个好的状态下呢。

正当我忌妒上苍对这里的垂青，羡慕他们的幸运时，一件事让我心境陡转。开完了会，我脱离大部队，开始了一个人的找树之旅，希望能找到一棵有亚热带特点，附载有海南人文历史的古树，好收入我的"人文古树"系列。午饭前我来到陵水县，说明来意。县委麦书记说："我刚来两个月，还不熟悉乡情。不知有没有你要找的树。但两个小时前，这里非法砍倒了两棵大腰果树，我正为这事生气。"说着，他打开手机，给我看砍树现场，还有他当时发出的工作微信指令："速到现场，立即查办！"我说："为什么要砍？""借口清理卫生，整理村容。"腰果，我只在超市里小包装的食

国树之殇

品袋里吃到过，而且大都标明是进口食品。至于腰果树，我走遍祖国南北，甚至别的许多国家，到现在也没能见过是什么样。我苦苦寻找的人文古树还没有找到，却碰到两棵被随意腰斩的稀有的腰果树。连日来我对海岛的美丽印象，顿时成了一堆破碎的泡沫。翠绿的芭蕉叶、鲜艳的火焰花后面竟然藏着锋利的刀斧。有朋自远方来，碰到这种事，不亦尴尬乎？这顿饭谁也吃不进心里。饭后，我提议再到现场看一下，因下午要赶火车去海口，放下筷子便急急上路。大约一个小时的车程，路两边仍然是椰子、芭蕉、三角梅，但我的心头已一片冰凉。

在一个叫高土村的村口，路边横躺着两棵刚被放倒的大树，像两个受伤倒地的壮汉。我验了一下伤口，是先被锯子锯，快断时又一推而倒的，断处还连着撕裂的树皮，似乎还能听到它痛苦的呼喊。树梢被甩到远处的一个水塘旁，树身约有两房之高。同来的林业厅王副厅长大呼："哎呀，这两棵稀有的腰果树是上世纪国家为扭转油料短缺，从巴西引进的，算来至少有三四十年了。"我蹲下身来，用手轻轻抚摸着断茬，还有一点湿气，并散发出淡淡的木香。那一圈圈的年轮，像是在诉说它成长的艰难和十几个小时前突然降临的厄运。我悲从心来，一阵恐怖。回头打量了一下周边的环境，光天化日，并不像一处杀人越货的野猪林。村民不知道什么叫森林法，只是木木地说，这树没有什么用，所以就砍掉了。就在离树几十米的地方有一处温泉，池塘水面上飘着一团团的热气，衬着蕉叶、椰林，婷婷袅袅，宛若仙境。我上前用手试了一下水温，足有九十度以上，游人常在这里煮鸡蛋吃。而水下的沙子、石粒清晰可见。完了，完了，温泉名木，又一处永远消失了的美景，永远消失了的乡愁！回程的路上，谁也不想说话，车子里一片沉闷。我问王副厅长："一棵腰果树正常寿命有多长？"答曰："因是引进树种，还在生长之中，它在国外可活到七百岁。"如此算来，这树正当少年。一棵代表着一项国策的树就这样瞬间消失了。树殇啊，国树之殇，国策之殇！

第二天上午，我原定在省里有一场关于新闻文化的讲座，主人坚持改为森林文化。我当记者几十年，骨子里却是个林业发烧友，半生爱树，所经历的树事无数，讲座不敢当，讲几个故事还是有的。我说，一个地方，树木的保护不是靠上面的一道命令，要靠当地的文化自觉，应该有三道防线。一是法律，国家意识；二是乡规民约，集体约束；三是民间信仰，自觉践行。我在江西采访曾碰到一个杀猪护树的故事。一个村民不小心，清明节上坟烧纸时燃着了集体的树林，村里就按规矩将他家的肥猪杀掉，按照全村的户数，分为若干等份，开村民大会，每户分得一份，并讲明杀猪分肉的原因，以示教育。这是乡规民约，在当地已有几百年的传统。我的家乡，有一座柏树山，山上有东岳大帝黄飞虎的庙，庙中塑有大帝神像，并地狱轮回的故事。每年庙会人杂，或林边农人耕田，时有毁树。于是主事者就在庙门上以东岳大帝的口吻刻一对联："伐我林木我无言，要汝性命汝难逃"，以后就再也没有人敢折一枝一叶。这是假神道设教，也已有上百年的历史。不要简单地说它是迷信，这是一种信仰，一种生态信仰、自然信仰，敬天悯人。而叫百姓爱树莫若领导先行。黑龙江有一爱树的县委书记，一次他的车过林区，见一树被人折断，便急令停车，与随从人员齐下车脱帽，高喊向树致哀。我记不清这天讲座时讲了多少个故事，最后说到我的亲历。我大学一毕业就被分配在西北的一个沙漠边缘工作，那里没有几棵树，砂窝里的一点红柳、沙枣、芨芨草、骆驼刺，就能唤起我们心底的微笑。早晨学校里的孩子们没有水洗脸，站成一排，老师拿一小碗水，含在口里，顺着孩子的脸喷一遍，各人用手一抹，就算洗了脸。也许你笑他们不文明？但文明要有条件，你砍树却是有了条件丢了文明。那地方没有热带雨林的雨，没有能题诗的芭蕉叶。不要说种树，春天农民种子落地后就仰天望雨。一次省委书记主持常委会，外面突然落下了雨，他甩开会议人众，推开门，在院里大喊："下雨了，下雨了！"也许你们说这样一个高干不该失态，但你们不知道，什么叫缺水什么叫干旱，到现在你们也体会不到，就在我们开会的同时，北京的机关职员，长安街上的行人，正在雾霾中无奈地挣扎，而这几天巴黎的气候大会上，习近平同志正代表中国为世界生态苦苦谈判。你们身在福中不知福，身边有树就砍树。不知道这树是为地球村造氧气调生态的，是为国家保存文化的，为家乡留一点乡愁的。我承认那天我是有点激动，有点失态。

会后主人为放松情绪，请我去一个香会馆喝茶。香是沉香木的香，茶具桌椅是海南黄花梨，这两件东西都与树有关，都是世界同类中的极品，一克沉香比 克黄金还要贵。按照香道流桯，主人将一大盘各种碎块的香料放到桌上，然后用一个特制小刀小心地刮下一点粉末，置于台湾特产的加热杯上，让客人托于鼻下静品其香，数秒后再换一口气。据说在大城市里进一次香吧，要花上万元。主人用一个小显微镜教我们识别香的真假好坏。 好香会在镜下显出银子般的细微结晶。 这香是一种叫白木香的树因意外所伤，如人砍、虫咬、风折，在特定气候条件下分泌出的一种保护液，经年累月一点点地积累，就像动物体内的名贵药品牛黄、狗宝，像溶洞里的钟乳石，可遇而不可求。 世界上最珍贵的是时间，而这沉香与花梨都是时间的凝聚。 海南黄花梨又是世界花梨之最，贵在它树心的"格"，一棵树要到三四十年后才开始有"格"，"格"再长到一指之粗约要七十年。 人类之残忍，就是摘取"格"这一块花梨树的心头肉，来制奢侈品的。 我在景区的一个商店里看到一根比拇指略粗的海南黄花梨拐杖，价值五万七千八百元。 不管"香"也好，"格"也好，都是时光的累积，我们在这里喝茶一杯，闻香几秒，忠诚的树木却要无言地在深山老林中，为我们修行上百年。 人们多知品香用木的尊贵，而不知树生于世的艰难，与它对人类的忠诚。 人们大谈香文化、黄花梨文化，却忘了树文化、生态文化，舍其源而求其流。

正品着香，喝着茶，有谁说大厅里的电视开了，正直播今天处理砍树事件的新闻。 我们一拥而出，只见昨天我去过的现场，两棵卧倒在地的树旁，森林警察、村民、干部等一群人，正一起低头向倒树致哀，然后依法办事，将肇事人带走拘留。 接着是一篇电视评论，号召在全岛开展爱树、护树，寻找人文古树的活动。 大家一时都高兴地跳了起来，以茶代酒，互相庆贺，几个年轻人还唱起了歌。 突然有谁提议，我们何不现在就用手机上"面对面"的快捷办法，建一个微信群，名字就叫"我们的树"。 于是在经历了这几天的树殇之痛后，在树香的氛围中，我们结下了这一段奇特的树缘，回京后"我们的树"成了一个沟通南北，爱树、护树，寻找人文古树的工作平台。

2015 年 12 月 16 日《人民日报》

吴县四柏

　　一千九百多年前，东汉有个叫邓禹的大司马在今天苏州吴县（1995年撤消，今苏州市吴中区和相城区——编者注）栽了四棵柏树。经岁月的镂雕陶冶，这树竟各修炼成四种神态。清朝皇帝乾隆来游时有感而分别命名为"清"、"奇"、"古"、"怪"。

　　最东边一棵是"清"。近二千年的古树，不用说该是苍迈龙钟了，可她不，数人合抱的树干，直直地从土里冒出，像一股急喷而上的水柱，连树皮上的纹都是一条条的直线。这样一直升到半空中后，那些柔枝又披拂而下，显出她旺盛的精力和犹存的风韵。我突然觉得她是一位长生的美人，但她不是那种徒有漂亮外貌的浅薄女子，而是满腹学识，历经沧桑。要在古人中找她的魂灵，那便是李清照了。你看那树冠西高东低，这位女词人正右手抬起，扶着后脑勺，若有所思。柔枝拖下来，风轻轻拂着，那就是她飘然的裙裾，"险韵诗成，扶头酒醒，别是闲滋味"。

　　西边一棵曰"奇"。庞然树身斜躺着，若水牛卧地，整个树干已经枯黑，但树身的南北两侧各披挂下一片皮来。就只那一片皮便又生出许多枝来，枝上又生新枝，一直拖到地上，如蓬蒿，如藤萝，像一团绿云，像一汪绿水，依依地拥着自己的命根——那截枯黑的树身。就像佛家说的她又重新转生了一回，正开始新的生命。黑与绿，老与少，生与死，就这样相反相成地共存。你初看她确是很怪的，但再细想，却又有可循的理。

北边一棵为"古"。这是一种左扭柏，即树纹一律向左扭，但这树的纹路却粗得出奇，远看像一条刚洗完正拧水的床单，近看树表高低起伏如沟岭之奔走蜿蜒，贮存了无穷的力。树干上满是突起的肿节，像老人的手和脸，顶上却挑出一些细枝，算是鹤发。而她旁边又破土钻出一株小柏，柔条新叶，亭亭玉立，那该是她的孙女了。我细端详这柏，她古得风骨不凡，令人想起那些功勋老臣，如周之周公，唐之魏征。

还有一棵名"怪"。其实，她已不能算"一棵"树了。不知在这树出土的第几个年头上，一个雷电，将她从上至下劈为两半，于是两片树身便各赴东西。她们仰卧在那里怒目相向，像是两个摔跤手同时跌倒又各不服气，正欲挣扎而起。长时间的雨淋使树心已烂成黑朽，而树皮上挂着的枝却郁郁葱葱，缘地而走。你细找，找不见她们的根是从哪里入土的，根就在这两片裸躺着的树皮上。白居易说原上草是"野火烧不尽"，这古柏却"雷电击又生"。她这样倔，这样傲，令人想起封建士大夫中与世不同的郑板桥一类的怪人。

这四棵树挤在一起，一共占地也不过一个篮球场大小，但却神志迥异地现出这四种形来，实在是大自然的杰作。那"清"柏，像是扎根在什么泉眼上，水脉好，土气旺，心情舒畅。那"古"柏，大约根须被挤在什么石缝岩隙间，未出土前便经过一番苦斗，出土后还余怒未尽。那"奇"、"怪"二柏便都是雷电的加工，不过雷刀电斧砍削的部位、轻重不同，她们也就各奇各怪。真是天雕地塑，岁打月磨，到哪里去找这有生命的艺术品呢？而且何止艺术本身，你看她们那清、奇、古、怪的神态，那深扎根而挺其身的功力，那抗雷电而不屈的雄姿，那迎风雨而昂首的笑容，那虽留一皮亦要支撑的毅力，那身将朽还不忘遗泽后代的气度，这不都是哲理、思想与品质的含蓄表现吗？大自然本身就是一部博大的教科书，我们面对

274
x
275

万水千山行遍

她常常是一个小学生。我想应该让一切善于思考的人来这树下看看，要是文学家，他一定可以从中悟到一些创作的规律，《唐诗》《聊斋》《山海经》《西游记》不是各含清、奇、古、怪吗？要是政治家，他一定会由此联想到包公那样的清正，贾谊那样的奇才，伯夷、叔齐那样的古朴，还有扬州八怪等那些被社会扭曲了的怪人。就是一般的游人吧，到此也会不由得停下脚步，想上半天。云南石林里那些冰冷的石头都会引起人种种联想，何况这些有生命的古树呢？她们是牵着一条历史的轴线，从近两千年以前的大地上走来的啊！

1984 年 12 月 6 日

红毛线，蓝毛线

政治者，天下之大事，人心之向背也。向来政治家之间的斗争就是天下之争，人心之争。孙中山说："天下为公。"一个政治家总是以他为公的程度，以他对社会付出的多少来换取人民的支持度，换取社会的承认度。有人得天下，有人失天下。中国从有纪年的公元前841年算起，不知有多少数得上名的君臣、政客，他们也讲操守，也讲牺牲，以换取人心，换取天下。唐太宗爱玩鹞子，魏征来见，忙捏在手里背在身后，话谈完了，鹞子也死在手中。王莽篡位前为表明不徇私情，甚至将自己的儿子处死。汪精卫年轻时也曾有行刺清廷大臣的壮举。人来人去，政权更替，这种戏演了几千年，但真正把私心减到最小最小，把公心推到最大最大的只有共产党和它的领袖们。当历史演进到20世纪40年代末，又将有一次政权大更替时，河北平山县西柏坡这个小山村，再次为我们提供了这个证明。

如今，在西柏坡村口立着五位伟人的塑像，他们是当时党的五大书记：毛泽东、刘少奇、周恩来、朱德、任弼时。五大领袖刚从村里走出来，正匆匆忙忙像是要到哪里去。这时中国革命已到了最关键的时候。曾经将中国的河山觊觎并蹂躏了达半个世纪之久的日寇终于心衰力竭，无可奈何地举手投降了，中国大地上突然又只剩下两大势力集团：毛泽东为首的共产党和蒋介石为首的国民党。二十年前，蒋介石就"剿共"，现在日本人走了，蒋介石又重做这个梦。你看"东北剿总"、"华北剿总"，又到处扯起"剿"字旗，他想在北方重演一场当年在江西的戏。但这时，早已南北易位，时势相异。毛泽东从从容容地将五位书记一分为二，他说，我和恩来、弼时在陕北拖住胡宗南，少奇和朱老总可先到河北平山去组织一个工作班子。平山者，晋陕与北平间一块过河的踏石，此时一收天下之势已明矣。

虽然已经有人马数百万，土地数千里，就要开国进京了，但是当五大领袖住进这个小村时，并没有什么金银细软，他们和其他所有的干部一样只有一身灰布棉制服。刘少奇带着那只跟随了他多年的文件箱，那是一个如农家常用的小躺柜，粗粗笨笨，一盖上盖子就可以坐人。这箱子后来进了北京，在"文化大革命"抄家中，幸亏保姆在上面糊了一层花纸才为我们保存了这件文物。现在这小木箱又按原样放在少奇同志房间的右角，而左角则是一个只有二尺宽、齐膝高的小桌，这是当时从老乡家借来的，少奇同志就是伏在这个小桌上起草了《中国土地法大纲》。他写好"大纲"后，就去村口召开全国土改工作会。露天里搭了一个白布棚算是主席台，从各边区来的代表就搬些石头块子散坐在棚前。座中一位最年轻的代表，是毛泽东的长子毛岸英。这将是一次要把全国搅得天翻地覆、有里程碑意义的大会啊，会场没有沙发，没有麦克风，没有茶水，更没有热毛巾。这是一个真正的会议，一个舍弃了一切形式，只剩下内容，只剩下思想的会议。

今天，当我们看这个小桌、这个会场时，才顿然悟到，开会本来只有一个目的，那就是工作，大家来到一起是为了接受新思想，通过交流碰撞产生新思想，其他都是多余的，都是附加上去的，可惜后来这种附加越来越多。这个朴素的会议讲出了中国农民一千多年来一直压在心里的一句话：平分土地。这话经太行山里的风一吹，便火星四溅，燃遍全国。而全国早已是布满了干柴，这是已堆了一千多年的干柴啊，从陈胜吴广到洪秀全，这场火着了又熄，熄了又着，总没有着个透。现在终于大火熊熊，铺天盖地。土改极大地调动了农民的积极性。三大战役中民工支前参战就达八百八十六万人，八百多万啊，相当于国民党的全部陆海空军。陈毅说淮海战役是农民用小推车推出来的。只平山县，土改后，王震同志振臂一呼："保卫胜利果实！"一次就参军一千五百人，组成著名的平山团。这个团一直打到新疆，现在还驻扎在阿克苏。解放战争实质上是十年土地革命的继续，是中国农民一千多年翻身闹革命的总胜利，而土改则是开启这股洪流的总闸门。但开启这个闸门的仪式竟是这样的平静，没有红绸金剪的剪彩，没有鼓乐，没有宴会，摆在我们面前的只是这个木柜，这张二尺小桌，和河滩里这一片曾作为会场的光秃秃的石头。

1948 年 5 月，毛泽东和周恩来、任弼时在陕北转战一年，拖垮胡宗南后也来到了这里。五位书记又重新会合了。毛泽东决定在这里摆两招棋。第一招是打三大战役。他在隔壁的院子里布置了一间作战室，国共两党已经斗了二十年，他要在这里再最后斗一斗蒋介石。这是一间普通的农家房舍，大约不到三十平方米，里面摆着三张大桌子，一张作战科用，一张情报科用，一张资料科用。大屋子里彻夜灯火通明（那时已开始有电灯，但又常离不开油灯）。来自全国各战场的电报汇集到这里，参谋们紧张地分析、研究、报告。讲解员说当时很难买到红蓝铅笔，为了节省使用，参谋们就用红毛线、蓝毛线在地图上标识敌我势态。虽然我们这时已在进行着百万大军的总决战了，但其实还穷得很呢。这时南京国防部的大楼里呢绒大桌、真皮沙发、咖啡香烟，他们也绝对想不到共产党会这样穷。其实到这时共产党还从来没有富过，尤其是党中央最不富。当年中央红军走到陕北时只剩万数人马，一千元钱，人均一毛钱。毛泽东只好向红二十五军去借，徐海东也没有想到中央会这么困难，忙从全军七千五百元的积蓄中抽出五千元。毛周留在陕北，晋察冀吃穿用都比陕北强。贺龙过河来看毛泽东，毛的警卫员看着贺老总警卫员身上的枪直眼馋。贺胡子也大吃一惊，他无论如何想不到中央机关会这么苦，赶快对警卫说："换一下。"共产党是穷惯了，党的最高层是穷惯了。不是他们爱穷，他们守一个原则，只要中国的老百姓还穷，党就耻于高过百姓；只要党还穷，第一线还穷，中央机关、党的领袖就绝不肯优于他们。 这种生活的清贫，工作条件的清苦，清澈见底地表示着他们的一片心，这就是只有解放全人类才能最后解放自己。

九百年前封建名臣范仲淹就提出"先天下之忧而忧，后天下之乐而乐"，但真正实现了这句名言的只有共产党。 现在毛泽东和他的参谋班子就是在这间最简陋的指挥部里和蒋介石斗法，这反倒生出一种神秘，就像武侠小说上写的，突然有一个貌不惊人的高手随便抽出一把扇子或者一根旱烟管就挑飞了对方手中的七星宝刀。 作战室旁那个有一盘小石磨的小院子里，毛泽东在石磨旁抽烟、踱步，不分日夜地草拟电报。 据统计，三大战役毛泽东亲手写了一百九十封电报，电报发出了，作战参谋们就在地图上用红毛线一圈一圈地去拴。 先是拴住了沈阳，接着又套住了徐州、淮海，最后红毛线干脆套到了平津的脖子上，三大战役共歼敌一百五十四万。 共产党的每个普通干部在延安大生产时就学会了纺毛线，想不到这粗糙的毛线今天派上了这样一个大用场。 黄维在淮海战役被俘，改造出狱后坚持要来西柏坡看一看，当他看到这间简陋的作战室时，感慨唏嘘，连呼："蒋先生当败！蒋先生当败！"蒋介石怎么能不败呢？共产党克己为民，其公心弥盖天下，已经盖住并熔化了敌人的营垒，连蒋介石派来的谈判代表邵力子、张治中都服而不归了。

一招武棋下完，再下一招文棋。1949 年 3 月 5 日，著名的七届二中全会在中央机关的一间大伙房里召开了。 现在会议室里还保留着原来主席台上的样子，说是主席台，其实没有台，就是在伙房一头的墙上挂一面党旗，旗下摆一张长方桌，后面放一把旧藤椅，台两侧各有一张桌子是记录席，会场没有麦克风，更没有录音机。 出席会议的共三十四名中央委员，十九名候补中央委员，毛主席坐在长桌后面，其余的人都坐在台下。 台下也没有固定的椅子，开会时个人就从自己的家里或办公室带个凳子。 会议开了八天，委员们仔细地讨论军事、政治、党务、政权接收等大事。 轮到谁发言时就走到那张长桌旁面向大家站着讲话，讲完后又回到自己的凳子上。毛泽东亲自记录，不时插话。 领袖与代表咫尺之近，寸许之间。

其实这已是老习惯了，许多人都见过一张照片，毛泽东在延安窑洞前站着做报告，黄土地上摆一个小凳子，凳子上放一只大茶缸子。大家在木凳前席地而坐，据说前排的人口渴了，就端起毛泽东的茶缸喝一口水。不但是党内，就是领袖和百姓也亲密无间。西柏坡坡下有水，有稻田，毛泽东是从小干惯了稻田活的，工作之余就挽起裤腿去和农民插秧。朱老总一脸敦厚，在村头背着手散步，常被误认为是下地回来的老乡。任弼时全家人睡的土炕上至今还放着一架纺车。五大领袖走过雪山草地，到过东洋西洋，统率千军万马，熟悉中国的经济，遍读经史子集和马恩列斯，有的还坐过国民党的大牢，他们知识渊如海，业绩高如山，但是他们却这样自自然然地融在革命队伍中，作为普普通通的一分子。伟人者，其思想、作风、境界、业绩已经自然地达到了一个高度，如日升高，如木参天，如水溢岸，你想让它降都降不下来，他当然不会再另外摆什么架子，装什么样子。

　　1949 年春的中国共产党，它的五大领袖、它的三十四名中央委员就这样平平静静地坐在北方小山村的这间旧伙房里决定着中国的命运，也决定着党在历史的转折关头该怎么办。住了二十年山沟，现在要进城了，党没有忘记存在决定意识这条哲学的基本原理，没有忘记党员在改造客观世界的同时也要改造主观世界这个准则。在这间简陋的会议室里，共产党通过了自己的"陋室铭"。毛泽东说，要警惕"糖衣炮弹"，"夺取全国胜利，这只是万里长征走完了第一步"，"务必使同志们继续地保持谦虚、谨慎、不骄、不躁的作风，务必使同志们继续地保持艰苦奋斗的作风"。本来会议开始时主席台上并排挂着马恩列斯毛的像，到闭幕时就不这样挂了。会议过程中渐渐形成了一个共识，并通过五项决定：不以人名命名、不祝寿、中国同志不与马恩列斯并列、少拍巴掌、少敬酒。这真让人吃惊了，党的中央全会竟决定如此细小的事，战战兢兢，如履薄冰，其心之诚，其行之慎，天地可鉴。当年袁世凯筹备登基，光龙袍上的两颗龙眼珠就值三十万大洋，而共产党为新共和国奠基却只借用了一间旧伙房。我们常说像真理一样朴素，只要道理是真的，裹着这道理的形式是不需多讲究的，那话是用镀金的话筒说出来的还是扯着嗓子喊出来的，关系并不大。真理不要过多的形式来打扮，不要端着架子来公布，它只要客观真实，只要朴素。清

重回西柏坡

皇室册封嫔妃是用金页写成，每页就用十六两黄金，可她们的名字有哪一个被后人记住了呢？红毛线、蓝毛线、二尺小桌、石头会场、小石磨、旧伙房，谁能想到在两个政权最后大决战的时刻，共产党就是祭起这些法宝，横扫江北、问鼎北平的。真是撒豆成兵，指木成阵，怎么打怎么顺了。其实那时使用什么都已无关紧要，因为我们的心早已到了，任何一件普通东西上都附着我们的理想、信念和为人民服务的宗旨，心诚则灵，天下来归，传檄而定，望风披靡。而蒋政权人心已去，好比一株树，水分跑光了，叶子早已枯黄，不管谁来轻轻摇一下都会枝折叶落。

参观结束后，几乎每一个人都要到村口和五大领袖合影一张。五位书记昂首向前，似将远行。到哪里去？当午在村口毛泽东说了一句风趣的话：我们上京赶考去，要考好，不要做李自成。周恩来说，要及格，不要被退回来。

1996 年 11 月 20 日记于西柏坡

印在黄土地上的红手印

余生也晚，农村土改没有赶上，合作化还依稀有记。但轰轰烈烈的"大跃进"、人民公社、"四清"运动、"农业学大寨"运动，及打倒"四人帮"后改革开放，农民再度翻身，发财致富，起楼盖房，这些都身历其境。加之我从小生长在农村，后来当记者又泡在农村，农村之事，农民之心，自以为还是知之甚详，与他们千丝万缕，相惜相通。但有一件事叫我大出所料，触目惊心，就是安徽凤阳小岗村的十八户农民，曾经因为要包干种田，竟至于冒坐牢之罪来盟誓按印。他们的要求不过是一要吃饭，二要劳动，争取用自己的劳动成果喂饱自己的肚子，难道这也犯法？许多事情真是繁而亦简，简而却繁，说不准哪一个线头就能牵出一卷千尺彩练。

我第一次知道这件事是邓小平同志去世的 1997 年。现代出版社出了一本《邓小平与现代中国》，讲到小平同志首先肯定了中国农民创造的这种新型的生产关系，他说："凤阳花鼓中唱的那个凤阳县，绝大多数搞了大包干，也是一年翻身，改变面貌。"书中收录了那张字据：我们分田到户，不再向国家伸手要粮，并上缴公粮，这样做杀头坐牢也甘心。十八个红手印赫然在目，深刺我心。去年，全国纪念改革开放二十年，安徽出版了一本新书，名为《起点》，洋洋二十五万言，是专门研究新时期农村改革的，就将小岗之事定为这场改革的起点。我如饥似渴细读一遍，10月里便专门到小岗村去做一访问。

小岗名岗，其实是一片平原，正处江淮之间，自古水旱灾害交替，百姓苦不堪言。但今日小岗已是大道朝天，新村一片。我努力想找回当年贫穷凋敝的影子，穿过迎街的新房。左拐右拐，终于找到两间残留的泥草房。我弯腰进去，一位老奶奶正在灶前烧火做饭，地上是大堆的花生藤蔓，上面还有一些未摘尽的籽粒。我蹲下身与老人聊天，顺便摘一粒花生剥开送到嘴里，说："还没摘尽哩，烧掉多可惜。"老人说："东西多了，瘪一点的就不要了，还不够工钱呢。"原来，这是一间炊房。她家早盖了新房，隔壁一个大院子，砖墙红瓦，院里有一大块菜地，十几株树，还停着一台拖拉机。进房里一看，更让我吃一惊，一辆摩托车明光锃亮，依墙而立。地上空啤酒瓶随意插置，堆满一箱，而墙角的麻袋已快堆到房梁。我捏一捏，是花生，再捏一袋，是大米。富了，农民已富得流油了，已从那个噩梦中醒过来了。我想找当年十八户人秘密开会盟誓签字的那间旧房子，可惜早已拆掉了。这间旧房也是因为老人恋旧，舍不得拆，侥幸留了下来。我说千万要留下一两间，这是文物啊。我知道那张按有十八个红手印的纸片已被中国革命博物馆收藏。说了一会儿话，我拉着老人在草棚前照了一张相。

参观完旧房，我还想找一两个参加过盟誓夜会的旧人，可惜也很难找齐了，只找到一位叫严金昌的，就在他家的新房大厅里扯开家常。八仙桌上是一大盆花生，还有茶和烟。我脑子里还是转着那个老问题：包干种地，难道就像造反闹革命一样严重吗？满屋人有参加过当年签字的老农，有陪我来的县委干部，有当年的乡干部和驻村工作队员，大家七嘴八舌痛说往事。严金昌说："你不知道，那时我们有多穷。一年打的粮只够吃三个月，一过10月，人们就出去讨饭。上面年年都派工作队，每家住一人，就这样地里还是不打粮。"我听着，想起《起点》书中的一个情节：打倒"四人帮"后，万里到安徽走马上任，他下乡问贫，推开一个草棚子，见灶前草堆里坐着一个老人和两个姑娘，万里和她们拉话，她们总是不起身。说了一会儿话，村干部劝万里走，原来她们没有裤子穿，正埋在灶前草堆里取暖。这位新书记立即心酸难忍，泪流如雨。他长叹一声："我们何以对得住老区的父老百姓。"我说：有这种事吗？他们说：毫不夸张，那时一家人一床被，大姑娘没裤子穿是常有的事。严金昌说："那时，一说分田就是复辟资本主义，要坐牢的，可是当年穷得已经只剩下一个死了，只想分开干一季算一季，吃一口算一口，死也是个饱肚子。干部坐牢，我们送饭，他们的孩子我们供养到十八岁。"我不觉打了一个寒噤，我这个自认为了解农村的人，真不知道那些年"大寨红花遍地开"的时候，却有不少地方已经走到这个绝境。大家听着，沉浸到二十多年前茅屋油灯，风卷柴门，那个庄严神圣的时刻。新房大厅里静悄悄的，唯闻记者笔录的沙沙声和谁偶尔捏碎一粒花生壳的清脆响声。烟火明灭，香烟缭绕。我急切地问："结果呢？"严金昌一下子激动地站起来，其他人也都轰然齐说："结果，当年产粮十三万，相当于五年产量的总和；油料三万五，相当于二十年产量的总和；并且三年来第一次向国家缴公粮。"这后来，却是公社、县里来批资本主义单干风，左批右压，撤职、扣化肥、扣种子，但是小岗人死也不后退，铁心包到底。能有什么比饿肚子更可怕的呢？一旦找到了一条能救人活命的办法，又怎么肯丢掉呢！

正当农民和他们的顶头上司相持不下时，1979 年，邓小平登上了黄山之巅，他对万里说："不要拘泥于形式，要千方百计，先让农民富起来！"小平同志的这句话，宣布了一个新时代的到来。风从黄山来，雷起江淮地。它的意义不亚于三十年前，毛泽东同志在天安门城楼振臂高呼"中国人民从此站起来了"。它标志着成熟的共产党人已经开始摆脱"姓社姓资"的字面纠缠，甩脱空想，要一心发展生产力，中国老百姓要一心过日子了。

从村里出来，我们一伙人心里沉甸甸、热乎乎的。窗外，秋风送着稻香，收获后的田野里露出诚实的土黄，远处绿树间闪过一排排新房的屋顶。我想，那些年是政府不想让老百姓吃饱吗？不是，它每年又发贷款，又发救济，又派工作队，像小岗村，甚至一家派驻一人，还一块儿劳动，但是农民并不感激，反而盟誓画押，搞地下活动。政府要是个血肉之躯，一定要捶胸跺脚，痛心疾首。"知我者谓我心忧，不知我者谓我何求？"政府何求呢？确实没有。那几年我正在北方一个县里工作，县政府住的是平房土院，全县只有一辆老式吉普车，干部穿补丁衣服，一身泥，一身水。冬日下乡，和农民一起挖土平地，大风吹得帽檐朝后，人张不开嘴。政府和它的工作人员确实没有一点私心，没有什么贪欲，但是我们"忧心"太多。那时，常年下乡指导，半夜半夜地开会，同吃、同住、同劳动、同规划，培养典型，讲阶级斗争，搞大批判，割资本主义尾巴。我们恨不能手把手地教农民种地，苦口婆心地对农民讲共同富裕，讲美丽纯洁的社会主义。就像家长替子女包办前程，自以为设计了一套最好的方案，处处指点，又时时督促，但是孩子并不感激，感到只有痛苦、压抑，于是就逃学，就离家，就反抗。

在回县城的路上，有人建议我们就近去看一下朱元璋的皇城。我们一行中正好有一位地方志专家。汽车穿过收割后的田野，沿乡间土路前行，专家遥指远处的人家，说那边正是皇宫大殿的旧址，我们现已走在皇城的东西大道上了。我惊叹这城之大，他说："共二十四条街，一百零八坊，是北京故宫的一倍半。"原来朱元璋1368年在南京登基，这之前的1362年，他先是决定定都在自己的家乡，共调集了一百万民工，花了六年时间完成。朱元璋虽贵为皇帝，但总还脱不了农民出身，他不仅要衣锦还乡，还要把皇城修在家门口，但这城修好之后却没有使用。后人猜测是有谋士提醒，此地处江淮之间，无险可守，不宜建都。朱皇帝随手一挥，也就作罢，但这一挥之间就是百万人六年的血汗啊。现在我们登上城南一座残留的城门，城砖上还清晰可见当年烧砖匠人的名字。远处衰草连天，旧时城郭依稀可辨，而近处，那沉重的明砖黄瓦已垒上谁家的猪圈短墙。有几处城墙已经塌成土堆，我小心地躲开荆棘枣刺在土堆上觅路，心想，这就是那方埋有百万民工的六百多年前的黄土吗？

从皇城出来，我们又去看了朱元璋当年出家的龙兴寺和发家后为其父修的陵。朱从小家贫，曾讨饭，如我们前面谈到的小岗农民一样。一年大水，全家父母兄嫂四人皆亡，只剩元璋小儿，孑然一人，家里真是穷得死无葬身之地。一户人家舍他一块乱石岗，一捆高粱秆，三道草绳埋了亲人，便去寺上当小和尚。当和尚也是讨饭，不过换了说法叫"化缘"。化缘四年，天下大乱，郭子兴起兵，他就摔掉僧钵去当兵，时年十九岁。当时也不过是为求个肚饱，想不到这一去倒走上了登基称帝的金光大道。我们现在看到的龙兴寺早已不是当年收留乞儿朱元璋的小庙，而是气宇轩昂，金碧辉煌。到朱家坟上一看，也不是那个高粱秆葬人的乱石岗了。朱元璋一称帝，就重修寺庙，加高祖坟。至今陵前还矗立着石人石兽三十二对。朱的父亲，这个老农民，六百多年来在地下一定非常困惑，地面上施工的斧凿声、祭祀的喧闹声、仪仗的车马声，吵得他心烦难眠。他一定想，我现在一个人何用睡这么大的百亩坟场，哪用得了供桌上如山如峦的酒肉，要是当初能给我一分耕地，每天能吃上一个窝头，也就赛如神仙。

确实，历来农民最基本的要求就是能有一块种谷打粮的土地。这是农民的根，活命之根，是农民的保护神。小时，我清楚地记得，每个村口都有一个土地庙，每家窑洞旁的墙上还要专挖出一个小神龛供土地爷。龛两侧每年春节要换一副对联："土能生万物，地可载山川。"他们的一切都靠这块黄土啊！所以千百年来，"耕者有其田"一直是农民革命的目标。朱元璋一当皇帝就迁二万余户豪强离乡入京，逼他们让出土地，又鼓励农民认耕荒地，并承认其所有权。到洪武二十四年（1391 年），全国耕地比洪武元年增加一倍，社会大大稳定。土地问题向来是维系民心、维系国家安危的基础，要不，为什么在皇宫旁还要用五色土建一个社稷坛呢？皇权至上，但对土地的膜拜哪一朝也不敢稍有疏忽。当农民有土地时就自给自足，没有土地时，就四方游走，卖力换饭，无处卖力就讨饭，连饭也讨不下去，便要铤而走险了。可以说，这几个阶段小岗农民都经历过了。当年盟誓画押的盟主，生产队副队长严俊昌，三个孩子，秋后全家外出，老婆孩子讨饭，他五尺汉子，实在张不开口，就到工地上找苦活儿干。冬天将至，没活了，又携妇将雏回村。秋风吹，黄叶落，明年路在何处呢？他一咬牙，夜深人静，邀集穷兄弟共盟山誓，那种悲壮的气氛真有点像当年陈胜吴广："与其饿死，不如造反死。"但是与那些历史故事有本质的不同，这时小岗农民一还有土地，二没有贫富分化，可是农民为什么会这样不满呢? 用当时一位省委领导同志的话说:"农民虽然有土地,但对土地已经失去了热情。"农民被公社这根绳子捆在土地上,出工不出力,"头遍哨子探头看,二遍哨子慢慢晃"。 他们讨厌这许多的设计与摆布,讨厌这种不切实际的生产关系。 就像一个姑娘被捆起来,嫁给某一个男人,尽管是个好男人,还是过不下去。 马克思讲,人是社会关系的总和。 当然包括他所处的生产关系。 人不能超越这种关系,就像鱼不能跳出水域求一种新的生活方式。 历史上也曾有不少聪明人做过这种超越关系的试验,但都一一失败。 有英国欧文、法国傅立叶的空想社会主义试验,有苏联的集体农庄试验,在中国曾有洪秀全的《天朝田亩制度》,还有我们的人民公社试验。 大约革命者一掌权之后都有一种急切的跃进心理,都急着要设计一个前所未有的、美丽无比的理想世界,并为这目标的实现设计出许多具体步骤。 根据凤阳县老县委书记王昌太所藏一大摞笔本所载,我们从合作化到人民公社就用过四百多种记工办法。 你想农民怎么能受得了这种摆布呢? 他们感到很不自在。 祖祖辈辈赖以生存的黄土地,亲亲热热、如爹如娘的黄土地,能载山川、养人畜、生万物的黄土地,现在怎么变得这样冰凉,这样别扭?

　　许多书上都一遍又一遍讲着这样的故事:游子离乡前总要在身上带把土,华侨一归国门先伏身吻　下脚下的土。 黄土是母亲,是永远亲不够、忘不了、放不下的啊。 但是现在,凤阳农民面对这大片的土地,这属于自己的土地却怎么也提不起心劲儿。 书中记载,有老少父子二人干脆逃离这块大地,在深山里自耕自食,反而丰衣足食,向国家交余粮。 金寨县金桥大队地处深山之中,1962 年就私自实行包产到户,直到 1980 年全省推广承包制时,才发现这个世外桃源丰衣足食,已经十八年了。 事实上在小岗之前,安徽就先后有三次"包产"高潮。1957 年称"包产到户",1959 年称"五包六定",1961 年称"责任田"。 但三次都是肚子一饿就试行,肚子稍饱就停止,因为我们总觉得这样做是资本主义。 这一次却不一样,这一次中国出了邓小平,他在黄山之巅,果敢地一声拍板,宣布了农村生产关系的革命。 到 1980 年 10 月,实行了二十二年的人民公社制度终于取消。恩格斯在马克思墓前说,要是没有马克思,经济学和社会主义不知还要在

黑暗中摸索多少年。今天，当我重返凤阳大地时，深切地感到，要是没有小平同志，我们的农村改革又不知还要再推迟多少年。

车子离开皇城和朱家祖陵，沿着柏油大道在这20世纪末的秋风中疾驰。我脑子里总是闪过那十八个红手印，它忽而叠印在皇城的断墙上，忽而在西风古陵前的石人石马上，一会儿又落在小岗村崭新的院落旁。在中国史书上和文学作品中，手印的使用大概是穷人的专利。富人有石刻、玉制甚至金制的名章可用，皇帝则用最大的传国玉玺。只有穷人，穷到一贫如洗，穷得只剩下干活卖力的十指和指头肚上的手印。像杨白劳卖喜儿被强按手印一样，穷人的手印总是做着无奈的挣扎或最后的抗争。在20世纪70年代末，凤阳这个曾经出了一个农民皇帝的地方，十八条汉子，捋臂挽袖，伸出十八个手指，把它深深地印在这片黄土地上，然后相约"苟富贵，毋相忘"。这是中国农民发起的改革，是中国农村的二次革命，革掉那些不合理的体制，革掉束缚生产力的生产关系。

这是一次人民对政府的批评，农民伸出他们的泥手在我们的失误之处重重地按了一记。我们虔诚地接受了这一记指责，就像当年毛泽东同志在延安听了农民一句尖刻的批评，宽厚地减去公粮四万担。现在我们面对这张血红的手印，自省自责，一下松去农民身上"左"的生产关系之绑。我

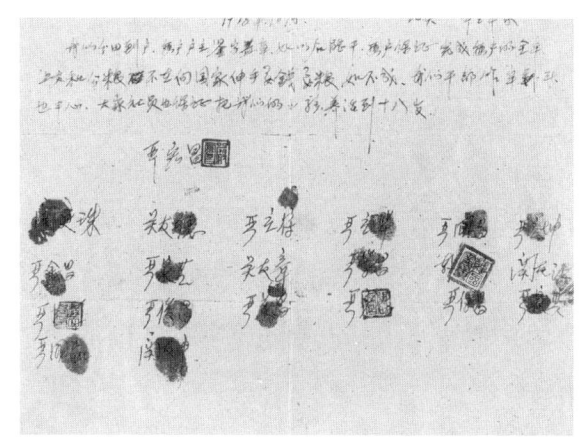

印有十八个红手印的契约

们这个民族历来有下面犯颜直谏、上面从善如流的好传统，在中国农村这一个"包"字的三起三落中，大至中央彭德怀、邓小平、邓子恢等同志，小到县委书记、公社干部等都有中肯的意见，都有长长的谏书。《起点》一书中就收有数篇，最长的达一万言，但最有力的却是这张印有十八个红手印的巴掌大的纸片。古有文谏、武谏，甚至血谏，这是"土谏"。凤阳农民怀抱一块黄土，抱定这块黄土，苦呈一种治国兴邦之策。我又想起了1945年，黄炎培在延安与毛泽东同志那段著名的对话。黄说：一个政权怎么永葆活力？毛说：靠群众，靠民主。其言至真。只有共产党才是真心想为老百姓办事，有错就改；而一旦我们解开了束缚生产力发展的种种锁链，停止了在空想社会主义大海中的穷过渡，就立即如有神助，到达了胜利的彼岸。你看小岗不是一年超过五年、二十年吗？你看中国广大城乡这改革开放的二十多年不是天翻地覆了吗？我们的党、我们的政权又焕发了活力。

凤阳，真是一个中国农村问题的实验室和博物馆。

1988年10月记于合肥，1999年4月改于北京

一个大党和一只小船

中国共产党现在是一个拥有六千五百万党员的大党，是一个掌管着九百六十万平方公里国土、十三亿人口国度的执政党。可是谁能想到，当初它却是诞生在一只小船上。在建党八十周年之际，我特地赶到嘉兴南湖瞻仰这只小船。这是一只多么小的船啊，要低头弯腰才能进入舱内，刚能容下十几个人促膝侧坐。它被一条细绳系在湖边，随着轻风细浪，慢慢地摇荡。我真不敢想，我们轰轰烈烈、排山倒海的八十年就是从这条船舱里倾泻出来的吗？

因为是党史的起点，这条船现在被称为红船。1921 年 7 月 23 日，中国共产党第一次代表大会在上海法租界的一栋房子里召开，但很快就被巡捕监视上了，不得已，立即休会转移。代表之一的李达，他的夫人王会悟是嘉兴南湖人，她提议转移到这里来开会。8 月 1 日，王会悟、李达、毛泽东先从上海来到嘉兴，租好了旅馆，就出来选"会场"。他们登上南湖湖心岛上的烟雨楼，见四周烟雨茫茫，水面上冷冷清清地漂着几只游船，不觉灵机一动，就租它一只船来当"会场"。当时还计划好游船停泊的位置，在楼的东北方向，既不靠岸，也不傍岛，就在水中来回漂荡。第二天，其余代表分散行动，从上海来到南湖，来到这只小船上。下午，通过了最后两个文件，中国共产党就这样诞生了。

今天，我重登烟雨楼，天明水静，杨柳依依。这烟雨楼最早建于五代，原址是在湖岸上，明嘉靖年间当地知府赵瀛疏浚南湖，用挖起的土在湖心垒岛，第二年又在岛上起楼。有湖有岛有楼，再加上此地气候常细雨蒙蒙，南湖烟雨便成了一处绝景。清乾隆皇帝曾六下江南，八到烟雨楼，至今岛上还留有御碑。现在楼头大匾上"烟雨楼"三个大字，是当年的"一大"代表董必武亲笔所书。历史沧桑烟雨茫茫，我今抚栏回望，真不敢想象我们这样一个大党，当初是那样的艰难。那时百姓穷无立锥之地，要想建一个代表百姓利益的党，当然也就没有可落脚之处。列宁说，群众分为阶级，阶级有党，党有领袖。当时这十二个领袖是何等的窘迫，举目神州，无我寸土。我眼看手摸着这只小船，这些小桌小凳，这竹棚木舫。我算了一下，就是把舱里全摆满，顶多只能挤下十四个小凳，这就是现在有六千五百万党员的中共"一大"会场吗？但这个会场仍不安全，王会悟同志是专管在船头放哨的。下午，忽有一汽艇从湖面驶过，她疑有警情，忙发暗号，船内就立即响起一片麻将声，他们是一伙租了游船来玩的青年文人啊！汽艇一过，麻将撤去，再低声讨论文件，同时也没有忘记放开留声机做掩护。但不管怎样，工农的党在这条小船的襁褓里诞生了。

距南湖不远是以大潮闻名的钱塘江，当年孙中山过此，观潮而叹曰："世界潮流浩浩荡荡，顺之者昌，逆之者亡。"共产党在此顺潮流而生，合乎天意。

西方人信上帝，我们信马克思主义。也许是马克思在冥冥中的安排，专门让我们这个大党诞生在一只小船上，于是党的肤体里就有了船的基因，党的活动就再也离不开船。

宋人潘阆有一首写大潮中行船的名词："来疑沧海尽成空，万面鼓声中。弄涛人向涛头立，手把红旗旗不湿。"共产党就是敢立于涛头的弄涛人。"一大"之后，毛泽东一出南湖便南下到湖南组织农民运动。大革命失败，他振臂一呼，发动秋收起义，上了井冈山。这时全国正处在白色恐怖之中，许多人不知革命希望在何方，他挺立井冈之巅大声说道："革命高潮是站在海岸遥望海中已经看得见桅杆尖头了的一只航船。"这时，周恩来也领导了南昌起义，兵败后南下广州，只靠一只小木船，深夜里偷渡香港，又转道上海，再埋火种。谁曾想到，惊涛骇浪中，这只小木船上坐着的就是未来共和国的总理。蒋介石曾希望借中国大地上的江河之阻剿灭革命，但革命队伍却一次次地利用木船突围决胜。天险大渡河曾毁灭了石达开的十万大军，但是当蒋介石围追红军于此，只见到几只远去的船影和留在岸上的一双草鞋。抗战八年，共产党在陕北聚积了力量，然后东渡黄河，问鼎北平。而东渡黄河靠的还是老艄公摇的一条木船，船仍然不大，以至于连毛泽东心爱的白马也没能装上。中国革命的整个司令部就这样在一条木船上实现了战略大转移。不久就有百万雄师乘着帆船过大江，解放全中国。中国历史上的秦皇汉武们喜欢说他们是马上得天下。中国共产党真正是船上得天下，是船上生，浪里走而夺得天下的啊！

英雄造时势，时势造英雄。历史长河的巨浪也颠簸着最早上船的十二名领袖。第一个为革命牺牲的是何叔衡，红军长征后，他在一次突围中，为不连累同志跳崖而死。以后脱党的有刘仁静，叛党的有陈公博、周佛海、张国焘。毛泽东则成了党最长期的领袖。十二个人中只有董必武再回过故地。毛泽东1958年到杭州时，专列经过南湖，他急令停车，在路边凝望南湖足有四十分钟，想伟人当时胸中涛翻云涌，其思何如。

中国古代有一个最著名的关于船的寓言故事刻舟求剑，是讲不实事求是，不会发展地、辩证地看问题。我们不讳言曾犯过错误，也曾做过一些刻舟求剑的事。我们曾急切地追求过新的生产关系，追求那些在本本里看到的模式，硬要在我们自己的刻舟之处去找主观上想要的东西。因此也曾有几次尽兴放舟，"争渡、争渡，误入藕花深处"。最危险的一次是"文化大革命"，险些翻船。但是我们也敢于承认错误，改正错误。这时中国共产党早已是一条大船，都说船大难调头，但是邓小平成功地指挥它调了过来。在我们干社会主义数十年后，又敢于重新问一句什么是社会主义，敢于说社会主义初级阶段至少需要一百年。这勇气不下于当年在南湖烟雨中问苍茫大地，船向何处。

红船自南湖出发已经航行了八十年。其间有时"春和景明，波澜不惊"；有时"阴风怒号，浊浪排空"。八十年来，党的领袖们时时心忧天下，处处留意行船的规律。历史上第一个以舟水关系而喻治国驭世的政治家，是唐太宗。他说："水可载舟，亦可覆舟。"当我们这只小船航行到第三十四个年头时，时在 1945 年 7 月 1 日，中国共产党刚开过"七大"，胜利在即，将掌天下。民主人士黄炎培赴延安，与毛泽东有一次著名的谈话。黄问，如何能逃出新政权"其兴也勃，其亡也忽"的周期律，毛泽东答："靠民主，靠相信人民群众。"依靠人民群众，我们打造出一只共和国的大船。后来，红船航行到第七十一个年头，1992 年，邓小平南行再指航向："逆水行舟，不进则退"，"发展才是硬道理"。我们扬起有中国特色社会主义的风帆，又一次勇敢地冲上浪尖。今天这只船航行到第八十年，我们的事业蒸蒸日上，兴旺发达，中国共产党已是一个伟大的、成熟的党。

南湖边上现在还停着这只小小的木船。烟消雨停，山明水静。游人走过，悄悄地向它行着注目礼，这已经是一种政治的象征和哲学意义的昭示。六千五百万党员的大党就是从这里上岸的啊。从贫无寸土，漂泊水上，到神州万里，万里江山。党在船上，船行水上，不惧风浪，不忘忧患，顺乎潮流，再登彼岸。

2001 年 6 月 21 日《人民日报》

蒋巷村的共产主义猜想

参观了全国文明村常熟蒋巷村后突然想到这个题目。

共产主义是什么样子？谁也没有见过，到现在还是想象中的事情，十分遥远和渺茫。它是马克思在一百六十多年前根据社会发展规律推演出的一种理想社会，但是先知先觉的知识分子相信它，受苦的劳动人民相信它。于是就建党，名共产党；就开展全世界的社会主义—共产主义运动，叫国际共运，用实践去求证它、逼近它，一干就是一二百年。在这一二百年间，理论家不断地进行猜想，给出理论模型，就像哥白尼、爱因斯坦们不断地求证宇宙；而劳动者，那些实践着的人们，则依其时其地的背景，也不断想象和制作出各种社会模型。于是，共产主义就有了各种各样的版本。

余生也晚，以我的所经所见大约有两种。一是解放前后，这在反映当时生活的电影上还能看到，战士们在坑道里抱着枪幻想，或者刚分了土地的农民蹲在犁沟里憧憬，共产主义是什么？"楼上楼下，电灯电话"、"点灯不用油，耕地不用牛"，主要反映人身解放了的劳动者物质上的要求，是最初级、最朴实的"解放版"共产主义。二是"人民公社"版，追求

"一大二公"，农民吃食堂，不要自留地，不许养鸡，连同劳动者本身也都"归公"，甚至连每个人的思想里也不许有私人空间。第一个版本，要求不高，很快就达到了；第二个版本则是一场黄粱梦，经"大跃进"、人民公社和"文化大革命"后就破碎了。而这次我却看到了一个与前两个不同的比较接近马克思想法的版本，我把它叫作"中国乡村版"的共产主义猜想。

我们过去对共产主义的理解有这样几点：生产资料公有、产品丰富、觉悟提高、道德高尚、贫富差别小，等等。但是对人的自由讲得很少。恩格斯在去世的前两年，有记者问能不能用一句话概括他和马克思为之奋斗一生的理想，他答曰就是《共产党宣言》里的那句话："……将是这样一个联合体，在那里，每个人的自由发展是一切人的自由发展的条件。"马克思也有一句话："自由的人就是共产主义者。"恩格斯更具体地说："我们的目的是要建立社会主义制度，这种制度将给所有的人提供健康而有益的工作，给所有的人提供充足的物质生活和闲暇时间，给所有的人提供真正的充分的自由。"他这里特别强调"所有的人"都能得到这三点：有工作、有物质享受、有精神自由。当然，自由的前提是物质丰富，但丰富之后怎么办？或者说鱼和熊掌怎样兼顾，这就是我要说的这个新版本。

蒋巷村不大，一百八十六户，一千七百亩地，八百口人，四十年前曾是一块低洼闭塞的蛮荒之地，血吸虫病流行，地不产粮，食不果腹。当时的村支书常德盛提出："天不能改，地一定要换。"现在已换成工业园、粮田园、蔬果园、居住园、旅游公园，"五园"交错的新家园。村展览室的墙上贴着一张历年的人均收入统计表，20世纪60年代一百一十八元，70年代三百一十六元，去年两万一千六百元，这还不包括各种补贴和福利收入。

按照恩格斯说的那三条，我们来看看这个现实中的蒋巷村版本。

先说人人有"健康有益的工作"。全村工作分为工业、农业、服务业，正好是经济学家们说的一、二、三产业，原则是"工业向园区集中，农田向能手集中，居民向社区集中"，各人可根据自己的条件和爱好选择职业，全村一千多亩地集中由十六个种粮大户来种，其余大部分劳力进了工厂，而且都是"健康有益"的工作。村里十年前就主动关闭了一个很赚钱的化工厂，现在生态极好，林木荫道，绿水绕村，鸟语花香，还设有一个大气监测站，每日除报气象，还报大气质量。

再看第二条，"充足的物质生活"。每户一座两层楼的别墅，早已超过"楼上楼下，电灯电话"的理想。村里有商店、图书馆、博物馆、农民剧院一应俱全。有趣的是村里有一个很大的民俗博物馆，墙上抄着一首辛弃疾八百年前描写江南农村生活的词《清平乐》："茅檐低小，溪上青青草。醉里吴音相媚好，白发谁家翁媪。大儿锄豆溪东，中儿正织鸡笼。最喜小儿无赖，溪头卧剥莲蓬。"这是中国农民几千年来的文化背景、心理背景，追求富裕、和谐、自然、自由。蒋巷人就是在这个背景下来描绘现代图画。现在全村已人均年收入两万多元，中学以下上学全免费。大学生年补三千元，研究生年补五千元。老人，五十五岁开始每月补三百到六百元，如身患重病者，月补四百元。他们说这是"按劳分配加按老分配"。

最难能可贵的是第三条，"给所有的人提供真正的充分的自由"。前面所述各人可自选工作已不必说，且以养老一项，就可见他们怎样努力创造自由状态。中国已渐入老龄社会，养老成为一个令人头疼的社会问题，难在怎样既保证老人生活舒服，又精神自由，还能减轻年轻人的负担。而中国农村的婆媳矛盾是一道传统难题，现代社会的新老"代沟"又是难抚平的伤痕。蒋巷村却有办法，全村五十五岁以上老人两百个，按说各家都有别墅小楼，住房宽裕，三世同堂，足可养老，但村里又另盖两百套老人公寓。平房庭院式，花木葱茏，阳光明媚，分单身居和夫妻居两种，面积不同。室内橱、卫、寝、厅，一应俱全。老人如愿与子女合住，则住，不愿即可搬来公寓自住，免去了许多因"代沟"所引起的习惯不合与情感摩擦。又因就在本村，子女近在咫尺，照顾亦便，分而不裂，和而不同，亲情不减。距离产生美感。这里无论老人还是子女，"每个人的自由都是对方自由的条件"。我执意要看一二户老人公寓，庭院排排，红花掩地，每家都窗明几净，闲适自得。他们在院中树下或干一点轻活儿，或聚而闲谈。王凤英老人已七十九岁，正抱着两岁的曾孙在门前晒太阳，旁边晾着一筐箩新碾的米粉，雪白细腻，散发出微微的清香。近处翠竹摇曳，紫薇吐蕾，茶花艳艳，远处大田里菜花金黄，一直黄到天边。桃花源中人也不过这样。不是说小康的住房标准是每家要有两套住宅吗？盖此情景也。

村里的生活设计还有许多尊重人性自由的细节，如虽粮菜供应充足方便，但还是给每家半分自留地。不为吃用，只为满足农民世世代代的精神寄托。菜园里老人弄苗，童子追蝶，吴侬软语，相话桑麻。村里设早市区，买卖自由，交换方便。我去时，已收市，门面街道收拾得干干净净，都有专人管理。书记常德盛解释说，也不只为物资交流，主要是让村民有一个交往、说话的地方，要的就是一个和谐。村外有人在修渠，是外来的打工者。果园里几个老人正在剪枝，老常说，他们本有养老费，可不干活，但如想干，也还再给工资，是轻活儿，可干可不干的。我立即想起一句话，到了共产主义劳动，就成了人的第一需要。

蒋巷村的现状当然不是共产主义，那样说我们这些人太低能了，但它肯定是人们追求理想征途上的一小步。既然是理想就有一定的虚幻性，等待人们用实践去逼近。马克思和恩格斯生前最怕他们的书给人定死了框框，就声明说：我们不打算把最终规律强加给人类。恩格斯说，关于未来社会组织的情况，你在我这里连影子也找不到（马恩书里确实找不到蒋巷村社会组织的影子）。正因为马恩这样唯物，这样辩证，为我们预留了理想空间，人们才可能去创造各种版本。事实上从《共产党宣言》发表那一天起，无论领袖还是群众，理论还是实践，都在摸索寻找。列宁说，共产主义是苏维埃加电气化，这也是一种版本，和"点灯不用油"有一点相似。改革开放，国门打开，有人考察发达国家，说这就是我想象中的共产主义，是从物质文明的角度看，也是一种版本，近年来还有人研究北欧版本。当然，蒋巷村物质条件比起世界上和国内的发达地区还差得很远很远，但它和自己比是大大进步了，更可贵的是它能在自身物质进步的基础上对"自由人联合体"的含义进行积极探求，这就了不起，是中国乡村版的共产主义猜想。或者它只能算是一个新版本的幼芽，再小点，一个细胞、一点基因。基因学有一个术语：基因漂流。自然物种在进化中，总有某种基因会飘落某处与其他基因结合成新的物种。共产主义理论一产生就是一个在欧洲大陆上"游荡的幽灵"，一个漂流的理论基因、科学基因。一百六十多年后，它漂到中国的江南水乡，与这里从八百年前漂过来的、辛弃疾词里所表达的那个天人合一、老少同乐、物我一体的乡土基因相结合，成了现在的这个新版本——蒋巷村版（现代中国还有其他版本，如华西村、南街村版、大寨村版，含意各有不同）。

任何科学都是从猜想起步，猜想一旦变成了现实就是科学的胜利。历史的进步，不管是自然科学还是社会科学都是如此。1543 年哥白尼创立太阳系假说，到 1846 年（《共产党宣言》发表后六年）法国人勒维烈按照这个假说发现海王星。恩格斯说："哥白尼的太阳系学说有三百年之久，一直是一种假说，这个假说有百分之九十九，百分之九十九点九，百分之九十九点九九的可靠性，但毕竟是一种假说，而当勒维烈根据这个太阳系学说提供的数据……推算出这个行星在太空中的位置的时候，当后来加勒确实发现了这个行星的时候，哥白尼的学说就被证实了。"太阳系假说的证实经过了三百年，而共产主义学说的提出才一百六十年，尽管我们相信它的可靠性，但要证实它还得经过许多许多的年头，请不要急。我们得像科学家发现大小行星那样，去耐心地仔细地推算、求证、实践。这中间会有许许多多的模型和版本，也应了邓小平说的那句话，摸着石头过河。

毛泽东说："马克思主义一定要向前发展，要随着实践的发展而发展，不能停滞不前。"邓小平说："我们多次重申，要坚持马克思主义，坚持社会主义道路。但是，马克思主义必须是同中国实际相结合的马克思主义，社会主义必须是切合中国实际的有中国特色的社会主义。"从陈望道翻译了《共产党宣言》的第一个中译本起，到毛泽东在延安整风，发表《改造我们的学习》，中国共产党人一直锲而不舍地致力于马克思主义中国化。从对

"大跃进"、"文化大革命"运动（那也曾是一种版本）的反思，到邓小平讲"老祖宗不能丢"，提出中国特色社会主义，中国共产党的领袖和亿万群众一直用实践去求证主义，求证假说。也许将来的求证所得与马克思书上讲的相距甚远，这也没什么，马克思主义本来就是开放的科学。

在蒋巷村我又重读了一遍共产主义的猜想，也读出了一点哲学和科学社会主义的意义。

写完这篇文章猛然想到过几天就是 5 月 5 日，马克思的生日快到了，这也算是对马克思诞辰一百九十二周年的一点纪念。

2010 年 8 月 3 日《新华日报》

马列公园赋

与颐和园只一路之隔，还有一座园子，也极大，极美，且又极静。论风景，在北京西郊也是一个数得上的去处。它的正式名字叫中共中央党校，但这严肃的称谓并不能掩盖它美丽的容颜。我从心里叫它马列公园。

说是公园，是因为它有山、有水、有湖，有亭、有桥、有榭，但最多的是花、草、树。这里的花从春到秋是相连不断的。春寒未尽时便有迎春，灰褐的枝条上还未及吐叶，就先缀上一串黄黄的花瓣。还有玉兰，干硬的枝干还没有被春风吹软，便爆出了一个拳头大的花朵，让人想到那接力赛中跑第一棒的运动员，人还未到便急着将手伸出，就抢这一刹那的春光，好个春的使者。接着是紫牡丹、红芍药，丰腴的木槿、恬静的桂花，直到秋霜已降，白色的玉簪花才用它那细嗅又无的寒香一收全年的色味。花之外便是草，一色碧绿铺满除却房和路的各处。草地上有树：杨可参天，柳拂人面，松柏、银杏、古槐及核桃、柿子等果木，或随路延伸，或依山起伏，或在湖畔水边成林，总之是一片绿海的波涛，翻腾着一直溢到园子的外面。

这绿色波涛间屹立着两座岛，就是门前的主楼和广场前的礼堂。主楼是用一色青石起座，直上七层，石条又故意不打磨平整，粗犷凝重，像一个巨人敞露出结实的胸膛和坦荡的襟怀，顶层却用黄色琉璃制成柱檐，夕阳中与对面万寿山上的佛香阁交相辉映。这是一座极富民族特色的建筑，城堡式的厚重，宝塔式的庄严，殿宇式的高朗，两侧的附属建筑又是曲折而成廊式的天井。礼堂则一色黄砖，中高三层，两翼平展，全用拱顶，敞亮大方。这是全校上课和集会的中心。主楼与礼堂外便是散布于园中各处的楼，都不高，大多三层，就更被埋在绿荫之中，像是海面上时隐时现的礁岩。楼中间的路其实是看不见的，你只要找到一行白杨、一行垂柳，或一行白蜡、一行银杏，你便知道这下面必藏着一条路了。

到这里学习的人都来自紧张的第一线，难得有这样一个环境对过去作一番反思，因此，在园子里散步便是最好的享受。四周繁花压枝，绿柳拂面，鸟雀并不怕人，在枝头和草坪上自由地嬉戏。这恬静使人舒坦、松弛，人们的思维得到了一种充分的回旋余地。每当我在园子里，头发触着轻柔的柳丝，或仰面感慨白杨的伟岸时，我就想起，我们曾经有过那么一个时候，将树砍了、锅砸了去炼钢，"左"得多么可笑！那是建国后我们摔的第一个大跟头啊。第二个当然是"文化大革命"了。我默默地徘徊在主楼下，抚摸着那凹凸不平的青色石面，这个屹立的巨人曾经历了多少风和雨！至今两侧漂亮的墙面上还依稀可见"文革"标语的痕迹。那是一个除红色以外什么都不要的时代啊，连自然界的绿树花草都要砍光拔尽的。我们这些人都是从那个红海洋中走出来的，痛定思痛，现在终于走到这一片绿荫中来了。

文武之道一张一弛，大动之后必有大静。革命需要刀枪剑火，需要流血流汗，但更需要理论，更需要思考。只有1848年的欧洲革命而没有大英博物馆里被马克思的双脚磨下的沟痕，便没有马克思主义；只有太行山上呼啸的大刀、江南新四军的枪声，而没有延安窑洞里的整风学习，便没有中国革命的胜利。革命离不开思考，思考离不开安静，安静不能没有绿荫。美术家早有定义：红是暖色，是亢奋，是激烈，是胜利；绿是冷色，是沉着，是冷静，是思考。所以这处园子里的绿绝不是一般公园的柳浪闻莺，供情人掩身，供儿童嬉戏，它已超出物而有了理的含义。相对于火热，它表现为冷静；相对于喧闹，它表现为沉思。春天，当大地还没有酥软自己冻僵的身子，园子里的垂柳便在河边、楼旁似有似无地描出一条条绿线，指示着理想，预告着生机。夏日，暑热蒸腾，沿着几条主要的路，白杨挺起伟岸的身躯，筑起一道道绿墙，如墨如黛，这时你在树下漫步会感到沉稳坚实。但最耐人寻味的是松柏的绿了。当秋阳中落叶树只剩下一片静劲的疏枝时，油松、雪松、龙柏、冷杉等便一起收紧它们的针叶，仿佛将这园子里四季的绿色都收在它身上，在秋的萧疏与冬的料峭中显出一种刚毅的气质。特别是主楼后面广场上的那一片翠柏，更有一种庄严的肃穆笼着它那深深的凝绿。如果说绿色是生命的结晶，这片翠柏简直是思维的凝聚。它们拔地而起，每一棵都如塔如钟，贮满沉思，然后又渐渐收拢枝叶，束成一长矛似的尖顶，带着一种神圣的启示直向云天刺去。欧洲著名的哥特式教堂便是以它特有的尖顶把人的思想引向天界，我不知那建筑师是否受过这种树的启发，只是我一到树下时便真的做着天上之想了。我想到马克思的在天之灵，可知道他的伟大理论在中国的成功？可知道这理论与实践结合的艰苦与不易？这时隔着树林，透过这层肃穆的绿，再看主楼那庄严的青，更感到路虽漫漫兮，我们终将胜利。

多么美丽的园子啊，一片圣洁的绿海里藏着一块红色的理论阵地，这大约正是辩证的统一。一个人经过几天的劳累，尚且希望到公园的绿椅上小憩一会儿，何况我们一个伟大的党呢？它风尘仆仆，领导全国人民进行一程又一程的长征，是该有一处浓荫能让它和它的儿女们歇歇脚，擦把汗，想想来路，再计划一下前程。马列公园，你该有这么多的鲜花，这么多的绿。

1986 年 3 月 30 日

嘉兴南湖红船之铭

红船者，嘉兴南湖上一普通小船，为当年中共"一大"会场。以一条小船而造就大党八千万，吞吐岁月九十年，古今中外唯此一船。

红船为建党之证，本该尊为文物，储于庙堂，受专人之呵护，享国宝之典藏。然栉风沐雨，置于湖畔，广接游人，敞对青天，是别有深意，寄情悠长。

船之名红，不在其色而在其意，借物言志，别有期盼。当年长夜如磐，红烛此处破黑暗，更燃火炬上井冈。从此，红色象征革命、象征进步，代表民心、代表希望。今革命虽已成功，然兴邦还不敢轻言，社会主义最少还要一百年。风帆正举，飞舟破浪，红色精神，更待发扬。

船置水上，是为不忘古训：水可载舟，亦可翻船。今登舟望湖，叹烟波之浩渺；抚舷临风，见远山之苍茫。想千帆齐发，金戈铁马曾渡江；如履薄冰，船大掉头改革难。建党如同造船，聚中坚而精诚，已属不易，治国又如远航，得民心而永葆，更是艰难。九十年，几多胜利，几多忧伤，善待吾民，谨行吾船。

船泊湖心岛旁，风雨楼前，是为居安思危，远瞩高瞻。南湖虽小，映

照古今，不让八百里洞庭；小船如苇，一箭光阴，射穿两千年画卷。贾谊过秦、魏征谏唐，毛泽东延安窑洞答客问，如数家珍说民主；陈胜揭竿、天朝末路，五领袖西柏坡下去赶考，相约不做李闯王。小舟一叶，窗明几净，仰望楼头，细思默想。

呜呼，树高有根，水长有源。今党拥众十数亿，国有版图960万，不敢忘我九尺小船。于是泊于南湖，永存嘉兴，年年拜祭，岁岁观瞻。不忘宗旨，更写新篇。唯愿事业皇皇，国泰民安。

2011年6月建党90周年前夕

《新湘评论》2011年第14期

西柏坡赋

西柏坡乃冀中一普通山村，然其声沸海内，名传八方；瞻者益众，研者益广。天降大任，托国运于僻壤；小村何幸，成历史之拐点。

1948年春，中国北方大地正寒凝将消，阳气初升，国共两党还胜负未分。时毛泽东方战罢陕北，过黄河，进太行，一路西来；刘少奇正经略华北，闹土改，分田地，发动群众。中央五大书记，自一年前延安分手，重又际会于此，设立中国革命之最后一个农村指挥部，将要夺取大城市，问鼎北平。

是时也，日寇甫败，蒋介石心气正盛，仍欲圆"剿匪"旧梦，于是设指挥部于南京，乃六朝古都，纸醉金迷之城。共产党则选定这个山沟，穷乡僻壤，无名无姓之村。当是时，势虽必胜，党却还穷。战事紧，参谋竟无标图之笔，而以红蓝毛线推盘演兵；文电急，领袖苦无办公之所，只就炕桌马灯草拟电文。借得民房 室三桌，是为情报、作战、资料三部；假小院石碾一盘，以供毛、周、朱，选将、发令、点兵。虽军情火急，院门吱呀，不废房东荷锄归；指挥若定，读罢战报，还听窗外磨面声。谈笑间，一战而取辽沈，二战而收淮海，三战而下平津。全国解放，大局已定。

当此乾坤逆转，将开国定都之时，中共高层却格外之冷静。一间大伙房里正在开党的中央全会。静悄悄，审时度势，析未来；言切切，防微杜渐，议党风。斯是陋室，无彩旗之张挂，无水茶之递送，其而上无主席台之摆设，下无出席者之席尊。主持者唯一把旧籐椅，代表席即老乡家的几十个小柴凳，通过的决议却是不祝寿、不敬酒、不命名。其心之诚，直叫拒者降、望者归，大江南北，传檄而定；其风之严，令贪者收、贿者敛，军政上下，两袖清风。孟子言：先贤而后王；哲人曰：先忧而后乐；共产党人，未曾掌权，先受戒骄之洗礼；五大领袖，进京之前，相约不做李自成。

中国革命乃土地革命，政权之争实民心之争。仰观自陈胜吴广至太平天国，起起灭灭，热血空洒黄土旧，悲歌唱罢王朝新。只有共产党，地契旧约照天烧，彻底解放工与农。党无己利，人无私心，决心走出人亡政息周期率；言也为民，行也为民，载舟覆舟如履薄冰。西柏坡，一块丰碑，一面铜镜，一声警钟；二中全会，两个务必，两个预言，再三提醒。自古成由艰辛败由奢，谦则受益满招损。正西风烈，柏松翠，坡草青，精神在，长久存。

2011年6月23日《人民日报》

平凉赋

中国以平命名的地名何其多也，然甘肃之平凉别有深意。其得名于前秦苻坚在此建郡，欲平定前凉，一统天下。后岁月推移，疆域西展，平凉遂渐居华夏版图之中心。其接昆仑而下关中，控南北而带东西，崆峒一柱，顶天立地。登高一望，九万里江山来眼底，三千年文明在心头。

平凉之地，苍天厚爱。戈壁西去，独留崆峒一柱绿；漠风北来，化作泾川百里波。冬无严寒，暖风吹得游人醉；夏无酷暑，大树底下故事多。至今，宫庙相望，祭拜不息，多少美丽的传说代代相续。虽神话无凭，却佛道有据。崆峒山上，黄帝东来问大道；大云寺里，佛祖西遗舍利子。神矣，仙矣，佛矣，道矣！平凉，平凉，神仙的家乡，中华民族梦中的摇篮。

然，人非神仙，大业实难；佛道尚空，青史唯艰。平凉地处咽喉，时跨千年，阅尽了多少往事云烟。周文王伐密，李世民破阵，吴氏抗金，朱元璋分藩。飞将军李广，"不教胡马度阴山"；皇甫谧，在此写就中华针灸奠基篇。落日城头，丝路西去驼影重；笳声呜咽，将军东归车马喧。长路漫漫，大漠孤烟。李商隐怀才不遇，泾州城头，"欲回天地入扁舟"；林则徐禁烟获罪，含恨西行，"楼头倚剑接崆峒"；左宗棠柳湖扎营，平乱抗俄，收复新疆，湖湘子弟满天山；更可贵，其为民生，开国门，中国第一次引进西洋机械开渠在平凉。谭嗣同仗剑北上，"划开天路岭为门"，返身去做变法流血第一人；冯玉祥五原誓师下平凉，新军新学推新政，于城乡遍立民国"为民碑"。天道轮回，人盼和平，开国前夕，彭德怀推兵布阵在平凉，又重演苻坚、左宗棠剑指西北定边陲。马踏祁连，人唱阳关，大军西行，红旗插遍陕、甘、宁、青、新。美丽河山，破镜又圆，重描仙境在人寰。分矣，合矣，乱矣，治矣！平凉，平凉，新的起点，中华民族翻越文明的一道门槛。

青史不绝，地覆天翻，不废寒来暑往。任朝代更迭，王母宫里香火不断，人民企盼的是四时平安；任将来相去，柳湖畔左公柳常绿如烟，百姓记住的是留给了他们多少阴凉。为政之道，平平常常，国富民安；为官之德，平平淡淡，不躁不贪；治世之方，公平公正，同热同凉。崆峒山高，泾河水长，大道无形，佛法无边。平凉，平凉！天道有常，神人合一，人心是天。天不变，道亦不变。

2014 年 1 月 24 日《光明日报》

广安真理宝鼎记

2004年是邓小平诞辰百周年。家乡广安有感于小平于国功大、于民恩深，遂略修旧居，以供凭吊；又新铸宝鼎，是为纪念。鼎为青铜所铸，传统式样，圆形、三足，周身饰以夔龙、扉棱之图，高十米，重四十一点八吨。庄若苍岩，稳如泰山，立于渠江之畔，城东高岸之地，仰对青天，俯视大江。

想当年，正当"五四"潮起，马列初兴，时代变革，风起云涌。十六岁的邓小平胸怀寻求真理之大志，肩负救国救民的理想，就是从现宝鼎脚下的渡口出发，毅然告别家乡，买舟东下，经渠江，入嘉陵，假长江，东出太平洋，漂泊月余抵达法国，勤工俭学求教于异邦，又转而东行，研习马列取经于苏俄。后应召回国，先受命南下领导"百色起义"；又东赴江西，追随毛泽东创建红色政权。之后北上长征，立马太行，逐鹿中原，决胜淮海，挥师渡江，问鼎金陵，直至横扫西南，底定江山，功莫大焉。遇"文革"罹难，再困于江西。后得复出，绵里藏针，勇斗四凶；举重若轻，收拾残局。高举解放思想、实事求是的大旗，率领全国人民开始了改革开放的新长征，从此党纲重振，国运再兴，河山生辉，百姓安康。神州上下，举国同赞：翻身不忘毛主席，致富感谢邓小平。

1920 年，邓小平在法国勤工俭学

    向来铸鼎如同立碑，是为醒世记事；铭文胜于碑文，更求标高证远。广安真理宝鼎是为纪念邓小平自十六岁起投身社会寻求真理，特别是他后期总结"文革"教训，坚持真理标准，开创中国特色社会主义。鼎正面之铭为"解放思想"，背面之铭为"实事求是"，座基刻着小平的另一句名言："发展才是硬道理。"而面江之整壁石墙则书有小平南方谈话全文。古人云，一言九鼎。小平这几句话兴邦定国，安土乐民；其理灼灼，其效隆隆。铸之于鼎，足可前证国史，后启来人。

    宝鼎之下，渠江滚滚，千船竞发，波起潮涌。想风流人物，时势英雄，自古逆挽狂澜，中兴大业，能有几人？中国共产党自 1921 年创立，为人民幸福，为民族昌盛，奋斗牺牲凡二十八年。然建国之后路更长，行更难。试承包、变体制，走走停停几回摸索；"跃进"潮、"文革"浪，起起落落多少风云。其间探求殊多，争论殊多，教训殊多，更一度思想僵化，如履薄冰。是小平 1978 年领导了真理标准大讨论，披沙拣金，拨乱反正；1992 年又巡视南方，再破陈规，急促发展。从此敞开国门看世界，大胆改革走市场。我古老中华重又跟上时代步伐，崛起民族之林。

宝鼎之侧，巷陌深深。故里情怀，桑绿荷红。千窗洞开忆往事，石板小路寻旧影。树高千丈不离土，伟人永在百姓中。想古往今来，有多少人物，起于垄亩，败于庙堂。唯共产党人，种子土地，永让于民。邓小平说："我是中国人民的儿子。"其言何真，其情何深。"文革"后复出，小平已年届七十，他说，我还能工作二十年，不是做官，是要干事。他别无所求，说只要国家发展了，我当一个富裕国家的公民就行，其先忧后乐何等胸襟！古人有云：半部《论语》治天下。"白猫黑猫"，小平只用一句民间俗语就笑谈真理，运转乾坤。他真正是想亦百姓，做亦百姓，言亦百姓。百姓何能忘小平？曾记否，三落三起民心在，"小平您好"动京城。今日，鼎下渠江流日夜，故里年年柳色新。

大哉宝鼎，真理之鼎。未知世界，艰难探寻。长夜早起，哲人先行。读铭思理，不忘小平。

大哉宝鼎，伟人之魂。巍巍山岳，涛涛江声。华夏大地，故里春风。依鼎怀人，难忘小平。

大哉宝鼎，万民之情。鼎之沉沉，民心所凝。天地不老，岁月留痕。人民儿子，永远小平。

2004 年 7 月

在美国说钱

在美国旅行，总感到冥冥中有一个上帝在主宰着你，几天过后才知道这个上帝就是钱。美国人把金钱的作用发挥到了淋漓尽致的程度。

钱就是权——使用钱就是在用你手中的权

过去虽出国几次，但总是公来公去，身上只有三十美元的零花钱，没有资格花钱，也没有机会看人家怎样花钱。这次到美国，在旧金山一下飞机便到一家名为"皇后"的餐馆去吃饭，名称和设施的豪华很为主人长脸。我们初到异国样样新鲜，主客在铺着金黄桌布的硬木圆桌前落座，窗外车水马龙，万家灯火，气氛十分热烈亲切。老板是个广东人，既不会普通话也不会英语，呀呀唔唔，半天也说不清菜谱，我们还不急他自己倒先烦躁起来了。客人中有一位要一盒烟，他送上后却立等收钱，主人席君说等会儿在饭费里一起结，他恼着脸说不行。于是客人赶快掏钱，主人就抢着去付，像平静的流水突然起了一个小小的漩涡，像夹岸的春风桃花林中突然伸出一节枯木，祥和温馨的气氛为之一搅。吃完饭，结完账，老板用小瓷盘托着单据和一大把找回的零钱送到桌上，席君只象征性地留下几个硬币。

我知道国外给小费是很厉害的，那年在印度常为怎么给小费发愁，过曼谷时碰到一个代表团，因为小费花用过多，经费不够提前返国。在美国这么点小费就能对付？到车上说及此事，席君说："在餐馆吃饭一般应付百分之十五的小费，但是今天他的服务质量不好，当然我要少付他小费，这是消费者的权利。"我心里顿了一下，这张薄薄的纸币里还有些沉甸甸的权力。在国内是禁止收小费的，按照我们的习惯给小费是一种恩赐，收小费是一种耻辱，大家在一种客客气气的君子协定状态下相处。但是如果有一方不够君子，怎么办呢？吵架，找对方上级，或者以忍为上。但这几种选择都是不愉快，也不会有什么效率。这样倒好，扯开面纱，你劳动就该得到报酬，而且有一部分钱不是老板发工资，而是让顾客直接发小费，多劳多得，好劳多得。"文化大革命"中整当权派，有一句话叫"帽子拿在手中"，让你时刻战战兢兢。这小费也是一顶帽子，是顾客手中无形的权杖，看似不近人情，但很公平，也出效率。

吃完饭，席君要我给家里打个电话报平安。我是记者出身，视出差如上班，从没有这习惯。平时在国内见有些人，一到外地便打长途，借公家的钱卿卿我我，我很瞧不起。席君却直拉我到电话旁，说"看我表演"。他摘下电话，掏出一张磁卡，往话机旁的细缝里一插，拨几个号便递给我。妻子听出了我的声音，她大声说："呀，你在哪里？好清楚。"我告诉她正在唐人街上吃饭，她说刚下班，正在厨房里做饭，我们都笑了。说了几句，怕多花主人的钱，我便放下话筒。在国内打一次长途还要几十元，现在要横跨太平洋，绕地球半圈，我脑子里立刻想到那用一张张的纸币搭起的长虹，真是有钱能买地球转。

回到宾馆，我却对席先生手中的那张不似钱币胜似钱币的卡片顿生童心。他一高兴从胸前掏出一个票夹，"哗啦"从中抖出七八张卡片，说："这是打电话的，这是坐飞机的，这是住旅馆的，这是加油料的……最重要的是这一张，用它随时可以取得钱。"以后果然我们并不随身带多少钱，无论走到哪个城市，哪条街道，口袋里没有了钱，就用这卡向墙上的一个取款箱里一插，立即就流出了十几张美元，真是一卡在手，横行街头。我第一次尝到了钱就是权。我想起古书上写的皇帝微服私访，乔装成一个平民难免会遇到这样那样的麻烦，有时简直到了将要受辱、丢命的尴尬或危险境地。但是他不怕，每到关键时刻，那些化了装的随从就把皇帝的身份亮出来，对方反倒吓得伏身在地，如筛糠似的发抖。为什么，因为他有权，这无形的权使他永不会有什么尴尬和危险。我们现时有这张卡在手，正是这种心境——有恃无恐。后来在纽约、华盛顿各地的旅行是正在美国留学的小李陪我们，一进旅馆他就笑着嘱咐我们："今天我们也当一回大爷，你们谁也不要动手！"于是大家就袖手看着高我们半头的美国佬弯腰卸行李，然后给小费。小李说，这几天，他要不陪我们也要到餐馆里去打工，赚人家的小费好去交他的学费。现在既然主人出了招待钱，我们就有了买方便的权，而且结结实实地使用了它好几天，脸也不红，心也不跳，也没有什么在剥削人的羞愧感。

我虽然没有受过穷如乞丐的苦，但因无钱而羞涩胆怯的经历也不少。打倒"四人帮"以前，我们这些大学毕业生有好几年月工资只有四十六元，还要养家糊口。一次，我到姐姐家做客，见茶几上有一元钱，姐弟二人隔茶几说了好一会儿话，我眼睛看着那张纸币，几次想张口说，给我这一元钱，好拿去打酱油，但终于没有说出口。以后当记者出去采访，总挑那六元钱一晚的旅馆住，不然无法报销。后来当干部，甚至还有了一定的职务，一出差也是先问人家房费多少钱。对方就赶快说："你不要管，超出部分我们付。"我就感到自己脸红着大约有几秒钟没有话可说。近几年我看到一些发财的个体户，在街上拦出租车，在大饭店餐桌上点菜时的潇洒、勇敢，我说就是专门去训练，我也学不会这个风度。一位比我小十岁的朋友呛我一句："你是没钱，腰缠十万，不学就会。"现在我走在纽约、华盛顿的街上居然也感到了那么一点潇洒。我坐下来吃饭，进门住旅馆，根本不用管他多少钱。虽然这只是一种"借光"，一种临时享受，但总算让我实践（应该说是实验）而悟到了这个理。你身上多一分钱，你就多一分胆，多一分自由，多一点掌握自己的权。

钱是个黑洞——缺什么就有人来干什么

一次，席君问我："你知道去年美国评了一位最佳经理是什么人？""什么人？""是一位十三岁的男孩。"我说不可思议。原来美国人居家，门前都有草坪，草坪多，草长高了专业公司来不及修剪。这位少年放学后就去剪，人家就给个小费，后来竟有人来主动请他。他一人干不过来就开始雇人，慢慢拉起了一个十几人的草坪公司。几个大个子黑人是他手下的工人。记者问："他们听你指挥吗？"这孩子说："听，因为我给他们发工资。"中国有句古话：不为五斗米折腰，是说特定情况，其实大部分时候都是在弯腰干活，挣饭吃，赚钱花。人为了赚钱，就要去找一切还没有被人发现、没有被人干完的活。如果有人帮你找到这份活，你得感谢他，听从他。

在旧金山一下飞机，席先生就开着一辆租来的车接我们。几天中我们以车为家到海边兜风，看金门大桥，访问硅谷十分方便。一天玩得兴起，席先生说我们干脆把车开到洛杉矶。我说车怎么办？他说放在那里就行，只不过多交几个钱，这对外来旅行的人真是太方便了。我们当然没有去，但是在另一个城市下飞机后更让我大吃一惊。我们一出机场门口就有接送车，一直开到出租车场的一辆卧车前。车门开着，钥匙插在车上。席先生一踩油门我们便冲出车场，居然无一人过问。迎面已是无边的灯海，车外闪过花花绿绿的广告，但是我的心总是不安，好像做了偷车贼。席先生说："这就是我们的车，没错，在旧金山起飞前我在机场订的。"我说："就算是我们订好的，能准备得这样周到？就像有一个无形的仆人在前面侍候。""这是为了多要你的钱，他不这样干，就有别的公司来干，钱就成了别人的。"

一天，我们驱车在闹市区跑，前面红灯一亮，车子骤然停了一大片。这时突然从车缝里钻出一个黑人小孩，手提小桶，刷子蘸一把水就往车窗上洗，然后伸手要钱，前后不过几秒钟。这种赚钱近乎强要，但是比我在印度碰到的到处伸出一双乞讨的手还是好些。他总是先付出劳动，而且这样见缝插针。回想这几天碰到的人和事，那钱就像是轮胎里的气，总是将人鼓得足足的，让你不停地干。

一天我们步行，浏览市容，突然看到一家商店门口挤满了人。原来橱窗里有一个男模特儿穿着漂亮的时装，头、手、身子都在做着机械式扭动。用机器人做模特儿，我还从未见过。那头发，还有脸上、手上的皮肤和真人一样，眼珠却直视不动。到底是真人还是假人，过路人大感兴趣，围观不走。我也觉好奇，便分开人群，凑到橱窗玻璃上仔细辨认，几乎与那人碰鼻子对眼。这时那"机器人"突然"哇"的一声，伸出舌头，向我做了个鬼脸。天啊，原来是个真人。我赶紧转身，示意同伴为我照张相。照完相，再看那个模特儿又很快恢复到机器人状态。我离开橱窗陷入沉思。一个活人，这样把自己塞进一个玻璃窗里，不停地做着机械式扭动，就是只站一会儿，也累得憋得难受。他干这份工作是为了什么？为了钱。物以稀为贵，活以绝为奇。凡别人还未干过的事，一定能有个大价码，估计一小时得给几百美元，但他也为商店招来了更大的买卖。

总之，我在美国街头越走就越觉得，在这里钱是一个黑洞，把人的心力、体力直往里吸；钱是一种润滑剂，调整着社会的劳动组合，只要缺什么，就有人愿出大价钱买什么，也就有人去干什么；钱像水银一样，它在社会上无孔不入地渗透，使社会上很难再找到空白的行业（甚至街上随时都可看到有三个 X 作标记的脱衣舞厅）；钱是一种驱动器，它在不停地开发人力物力资源，驱动着社会这架大机器。

钱是你的也该是我的——就是要设法把你口袋里的钱都掏光

拉斯维加斯是美国西部的一座城市。这里靠近沙漠，几乎没有任何可开发的农业、工业资源，于是美国政府特准在这里开赌场——去开发人们口袋里的货币资源。

我们是晚上到达的，飞机从天而降，只知道是掉进了一片灯海里。驱车在城里找旅馆时，我们就成了海里的一条鱼。因为那灯织成密密的网，叠成层层的波，将我们四面包围，无论怎样跑也冲不出去。路边的酒吧、旅馆缀满细密的灯串勾勒出美丽的轮廓，高楼大厦除顶部有灯光大字外，通体上下都是灯光广告。那霓虹灯的闪烁交换，像是一群穿着发光衣服的孩子攀着楼身捉迷藏。有的楼身上挂满巨幅招贴画，在灯光下画中人毫发毕现，女演员的短裙边就像要扫着你的鼻尖。十字路口多有广告塔，六面或八面，缓缓转动，像老和尚念经。街心花园有灯光喷水，草坪上的探照灯光把棕榈树高高地推向夜空，好像巨人怪兽，陆陆离离，闪闪烁烁。难怪当我们昨天在旧金山被它的灯海所征服时，刚从这里飞去的丁小姐却说："去看看拉斯维加斯吧，那才叫美国呢。"奇怪的是，这城竟有光无声。问之主人，答曰：都钻进赌场里去了。大凡一个城市的外貌总带有它生存环境的背景，如哈尔滨的冰雪，乌鲁木齐街头的瓜果，赌城的外貌正应了一句中国话：纸醉金迷。

城里有几个大赌场，最有名的是恺撒宫，大概是想借古罗马恺撒大帝的威名。进门就是个大喷水池，池边是罗马神话人物的群雕像。左右是两条商业街，这街在室内，却搭上天棚，绘上蓝天白云，一如在室外，两边店铺鳞次栉比，头上穹庐高阔，心旷神怡，只此一斑就可见工程浩大。中心赌场是一个漫无边际的大厅，只见一排排俗称"老虎机"的赌机，光闪闪密麻麻地排列着，漂亮的服务小姐推着车为你兑换喂"老虎"的硬币。我的第一感觉这里不像个赌场，倒像个大织布车间。过去的旧印象是赌场里烟雾腾腾，赌汉们满脸横肉，捋胳膊挽袖，污言秽语，甚至大打出手。眼前景况却是男人大多西服革履，小姐夫人则抱一个大硬币罐静坐在赌机前，燃一支烟，像与友人喝茶谈天。除"老虎机"外，还有轮盘赌、电子赛马赌、牌赌、掷骰子赌、大屏幕上的球赛赌，等等。平生进赌场还是头一回，而且绕了半个地球来这里，这才是赌翁之意不在赌。

我换了十美元的赌资，端着钱罐往"老虎机"前一坐，先小心翼翼地捏起一角一块的硬币向"虎口"里喂去，搬一下摇柄，没有反应，算是白喂了。我又一下投进两个，再搬一下，哗啦啦出来四个，不觉心中大喜，再连着投进三个，"虎口"却又紧闭毫无反应。这样断断续续，有时出来一个，有时两个，大多时候是肉包子打狗。我却总盼着它能大张"虎口"，长啸一声，为我吐出一满罐银子，可是它不慌不忙，一口一口把我这一罐钱全吃了进去。又去换了十元，这次五分五分地往里喂，便也只不过是多磨一会儿时间，不到一小时我们都输个精光。小席只教我们玩，他却不赌，说："我知道肯定输，它肯定要让你输。"但是偶有赢时，那机器就会将硬币抖落到钢盆子里，叮叮当当，十分悦耳，满大厅里此起彼伏，好像丽人出游，佩环叩鸣，十分祥和。不知情者只听这声音，还以为人人都在大赢其钱呢。赌厅中央有个平台，上面放着三辆高级轿车，这也是赢头，如有谁赢了，开上就走。有大赌家来时可乘直升机在楼顶平台降落，赢了巨资也专有保镖护送出去。

试赌了一回（还不如说试输了一回），我们就离开赌机想去探探这赌场到底有多大。忽东忽西，楼上楼下，一会儿发现一个大剧场，一会儿又发现一个商场，或是一个餐馆。剧场每隔一个半小时就有一场演出，场场爆满。餐馆又分中国馆、日本馆、西餐馆。至于商场简直就是个博览会，手持长矛盾牌的古罗马武士、着轻纱长裙的罗马少女，还有扮成狗熊、兔子、唐老鸭的人物，在赌场进口处来回走动，主动向客人躬身施礼，你可随意与他合影。大门口是一个小丑，手持毛掸子，为你开门掸土，做鬼脸。我们在剧场里看了一回歌舞，在市场看了一会儿商品，便找餐馆去吃饭。女招待是一位上海来的大学生，她全家迁来此地，父母是中年知识分子，在这赌场里找到一份发牌（就是看赌摊）的工作。我边吃饭边看窗外赌机间那些像赶集一样的人。这里面也许有那个擦车的黑孩子，也许有那个站在橱窗里的模特儿，他也来这里试试运气。其实人生就是一个赌场，不过平时靠聪明、汗水来赌，来这里是靠运气来赌。而这赌场（还不如说这社会）却更聪明，你看千百个张着"虎口"的赌机在等着你喂美元。虽然也有个别人能从这"虎口"里捞到一点赢头，但是别高兴得太早。你看这些剧场、舞厅、餐馆、商场，设了层层防线，都在拉着你消费，一定要把你刚装在口袋里的那几张票子掏出来。要不门口那个小丑怎么会那样热情呢？

从赌场出来，我才注意到这赌城的大街上随便一个商店、酒吧的门口，柜台、酒桌旁，直到车站、机场的大厅里都有赌机。 这真是美国的缩影，你随时随地都在赌人生，都可试试运气。 你时时在想发财，而你周围又有无数双手在掏你的口袋。 钱是你的也是我的，就是这样互相掏来掏去。 但有一点是可以肯定的，在这种掏来掏去的竞争中有的人富起来，有的人垮下去。

1994 年 5 月

和秋相遇在莫斯科

汽车在从莫斯科机场往市区的公路上飞驰，两边的景物忽闪而过。我突然有一种感觉：像在他乡遇到一个故人，很熟很熟的，但又一下想不起名字。

莫斯科的郊外比北京显得开阔，茸茸的衰草一直铺到天边，草地上红色的小木房，东一座西一座，漫不经心地散落着，而天是洗过一样的，湛蓝湛蓝。路边的白桦林被风轻拂着伸向远方，一抹冷绿中又显出些亮亮的黄叶，像画家随意点染了几笔，天地间疏朗而又清静，八小时前我还在北京机场的大楼里随人流涌来挤去，现在看着这异国的风光，陌生中却又生出一种似曾相识的亲切来。我的头贴在玻璃窗上，细细地体味着，寻觅着。车子进入市区，车流如梭，行人穿着夹大衣在街上漫步，便道上的落叶在他们脚下轻轻地打着旋。一株红衣李树从车窗前急闪而过，红红的如一团旺火。我心中一亮，啊，明白了，我飞了几千公里在这里追上了秋天，一下降落在它的怀抱里。

今年我和秋相遇在莫斯科。

第二天，我们去参观一个大教堂。这实际是座公园，古老的建筑加上初秋的树林和谐而幽静。合抱粗的杨树并不太密，却好大一片，深深地望不出去。树叶黄了，风一饮飒飒地飘落下来，而地上的草却还是绿色不减，丰厚如茵。阳光斜射进来，被切割成丝丝缕缕，幻成一幅壮美迷离的奇景。我一头钻进树林，喊道："快给我照一张，要这树，这草，这光。"要不是顾及客人的身份，我真想就地躺成一个大字，去一试大地的温柔与空气的清凉。林间三三两两的游人悠闲地走着，与树林、草坪、秋色融在了一起。

说是公园，可无论如何也没有我在国内香山脚下或颐和园长廊上看到的那种熙熙攘攘。好静啊，人们一个两个，在自自然然地来去，我对着大树，仰望天空，在品着秋。秋是什么呢？像一只无形的手在空中撒了一把显影剂，于是天高了，云淡了，繁叶抖落了，树干清瘦了，空气清亮了，空间开阔了。热闹的夏就这样显相为沉静的秋。

最使我深得秋味的是基辅的一次聚会。那天，苏中友好协会基辅分会邀我们去座淡。基辅本有栗树城之称，协会的小楼更是埋在栗树深处，十分幽静。座谈结束后，主人特为中国客人准备了两个小节目。房角原有一架钢琴，这时走上来男女两位歌唱家，他们深情地唱了一支《人生相会只有一次》。这歌声琴声贴着天花板、擦着墙，在身前身后低回慢转，我们沐浴在一个音乐的温泉之中。我想起一个成语，说风景好时曰"秀色可餐"，现在我们就正餐着一曲妙乐，这是何等的精神享受啊。我这样想着，猛一抬头看到厚厚的橡木窗户外那参天的栗树，和栗树枝叶后依稀可辨的楼房。街上的汽车正一辆辆地疾穿而过，却没有一点声音，像鱼儿在水里游。我耳听美妙的音乐，眼看无声的车流，久久地凝视那黄绿相间的栗树枝叶，顿悟到一种从未有过的境界。动与静是这样妙地结合，这是秋给予的吗？秋真是一个过滤器，它滤掉了夏天的蝉鸣蛙噪，还要滤掉这尘世的烦恼与躁动。

又一次品秋是在列宁格勒（今圣彼得堡——编者注）。这是一个港口城市，又长期是沙皇俄国的都城，这里的秋色是古墙碧水与红叶的组合。当年沙皇的夏宫，现在已是艺术博物馆了。宫前一方清水映着蓝天白云，水旁是大片耀眼的红枫，枫叶顶上露出圆形的金灿灿的屋顶。一个漂亮的孩子穿着鼓囊囊的衣服，露出一个圆脸庞，瞪着一双亮亮的大眼睛，在石梯上一跳一跳地捡树叶。我心中不禁荡起一阵愉快，上去拍拍他的头，用俄语问他是男孩还是女孩？几岁？他仰起脸，先看看身后的父母，说："男孩。"又伸出两个指头，表示两岁。他的父母一直在笑眯眯地看着我这个中国人。这是两位医学工作者，我高兴地邀他们合影。苏方翻译开玩笑说："你也要和'苏修'照相？"我们都大笑了，大家相依在红枫下，还有这个漂亮的孩子。秋阳静静地洒在我们身上，暖洋洋的。

从夏宫回来，我步行回旅馆。涅瓦河顺着街道，傍着宫墙，从市中心静静地流过。白浪轻轻地拍打着两岸黑色的石条，碧水倒映着远处金顶的教堂。秋凉，河边的游人大都风衣绒帽，有的还戴上讲究的手套。几个年轻的画家在河边架起画板，在捕捉秋景和这秋景中的人。我边走，边眺望这水蒙蒙、波闪闪的河面。河对岸是巍巍的冬宫，河面上是那艘著名的阿芙乐尔号巡洋舰，当年这两个新旧势力的代表，现在一个在岸边，一个在水上，都成了供人凭吊的文物。我眼前又浮现出刚才那个小男孩的笑脸。秋风送来河面上的雾气，湿润润的。在这里，或者说在这里的秋景中，我看到的不只是一个过滤了的季节，而且是一个过滤了的世纪。

1989 年 1 月

一个公开透明的人

　　陪我们的苏联翻译是一位大个子年轻人，一头卷发，满脸胡子，结实得像个足球队员。他讲起话来速度又快，嗓门又高，还不停地打手势，很是有趣。他的名字叫瓦洛伽。

　　他的中文并不太熟，但这倒生出一种意外的幽默。早晨喝酸奶，他想了半天，翻成"酸牛"。"署长"这个词不好翻，他干脆就叫"大臣"。"坦白地说"译成"崇拜地说"。"障碍机制"他想不到合适的中文，干脆说："官僚主义"。他最痛恨官僚主义，凡说到障碍一类的词，甚至领导层时，一时想不合适就代之以"官僚主义"。我们也能拐着弯通晓其意，大家哈哈大笑，共享这特殊的译趣。半个月的访问就在这种开怀大笑的愉快气氛中度过。

　　瓦洛伽几乎每天嘴不离酒，但他只是说酒，却喝不上一滴酒。苏联实行了禁酒令，这就更惹得他天天想酒。每天午餐时，刚斟上饮料他就说，这要是伏特加多好；冰激凌上来了，他说这里掺一点伏特加就更好吃。我说："瓦洛伽，你每天说酒，一定是个醉鬼。"

　　"酒就是要喝醉才好。"

"怎么好法？"

他站起来伸出两手比画着说："浑身轻飘飘的，唱啊，跳啊，抱女人，什么都忘了。"

"现在没有酒怎么办？"

"现在禁酒了，所以人们干什么也没劲了。不愿出门，不愿会女人，不愿结婚，孩子也生得少了。"

我哈哈大笑："能这么严重？"

他很认真地反问："你不信，现在我们的光棍越来越多，政府已收光棍税了。"

我说："早知这样，一定给你带几瓶酒来。"

他起床一睁眼就玩笑不离口。每天见面第一句话，就是装出一副严肃的神情说道："你们是中国代表团吗？我是你们的翻译。"然后鞠躬、伸手。我们就笑着回他一拳。他的玩笑，荤多，素少，有时常陷你于难堪的境地。那天我们到冬宫参观，主人特请来一位出版社的年轻女编辑导游。他一一介绍了客人后突然指着我说："特别是他，刚刚离婚！"大家为之一愣，我知道又是玩笑，忙岔开话题："快参观吧。"他倒认真地说："我们苏联人就是这样，一出差就等于离婚了。"

从列宁格勒（今圣彼得堡——编者注）返回的第二天，他突然敲我的门："楼下有一位漂亮的姑娘在等你。"我知道，莫斯科我一个熟人也没有，他不知又在开什么心呢。谁知下楼一看，果然有一位姑娘，是书籍爱好者协会的外事秘书依丽娜，来接我去协会签文件的。我们已经会谈过一次。一般苏联姑娘都发胖，而依丽娜却少有的苗条，金发碧眼，风度翩翩，今天穿一件绿色羽绒服，更加出众。我忙上去和依丽娜寒暄，她讲话总是用祈使语，语调特别温柔好听。瓦洛伽在一旁又大说疯话，他指着依丽娜问团长："看，我们的姑娘漂亮吧？"团长想把话岔开，他却用中文唱了起来："漂亮的姑娘走过来，坐到我的……"我急于逃离这个窘境，也顾不上请他翻译，用俄语向依丽娜说了个"请"，忙同她出门上车了。第二天，在一次会谈时我问对方怎样和外国合作，他翻译说："对方把先进的技术送进来，我们把漂亮的姑娘送出去。"我一愣，他却哈哈大笑了。我知道这是他随意加的一点作料。在极严肃的会谈中，他也不忘玩笑。

这天我们外出参观，路过美国驻苏大使馆时，他拉我一把说："快看。"大使馆门口排着长长的队伍。我说："这是干什么？"他说："犹太人闹着要出境，到美国大使馆前来请愿。"这天的日程是参观一个画廊，车子正好停在一个公园对面，他一下车就指给我说："这里面就是过去训练克格勃的地方。"他说这些话时我一句也不搭腔，心想这是人家自己的事。他却很是坦荡，有话就说，尽量想让我们知道这里曾发生过的事。一会儿车停在莫斯科饭店，他又说："你看出点什么问题没有？"我一细看，发现这座十几层高的大楼很怪，正门两边是两个完全不同的图案。瓦洛伽介绍说："这是官僚主义的代表作，20世纪50年代初，贝利亚当内务部长，设计部门送上两个图纸请他审批，他先批了一个，过后忘了，在另一个方案上又签了字。文件返回后，设计部门不明其意，又不敢多问，干脆一边一样吧。"说完他哈哈大笑了。我说："这不可能吧？"他说："千真万确。"我想到这两天报上还在说贝利亚如何专断，也可能会有此事。到我们返回时，美国大使馆门前已无人围着了，我问："人哪里去了？"他说："大概是肚子饿了，回家吃了饭再来。"在莫斯科，自发的集会、游行已很自然，普希金广场常有演讲的人群。上次出版委员会副主席来华时说，他们建了一个印刷厂，占了农民的地，农民就上门游行、请愿，他在国外访问总挂着这件事。瓦洛伽对自己国内的缺点从不隐瞒，其实有许多他不说我也不会知道，但他很愿意说，而且愿和中国的改革对比。这种诚心真使我感动。一天我们一块去逛商店，几层楼的大百货商场，每层都有自动扶梯，我说这在中国商场里很难找到。他很高兴，大真地喊道："终于找到一点比中国好的地方。"他去过中国，我问他对中国有何观感，他说："人多，我奇怪，白天街上那么多人，晚上不见了，房子里怎能容得下。还有中国的汽车太挤，上车跟打架一样。北京还有一样好，'二锅头'到处有的卖。

奇怪，中国人却不怎么喝。"他又说："一天我在北京街上走，一个小男孩拉着妈妈说：你看，外国人。我就用汉语说：'我不是外国人，是中国的少数民族。'"说完他又哈哈大笑了。

从莫斯科到列宁格勒去，因为赶上假日，对方一时疏忽，我们到达时房间还未安排好，就在旅馆大厅里空等。他去服务台交涉半天也无结果，答复是还得等空出床位。他又坐在沙发上发表高论了："你知道我们苏联人的三大敌人吗？""不知道。"他幽默地一笑，说："第一个当然是美帝国主义了，第二个是苏联航空公司，第三个就是旅行社了。服务质量都太差。"他的玩笑，说到生活问题很荤，说到政治问题则很辣。我说："瓦洛伽，你总是这么胡说，不怕挨批评？"他说："这点确是改革的好处。要在三年前我绝不肯说这些话的。"坐了一夜车很累，我松松鞋带，说："瓦洛伽，你知道我一出国也有两大敌人吗？""什么？""一是皮鞋，二是领带，我实在受不了这个拘束，一回国先把它们甩掉。"他又哈哈大笑了，服务台上的工作人员直看我们。

十几天的访问都沉浸在极友好的气氛中，到处听到希望恢复中苏友好的呼声。一天闲聊，我们问他："你认为中苏能恢复到 20 世纪 50 年代的关系吗？""不能。"这回他说得很干脆，"那时我们两国像小孩子一样很天真，现在大家都变得很现实，都要考虑本国利益，而且都面向世界。"说这个话时，他是那样诚恳认真。我们住的大饭店正对涅瓦河，一天上车前我们邀瓦洛伽在河边合个影。他随即掏出一把小梳子，整了整头发，又扣好扣子，站在那里脸上再看不出一丝玩笑的影子。我说："照个相，你还这么认真？"他说："这个不能随便。"

临别的日子快到了，我们一直想着再给他留下点什么有意义的礼品。那些书呀，手绢呀，药品呀，小保温杯呀，倒是有中国特点，但并不对他的脾气，最后大家都想到酒。"酒逢知己千杯少"，"对酒当歌人生几何"，何时再会呢？只有此物能表达半月的友情了。几经周折，我通过在莫斯科的中国同志弄到一瓶汾酒——居然还是我家乡的名酒呢。敲开他房间的门，我们连酒带人拥抱在一起。

离境手续全部办好了，大家在候机大楼里依依不舍。茶几上是几杯咖啡，汽水，还有几碟俄式香肠。瓦洛伽激动地举起杯子："我庄严宣布，以后你们到莫斯科来，一下飞机就给我打电话。要是不打，我将表示十二分抗议！"我的眼眶湿润了。铃声响了，大家一起走到楼门口，服务员伸手挡住送行的人，再走一步就出关了。瓦洛伽冲上去，抱住我们，每个人脸上一左一右深深地吻了两下。

飞机起飞了，我的脸颊还留着他刚才吻别时的热气。瓦洛伽，这个公开和透明的异国同志，再会！

1989 年 1 月

没有胡子的列宁

　　二十六年前，在苏联旅行有两件事叫人既感动又深思。一是到处挂着列宁像，无论是多么小的一间办公室也不例外。二是每个城市都有无名烈士墓，墓前总有一团日夜不熄的火。这是我们过去在颂歌里、在诗里曾千百次听到或看到过的镜头和场面。可是在我们这里一下子就没踪影了，而在万里外的异国却依然如故。

　　红场仍然是一个最富政治色彩与革命理想的地方。这广场并不如我想象的那样阔大，南边是厚厚的宫墙，北边是高大的商店，东边是座大教堂，西边还有些建筑。这样，广场夹在其中倒成了一个小盆地。但就在这个大盆子里，人们还是每天受着革命的洗礼。瞻仰和参观列宁墓的人排着长长的队，在广场里绕一个圈，伸出场外，见不到尾。列宁已经逝去几十年了，这个世界已发生了许多新的变化，但人们还是这样怀念着他。当我们在一名军官的陪同下走近列宁墓时，肃穆庄严之气立即笼罩着全身全心。一步入花岗石的墓穴，便无一点声息，灯光中列宁安卧在鲜花丛中，人们绕着他静静走过，这时我深切地感到是到了另一个世界上，是专门到这里来看列宁。他还是如我们在画上，在电影上看到的那个样子，好像小憩一会儿，就可以起来走到写字台旁似的。从墓地当中出来，这位军官在墓后草地上给我们讲解列宁墓的修建经过。他身着黄呢子军大衣，身体魁梧，声音低沉，仿佛头上的云都不行，宫墙下风都不动。我看着广场上那连续不断的队伍，想人们来看他，是因为心里还有他。而众人心里都只有一个人，那便是信念，便是万众一心，这多么可贵啊。列宁墓后的克里姆林宫墙下还埋着一些革命元勋和名人的遗体、骨灰。在墙上，我找见了世界上第一个宇航员加加林的名字。这地方告诉人们不要忘记过去，也表明他们没有忘记过去。

在基辅，我们看了一个无名烈士墓。在烈士们的雕像前一团烈火正熊熊燃烧，这是从地下送来的管道天然气。这个设计方案本身就极富诗意。烈士精神不灭，浩气长存。已是深秋，纪念碑周围的松柏更绿，枫叶更红。这时从碑前的大道上走来一对新婚夫妇，他们穿着漂亮的婚礼服，身后跟着一群家人友人，也都衣冠整齐，很严肃隆重。一对新人手捧鲜花恭恭敬敬地献在火焰前的石阶上，我们立即上去和他们攀谈。他们两人都是工人。我问："你们结婚不上教堂吗？"新娘立即笑了："我们才不去呢。年轻人结婚到烈士墓献花这已成习惯，是很平常的事了。"当他们知道我们是中国人时也很高兴，我们送了名片，他们中一位长者便招呼大家在一起照相。这时又有一对、两对新婚夫妇陆续向墓地走来，我静观着他们虔诚的举动，看着火焰前那双映红的脚，还有他们手中那一捧鲜艳的花。结婚，意味着生活中一个新阶段的开始。在这阶段开始时，他们要回想一下过去，要想想以后怎样生活，要定一个准星，要找一个参照，于是就来到这里。一句话，他们没有忘记过去，还承认先烈们开创的路。以后这种墓前献花的动人情景，我几乎每走一地都可碰到。

在列宁格勒（今圣彼得堡——编者注），我们去参观当年列宁领导"十月革命"的办公地，还有他发表著名演说的小礼堂。一切如故，那张简朴的床，那部老式电话，还有那个很旧的写字台。翻译指给我看镜框里的一幅列宁素描像。他说："你看，其实列宁当时没有胡子，只是后来像上、电影上都有胡子，也就这样传开了，再不改了。"这幅画是当时一位画家写生的真迹，果然是没有胡子的。

列宁有胡子还是没有胡子这都不要紧，关键是还有一个列宁，胡子可留，也可剃，周恩来在西安事变前就留着胡子。苏联在政治改革中，清算了许多历史上的错误，学校都已停了历史课，联共党史也要重写，但是列宁的权威没有改变。把领导神化、偶像化不好，但一个民族，一个大国，没有一个领袖的形象印在人心里，时刻出现在人们眼前，那就有可能失去可贵的凝聚力。因为一个领袖的形象，往往代表一种主义，一种信仰，这种主义和信仰又是经过反复的理论的升华和实践的检验之后留存并固定下来的，它和人物本身既有联系又有区别。所以这时的领袖形象也早不拘泥于人物形象，而是一种思想信仰的象征了。这不是将领袖神化，而是将主义形象化。这是任何一项大业，任何一个民族在进步中所必需的，所以历史除轰轰烈烈的群众斗争的波澜外还留下许多人物的星辰。这好比灯塔，好比战旗，是一种标志，一种号召。

列宁，不管他有胡子还是没有胡子，他已成为苏联人民心中的丰碑。而且，他所代表的思想已逐渐从政治信仰转化为民族文化、人类文化的一部分，与日俱增，永不磨灭。综观一个国家和民族的进步，总是要不断开放又永葆自己最珍贵的东西，这才会立于不败之地。

《新湘评论》2015年第6期

334
x
335

印度的花与树

一般来说，好风景给人的是陶醉，是沉思。我一到印度南部的班加罗尔，却被这里的风景激动得直想狂呼高歌。

班加罗尔的风景全在街上的花和树。我们平时说花，不外桌上瓶里的插花，窗前盆里的鲜花，还有花圃里精心侍弄的花，田野里烂漫绚丽的花。可这里却是轰然一树的花，满街满城的花，而且是一色火红的花。一出机场，迎面就是几株叫不上名的大树，满树不是绿叶，全是火红的花朵，车子进了城就在花树搭成的胡同里钻行。后来我才辨清，这红花树主要有两种，一是我国南方也有的木棉树，花很大，且常年四季地开；一种是火把树，类似国内的绒线树，有叶，很细碎，花却是特别硕大，红肥绿瘦，反显不出树叶。怎么可以想象，街上合抱粗的巨木擎天而立，不是绿叶扶疏，而是红花万朵，在明媚的阳光下如火苗狂舞，直拥到五六层楼的窗前；又如红绸飘落，直垂到路边，扫着车顶和行人的头。向来赏花，人为主，花为次，花是人手中的玩物，眼中的小景。请供一枝在案头，玉色闲情相共品。而现在，反客为主，这花上下半空，前后一街，将人结结实实地裹在其中，席卷天地八方来，红花热血共沸腾。好像一个酒徒，平时能有一两杯好酒已庆幸不已，现在一下被推到酒海里游泳，醉了，醉了，醉得不知东西南北。

成树的红花之外，还有一种藤类的明丽亚花常爬在墙头，紫色的花朵如小儿的拳头，枝叶茂密，曲虬缤纷，往往几十米、上百米地盖过墙头，密密匝匝，叠翠压锦。其色彩珠光宝气，明媚照人，其势态却如蓬蒿弃野，生灭由之。每见此景我不觉生出一种惋惜之感，这样的花朵要是在国内就是案头一枝也足可使斗室生辉，要是公园里能有一株也会叫游人流连驻足的。而在这里却随意委弃，开得这样浪费，这样奢侈，可见好花之多，多到抛金撒银的地步。

红花之外便是绿树，树个个大得惊人。菩提树一伸臂就护住半块蓝天，棕榈树矗立着就是一根旗杆，大榕树的根接地通天，要是照一个特写镜头，你还以为是一片小树林子。总之，一棵树就是一个停车场，就是一个绿色的庭院。一行树就是一条蜿蜒的堤坝，一座逶迤的山脉。树浓荫蔽日，层绿无边。人在树下，如在一座神秘的教堂里一样。对中国大地上的绿色我本就十分留意，天山风雪中松柏的凝绿，华北平原上春风杨柳的新绿，江南池塘中荷叶的碧绿，但是，无论用我头脑中的哪种绿都无法形容眼前这异国巨木的绿。这是在北纬十二度的骄阳下被烘烤着的光闪闪亮晶晶的油绿，举目之中所觉的已不是颜色，而是一种释放着的能量了。

这许多从未谋面的树中有一种阿育王树最引我注意。阿育王（公元前304—前232年）本是统一了印度的第一位国王，其地位相当于我国的秦始皇。他为纪功而立的阿育王柱，柱头四面雕着四只雄狮，一直保存至今，印度的国徽就是以它作图案的。现在这种树取了他的名也真够匹配，我一踏上印度的土地就被这种树的神威所感召。在维多利亚博物馆的大院里有两行阿育王树，树干挺立如柱，树冠庞然如山，树叶密不透风，一团神秘的墨绿透出古老、深沉、庄严。树旁是碧波荡漾的水池，再远处是藏有历史见证的博物馆大厅。我仰头看这擎着蓝天的神树，仿佛阿育王在半空中正注视着他的臣民。草木之物能长出人情神威来也真是天地之灵了，我在班加罗尔街头见到的阿育王树却别是一种风度，树冠一离地面，就被修成一座铁塔，昂首直立，而枝条却披拂而下，长长的叶片闪着亮亮的新绿，像一个威武的壮士披着新制的铠甲。原来这是一种倒栽的阿育王树，类似中国的倒栽柳，不过没有那种婀娜，倒有一种英武之气。这树也是有灵性的吗？如古人所说牡丹富贵，菊花隐逸，那么，这阿育王树便够得上雄浑博大了。

到班加罗尔的第二天，我们就驱车到迈索尔，又有幸看到了城市之外的田野中的树景。路边时而扑来芒果树、波罗蜜树，树上垂着累累的果实，而远处密密的椰子林却看不到边。这奇怪的树种，直到快摸着天时才顶出几片大叶，而叶腋间就是一堆西瓜大的果。这果一年四季不停地熟，人们爬上树摘掉，不久一仰头它又长了出来，仿佛是上帝在天上向人民无声而又无休止地赐赠。中间有一次我们停车休息，路边是如墙如堵的椰子林，2.5卢比一个椰子，椰农弯刀一挥，削去椰壳的顶盖，插进一根吸管，椰汁甘甜沁人。车子正好停在一株巨大的火把树下，我手捧阴凉嫩绿的椰果，仰视这株红色的伞盖，美味美景并收心中，真不知造物者为什么特别恩宠这片土地。生命之力，在这里竟是如泉水般地四处涌流。

在印度的日子里，无时不在与红花绿树相伴，出门车在树下钻行，进宾馆先献上一个花环，访问完再捧上一束鲜花。一天，我深夜归来，桌上插着一束红玫瑰，茶几上放着水果篮和一洗手小钵，钵中可人的清水上飘着三片殷红的花瓣。灯下，对着这三瓣主人的心香，我独坐沉思，竟不愿上床了。我本无心，这红花绿树却枝枝叶叶拂不去，直追客人到梦中。我想红花绿树是专为来装扮我们这个世界的，造物者之所以选了这两种颜色，是因为它代表着生命。你看所有的动物、植物，哪个能离了血红素和叶绿素呢？难怪红花绿树这样叫人激动。它是热辣辣的生命将自己奔腾不息的力，借了红绿两色来显示给我们的啊。生命不息，花树就永远伴随着我们。

当我们爱红花绿树时，其实是在爱自己的生命。

1990年5月

到处都伸出一双乞讨的手

尽管我们受到了特殊的礼遇，尽管这里的风光是平生从未见过的美，但在将离开印度时我们几个人都发誓不愿再来第二次了，我们实在受不了那一双双总是在你面前晃着的乞讨的手。

7日凌晨三时到德里，住五星级阿育王饭店。旅途劳顿，蒙头大睡，早晨醒来一开门，两个白衣黑汉（印度的饭店全是男服务员）就进来打扫。我们下楼吃饭，回来时房间已收拾好，这时他们又进来挥着大抹布比画说："打扫一下好吗？"我点头表示同意。他不打扫，出去一趟，又敲门进来，又比画一下，我又点头，他又不打扫，出去又回来。这样骚扰再三，我终于明白是来要小费的。但刚下飞机，饭店银行还未开门，卢比换不出来。一大早我们同行的几个人都受到这种反复的"问候"，直到换来钱，发了小费我们才有了一点自由，才能静下来观察一下这座以印度历史上的"秦始皇"命名的豪华饭店。

一会儿，使馆同志来约去看看市容。浓绿阔叶的参天巨木，沿街随意怒放的玫瑰，嫩细的草坪，使我们顿生新奇兴奋之感。沿着总统府前气势雄浑的大道，我们漫步到印度门下。这是一座如巴黎凯旋门式的纪念碑建筑，我掏出相机，仰头辨认着门楣上的字迹，准备做一会儿历史的沉思，身后却响起清脆的小锣声，回头一看，一个精瘦的黑汉子牵着两只猴子，龇着一口白牙，不知何时已蹲在我们身后的草坪上，那两只猴子正围着他挤眉弄眼地转圈。他一见我们回头，便招手请照相。陪同连说："那是讨钱的。"话音未落，快门已按，那汉子早起身伸手，那两只小精灵也立即停止舞动，静静地伺立两旁。我们猝不及防，只好掏出十个卢比，打发走玩猴人，重又抬头研究印度门的历史。忽然背后又响起呜呜的笛声，又一个头上缠着一大团花布的汉子，不知何时已盘膝坐在我们身后，他面前摆着一个小竹盘，盘中蜷缩着一条比拇指还粗些的长蛇。那蛇随着笛声将头挺起一尺高，吐出长长的芯子，样子十分凶残。思古幽情让这一猴一蛇是给彻底吹掉了，况且我们刚才匆匆出来，也没有换几个零钱。大家便准备上车走路，但那玩蛇的汉子却拦住路不肯放行，说少给一点也行，又突然将夹在腋下的竹盘一翻，那蒙在布里本来蜷成一盘的蛇突然人立前身，探头吐芯，咄咄逼人。汉子脸上涎笑着，一手托蛇，一手伸着要钱，没办法，又投下十个卢比，我们惶惶而去。

从印度门出来到红堡，这是一座印度末代王朝的皇宫，门口熙熙攘攘，卖水果的，卖孔雀毛的，卖假胡子的，拦住路非要给你剪个影不可的，五光十色，喊声不绝，像一锅冒着热气的八宝粥。这回有了经验，不管什么人上来，连声 NO、NO，目不旁视。但是当我们从堡内出来，又有几个人拥了上来，非要领你到停车场不可，真是笑话，我们自己刚才停的车，还用别人领路？但是不行，特别是一个拄拐的残腿青年，你左突右冲，他东拦西堵，而且故意在你面前晃动那条半截腿，只好给他十个卢比。拿了卢比也不领路了，我们自己去上车，这简直有点强夺了。从红堡出来去看甘地墓，进墓地要脱鞋，门口早有一堆人争着给你看鞋子，又是十卢比。接着看比拉庙，在印度凡进庙和旧王宫、城堡之类的地方都要脱鞋，于是给人看鞋，成了最方便的要钱行业，类似北京街上存车的老太太，见车就收钱。这里是见鞋就收钱，而且你非脱鞋不可，不给钱不行。比拉庙前又被敲了一次竹杠。这座庙是全石建筑，太阳晒得石板火烫，我们赤着脚，龇咧着嘴，正想欣赏一下各种雕像。一个穿黄衣，持竹棍的警察（印度警察的警棍是一根一米长的普通竹竿）走上来喝道开路，要为我们领路。我们一行中有三人英语很好，又有使馆同志陪同，实在想自己静静地观赏一下这古代的建筑艺术。但是不行，你从这座房子里进去，他就在门口堵你，非要领你进另一座房子不可。还把别的游人推开，像是对我们特别照顾。我们心里实在烦透了，而你越烦，他越缠住不放，在一个个神像前指指画画，又用乌黑的食指蘸一点朱砂，强在你的额头上按一个红痣。其实他那半生不熟的英语，那点历史、艺术知识真说不出什么东西。但我们成了他的俘虏，只得跟他一处一处地绕，终于走完了这座庙，脚也烫得成了烙饼。他自然又向我们伸出手。刚才因为无零钱，一咬牙给了看鞋人五十卢比，现在除了一百的一张，再无小票了。况且，到印度还不过半天，照这样下去我们每人三十美元的补助，怕只填了这些人的手心也不够。陪同的同志只好拔下身上的一支圆珠笔。那警察接过看也不看一眼，老大不高兴地走了。

在印度讨钱成了一种风气，一种行业。好像一切人都可以想出要钱要东西的招数，而且毫不脸红。孟买海湾中有一个象岛，星期天我们乘船去玩，一下船，一个约五六十岁的老太婆便来搀扶你。我看她这一身打扮，花里胡哨的"沙丽"（印度妇女穿的服装，就是身上裹的一块大布），两个大耳环，黑如树皮的面部闪着两只贼亮的眼，额头上一个大红吉祥痣，额顶发缝里也有一道红朱砂，像被人刚砍了一刀，很是吓人，忙摆手避让。这时一对欧洲夫妇跳下船。老太婆就上来扶那欧洲女人，她那双枯瘦如柴的黑手紧扣着那女人肥嫩的白手臂，指甲几乎掐到肉里去，生怕这个到手的猎物逃掉。那白女人大概不知其意，边走边听她指指画画地说海边的树林，滩上的鹭鸟，很为异乡情趣所醉。一会儿走过栈桥，那老太婆就拉着白女人要照相。跟在后面的丈夫忙举起相机。这时旁边果然又跳出一个同样打扮的老太婆，一照完相，两人都伸手要钱，丈夫愕然，准备走，哪能走了，只好掏出一张纸币给了第一个老太婆，但第二个却坚决缠住不放。我窃喜自己的经验，聪明的白人活该上当。

岛上有一个从整座石山中掏出的印度教庙，是游人必到之地。这庙前也就成了向游客讨钱的主战场，许多如刚才那样的当地妇女，着"沙丽"服装，头顶两个高高的铜壶，缠着人照相，而且一般你很难摆脱她的纠缠。我从庙里出来汗水湿透了衣裳，便躲在一棵大树下，揪起衣领扇风，树上一群猴子蹦来蹦去，抓着树枝打秋千，我不由得掏出相机。突然觉得有人在扯后衣襟，回头一看，一个十来岁的女孩，穿一件地方味很浓的新裙子，头顶一个铜壶，正向我伸出手。她那对小黑眼珠中还透出几分稚气，但脸上的神情分明已很老练，看来操此业至少已有几年。我一时陷入深思，像这种从大人到孩子，人人处处都讨钱的现象，到底是生活所迫呢，还是一种方便省事的职业（尽管在国内我也听说有乞丐万元户的，但绝没有这样一个天罗地网），这小孩子身上的裙子、头上的铜壶分明是一套要钱的道具。而我这几日在印度看到的不是向你挥舞蛇头，就是伸出断腿，或让你看腿上流脓的疮，或抢着为你领路，在饭店里送行李时就是一个箱子也要两人提，吃饭则一再要给你送到房间，手纸也要故意送一次，又送一次，费尽心机，想出许多要钱手段。

总之，一起床，你周围就晃着许多乞讨的手。穷人自然是值得同情的，但只有穷而有志的人才该同情。向人伸手乞讨如同妇女卖身一样，是真正被逼到绝路之后才不得已而为之的求生之法。但如果把穷当成一种要钱手段，甚至不穷也要变着法要钱，而根本无所谓人的尊严，那么这种同情心便会立即变为厌恶。我想起昨天和几位印度知识分子的谈话，他们也很为这种乞讨的恶习忧虑。说政府为无业人员想了许多办法，包括在海边造了房子，但他们不愿劳动，把房子租了出去，又到城里来讨钱。事实上这种乞讨风已经无所谓有无职业了，人人都可毫不脸红地伸出自己的手。我想，大凡给予有两种，一是对对方付出劳动的补偿，是平等的交换；二是对对方的爱和怜，是愉快的奉献或捐助。当对方既无付出劳动，又无可爱可怜之处时，你无端地付出倒是对自己自尊心的践踏了，但我还是无法拒绝身边这个女孩。我掏出口袋里仅有的两个卢比，给她照了一张相。关上相机，这镜头里，不，我的心里像收进一个魔影……

1991 年 3 月

生存线以上的人生色彩

在东京所想到的

下午访问八重洲书店。这是一家创办于1918年的老店，有三千三百平方米，是日本最大的书店。董事长河相说："我就是要办一家在日本什么书都能买到的书店。"这个书店有一个特点，没有库房。他说，书就是要卖，所以他以店代库，所有的书都放在店里，窗台上、脚下、楼梯的扶手上全是书。任人随意取拿，就是丢几本也无碍。

那天晚上，书店主人请我们在豪华的"椿山庄"饭店吃饭，饭后到园子里一游。后面有一条河，还有瀑布、竹林，风景之雅有如中国的雁荡山之夜，想不到东京大都市尚有如此雅静之地。翠竹摇曳，草木葱葱，石壁上流着潺潺的水，一束灯光斜打上来，映出粼粼的波。不知为什么，我又联想到白天在书店里徜徉的那个书香世界。我一下悟到，其实人的生活有两个层次，先求生存，再求享受；先求物质，再求精神。就拿今晚来说，说是吃饭，其实主客都不是为了填肚子，所以这灯光并不为明而为美，甚至暗淡一点，要的就是一个情调。人们爱月光，就是典型的不为其明而为其美。这时光给人的不仅是亮度，还有情绪、意境。舞台是人生的缩影，于是便有专门的舞美灯光来体现多彩的人生。生活中食也不为饱而是求味，大大小小的宴会，街头小吃，早已成了交际的手段，成了风情、民俗的展示，至于酒更与饥渴没有关系了。房也不为遮风避雨而求舒适，宾馆分五个星级，还装上壁纸、吊灯，地板分成大理石、花岗岩、全木等，这早与遮风避雨无关了。衣也不为暖而求美，现在城里早已没有人穿补丁衣服了，服装成了人体美和精神美的延伸。衣服的色、形与暖已毫无关系，甚至宁求其反，要风度不要温度，为了美而不惜挨冻，穿衣成了文化。甚至，干坏事也失去初衷而变得异化。丐不因穷，盗不因困，他们只是为了得到更多的享受。

对人来说，生存确实是一条起码的分界线，这在经济学家已经把它精确为一个恩格尔系数。人们从这条线出发，可以走向不同的方向，在精神世界里分出不同色彩的人生。

1995 年 4 月 19 日

平壤的雪

10 月 26 日上午在南浦参观时还下着淅淅沥沥的小雨，下午五时回到平壤天空却飘起鹅毛大雪来。晚上我们驱车行进在去妙香山的公路上，路边的松树经车灯一照，在茫茫夜色中像一排憨笨的熊猫。雪花飘飘直扑车窗，司机说我们赶上了朝鲜今年的第一场冬雪。

妙香山是朝鲜著名的风景区，这个宾馆也修得很有民族特色。我们一下车就被让进热烘烘的房间里，一进门照例要脱鞋的，地上满铺着一层草编薄席，织工很细，还挑出美丽的图案。有很好的沙发，可是大家都抢着坐在地上，地上热乎乎的，原来暖气是在地板下的。这风味古朴的房间里却摆着现代化的家用电器，大收音机、彩色电视和冰箱。我们急忙去调电视，或许能收到北京的图像。没有，只有一个频道。

第二天早晨醒来，一拉开窗帘，大落地玻璃外便是山，还有潺潺的流水。山很近，所以水和树一下就扑在你的眼前，将你紧紧拥抱，你已不知这旅馆的存在，昨晚使用过的电视、冰箱、浴室好像在这山出现的同时退得无影无踪，现在只有自然和你来对话了。

这山并不单调，两三层，前后错落成近景和远景，折出一个之字形的谷，谷底有水，能听见远去的流水声音。山上最多的是油松，给山盖了一层厚绿作为底色，绿底子上又有黄色，那是落叶松；又有红色，是枫树；有褐色，是已经红过头的黄栌。还有许多杂生的灌木，经秋霜后显出深浅不同从绿到红的过渡。

但是今天早晨在这复杂的各色之上又突然洒了一层白，就更显出一种奇妙的变化。白，在画中是作为一种原色而衬底的，现时却反过来，白压在红绿之上。如果它是厚厚的一层如棉被那样盖下去，也就不说它了。但你想，第一场雪自然是不会太大，而且时间也不会太长，所以这白不能盖满反倒成了点缀。当白雪从天上纷纷洒下时，落叶松和枫树就伸手去接它，但它们的叶子或小或软，雪花从它们的指间、手掌上滑落下来，却去将地上的杂草和灌木盖成一片白，这样黄松倒益显其黄，红枫则益见其红。油松的本领就大不同了，它的针叶密而硬，团团的雪片都结结实实地挂在、压在、镶在叶缝间。整个树成了一个粉团，勾出一个厚重的轮廓。太阳出来了，雪开始变软，绿针刺破了雪团，刺出水来，水又洗净了绿叶，现出明亮的色彩，于是这松树身上竟幻化出静静的白和水汪汪的绿，再披上红色的朝霞，再点缀上黄枝红叶，再隐去脚下平时杂乱的草木山石，再伴奏上远处传来的叮咚的水声。放眼望去，远处隐约空蒙，近处清明沉静，好一幅水彩画，好一首交响曲。这山一夜间竟变成这个样子，真是好看极了，我不禁抚着窗台动了感情。

突然门开了，同伴进来问我在干什么。我一回头，才发现自己还在这座房子里，地上摆着冰箱和电视。第二天一回到大使馆里，我就问昨天北京是否也下了雪？

1986 年 11 月

文章要当钻石磨

在澳大利亚访问新得到一个知识，原来钻石的难能可贵处，主要在加工打磨。澳洲有矿，南非也有矿，但南非钻石更有名。因为澳的加工技术只能打出四十几个面，南非可打出四百六十多个面，面越多，折光就越多，无论从哪个细微的角度看，都能找到光彩夺目的新感觉。真是好矿诚珍贵，技绝价更高。

由此想到写文章。选材如挖矿，初稿是坯料，就像一块有纹理的花岗石。你只要从任何一个角度打磨一下，或者再打磨进任何一个深度，就会出现一种新的图案、色泽和纹路。随着角度的变换和深度的跟进，就产生一个一个的新结果，直到满意为止，这个过程可能要几十次、上百次。文章首先是打磨思想。开始你只是想到一个主题，一个方向，而在写作过程中常会在这里或那里闪出一个念头，就像一块花岗岩，开始加工时你只知道总的颜色、花纹，是猩红还是石绿，在打磨过程中会突然遇到一点好纹理、好色块，或是新奇的图案，这时就立即着意加工，凸显它，丰富它。中国古代的名砚，除刻工精巧外，常常是能打磨出藏于石中的一团明月或一片绿叶，就让它浮现在柔润的青石砚边。我在云南见过一块极名贵的大理石，平光如镜，上面有一只花猫正伸出右前爪捕捉一只彩蝴蝶。天啊，这是怎样的一块奇石，又是以怎样的打磨功夫才尽现其奇的啊。就像一块貌不惊人的石头里能打磨出天下无双的图案一样，你的文章坯子经过无数次打磨也能磨出一个最理想的效果。我的散文《最后一位戴罪的功臣》，描述林则徐在虎门销烟后被削职发配新疆的一段历史。在初稿中引用林的诗句："羁臣奉旨原非分"，是说他以罪臣之身被委派去勘测土地，是干着非分之事，名不正、言不顺，处境很尴尬。在改到十数遍之后，不觉在"非分"上生出一段议论："可知，世上之事，相差之远者莫如人格之分了。有人以罪身忍辱负重，建功立业；有人以功位而鼠窃狗盗，自取其耻，自取其罪。确实，'分'这个界限是'人'这个原子的外壳，一旦外壳破而裂变，无论好坏，其能量都特别的大。"自觉这段理性的升华使本是叙事的文章顿然拔高一截。但这是在修改到十数遍之后才打磨出来的，就像打磨一块青绿花岗石，突然露出点红，再一遍又一遍地磨下去，就是一轮破云而出的红日。

　　这只是就文中思想的打磨略举一例，要最后将文章变成成品、精品，还要做到语法准确、词语生动、结构新颖、修辞恰当、错落有序、情真意切、神形兼备，等等。只要有一面打磨不到，也不能显出它的最佳光彩。而作者有时又很难兼顾，磨光这一面却又伤了另一面，这便需要选取最佳组合了。如果能使这篇文章的光彩到了极致，那就是一枚打出了四百六十面的钻石。

2009 年 3 月 27 日

散文美的三个层次

散文既是一种艺术，其美是有层次的，我认为可以分为三层。

第一个层次是描写的美。作者能将要说的事物客观地、清楚地写出来，摆在读者面前。要求如实，不走样，能显示事物本来的美，类似美术作品中的素描。

第二个层次是意境的美。作者在对某事物的描写或某种思想的表达中能产生一种美的氛围、意境，将读者引到一个美的精神境界。这个境界是作者的主观境界，是别人无法替代创造的，类似美术作品中的写意。如果是素描作品，不同的画家画同一物互相可以很像，而写意画却不同，画家虽面对同一对象，画出的却大相径庭，可以看出画家在作品中加入了自己个人的思想、气质。这种美是以现实物为核心衍射出的一种光环，又好像一块糖刚开始溶化，糖连同靠近它周围的水滴（无形的糖）一起构成一种甜。如果说第一个层次是客观的美，第二个层次就是主观的心灵美。

第三个层次是哲理的美。作者在对客观事物做了描述，也抒发了自己的感情，并感染了读者后，又进一步升华到一种哲理思想上，并理出一种新理念，创造出一些警句哲言，将其"定格"下来。第二个层次的艺术力量主要是在人们的胸怀中鼓荡，以情动人，使读者或悲或喜激动不已。第三个层次的艺术魅力是一种冷静的思索，使读者在经过一番景的陶醉、情的激动之后，静思其中之理，并悟出宏观之道，而这种道理又是实实在在的客观存在，经你道破后人人承认。所以这一层次的美又返归到客观的美，不过更高一层。与美术作品比，它是抽象的、象征的画。还以那块糖比，这时糖已全部化完，我们找不见它的原形，但甜味是客观地存在着的。

第一个层次借助客观形象，其艺术力是暂时的，可能数日即忘；第二个层次袒露作者主观的心象，有个性，艺术力持久；第三个层次又返归到客观真理，点破天机，使人们永久地折服。列简表如下：

第一层次　描写美　客观　形象　直觉　暂时

第二层次　意境美　主观　心象　情感　持久

第三层次　哲理美　客观　抽象　思想　永久

当然在一篇散文中要同时达到这三个层次是很难的，每篇文章可以主要追求一种美。比如明人魏学洢的《核舟记》就是一种典型的描写美。我以为古文中范仲淹的《岳阳楼记》是三个层次兼备的好文章：大量的绘声绘景"衔远山，吞长江，浩浩汤汤"，这是描写的美；由景而及情"满目萧然，感极而悲"、"宠辱偕忘，把酒临风"，这是意境的美；最后将这所有的景和情的积蓄一起迸发出来，点破一条哲理"先天下之忧而忧，后天下之乐而乐"。读者读至此处没有不点头的，而且这千古至理名言，一读之后永远不忘。正因为这篇文章在这三个层次上都有完美的体现，所以千百年来人们传诵不衰。

《散文创作自白》连载之十一，1988 年

教材的力量

中小学教育就是要教学生怎么做人，而教材就是改变人生的杠杆，是奠定他一生事业的基础。记得我小学六年级时，姐姐已上高中，我偷看她的语文书，里面有李白的《静夜思》、白居易的《卖炭翁》，抒情、叙事都很迷人，特别是苏东坡的《前赤壁赋》，读到里面的句子"清风徐来，水波不兴"，"纵一苇之所如，凌万顷之茫然"，突然感到平平常常的汉字竟能这样的美。大概就是那一刻，如触动了一个开关，我就迷上了文学，决定了一生事业的走向，而且决定了我源于古典文学的文章风格。我高中时又遇到一位名师叫李光英，他对语文教材的诠释到了出神入化的境界。至今我还记得他讲《五人墓碑记》时扼腕而悲的神情，以及讲杜甫《客至》诗时喜不自禁，随手在黑板上几笔就勾出一幅"客至图"。他在讲韩愈文章时说的一句话，我终生难忘。他说："韩愈每为文时，必先读一段《史记》里的文字，为的是借一口司马迁的气。"后来在我的作品中，随时都能找见当年中学课堂上学过的教材的影子，都有这种借气的感觉。好的教材无论是给教者还是学者都能留出研究和发挥的空间，都有一种无穷的示范力。我对课文里的许多篇章都能熟背，直到上大学时还在背课文，包括一些数千字的现代散文，如魏巍的《依依惜别的深情》。这些理解并记住了的文字影响了我的一生。近几十年来，我也有多篇作品入选语文教材，与不少学生、教师及家长常有来往，这让我更深地感觉到教材是怎样影响着学生的一生的。

我的第一篇入选教材的作品是散文《晋祠》，1982年选入初三课本。当时我是《光明日报》驻山西记者。某出版社要创办一种名为《图苑》的杂志，报社就代他们向我约稿，后来杂志中途下马，这稿子就留在报社，在4月12日的《光明日报》副刊发表了，当年就入选课文，算是阴差阳错。那年我三十六岁，这在"文革"之后青黄不接的年代算是年轻人了，我很有点受宠若惊。多年后我在人民日报社任副总编，一个记者初次见到我，兴奋地说："我第一次知道'璀璨'这个词就是学您的《晋祠》。"他还能背出文中"春日黄花满山，径幽而香远；秋来草木郁郁，天高而水清"的对仗句。这大大拉近了我与年轻人的距离。我一生中没有当过教师，却常被人叫老师，就因为课本里的那几篇文章。一次我在山西出差，碰到一位年轻的女公务员，是黑龙江人。我说："你怎么这么远来山西工作？"她说："上学时学了《晋祠》，觉得山西很美，就报考了山西大学，又嫁给了山西人，就留在这里工作。想不到一篇文章改变了我的人生。"那一年，我刚调至新闻出版署工作，陪署长回山西出差去参观晋祠，晋祠文管所的所长把署长晾在一旁，却和我热情地攀谈，弄得我很不好意思。原来，他于中山大学毕业后在广州当教师，教了好几年的《晋祠》，终于心动，调回家乡，当了晋祠文管所的所长。他说，他得感谢我让他与晋祠结缘，又送我一张很珍贵的唐太宗《晋祠铭》的大型拓片。《晋祠》这篇课文一直到现在还使用，大约已送走了三十届学生，这其中不知还有多少故事，可能以后还会改变一些人的人生轨迹。而我没有想到的另一个结果是，晋祠为此游客也大大增加了，有了更大的知名度和经济效益。常有北京的一些白领，想起小时的课文，假日里就自驾游，去山西游晋祠。有了这个先例，不少风景名胜点，都来找我写文章，说最好也能入选课本。最典型的是贵州黄果树瀑布旁的天星桥景区，我曾为之写过一篇《天星桥：桥那边有一个美丽的地方》，文章被印在画册里，刻成碑立在景区，印成传单散发，还不过瘾，一定要"活动"进课文。我说不大可能了，他们还是专门进了一趟北京，请人民教育出版社的同志吃了一顿饭，结果也没有下文。可见教材在人心目中的力量。

时隔二十一年后，2003 年我的一篇写瞿秋白烈士的散文《觅渡，觅渡，渡何处》被选入高中课本。对我来说，从山水散文到人物散文，是一次大的转换，这在读者中的反响则更为强烈。后来我母校的出版社中国人民大学出版社就以《觅渡》为书名出了一本我的散文集，发行很好，连续再版。瞿秋白是共产党的领袖，我的这篇文章却不是写政治，也不是写英雄，是写人格，写哲人。我本来以为这篇文章对中学生而言可能深了一些，但没有想到那样地为他们所喜爱。我们报社一位编辑的朋友的孩子上高中，就转托他介绍来见我。想不到这个稚嫩的中学生跟我大谈党史，谈我写马克思的《特利尔的幽灵》。北京 101 中学的师生请我去与他们见面，他们兴奋地交流着对课文的理解。一个学生说："这是心灵的告白，是作者与笔下人物思想交会撞出的火花，从而又点燃了我的心灵。"在小礼堂里，老师在台上问："同学们，谁手里有梁老师的书？"台下人手一本《觅渡》，高高举起，红红的一片，当时让我眼睛一热。原来这已形成惯例，一开学，学生先到对面的书店买一本《觅渡》。中国人民大学出版社的同志说："我们得感谢人民教育出版社，他们的一篇文章为我们的一本书打开了市场。"这篇课文还被制成有声读物发行，又被刻成一面十二米长、两米高的大石碑，立在常州瞿秋白纪念馆门前，成了纪念馆的一个重要景观，因此也有了更多瞻仰者。胡锦涛等领导人也驻足细读，并索要碑文。研究人员说："宣传先烈，这一篇文章的作用超过了一本传记。"纪念馆旁有一所小学就名"觅渡小学"，常举行"觅渡"主题班会或讨论会，他们还聘我为名誉校长。因此还弄出笑话，因这所小学是名校，入学难。有人就给我写信，托我这个"校长"走后门，帮孩子入学。总之，这篇课文无论是对传播秋白精神，还是对附带提高当地的知名度，都起了很大的作用。

我还有其他一些文章入选从小学到大学的各种课本和师生读本，有山水题材的，如《苏州园林》《清凉世界五台山》《夏感》，但以写人物的为多，如《大无大有周恩来》《读韩愈》《读柳永》，还有写辛弃疾的《把栏杆拍遍》、写诸葛亮的《武侯祠》、写王洛宾的《追寻那遥远的美丽》、写一个普通植树老人的《青山不老》（见 1983 年 7 月 24 日《光明日报》）等等。而影响最大的是写居里夫人的《跨越百年的美丽》（首发 1998 年 10 月《光明日报》），分别被选进了十三个不同的教材版本中。其次是《把栏杆拍遍》入选华东师大版高中语文课本等七个版本，上海一个出版社以此为契机，专为中学生出版了一本我的批注本散文集，就名为《把栏杆拍遍》，已印行到第十一版（我真的应该感谢《光明日报》，以上提到的十二篇入选教材或读本的文章，其中有五篇是任《光明日报》记者时所写，或后来所写又发在该报上的，还有一篇获 1980 年全国好新闻奖的作品入选大学新闻教科书）。这些文章主要是从精神、信念、人格养成方面指导学生，但读者面早已超出了学生而影响到教师、家长并走向社会。我的其他谈写作的文章被选入各种教师用书，有的老师从外地打长途来探讨教学。一个家长在陪女儿读书时看到课文，便到网上搜出我所有的文章，到书店里去买书，并激动地写了博客说："这是些充满阳光的、让孩子向上、让家长放心的文字。"有的家长把搜集到的我的文章寄给远涉重洋、在外留学的孩子，让他们正确对待困难、事业和人生。这也从另一方面反衬出目前社会上不利孩子成长、让家长不放心的文字实在不少，呼唤着作家、出版社的责任。

同样是一篇文章，为什么一放到教材里就有这么大的力量呢？这是因为：其一，教科书的正统性，人们对它有信任感；其二，课文的样板性，有示范放大作用；其三，课堂教育是制式教育，有强制性；其四，学生可塑，而且量大，我国在校中小学生年约两亿。教材对学生的直接作用是学习语言文字知识，但从长远来看，其在思想道德方面的间接作用更大。这是一种力量，它将思想基因植入青少年头脑中，将影响他的一生，进而影响一代人，影响一个国家、一个民族。

2010 年 12 月 17 日《光明日报》

书籍是知识的种子

一天，一位编辑给我送来一本大书，极好的画报纸，九寸宽，一尺二寸长，十五斤重，实在无法捧读。想放在书架上，插不进去，只好放在茶几上，压了八个月。茶几也不堪重负，不得已，将其请出了办公室。现在的书不求内容的实在却一味地追求形式的奢华，摆设功能正在悄悄地取代阅读功能。一次在大会堂碰见了出版界老前辈叶至善老人，他深有感慨地说："书是越出越多，越出越大，一些儿童读物也动辄几大卷，一厚本，孩子们怎么翻得动？"书出得多一些、好一些，本是好事，但徒求其形，不究其质，多而不精，就堪忧堪虑了。

既然读书的人都觉得太多太滥，编书的人为什么还一个劲地出呢？抛开经济利益不说，这里有一个贪大求名、以大为荣、大即有功、大可传世的大错觉。

一本书之所以成名传世，不是因为其字多本大，而是因其内容之精，代表了当时某一领域的知识顶峰，后人可赖以攀登。历史上有没有大书？有。但它首先不是大，而是精。《史记》是一本大书，从传说中的黄帝一直写到汉代，凡一百三十篇，五十二万字，作者整整写了十六年。它在记事、析理及文学艺术上都达到了一个精字，成了后人治史为文的楷模。《资治通鉴》是一本大书，但作者一开始就是从求精的目的出发。他深感《春秋》之后到北宋已千余年，书实在是太多了，只主要的史书就已积存了一千五百余卷，一般知识分子一生也难通读，因此有必要辨其真伪，撮其精要，写一本既存史实又资治国的好书。他精心工作了十九年，终于完成了这本以史为镜、明兴替之理的大书，大大影响了以后的中国历史。《资本论》是一本大书，但这主要不是因为它浩浩万言，而是因为它揭示了在这之前别人还没有发现的关于剩余价值的原理，从而揭示了资本主义必然灭亡的规律。无论是司马迁、司马光还是马克思，他们所完成的书虽然都很大，但相对于从前浩瀚的书卷，却是精而又精了。

即使这样，一般读者对这种大书仍然不能通读，主要影响读者的还是其中精辟的章节和主要的观点。再大的书也只能把精髓集中于一点，就像关公的大刀再重，刀刃也是薄薄一线，张飞的蛇矛再长，矛锋也是尖尖的一点。精髓不存，大书无魂；精髓所在，片言万代。一篇《岳阳楼记》代代传唱，皆因其"先忧后乐"的思想；一篇《出师表》千年不衰，全在"鞠躬尽瘁"的精神。文无长短，书无大小，有魂则灵，意新则存。所以，许多薄篇短章仍被作为宏文巨著载入史册，甚至有的还被史家以此来划分年代。1543年被认为是欧洲文艺复兴的开始，就是因为这一年出版了两本科学专著：维萨留斯的《人体的结构》和哥白尼的《天体运行论》。1905年被认为是现代物理学的开端，因为这一年爱因斯坦发表了震惊世界的相对论，但这个宏论却是发于当年的《物理学纪事》杂志上的三篇薄薄的论文。三十多年后一支反法西斯志愿军缺乏经费，只求爱因斯坦将这杂志找出来将文章重抄了一遍，就拍卖了四百万美元，武装了一支军队，真是字字千金。这些书或文章从字数来说比起我们现在动辄千万言的"大系"、"全书"来，算是豆芥之微，但其作用之大却如日月经天。写书本来就是有话则长无话则短，现在却有点"学者不知书滋味，为成巨著强凑字"。

因常写东西，我有时也闭目自测，到底对自己的写作产生过重大影响的是哪些书，细算下来竟大都是一些短篇。中学时背过一些《史记》列传唐末文章，在以后的散文和新闻写作中，时时觉得如气相接，如影相随。打倒"四人帮"后，又得以重新细读朱自清、徐志摩，自觉又如被人往上推了一把。20世纪70年代末，无意中看到一本薄薄的新点校的《浮生六记》，语言之清丽令人如沐春风，一见就不肯放手，以后又研习再三，从中得到不少启发。写作《数理化通俗演义》时，知识和资料全部来源于各种科普和科学人物的小册子，因为这些小册子都是从千年科海中打捞出来的最精的实货。大约一般人的读书心理，总是寻找林中秀木、沙滩珍珠和羊群里的骆驼，总是想用最短的时间，获得最有用的知识，所以小而精的书利用率最高。

本来书籍的功能就是积累知识，没有积累，不能把有价值的东西留传给后代，书籍就没有生命。前人论书的本质和功能大多集中于这一点。高尔基说："书是人类进步的阶梯。"阶梯者，不断向前延伸也。赫尔岑说："书，这是这一代对另一代人的遗训，这是行将就木的老人对刚刚开始生活的年轻人的忠告，是行将去休息的站岗人对走来接替他的岗位的站岗人的命令。"既然是遗训、忠告、命令，当然要尽量提炼出最重要的东西，然后再将其压缩在最精练的文字中，哪能像我们现在这样动辄百万言、千万言地拉杂。古人讲"立言"，言能立于世必得有个性，不重复，有创造，所以杜甫说"语不惊人死不休"。我想顺着他的意思可以这样说："语不惊人死不休，篇无新意不出手。著书必求传后世，立事当作空前谋。"牛顿说，他的成功是因为站在了巨人的肩膀上，是因为巨人们用本本的书搭成了一条台阶，托着他向上攀登。牛顿的脚下踩着哥白尼的《天体运行论》、伽利略的《对话》，而爱因斯坦也踏着牛顿的《自然哲学的数学原理》，给后人留下了相对论。

书籍是什么？我觉得还可以说书籍是知识的种子。上世纪50年代曾发生过这样一件轰动一时的事：我国考古工作者在东北某地挖掘出一粒在地下埋藏了千年的古莲子，经过精心培育，居然发芽长叶开出了一朵新莲花。如果当时埋在土里的不是一粒种子而是一团枝叶呢？我们现在挖出的就只能是一团污泥。1865年，奥地利科学家孟德尔发现了生物遗传规律，他在一次科学会议上宣布后，竟无一人理解。他将此写成论文发表，并分藏到欧洲的一百二十个图书馆，直到二十四年后才又被人重新发现和证实。若没有这些书籍做种子，埋种在先，科学发现不知还要被推后多少年。今天，如果我们凑够字数就出书，那就是在田野里播种莠谷，看似一片茂盛，到秋天却颗粒不收。这样既浪费了今天的资源，又断绝了子孙的口粮，何必这样做呢？

1995 年 2 月 27 日《人民日报》

我的阅读经历

一个作家的写作是由两大背景决定的，一是他的生活，二是他的阅读。

经常有人问我，你读过些什么书，能不能向年轻人推荐一些。我就面有窘色，一时答不上来。一般作家谈阅读时都能很潇洒地说出那些大部头，读过多少外国名著。我却不能，就算读过几本，也早已忘掉了。我不是小说作家，是写文章的，正业曾是新闻写作、公文写作，业余是散文写作。这些都强烈地针对现实，不容虚构情节、回避问题，否则写出的文章就没有人看。所以，从作家角度来说我的阅读是一种另类阅读，是"撒大网、采花蜜"式的阅读。从一个普通知识分子来说这是人人经历过的最普遍的阅读方式，只不过可能我更认真些并且与写作联系起来。这种方式对学生、记者、公务员和业余写作爱好者可能更合适一些，我就都曾有过这些身份。下面是我阅读和写作的简要经历。

关于诗歌的阅读

人生不能无诗，童年更不能无诗。条件好一点的家庭注意对孩子专门的选读和辅导，差一点的也会教一些俚语儿歌。这是一种审美启蒙、情感培养和音乐训练。

我大约在小学三年级开始背古诗，中学开始读词。除了语文课本里有限的几首外，在父亲的指导下开始课外阅读。最早的读本是《千家诗》，后来有各种普及读本《唐诗一百首》《宋诗一百首》及《唐诗选》《唐诗三百首》，还有以作家分类的选本如李白、杜甫、白居易等。这里顺便说一下，我赶上了一个好时代，中学时正是"文革"前中国社会相对稳定，重视文化传承的时期，国家组织出版了一大批古典文化普及读物。由最好的文史专家主持编写，价格却十分低廉，如吴晗主编的"中国历史小丛书"，几角钱一本；中华书局的《中华活页文选》，几分钱一张。不要小看这些不值钱的小书、单页，文化含金量却很高，润物无声，一点一滴给青少年"滴灌"着传统文化，培养着文化基因。这是我到了后来才回头感知到的。说到阅读，我是吃着普及读物的奶水长大的。

和一般小孩子一样，我最先接触的古典诗人是李白，"床前明月光，疑是地上霜"，诗中总有一些奇绝的句子和意境（意境这个词也是后来才知道的），觉得很兴奋，就像读小说读到了武侠。如："日照香炉生紫烟，遥看瀑布挂前川。飞流直下三千尺，疑是银河落九天。""一为迁客去长沙，西望长安不见家。黄鹤楼中吹玉笛，江城五月落梅花。"并不懂这是浪漫，只觉得美。后来读到白居易《卖炭翁》《琵琶行》，"浔阳江头夜送客，枫叶荻花秋瑟瑟"，又觉得这个好，是在歌唱中讲故事，也不懂这是叙述的美，现实主义风格。总之是在朦胧中接受美的训练，就像现在幼儿学钢琴，学跳舞。后来读元曲，马致远《天净沙》："枯藤老树昏鸦，小桥流水人家，古道西风瘦马。夕阳西下，断肠人在天涯。"他不说人，不说事，只说景，推出九个镜头，就制造了一种说不出的味道。这就是王国维讲的"一切景语皆情语"。当然这也是后来才知道的。但要想后来能够领悟，就要预先播下一些种子，这就是小时候的阅读。一说古诗词，人们可能就想到深奥难懂，其实古人的好作品恰恰是最通俗易懂的。如李白的"举杯邀明月，对影成三人"，杜甫的"两个黄鹂鸣翠柳，一行白鹭上青天"，李清照的"花自飘零水自流，一种相思，两处闲愁"，都明白如话，但又不只是"白话"，这里面又有音乐、有图画。因为诗的功能是审美，并不是难为人，好诗人是在美感上争风流的。倒是今人学诗、作赋，食古不化，以僻为荣，不美反涩。古诗词的阅读价值至少有三个方面，一是思想内容，二是意境的美，三是音韵的美。后两个都是审美训练。这是每个人的写作都要用到的。我们常说，文章美得像诗一样，就是指文章的意境和韵味。在所有文字写作中，只有诗词，特别是古典诗词是专门来表现意境和韵律的美感的。为什么强调背诗词，就是让这种美感一遍又一遍地濡染自己的心灵，浸透到血液里，到后来提笔写作时就会自然地涌流出来。现在一般人家节衣缩食给孩子买钢琴，倒不如备一本精选的古诗词。因为成人后，一万个孩子也不一定出一个钢琴家，倒是有一千个要写文案，一百个会当作家，而且在成人前每个人都得先当学生，人人都要写作文。

诗歌阅读对我后来写散文帮助很大。当碰到某个感觉、某种心情无法用具像的手法和散体的句式来准确表达时，就要向诗借他山之石，以造成一种意境、节奏和韵律的美感。所谓模糊比准确更准确，绘画比摄影更真实。

建国六十周年时我发表的《假如毛泽东去骑马》，是顺着毛泽东自己曾五次提出要骑马走江河的思路，假设他在"文革"前的 1965 年到全国去考察（当时中央已列入计划），沿途对一些人事的重新认识。是对毛泽东后期错误的反思，是对"文革"教训的沉痛思考和历史的复盘，通篇表现一种反思、悔恨、无奈的惋惜之情。有许多地方一言难尽，只有借诗意笔法。

设想毛泽东在三线与被贬到这里的彭德怀见面："未想，两位生死之交的战友，庐山翻脸，北京一别，今日却相会在金沙江畔，在这个三十年前长征经过的地方，多少话真不知从何说起。明月夜，青灯旁，白头搔更短，往事情却长。"这里借了有苏东坡词《江城子》与杜甫诗《春望》的意境。而写毛再登庐山想起 1959 庐山会议批彭的失误，写道："现在人去楼空，唯余这些石头房子，门窗紧闭，苔痕满墙，好一种历史的空茫。……他沉思片刻口中轻轻吟道：安得依天转斗柄，挽回银河洗旧怨。二十年来是与非，重来笔底化新篇。"在诗意的写景后又代主人拟了一首诗。毛本来就是诗人，其胸怀非诗难以表达。

《一座小院和一条小路》写邓小平"文革"中被贬到江西强制劳动："他每天循环往复地走在这条远离京城的小路上，来时二十分钟，去时还是二十分钟，秋风乍起，衰草连天，田园将芜。"这里借秋景来营造一个意境，抒写他忧郁的心情，都是古诗里的句子。

回忆季羡林先生的文章《百年明镜季羡老》中有这样一段："先生原住在北大，房子虽旧，环境却好。门口有一水塘，夏天开满荷花。是他的学生从南方带了一把莲子，他随手扬入池中，一年、两年、三年就渐渐荷叶连连，红花映日，他有一文专记此事。于是，北大这处荷花水景就叫'季荷'，但2003年，就是中国大地'非典'流行那一年，先生病了，年初住进了301医院，开始治疗一段时间还回家去住一两次，后来就只好以院为家了。'留得枯荷听雨声'，季荷再也没见到它的主人。"花胜花枯，前后不同的诗意。

有时文章到了结尾处情绪激昂无以言表，只好用诗了，如《梁思成落户大同》一文的结尾："我手抚这似古而新的城墙垛口，远眺古城内外，在心中吟哦着这样的句子：大同之城，世界大同。哲人之爱，无复西东。古城巍巍，朔风阵阵。先生安矣！在天之魂。"这种效果犹如"曲终收拨当心画，四弦一声如裂帛"，非诗不能表达。

我在中学时开始读新诗，断断续续订阅《诗刊》直到工作后多年。新诗给我的影响主要不是审美，而是激情，虽然我后来几乎不写诗，但这种激情一直贯穿到我的散文写作、新闻采写和其他工作中。我们这一代人的诗人偶像是贺敬之、郭小川，他们的诗我都抄过、背过，《回延安》《雷锋之歌》《向困难进军》《祝酒歌》等就像现在的流行歌曲一样响彻在各种场合。他们的诗挟裹着时代的风雷，有万钧之力，是那个时代的进行曲，能让人血液沸腾。它的主要作用不是艺术，而是号角。如郭小川的诗句："我要号召你们，凭着一个普通战士的良心。以百倍的勇气和毅力，向困难进军! "毛泽东说,郭小川的"《将军三部曲》《致青年公民》我都看了,诗并不能打动我,但能打动青年。⋯⋯他竟敢说'我号召!'我暗自好笑,我毛泽东也没有写过'我号召!'"那是一个特定的年代,现在做不到了。现在思想多元化,诗歌当不了号角,不能再起动员作用,它又回归到审美,但是小众的孱弱的美。那时还出版过一本《朗诵诗选》,精选名家诗作,还有《革命烈士诗抄》,都对我影响很大。我现在还保存有几本当年抄诗的笔记本,里面有许多抄自书报刊的无名好诗。

1968 年 12 月,我大学毕业分配到内蒙古,先要在农村劳动一年。村里没有什么书可读,塞外的数九寒冬四个大学生挤在一盘火炕上念诗,互相回忆过去读过的好诗,从北京带去的《朗诵诗选》帮我们度过了那些寒冬之夜。现在想来是有点幼稚,但却留住了一点激情的火苗,受用一生。我见到好诗就抄就背,这种爱好持续到四十岁左右。后来我在新闻出版署工作,见到新华社老记者张万舒,我说我背过你的《日出》《黄山松》,"九万里雷霆,八千里风暴,劈不歪,砍不动,轰不倒!"一次全国作协开会我与诗人严阵坐在一起,我说,我现在还保存有你的诗集《竹矛》。他们没想到在二三十年前还有我这样一个"粉丝",大家都很激动,谈起那个诗的时代"老夫聊发少年狂"。我在《人民日报》工作,都快要退休了,带着采访组到贵州采访。路上,贵州山水如诗如画,我想起了贵州老诗人廖弓弦的一首诗,背出了第一段:"雨不大细如麻,断断续续随风刮。东飘,西洒,才见住了,又说还下,莽莽苍苍,山寨一幅淡墨画。"同行的年轻人都很惊奇,他们不知道当地还有这样一个诗人,可惜诗人已经过世。这是我高二时在中学简陋的阅览室里读到的,发在《人民文学》的封底上,印象很深。少年时的记忆真是宝贵。那时阅览室里杂志不多,怕人拿走,每本刊物都用一根粗白线拴在桌子上。我不但背诗,也写诗,二十多岁时在河套平原劳动,一年后又当记者,夏收季节八百里河套金黄的麦浪一直涌到天边,十分壮观。就不自量力写了一首几百行的长诗《麦浪滚滚》,那时"文革"还没结束,当然也没有刊物可发。我第一次得到的稿费不是因为散文,而是诗歌。1975 年我调回山西,到大寨下乡,写了一首诗,发

364
×
365

一

万水千山行遍

一

书房一角

在《北京文学》上，稿费十四元。当时大学毕业生的月工资四十六元，稿费单插在省委传达室的窗户上，让很多人眼红，我也自豪了一阵子。1988年我将自己多年读、背、抄的诗选了五十六首，按内谷和体例分为写人、写景、抒情、词曲体、古风体、短句体、长句体等十一类，加了四十条点评，出版了一本小册子《新诗五十六首点评》，但我终究没有成为诗人。

新诗阅读对我写作的影响主要是两点，一是激情，二是炼字。

旧诗给人意境，新诗直接点燃人的是激情。在各种文体中，诗歌的分工主要是抒情。散文抒情不如诗歌，叙事不如小说，说理不如论文，但它的长处是综合。如果能将每种文体之长都拿来嫁接在散文中，这就出新了。我后来总结"文章五诀"：形、事、情、理、典。这个"情"字就要靠读诗来培养。诗陶冶人性，让人变得热情，可以改变你的性格，你的人生态度。我后来当记者，直至退休多年，每见一新事，就想动笔，甚至一人看电视看到好的节目、听到一首好曲子都会流泪，与读诗有关。当你胸中鼓荡、翻腾，如风如火，如潮如浪，想喊想叫时，这就是诗的感觉，但是不去写诗，移来为文，就是好文章。我曾经写过一篇文章《为文第一要激动》，谈的就是这个体会。青年时期关于诗的训练并不吃亏，都无形地融入了文章中。1984 年我写了一篇散文《夏感》，选入中学课本，使用至今。全文只有六百六十六个字，歌颂生命，抒发一种激昂向上、拼搏奋斗的情绪。其实这就是十年前那首数百行长诗的转世。那首诗我现在连一个完整句也想不出来了，但那种情绪总在心中鼓荡。诗歌所给予的感情上的律动，在我后来的散文中都能找见。阅读诗，但写出来的是散文，正如鲁迅说的，吃进去的是草，挤出来的是牛奶。

读诗对写作的另一帮助是炼字、炼句。诗要押韵，就逼得你选字，本来中国字很多，但这时只许你使用一小部分。如果碰上窄韵字更是走钢丝，冒风险，李清照所谓的"险韵诗成，扶头酒醒，别是闲滋味"。经过这种训练后再去写文章，就像会走钢丝的人走平地，可以从容应对了。下笔时经常一处换三四个甚至七八个字，这就是诗的推敲功夫，从字义、字音、字数上推敲。比如，我在《秋风桐槐说项羽》中说到项羽故里的一棵梧桐和一棵古槐，人们在树下"轻手轻脚，给围栏系上一条条红色的绸带，表达对项王的敬仰并为自己祈福。于是这两个红色的围栏便成了园子里最显眼的，在绿地上与楼阁殿宇间飘动着的方舟。秋风乍起，红色的方舟上托着两棵苍翠的古树。"这里是该用"布带"、"丝带"还是"绸带"，现场实际情况是什么都有，但文学创作，特别是散文要找意境效果。"丝"的质感华贵纤细，与项羽扛鼎拔山的形象不合；"布"更接近项羽朴实的气质，但飘动感不如"绸"。 因为文近尾声，这里强调的是"在绿地上与楼阁殿宇间飘动着的方舟"，隐喻两千年来在历史的天空，在人们的心头飘动着的一种思绪，所以还是选"绸带"好一些。 还有诗歌常用叠字，特别是民歌。 如李季《王贵与李香香》中的"山丹丹"、"背洼洼"、"半炕炕"等，自带三分乡土味。 我在《假如毛泽东去骑马》中，写到毛回到陕北，就是用的当地的这种民歌口语："他立马河边，面对滔滔黄水，透过阵阵风沙，看远处那沟沟坡坡、梁梁峁峁、塄塄畔畔上俯身拉犁，弯腰点豆，背柴放羊，原始耕作的农民，不禁有一点心酸。"而写到他内心的自责时，则用古典体："现在定都北京已十多年了，手握政权，却还不能一扫穷和困，给民饱与暖。 可怜二十年前边区月，仍照今时放羊人。"借了唐诗"可怜无定河边骨，犹是春闺梦里人"的意。

诗歌因为与音乐相连，所以最讲节奏。 节奏感主要由句式、章节、平仄构成，我在《新诗五十六首点评》的研究中专门分了长句类、短句类，指出："短句体借鉴词曲手法和口语句式，节奏强烈，如鼓点，如短笛，如竹筒倒豆，出语就打在你的心上，不另求弦外之音。"如郭小川的《祝酒歌》："斟满酒，高举杯！ 一杯酒，开心扉；豪情，美酒，自古长相随。"我读过的印象最深的短句诗是一首《同志墓前》，作者叫丹正贡布，并不出名，注明 1963 年创作于阿米欧拉山下。 当时我手抄在一个本子上，第一节是这样的：

> 五里外，
>
> 滚滚黄河，
>
> 高唱着
>
> 不回头的歌，
>
> 五步内，
>
> 三尺土下，
>
> 炽燃着

不息的火。

朝朝暮暮，

悼念苦我心，

走近墓前，

泪往草上落……

"五里外、五步内、三尺土"锤锤落地，寸寸剁下。最后的"落"字又落在一个仄声上，节奏更短促急迫。

在散文中，当有需要强调的地方我就多用短句，如敲鼓、钉钉。如在《把栏杆拍遍》中写辛弃疾："对国家民族他有一颗放不下、关不住、比天大、比火热的心；他有一身早练就、憋不住、使不完的劲。"

而长句体"它不是打击乐，不求鼓点式的节奏，而是管弦乐曲，有悠长、浑厚、深沉之美"。还以郭小川为例，他的《团泊洼的秋天》："秋风像一把柔韧的梳子，梳理着静静的团泊洼；秋光如同发亮的汗珠，飘飘扬扬地在平滩上挥洒。"这是长句，适宜舒缓的描述。我在《草原八月末》中写对草原的感受就是用的长句："看着这无垠的草原和无穷的蓝天，你突然会感到自己身体的四壁已豁然散开，所有的烦恼连同所有的雄心、理想都一下逸散得无影无踪。你已经被融化在这透明的天地间。"而有时又要长短结合，如《红毛线，蓝毛线》中，"红毛线，蓝毛线，二尺小桌，石头会场，小石磨，旧伙房，谁能想到在两个政权最后大决战的时刻，共产党就是祭起这些法宝，横扫江北，问鼎北平的"。

关于散文的阅读

读散文少不了古典散文，这类似现在搞流行音乐的人，也少不了要知道一点古典音乐。对我影响最大的古文家有司马迁、韩愈、柳宗元、苏轼、范仲淹等。对一般人来说，只要不搞专业，用不着去找他们的原著，古籍浩如烟海，又艰涩难懂，是读不过来的。好在中国文学有个好传统，一代代精选前作，把最优秀的挑出来，只读这些就够了。关键是精读，最好能背，取其精，得其神。我的古文阅读分三个层次。一是最基本的，课堂上的学习。中学时我是语文课代表，书中的每一篇古文都是熟背过的，并且要帮老师考同学背书。二是扩充阅读。读一些社会上流行的综合选本。最有名的是《古文观止》，但那毕竟是古人编写，离我们还是远了一点。我用得最顺手的本子是中国青年出版社1963年版的《历代散文选》，共选了一百五十篇，基本上囊括了历代名文，注释浅近易懂。编者之一的芦荻，后来一度是毛泽东的古文陪读，最近才去世。它成了我的工具书，平时放在案头，下乡采访时背在包里，早晨起来背诵一篇，那时我已过四十岁了。三是选更精一点的普及本，经常查阅、体味。如前面提到的《中华活页文选》，还有上海古籍出版社1963年出的一套古典文学普及丛书，每本只有几毛钱。如《宋代散文》两角八分，现在插在我的书架上，还没有退役。从司马迁到韩愈、柳宗元、范仲淹一路而下到清与民国之交，梁启超是一座高峰。梁继承了中华古文中阳刚的一脉，并将雄壮的文风带入了民国。你看他的《少年中国说》，讲少年与老年的不同，连用十四个排比，那气势真如长江黄河顺流而下，摧枯拉朽，为古文标上了一个强烈的休止符。下面该民国和新中国的文章家登场了。

中国古代散文家还有一个好传统，就是和政治结合，除少数专业作家外，好的文章家都是政治家、思想家。我把这个阅读成果编成一本书《影响中国历史的十篇政治美文》，2012年由人民大学出版社出版，已多次重印。十篇文章都要符合两个标准：一是它当时提出了一个思想，并且现在还使用；二是文中的词汇或句子是首创，并进入汉语词典、语典，现在也还在使用。这个标准是很苛刻的，就是说无论思想还是语言，必须是独家首创，虽过了千百年仍有生命力。这就是经典，可以做范本。这十篇是司马迁的《报任安书》、贾谊的《过秦论》、诸葛亮的《出师表》、陶渊明的《桃花源记》、魏征的《谏太宗十思疏》、范仲淹的《岳阳楼记》、文天祥的《正气歌序》、林觉民的《与妻书》、梁启超的《少年中国说》和毛泽东的《为人民服务》。这是中国文章的脊梁骨。这些文章都是用血和泪写成的。不知多少改朝换代、人事兴替、血流成河、硝烟战火、经验教训才凝成一篇文章。"一将功成万骨枯"，一篇能载入史册的名文背后是几代人的心血。

古典散文中除司马迁、唐宋八大家这两个高峰外，还有一头一尾：一是汉赋，一是明清笔记小品。

汉赋，离我们远了一点，词汇可能生僻些，但它从诗歌中脱胎出来，有诗的气质、韵味，语言极度豪华。学习炼字造句不可不看，但也不必去写，毕竟时代不同了。我常看的一个本子是《历代赋译释》，黑龙江人民出版社 1984 年版。我把赋的意境运用到散文中，主要是取它一唱三叹、流连往复的效果。其中枚乘的《七发》较为有名，这与毛泽东在庐山会议上曾引用它有关。我写《觅渡，觅渡，渡何处》一文时，说到瞿秋白"是一座下临深谷的高峰"，就是从《七发》中"龙门之桐，高百尺而无枝。……上有千仞之峰，下临百丈之溪"而化来的。

明清笔记小品的长处是比唐宋古文有了平易而精致的叙述，在叙述中抒情，说理。如张岱的《湖心亭看雪》景中有事、事中有情，纪晓岚的《阅微草堂笔记》在讲故事中说理。纪晓岚的《狐友幻形》讲，一文人有一个隐身的狐狸朋友，会变成各种人，变老、变小、变男、变女，有朋友聚会时就变来为大家助兴，但只闻声不见形。众人就说，为什么不拿出你的真形。狐说："天下之大，谁也不肯露出自己的真实面目，为什么要强求我一人现真形呢？"说罢，大笑而去。辛辣、幽默、深刻。与司马迁、唐宋八大家正襟危坐，黄钟大吕式的文章相比，又是一种迥然不同的风格。明清散文我还特别喜欢清代沈复的《浮生六记》。这是一本笔记体散文，因是叙述自己的生活际遇，作者原也不准备发表，所以十分真实感人。文字清新流畅，简洁明亮。我是 1983 年左右看到这本书的，一读即爱不释手，深深地为作者高超的文字功力所折服。读这本书不是汲取什么思想，主要是学语言。比如，他写与自己妻子第一次见面时的印象只八个字："额之以首，笑之以目"，一个淑女形象跃然纸上。本书最先有人民文学出版社的 1983 年版，后来不少社又争相出版，有白话本、插图本等各种版本。我到处给人推荐，大约买了六七本送人。它实在是我国散文发展到古代社会末期的又一变格，又一个新的高峰。杨绛先生还仿其格写了一本《干校六记》，可见它在学人心中的地位。

正如古典诗词对我写作的帮助是意境，古典散文对我的帮助是气势。文章是要讲势的，所谓文势。"文势"是中国古典写作理论中珍贵的遗产，这一点现代散文比较弱。苏东坡讲："吾文如万斛泉源，不择地皆可出。在平地，滔滔汩汩，虽一日千里无难。及其与山石曲折，随物赋形，而不可知也。所可知者，常行于所当行，常止于不可不止，如是而已矣！其他，虽吾亦不能知也。"毛泽东说："文章须蓄势。河出龙门，一泻至潼关。东屈，又一泻到铜瓦。再东北屈，一泻斯入海。行文亦然。"古文中的好文章大多有气势，往往一开头就泰山盖顶，雷霆万钧，先声夺人。我上中学时，语文课上老师讲的一段话，让我终生难忘。他说韩愈每写一文时，总要重读一遍司马迁的文章，为的是借太史公的一口气。到后来我也开始作文时深切感到要从经典借气，为文时经常要重读名文，或者曾背过的经典文章会不自觉地跑出来助势。如《红毛线，蓝毛线》的开头："政治者，天下之大事，人心之向背也。"《张闻天：一个尘封垢埋却愈见光辉的灵魂》的开头："从来的纪念都是史实的盘点与灵魂的再现。"就是借的《十思疏》《过秦论》这类文章的势。

其实不只是文章讲势，长篇小说的开头也讲势，中国四大古典名著中《三国演义》的开头最有势："话说天下大事合久必分，分久必合。"外国名著《安娜·卡列尼娜》的开头："幸福的家庭都是相似的，不幸的家庭却各有各的不幸。"这都是"文章五诀"中的"理"字诀开头。我在《二死其身的彭德怀》中有一大段叙述："彭德怀行伍出身，自平江起义，苏区反围剿，长征、抗日、解放战争、抗美，与死神擦边更是千回百次。井冈山失守，'石子要过刀，茅草要过火'，未死；长征始发，彭殿后，血染湘江，八万红军，死伤五万，未死；抗日，鬼子扫荡，围八路军总部，付参谋长左权牺牲，彭奋力突围，未死；转战陕北，彭身为一线指挥，以两万兵敌胡宗南二十八万，几临险境，未死；朝鲜战争，敌机空袭，大火吞噬志愿军指挥部，参谋毛岸英等遇难，彭未死。"是借自文天祥的《指南录后序》，而入选中学课本的《晋祠》则有《小石潭记》的影子。这都是站在巨人的肩膀上借势发力。

阅读现代散文，我是从读报刊文章入手的。我上初中时，家里订有一份《人民日报》，大人看正版，我看副刊，那时报上的名家有秦牧、杨朔、刘白羽、方纪、魏巍等。当时《人民日报》开了"笔谈散文"栏目，一直到现在还流行的"形散神不散"就是那时提出来的。但我一直觉得这个观点是个伪命题，是自搭台子自唱戏，抓住一个"散"字自以为很妙，就延伸开来做文章。其实散文相对于韵文当然是散的，莫非还要去做"新八股"？而"神"则从来也没有人说可以散。后来我在山西省委宣传部新闻处工作，订各省的报纸，我就每天把副刊扫一遍，阅读量很大。报刊文章的特点是与时代贴近，你不会陷入古籍或自我沉醉，陷入迂腐；缺点是水平不齐，一般来说浮浅的较多，多少天，才眼睛一亮遇到一篇好文章，但这正可训练你的鉴别能力，时间长了自然也会打捞到一些好东西。如我数十年前在《人民日报》副刊上读的《笑谈真理又何妨》，还有一篇小品，以推磨磨面，喻人才的使用"只要心中正，何愁眼下迟。得人轻着力，便是转身时"，至今仍历历在目。对报刊的阅读随时代的发展又增加了网络阅读，更加快捷，信息也更多。如"十八大"前，我们对内官僚腐败对外示弱，舆论很不满，我在网上看到普京对内低调对日强硬的几条新闻，随即写成短文《普京行走在空旷的大街上》（《人民日报》2013年7月18日），还有在网上看到某地方人民代表大会的工作报告，竟是一首六千字的五言长诗。正值春节，大年初一无事，便写了一篇《为什么不能用诗作报告》（《人民日报》2015年2月28日），瞬间即点读数十万次，新媒体为我们提供了更大的阅读空间。其实阅读与写作是一个连续不断的因果关系，你阅读了别人的东西，又转化为作品服务他人。阅读是面，写作是点；阅读是吃进草，写作是挤出奶。在报刊、网络上的阅读是撒大网，如羊在草原上吃草，大面积地吃，夏牧场不够吃又转到冬牧场吃，一般草场约十亩地才能养活一只羊。我就是一头阅读散养的羊。

20 世纪 30 年代，中国现代散文出现了一个高峰。从中学到参加工作，这一段时间一直读的是"革命散文"，虽也有艺术性好一点的但总不脱解说政治的套子。直到"文革"结束，我读到了 1980 年上海文艺出版社的《现代散文选》，比较集中地读到了 30 年代鲁迅、朱自清、徐志摩的作品，让我知道了文学，特别是散文第一要"真"，要有真情实感。文学作为一种艺术，并不是必须担负说教任务，审美才是它的本行。朱自清的瑞士游记："瑞士的湖水一例是淡蓝的，真平得像镜子一样。太阳照着的时候，那水在微风里摇晃着，宛然是西方小姑娘的眼。"徐志摩《我所知道的康桥》："这岸边的草坪又是我的爱宠，在清朝，在傍晚，我常去这天然的织锦上坐地，有时读书，有时看水；有时仰卧着看天空的行云，有时反仆着搂抱大地的温软。"这些经典都深深地打动了我，并永远不忘。他们对情和景的解读方式几近完美，这对读了多少年"革命"散文的我无异于一种文学回归，是我的"文艺复兴"。

30 年代散文中，对我影响很大的是夏丏尊翻译的一篇散文《月夜的美感》。这篇文章是我读陈望道先生所著的《修辞学发凡》时读到的，他在书中作为例文使用。我却如获至宝，作为范文研读（可惜 1980 年再版的《陈望道文集》中此篇已被换掉）。这是一篇少见的推理散文，而且以后我再也没有见过这样写法的文字。我特别写了一篇推荐文章给《名作欣赏》杂志，文章发出后有热心的同好者来信告知作者是日本作家高山樗牛，而且陈版所引文字不全，还缺另外五个小节。《名作欣赏》杂志又将全文补齐重发了一遍。这实是一段文学佳话。中、日文的表达方式肯定有所不同，这篇散文的文字魅力应该得力于夏丏尊的翻译，但文中独创的推理表达则是日本作家的发明。作者好像决心不让你先去感觉，而是让你来理解月色的美，在理解中再慢慢地加深感受。一般文人最不敢使用的逻辑思维方式，倒成了作者最得心应手的武器。我们平时说月色的美丽，一般总脱不了朦胧、温柔、恬淡等意，这里，作者再不想唱这个很烂的调子了，而是像做一道证明题一样来推论为什么会这样温柔、朦胧、恬淡。你看他的步骤：先证明月色的青，再证明青在色彩上力量的弱，于是便有"柔"感，生平和、慰藉之效；青的光不鲜明，于是有神秘、无限之感；便若有若无，这就是朦胧、缥缈之美。这种用推理、用逻辑思维来写风景真是太大胆了。我后来入选中学课本的《夏感》，还有刻在黄果树景区的《桥那边有一个美丽的地方》等散文，都是得益于这个启示。

从此我开始了山水散文写作，追求清新、纯美的风格。现代散文，我认为最好的是朱自清。朱之前我很崇拜杨朔，他的许多篇章都背过，但很快就放弃了这种模式。我小学时用自己攒的零花钱买的第一本散文集是秦牧的《艺海拾贝》，他的《社稷坛抒情》，还有魏巍的《依依惜别的深情》，都是几千字的长文，也都曾背过。1988 年，我把长期阅读散文的体会编辑出版了《古文选评》《现代散文赏析》，与《新诗五十六首点评》合为一套"学文必背丛书"。这是强调读而后背的，广读精背，这是一个笨办法。

有阅读就有思考。作品是思想和艺术的载体，读多了就会分出好坏、深浅，并发现其中的规律。在对大量古今散文作品阅读后，我思考了三个问题。

一、什么是散文的真实？第一，散文是表现一个真实的"我"，必须是真人、真事、真情，不是小说，不能随心所欲编故事。第二，散文有它独立的美学价值，不能注解政治，套政治之壳。虽然由于那个时期特殊的政治环境，一切艺术，文学、绘画、音乐等都曾背过政治的包袱，但散文在这方面陷得更深一些。关于散文的文艺批评尽管有许多眼花缭乱的理论，却很少触及这两个最普通的大白话式的原理，或者是碍着名家的面子，不愿去说。如何为的《第二次考试》明明是小说，长期以来被当成样板散文编入课本，收入各种选本。杨朔的散文影响更大，被收入大学、中学课本，不管写景、写人都要贴上政治标签，几成一个写作定式。1982 年我在《光明日报》发表《当前散文创作的几个问题》，第一次提出对杨朔散文模式的批评。十多年后，在中国作协为我组织的作品研讨会上，作协副主席冯牧老先生说："真实是散文的生命。这次看梁衡同志的这本书，有文章专谈这个问题，我们不谋而合。""他在散文理论上还有一个值得重视的贡献，就是最早提出对杨朔散文模式的批评，这种缺点不光是杨朔一个人有，这是历史的局限造成的。"为了验证我自己的这种理论,我1982年创作了《晋祠》,并于当年入选中学课本。

二、怎样突破平庸。毋庸讳言,我们平常在报刊上见到的作品,平庸的占多数。这是一个社会现实。某次,一位文学编辑对我说:"我终年伏案看稿,就像被埋在垃圾堆中,心情十分压抑。"改革开放以来,散文在跳出庸俗地服务政治之后,又胆怯地回避政治,大散文不多。也正如冯牧先生说的:"我不喜欢一些'心灵探险式'的散文。杯水波澜,针眼窥天,无病呻吟。这些散文不关心现实,只关心自己的情趣。这不应该是我们散文写作发展的总体趋势。"1998年7月,我在《人民日报》发表了《提倡写大事、大情、大理》。以这一年为转折,我的散文写作由山水题材转入政治散文。以1996年发表《觅渡,觅渡,渡何处》为转折,这篇文章也入选了中学课本。

三、什么是散文的美,怎样做到美? 我提出散文的"三层五诀"论。"三层"是描写叙述的美、抒情的美与哲理的美,即形美、情美、理美;"五诀"是形、事、情、理、典,五种表现手法。这是一个长期阅读思考的过程。1988年发表《散文美的三个层次》,2001年7月,在鲁迅文学院讲《文章五诀》,2003年发表于《人民日报》。我用这个理论分析了大量散文名篇,2009年7月在中央"部级领导干部历史文化讲座"上以范仲淹的《岳阳楼记》为例进行讲解,随后出版了《影响中国历史的十篇政治美文》。

在散文领域我是两条腿走路,一方面是通过大量的阅读思考散文理论;一方面是创作实践。我的散文创作可分为前后两期:前期是山水散文,以《晋祠》为代表;后期是政治散文或称人物散文(其实仍是政治人物较多),以《大无大有周恩来》《觅渡,觅渡,渡何处》为代表。

关于科学知识的阅读

恩格斯说,一个苹果切掉一半就不再是苹果。一个记者、作家只读社会科学不读自然科学，他眼里的世界就不是一个完整的世界。

我是学文科的，后来的工作也不是科技领域，但是误打误撞，进入了科普写作。经过"文革"十年浩劫，1978年全国科学大会之后科学的春天来到了，报刊上沉寂了十年后科普文字如雨后春笋。被耽误了的一代，有的恶补文学知识，搞创作；有的恶补科学知识，准备升学或搞科研。我出于好奇，也开始浏览一些科学故事。

那时我在《光明日报》当记者，跑科学口和教育口。科技工作者思维活跃，读书多，常讲一些我所不知的他们学科领域的故事，很吸引人，科学并不枯燥。我也常采访学校，看到学生读书很苦，而且不少人对数理化有畏难情绪，心里烦躁。我发现这原因不在学生，而在我们的教学不得法。科学和教育没有沟通，小孩子先有形象思维，数理是逻辑思维，很多学生一下子不适应。为提高学生的学习兴趣，我想能不能转换成思维，把课本里公式及定理的发现过程、人物故事写出来，让学生像读小说一样学数理化。我决定尝试一下。

第一步是找故事。读所有能看到的科普报刊，按照中学课本里的内容寻找公式、定理背后的故事。大量剪报，分类剪贴了数学、物理、化学、生物等几大本。那时还没有电脑，更没有百度等搜索，大学一入学的训练就是手抄卡片。我专门做了一个半人高的卡片柜，像中药店的药柜。只读报刊当然不够用，又读科学家传记，如《伽利略传》《居里夫人传》《达尔文传》等。读单本书不行，还得宏观把握科技进步的过程，又读科学史、工具书，如李约瑟的《中国科技史》《自然科学大事年表》之类。有事实和故事仍然不够，还得恶补科学知识和科学方法论。现在还留有印象的如恩格斯的《自然辩证法》，德国科学家贝弗里奇的《科学研究的方法》，俄裔美国著名科学家阿西莫夫的科普系列、中国数学家王梓坤的《科学发现纵横谈》，物理学家方励之的小册子《从牛顿定律到爱因斯坦相对论》等。我走的还是经典加普及的路线，读那些大家的最好的经典普及本。如爱因斯坦的《狭义与广义相对论浅说》，1964年版，一百多页，才三角七分钱一本。

我写的第一个故事是数学方面的。我们在初中就学过什么是"无理数",这是个抽象概念,怎么还原成形象?古希腊有个数学家叫毕达哥拉斯,他死后几个学生在争论老师的学问。一个叫西帕索斯的说,他发现了一种老师没有发现的数,比如用等腰三角形的直角边去除斜边,就永远除不尽。别的学生说,不可能,老师没有说过的就是没有,你这是对师长的不敬。当时大家正在船上,争到激动时不能控制情绪,几个人便把西帕索斯举起来扔到海里淹死了。事件过后,他们反复演算,确实有这么一种数。比如圆周率,小数点后永远数不完,于是就把已有的,如整数、循环小数等叫有理数,这个新数叫无理数。这就是我小说里的第二章《聪明人喜谈发现,蛮横者无理杀人——无理数的发现》。这个故事,教师在课堂上三分钟就可讲完,但学生一生不会忘。我把这故事发在刊物《科学之友》上,大受欢迎,编辑部要求接着写,结果骑虎难下,每月一期,连载了四年,1985年1月结集出版了《数理化通俗演义》第一册,1988年三册全部出齐。有一次汪曾祺先生与我同在一个书店签名售书,他高兴地为这本书题词:"数理化写演义堪称一绝。"这本书先后出了香港版、台湾版、维吾尔文版,重印二十多次,不知救了多少已对数理化失去信心的孩子,很受学生和家长欢迎。中国科学院院长白春礼、科普老前辈叶至善都曾为书作序。这是一部无法归类的怪书,它的起因一开始就不是创作小说的文学冲动,也不是科普创作的知识冲动,而是一个记者社会责任的延伸。

科学阅读的另一个间接的成果是充实了我的散文创作。我们常说,用世界的眼光看中国,就是说由宏观看局部更清楚,如果能用科学的眼光看文学,至少写作时腾挪的空间会更大。比如,我在《大无大有周恩来》一文的结尾处,谈到伟人人格的魅力,谈到为什么他们虽已故去多年又让人觉得如在眼前,我借用了"相对论"的时空观:"爱因斯坦生生将一座物理大山凿穿而得出一个哲学结论:当速度等于光速时,时间就停止;当质量足够大时它周围的空间就弯曲。那么,我们为什么不可以再提出一个'人格相对论'呢?当人格的力量达到一定强度时,它就会迅如光速而追附万物，穹庐空间而护佑生灵。我们与伟人当然就既无时间之差又无空间之别了。这就是生命的哲学。"

在《最后一个戴罪的功臣》一文中说到林则徐被发配到新疆，边服罪边工作，测绘耕地，"整整一年，他为清政府新增六十九万亩耕地，极大地丰盈了府库，巩固了边防。林则徐真是干了一场'非分'之举。他以罪臣之分，而行忠臣之事。而历史与现实中也常有人干着另一种'非分'的事，即凭着合法的职位，用国家赋予的权力去贪赃营私，以合法的名分而行分外之奸、分外之贪、分外之私。可知世上之事，相差之远者莫如人格之分了。确实，'分'这个界限就是'人'这个原子的外壳，一旦外壳破而裂变，无论好坏，其力量都特别的大。"这里借用了物理学上的原子裂变，即原子弹爆炸的原理，来喻人格"裂变"的能量。

在《蒋巷村的共产主义猜想》一文中，写到这个富裕村的陈列室里张贴有八百年前辛弃疾描写江南生活美景的词，又写到他们现在公共福利的分配方式，就用科学术语来解释：

基因学有一个术语：基因漂流。自然物种在进化中，总有某种基因会飘落某处与其他基因结合成新的物种。共产主义理论一产生就是一个在欧洲大陆上"游荡的幽灵"，一个漂流的理论基因、科学基因。一百六十多年后，它漂到中国的江南水乡，与这里从八百年前漂过来的，辛弃疾词里所表达的那个天人合一、老少同乐、物我一体的乡土基因相结合，成了现在的这个新版本，蒋巷村版（现代中国还有其他版本，如华西村版、南街村版、大寨村版，含义各有不同）。

修辞上有一种格叫"拈连"，把本是用于描述甲事物的词汇移来说乙，如"相对论"、"裂变"、"基因"是专用的物理、生物词汇，却用来说人和事。把科学思维、科学术语用于文学，正是一种跨界大拈连。拈连实际上也是一种比喻，是隐喻。而比喻中甲乙两物是相距愈远，性质差别愈大，所产生的比喻效果就愈强烈。

因为阅读科普作品，同时又采访科技界，使我有机会参加有关的学术活动。1984 年 8 月在北京召开全国第一次思维科学讨论会，筹备成立思维科学研究会，我有幸参加。这种综合学科的研讨与文学界开会有很大不同，会议人数不多，一共才五十九人，但名家不少。我过去的偶像如钱学森、吴运铎、高士其等都出席了，还有八十岁的心理学教授胡寄南，美学家李泽厚等。钱学森用一整天的时间做开场报告，后几天就坐在台下仔细听。大家自由争论最前沿的知识，主要是讨论思维规律，逻辑思维与形象思维的不同及联系。就在这次会上钱学森提出五种思维方式：形象思维、逻辑思维、灵感思维、社会思维和特异思维。耳听笔记，这是一种近距离的阅读，让我的思维方式有了一个大扩张、大转换。自从增加了科学方面的阅读，我才知道世界原来有这么大，思维方式可以有这么多种，自觉头脑比原先灵活聪明了许多。后来我与人合作写了一篇谈思维科学的文章，经钱学森先生审定发在《光明日报》上。

关于理论和学术经典的阅读

我在《文章五诀》中提出形、事、情、理、典。这个"典"是指经典、典故，特别是理论经典。什么是经典？常说为经，常念为典。经典标准有三：一是达到了空前绝后的高度；二是上升到了理性，有长远的指导意义；三是经得起重复引用，能不断释放能量。由于长期的文化积累与筛选，每个领域都有各自的经典，而更高层次的是理论和学术经典，特别是政治与哲学方面的经典。

一般人，特别是文学爱好者常误认为政治、理论枯燥乏味，干瘪空洞，不如文学那样水灵、煽情。这是因为文学与理论属不同的思维体系，一个是形象思维，一个是逻辑思维。他虽感觉到了这个不同，但不知道作为形象思维的文学只有借助理性的逻辑思维才会更深刻，从而更形象、更生动。就如我们常说的只有理解了的东西才能更好地记忆。这中间有一道门槛，翻过之后，就是一片高地。

我们这一代人赶上"学习毛泽东著作"高潮。这是一个半被动、半主动的经典学习运动。说它被动，是因为那是一个特殊时期，一场运动，人人学，天天读，你不得不学；说它主动，是因为毛的文章确实写得好，道理深刻，文采飞扬，只要一读开，就能吸引你自觉地读下去。

我第一次接触毛泽东的文章，是在中学的历史课堂上，不认真听课，却去翻书上的插图。有一张《新民主主义论》的影印件，如蚂蚁那么小的字，我一下子就被开头几句所吸引：

抗战以来，全国人民有一种欣欣向荣的气象，大家以为有了出路，愁眉锁眼的姿态为之一扫。但是近来的妥协空气，反共声浪，忽又甚嚣尘上，又把全国人民打入闷葫芦里了。

"欣欣向荣、愁眉锁眼、甚嚣尘上、打入闷葫芦"这么多新鲜词，我不觉眼前一亮，有一种莫名的兴奋。这是一种从未见过的文字，说不清是雅是俗，只是觉得新鲜，很美。放学后，我就回家找来大人的《毛泽东选集》读。我就是这样开始读毛文的，并不为学政治，是为学语言，学文章。后来我逐渐通读了《毛泽东选集》四卷，还精读了不少篇章。之所以能学下来，政治压力是有的，但主要还是文章本身的魅力。要不，毛之后其他领导人的文章也曾大量公款派送、组织学习，怎么就是学不起来呢？

我对马恩著作的阅读也是半主动、半被动的，可分两个阶段。第一阶段是"文革"以前，囫囵吞枣，如私塾背书一样，只是储存了下来；第二阶段是改革开放之后，结合形势重新验证马恩的观点，又去主动温习。因为我是学文科的后来又做新闻，一方面是专业要求，一方面是工作需要，所以读了不少也忘了不少，留下印象的有《共产党宣言》《自然辩证法》《家庭、私有制和国家的起源》《在马克思墓前的讲话》等，一些原理是刻骨铭心的。比如，"环保"这个概念是近二三十年的事，可是恩格斯在一百多年前就发出警告："我们不要过分陶醉于我们对自然界的胜利。对于每一次这样的胜利，自然界都报复了我们。每一次胜利，在第一步都确实取得了我们预期的结果，但是在第二步和第三步却有了完全不同的、出乎预料的影响，常常把第一个结果又抵消了。"（《自然辩证法》）这种深刻、彻底，你不得不佩服。特别是经历了"文革"大失败后重新发现马恩，你不得不承认他们说得对，是我们过去念歪了经。如："人们为之奋斗的一切，都同他们的利益有关。"（《第六届莱茵省议会的辩论·第一篇论文》）"思想一旦离开'利益'，就一定会使自己出丑。"（《神圣家族》）多么朴素的真理。一部经典不可能全部背下来，只要做到读懂原理，知道观点，记得一些警句，要用时能很快查找出来就够了。

我们不是常说文学是人学，是社会学吗？不是常说爱和死是文学永恒的主题吗？你看马克思怎么说："人和人之间的直接的、自然的、必然的关系是男女之间的关系。""你就只能用爱来交换爱……如果你的爱没有引起对方的反应，也就是说，如果你的爱作为爱没有引起对方对你的爱，如果你作为爱者用自己的生命表现没有使自己成为被爱者，那么你的爱就是无力的，而这种爱就是不幸。"（《1844年经济学手稿》）

对毛泽东著作的阅读，最有用的是他的两本哲学书《实践论》《矛盾论》，还有可以作为写作示范的一批很漂亮的论文、讲话，如延安整风时期的《反对党八股》等，在1949年解放战争后期代新华社起草的《别了，司徒雷登》《将革命进行到底》等一批社论、时评，集中展示了他的政治才华与文学才华。这种阅读对我来说已是三分政治七分文学了。后来2013年毛泽东诞辰一百二十周年时，我将这个多年来的阅读体会写成了一篇文章《文章大家毛泽东》，《人民日报》整版刊登。本文与另一篇在周恩来诞辰百周年时发表的《大无大有周恩来》，可以说是我对毛、周两个伟人的阅读笔记。

对经典，你读不读、喜欢不喜欢是一回事，它客观存在、确实有用，是另一回事。如果你没有读，其实是吃了暗亏。就好像说一种好食物，你不知道，没有吃过，但它确实好吃。马恩对未来社会的猜想，也许不能实现，就像天文学家关于宇宙大爆炸的猜想，现在也还没有得到验证。但你不得不承认这种理论的伟大和思维方法的科学，要不它怎么能造就数百年的科学社会主义运动？同理，虽然毛泽东后期有重大错误，但在他领导下确实改变了旧中国，建立了一个新中国，另外，还有他的个人才华和魅力。经典不是一份名人豆腐账，不必拘泥于马恩哪一年到伦敦、到巴黎，与费尔巴哈、黑格尔、杜林什么关系，也不必拘泥于毛泽东当年到哪里，说了什么话。理论经典让人敬而远之的一个原因是后人的刻舟求剑，过度解读，故意神化、僵化，拉大旗当虎皮。就像儒家经典一样，马恩经典也一遍又一遍地被人涂抹、改塑。随着历史潮水的退去，经典突显的只是原理，其他都已不重要。邓小平说："学马列要精，要管用的。长篇的东西是少数搞专业的人读的，群众怎么读？要求都读大本子，那是形式主义的，办不到。"经典的阅读与出版始终有两条路线。一是真正的学术大家、出版家，为读者着想，筛选出最基本、最精华的东西，做成最便宜的普及本，书愈做愈薄，人愈读愈有味；二是拉经典扯大旗，靠经典吃经典，为出书而出书，不停地注释、索引、解读，书愈做愈厚，让人愈读愈烦，而公款出版又加重了这个恶性循环。经典要转化为有效阅读必须有负责任的、高水平的、联系实际的、深入浅出的普及环节，可惜政治经典的普及做得很不好，远不如文学经典。我印象深的好的普及本仍然是艾思奇的《大众哲学》，后来我常用的一个本子是《马克思恩格斯要论精要》（中央编译出版社 2001 年 8 月第一版）。

另外，从马克思到毛泽东也不是一般人想象的那样艰深、枯燥、可怕，他们并不缺少文采。如马克思谈资本与劳动力的关系："原来的货币所有者成了资本家，昂首前行；劳动力所有者成了他的工人，尾随于后。一个笑容满面，雄心勃勃；一个战战兢兢，畏缩不前，像在市场上出卖了自己的皮一样，只有一个前途——让人家来鞣"（《资本论》）。他还这样来挖苦书报检查制度："你们赞美大自然悦人心目的千变万化和无穷无尽的丰富宝藏，你们并不要求玫瑰花和紫罗兰散发出同样的芳香，但你们为什么却要求世界上最丰富的东西——精神只能有一种存在形式呢？"（《评普鲁士最近的书报检查令》）毛泽东谈政治与经济的关系："搞社会主义不能使羊肉不好吃，也不能使南京板鸭、云南火腿不好吃，不能使物质的花样少了，布匹少了，羊肉不一定照马克思主义做，在社会主义社会里，羊肉、鸭子应该更好吃，更进步，这才体现出社会主义比资本主义进步，否则我们在羊肉面前就没有威信了。社会主义一定要比资本主义还要好，还要进步。"（1956 年在知识分子会议上的讲话）这种机智、幽默，现在的政治家、文人都是很难企及的。

政治理论经典对我写作的帮助是学会直取问题要害，找到打开读者思想大门的钥匙，登上可以俯视山下的制高点，也就是找到文章的"文眼"。前面说过韩愈为文时要向司马迁"借气"，我则常向马、恩、毛"借力"，借政治之力。在文章看似山穷水尽时，又翻上一层，极目千里，借助政治的高度，是为政治散文。比如，改革开放后农村富了，有钱怎么花，怎么建设新农村？有各种典型，但都摆不脱好吃、好住、高消费。我在江苏看到这样一个典型，他们一切以人为中心，追求人的生活自由、劳动自由、精神自由。村里办有多种企业，早已做到充分就业，但每家还留了几分地，为的是留住乡愁，享受田园生活的自由。连敬老院也分几种类型，养老方式自由选择，这不就是《共产党宣言》里讲的共产主义就是自由人的联合体吗？就是恩格斯讲的："我们的目的是要建立社会主义制度，这种制度将给所有的人提供健康而有益的工作，给所有的人提供充裕的物质生活和闲暇时间，给所有的人提供真正的充分的自由。"于是我写了《蒋巷村的共产主义猜想》。摘要如下：

> 共产主义是什么样子？谁也没有见过，到现在还是想象中的事情，十分遥远和渺茫……于是，共产主义就有了各种各样的版本。
>
> 我的所经所见大约有两种。一是解放前后'点灯不用油，耕地不用牛'最初级的'解放版'。二是'人民公社'版，一场黄粱梦，而这次我却看到了一个与前两个不同的比较接近马克思想法的版本，我把它叫作'中国乡村版'的共产主义猜想。
>
> 蒋巷村不大，一百八十六户，一千七百亩地，八百口人，四十年前曾是一块低洼闭塞的蛮荒之地。村展览室的墙上张贴着一首辛弃疾八百年前描写江南农村生活的词《清平乐》：'茅檐低小，溪上青青草。醉里吴音相媚好，白发谁家翁媪。大儿锄豆

溪东，中儿正织鸡笼；最喜小儿无赖，溪头卧剥莲蓬。'这是中国农民几千年来的理想追求。现全村已人均年收入两万多，学生上学全免费。老人五十五岁开始每月补三百至六百元，如身患重病者，月补四百元。他们说这是'按劳分配加按老分配'。

按照恩格斯说的那三条，最难的是第三条'给所有的人提供真正的充分的自由'。工作自由已不必说，而养老一项，难在怎样既保证老人既生活舒服，又精神自由，还能减轻年轻人的负担，蒋巷村却有办法。全村五十五岁以上老人两百个，按说各家都有别墅小楼，住房宽裕，三世同堂，足可养老。但村里又另盖两百套老人公寓，平房庭院式，花木葱茏，阳光明媚。分单身居和夫妻居两种，面积不同，室内厨、卫、寝、厅，一应俱全。老人如愿与子女合住，则住；不愿即可搬来公寓自住，免去了许多因'代沟'所引起的习惯不合与情感摩擦，分而不裂，和而不同，亲情不减。"每个人的自由都是对方自由的条件"。

蒋巷村的现状当然不是共产主义，但它肯定是人们追求理想征途上的一小步。共产主义理论一产生就是一个在欧洲大陆上'游荡的幽灵'。一百六十多年后，它漂到中国的江南水乡，与这里从八百年前漂过来的、辛弃疾词里所表达的那个天人合一、老少同乐、物我一体的乡土基因相结合，成了现在的这个新版本，蒋巷村版（现代中国还有其他版本，如华西村版、南街村版、大寨村版，含意各有不同）。

在蒋巷村我又重读了一遍共产主义的猜想，也读出了一点哲学和科学社会主义的意义。

蒋巷村，本是一个普通的江南水乡的富裕典型，可以写成一般的新闻通讯、游记散文，但是我这里调动了过去对马恩经典的阅读，将江南美景、新村变化、数字事实和传统的小康观念，用"共产主义猜想"这个主题来统领，开辟了一个新的理性高度和审美角度。

"典"当然主要是指经典的原理，但是典型的人和事，甚至经典的句式都可以拿来引用、翻用以增加文章的力度和情趣。比如我们年年喊反形式主义，就是反不掉，某地开人大会，领导炫才，工作报告居然是一首六千字的五言诗。我写了一篇评论《为什么不能用诗作报告》结尾时说："这确如马克思所说，是'惊险的一跃'，如果跳跃不成功，那摔坏的一定不是形式，而是形式的拥有者。"马克思的原意是，从商品到货币的过程是"惊险的一跃"，这个跳跃如果不成功，摔坏的不是商品而是商品所有者。

顺便再说一下对其他经典的阅读使用。前面讲过经典的作用是它上升到了理论的高度，可以指导工作。我在阅读中，总注意寻找那些可以指导写作的理论依据。这里举两个例子。

在1983年前后因对杨朔散文的阅读，产生了疑问，这涉及形式美的问题，便去读美学方面的文字，最主要的有黑格尔的《美学》并做了详细笔记，那真是一本很难啃的书。我从中只学到一点精髓，就是把握好三个关系：

第一，人与审美对象的关系。黑格尔把人与外部世界的关系概括为三种，一是消耗、破坏它，换取自身的生存，是一种消费关系；二是研究它，并不破坏，是思考关系；三是欣赏它，保持距离，是审美关系。就是说，你把对象破坏了不美，研究得很透了也不美，有距离才美。

第二，把握事物内容与形式的关系，形式有独立存在的价值，即审美价值。既不能让形式妨害内容，也不能降低审美价值，"把它降为一种仅供娱乐的单纯的游戏"。

第三，把握审美的作用，即艺术对人的作用。人是由动物变来的，难免有动物性的粗俗的一面。黑的原话是："人们常爱说，人应与自然契合一体。但就它的抽象意义来说，这种契合一体只是粗野性和野蛮性，而艺术替人们把这契合一体拆开，这样，它就用慈祥的手替人解去自然的束缚。"就是说艺术创作不能粗制滥造，不能媚俗，而承担着净化人的心灵的责任。

这是一个很基本的审美原理，就像自然科学中的牛顿力学原理，用它可以解答艺术、创作、欣赏、文艺批评中一些常见的疑问。比如经常困扰我们的，引起读者不满、家长担忧的作品低俗的问题。2010 年媒体开展这方面的讨论，我曾写了一文《怎样区分低俗、通俗和高雅》：

> 就是说人面对一物会有三念：占有的欲望、冷静的思考和愉悦的欣赏，就看你选择哪一种。这三种念头第一种源于人的动物性、物质性，可称为"俗"；第三种体现人的精神存在，可称为"雅"。俗与雅之间还有一个过渡地带，这就是"通俗"（《人民日报》2010 年 8 月 19 日）。

小说、影视作品中最难处理的"性题材"问题，根子也在这里。作者的着眼点，是刺激读者的动物性的原始性欲，还是启发他的审美，这也是《金瓶梅》与《红楼梦》的区别。一个美女在色狼眼里是满足性欲的消费对象，在医生眼里是思考救治的对象，在画家眼里是线条、韵律的美感。人身上动物性与人性共存，就如人体内癌细胞与好细胞的共存。同样是一张裸体画，在一流画家手里是高雅的美，在三流画家手里是放荡和粗俗。人的阅读需求从低到高、从物质到精神层面共有六种，分别是信息、刺激、娱乐、知识、审美和思想的阅读需求。这就看作家、艺术家怎样去激发读者的不同需求，是用"慈祥的手"替人拆开"契合一体的粗野性和野蛮性"，还是用"罪恶的手"诱导他回归动物性，反映在作品上的不同就是高雅、低俗和通俗。

经典作品里总是有原理体现，马恩作品里有一般社会原理、哲学原理，毛泽东作品里有中国社会的政治原理，黑格尔的作品里有美学原理。哪怕每一个小的学术分支，只要它够得上经典，就必然会揭示出某一部分的原理，或者可以说，只有含有一定原理的作品才能够得上是经典作品。这也反过来说明，阅读，不管读哪一类作品，一定要读经典，这样你收获的就不只是粮食，而是种子；不只是几条鱼，还有渔具、渔法。当然再经典的作品也只能作为客观的阅读对象而存在，要收到好的阅读效果，还得发挥阅读者的主观能动性，利用这颗种子，种出一棵属于自己的树。

修辞学是一个很小的、专业的学术分支，但是写文章的人不可不读。1968年"文革"后期，我大学毕业后有一年的时间在内蒙古农村劳动锻炼，正苦于无书可读时，在灶台上见到一本已经撕破书皮的陈望道先生著的《修辞学发凡》。陈是个老革命家，中国第一本《共产党宣言》的翻译者，当年与陈独秀一起做建党工作，脾气不合，就去做学问，又成了中国研究修辞第一人。修辞学很专，我也无心专攻这一行，但我读后从中悟出的一个结论，就是新闻与文学的区别。这再次说明经典的理性光芒。其实我读这本书时还没有做新闻工作，这本书里也没有新闻二字。等到我后来当记者，再后来到新闻出版署从事管理工作，新闻界总有一个摆不脱的阴影，就是有人建议"消息散文化"，一时在新闻界形成潮流，好像这是写好新闻稿的出路。为此《新闻出版报》开展了半年的讨论，多数来稿居然也同意这个观点。讨论结束时报社请我写一篇文章，虽然我是散文作家，但我明确表示消息不能散文化。理由当然有很多条，其中一条是按《修辞学发凡》给出的原理，修辞分两大类：消极修辞与积极修辞。

消极修辞主要在用在应用、实用类文体，如文件、通告、科学著作、教科书等，典型代表是法律文件、行政公文，要极其客观准确；积极修辞用于文学写作，小说、散文、戏剧，典型代表是诗歌，可以任意想象、浪漫挥洒。消极修辞，注重表达事实，以让人"明白、了解"为目的；积极修辞，注重表达情感，以让人"感染、激动"为目的。消极修辞不是内容表达的消极，而是语言风格的消极，不张扬、不夸张，恰恰是为内容的积极让位，尽量把形式对内容的干扰降低到最小。

根据这个原理，我们可以给文字大家族排出如下序列：法律——文件——教材——各种应用文　新闻（以上消极）　（以下积极）报告文学——散文——小说——戏剧——诗歌。可以看出，在这个大序列表中新闻处于消极修辞的末端，靠近积极修辞处，但从性质上讲，它还是属于消极修辞。有了这个序列表，就像有了一张旅店客房指南，或者是化学研究中的元素周期表，物理研究中的光谱图，对号入座一目了然。

假如我们允许"消息散文化"，那么新闻与文学将没有边界，直接的恶果是假新闻的合法化，是记者天马行空地胡说、煽情。

这样借用修辞学原理就轻松解开了新闻界一个争论已久的难题，这是理论的力量，经典的力量。

有阅读，人不老

大约在三十多年前，1984年，我的人生有一个小挫折。也许是境由心生，我注意到当时的一个社会现象。当年被打成"右派"的知识分子虽都落实政策回城安排工作，但结果却大不相同。很多人身体垮了，学业荒了，不能再重整旗鼓，只有坐家养老，等待物质生命的终了。有一部分"右派"却神奇般的事业复起，演戏、写书、搞研究等，又成果累累，身体也好了，精神变物质。这其中有一个原因就是在最困难的时候他们没有停止读书，反而趁机补充了知识，补充了生活。我又联想到"文革"中很多学者都是靠读书挺了过来，并留下了著作。我当时有感写了一首小诗以自勉："能工作时就工作，不能工作时就写作。二者皆不能，读书、积累、思索。"也就是那两年，我完成了四十多万字的《数理化通俗演义》和重读了一些理论经典。我的一位官场朋友，受挫折后就去读书，他说读书可以疗伤，后来也很有学术成就。毛泽东在病床上一直读书，到去世前的七十多个小时还在阅读。只要有阅读，人就不会倒，不会老。

什么是阅读？阅读就是思考。阅者，看也，但是比看要深一些，它不是随意地、可有可无地观看，是有目的的、带着问题观看，是一个思维过程，边看边想。比如，我们说：阅兵、阅卷、阅人、阅尽人间春色，就不说"看兵、看卷、看人、看尽人间春色"。而对不需太动脑子的，浅一点的东西，消遣、娱乐的，则说看，不说阅。如看电影、看风景、看热闹、看耍猴，不说"阅电影、阅风景、阅热闹、阅耍猴"。所以当我们说阅读的时候，心境是平静的、严肃的，也是美好的、向往的。

广义来说，人有六个阅读层次。前三个：信息、刺激、娱乐，是维持人的初级的浅层的精神需求，可以用"看"来解决。后三个：知识、思想、审美，是维持高级的、深层的精神需求，则只看不行，还要想。这才是真正的阅读，可称为狭义的阅读。现在电子读物盛行，主要承担提供信息、刺激和娱乐的任务。它的特点是快捷、方便、形象，但也带来另一个问题，浅显、浮躁，形象思维多，逻辑思维少。这有点像计算器的普及，很多人不再费力心算。德国有一个街头测问，多数人不能背九九表，这作为生活实用可以，但作为人的思维训练，生命进化，却是一大缺陷。钱学森年轻时在美国读书，几个好朋友相约，大家都不看电视，他到晚年还自己剪贴报纸。文字是有一种神奇的诱导人思考、丰富人精神的功能。我注意观察，很多干部家里没有书架，这是一种精神缺失。一次给干部讲读书，我说阅读是为了精神生命的成长和延长，要把这种精神生命延伸到下一代。就算你自己实在不爱看书，为了后代，在家里也希望能装出爱读书的样子。散场时，有人边走边说："今天回家后，不读书也要装装样子了。"一说到为了后代，这个道理一下就明白了。

2015 年 2 月 28 日

《名作欣赏》2015 年 5、6、7 期

山水为何有美感

人与自然的交流是一个永恒的话题。人从自然中索取物质，维持生命，同时又从它身上感悟美感，培养审美能力。大自然靠什么给人以美感呢？它蕴含有许多美的要素，如对称、和谐、奇巧、虚实、变化、新鲜等等。这些要素我们在人类的精神产品中，如小说、戏剧、绘画、音乐中都可以找到，而在大自然中早就存在，并且更为丰富。这些东西再简化一点就是三样：形状、颜色、声音。形、色、声这三样基本东西，经对称、和谐、奇巧等的变化组合，就出现无穷无尽的美。美的要素在自然中最多，远远多于人为的创造，所以艺术强调师法自然，杜甫说"文章本天成，妙手偶得之"，刘海粟十上黄山"搜尽奇峰打草稿"。

客观的景物和人怎样沟通、交流、融合而共同创造一件艺术品呢？是通过人与自然的交流，通过艺术家的观察、再创造。刘勰说"目既往还，心亦吐纳"，是通过眼睛观察，内心思考，经过一番酝酿吐纳之后才加工出来的。这些要素作用于人，激活人的美感有三个步骤。一是以美形引人，二是以美情感人，三是以美理服人，由形及情及理。我们看到鲜艳的花朵、奇伟的山峰、行云流水，这些美好之物就会被吸引。不论是人还是山水，只要美，人就喜欢。有学者研究动物也有趋美厌丑的本能，不过与动物不同，人能将这种美感上升到感情，并形成一种定式，于是相应于景色的明暗便有心情的好坏，物象之异可转化为精神之别。小石潭的凄清，荷塘月色的宁静，范仲淹所谓物悲物喜，这就是意境。

人们还只满足于自然中的形向主观的情的转化，又进而求理。因为哲理本身的逻辑美，在自然中也能找到相似的形象，它们灵犀一点可相通。如山之沉毅、海之激荡、云之多变等，人们从美的形、色、声中不但可以悟到美好的情感，达到美好的意境，还能悟出一种哲理的美，逻辑的美。周敦颐见莲花就悟出"出淤泥而不染"的做人之理；朱熹诗云"半亩方塘一鉴开，天光云影共徘徊，问渠哪得清如许，为有源头活水来"（《观书有感》），这是讲做学问的理。又像练气功常说的精、气、神，炼精化气，炼气化神。在散文写作上就是美的三个层次：描写美、意境美、哲理美。

但是，并不是所有的山、水、树、木、草、石都会产生美感。大自然如人群一样。美人罕见，好景难求。因为美是一种巧合，不管人，还是自然，是由无数因素随机地排列组合而成，最佳的组合机会只有那一瞬。在人，便有倾城之美，绝代佳人；在景，便有了奇峰秀水、天下胜境，贵州的黄果树、天星桥就是这样的。自然美景不可多得，不能再造。我们都知道文物古迹很珍贵，就是因为宏观世界不能重复，自然美景也是这样，失去了就永不再来。滕王阁被火烧了，只有到《滕王阁序》里去体验它。只有保护才能开发，开发包括物质的和精神的。旅游开发，卖门票挣钱，拉动消费这是物质方面的开发；把山水的美感挖掘来，转化为文、诗、歌、影、画等艺术品，提高人们的审美，这是精神方面的开发。为什么名山名水名人去得多，因为它的审美价值大，便于开发成精神财富。过去讲人战胜自然，现在我们讲人与自然和谐这是一种进步，但这只是一小步，是物质层面的生态平衡，其实下面还有精神层面的交流，审美方面的挖掘利用。一个小康社会，除了物质的充裕，还得精神丰富，精神财富中审美是一大内容。大自然就是一个最大最好的美育课堂，山水会像绿树释放氧气一样，不停地为我们释放美感，会像书本润泽我们的心田一样，不停地润泽我们的灵魂。这山水中一树一石都是一个普通的教员，而那些名山名水就是特级教授了。我们要永葆一种崇敬、虔诚之心，向自然汲取美感，这是更高层次的人与自然的和谐。

　　一个人生活半径是有限的，人们在自己的生活圈内所能感受到的美，特别是精神方面的美就更有限。这就要靠艺术、靠传媒，文章正是担负了这方面的功能。它能将一景一事之美播向全球，能将一人所感之美传于万众。一部美学，就是研究文学、艺术如何表现美。每一位作家都在努力挖掘生活中的美，加工它，传播它，同时在这过程中又创造出一种艺术之美，感染读者，装点生活，改造生活。所谓作品的震撼力、感染力，就是美的和弦、美的共振。作家与读者间的共振效果越强，作品就越成功。一些作品之所以被称为世界名著、古典名著，就是因为它的振波之强是可以纵横遍全球，上下数千年。谁能找到那个美的兴奋点，谁就是那个有幸发现断臂维纳斯的牧童。

　　美在哪里？美在山水之间，这是大自然的杰作。美在生活深处，这是人与人碰撞的火花。美在伟人的生命中，这是人格力量。因为留心美，我就有了一些关于美的记录和感悟。

梁衡

2016 年 1 月 5 日

青年文摘图书中心精品书目

青年文摘白金作家系列

《给自己的头脑几分尊重》（梁晓声 著）
《困境赐予我的》（梁晓声 著）
《我相信中国的未来》（梁晓声 著）
定价：39元（平装）58元（精装）

毕淑敏作品珍藏系列

《女生，我悄悄对你说》（毕淑敏 著）
定价：32元（平装）48元（精装）
《男生，我大声对你说》（毕淑敏 著）
定价：32元（平装）48元（精装）
《青春当远行》（毕淑敏 著）
定价：32元（平装）48元（精装）
《出发和遇见》（毕淑敏 著）
定价：32元（平装）48元（精装）

青年文摘彩虹书系·第一辑

《亲爱的玛嘉烈》（恋情卷）
《年轻总免不了一场颠沛流离》（青春卷）
《别在能吃苦的时候选择安逸》（人生卷）
《谢谢你，让我成为更好的人》（智慧卷）
《成为所有地方的所有人》（旅行卷）
《每个人都有泪流满面的秘密》（暖爱卷）
《内心没有方向，去哪儿都是逃离》（励志卷）
定价：28元（单册）196元（套装）

青年文摘彩虹书系·第二辑

《17岁的怦然心动》（成长卷）
《每个人都有自己的红地毯》（励志卷）
《遇到你，是我最美好的时光》（爱情卷）
《所有的相遇，都是久别重逢》（温情卷）
《走到哪儿，哪儿就是你的路》（人生卷）
《谢谢你，让我更爱我自己》（哲思卷）
定价：28元（单册）168元（套装）

青年文摘典藏系列·第二辑

《那段奋不顾身的日子，叫青春》（成长卷）
《当我已经知道爱》（爱情卷）
《赠我一段逆流路》（励志卷）
《爱是永不止息》（温情卷）
《梦想照耀未来》（人生卷）
《生命从不绝望》（哲思卷）
定价：22元（单册）132元（套装）

当当网、亚马逊、京东网、淘宝网及各大新华书店均有销售　青年文摘　中国青年出版社

青年文摘图书中心　电话：010-57350371　邮箱：qnwzbc@163.com　新浪微博：http://weibo.com/qnwzbook　腾讯微博：http://t.qq.com/qnwzbook